SANDRA POPPE

Liebe ist schön

Von einfach war nie die Rede

ROMAN

lübbe

Dieser Titel ist auch als E-Book erschienen

Die Bastei Lübbe AG verfolgt eine nachhaltige Buchproduktion. Wir verwenden Papiere aus nachhaltiger Forstwirtschaft und verzichten darauf, Bücher einzeln in Folie zu verpacken. Wir stellen unsere Bücher in Deutschland und Europa (EU) her und arbeiten mit den Druckereien kontinuierlich an einer positiven Ökobilanz.

MIX
Papier | Fördert gute Waldnutzung
FSC® C014496
www.fsc.org

Originalausgabe

Lektorat: Melanie Blank-Schröder
Textredaktion: Heike Brillmann-Ede
Umschlaggestaltung: ZERO Werbeagentur, München
unter Verwendung von Illustrationen von
© shutterstock.com: antuanetto | Trigubova Irina | Hulinska Yevheniia | TALVA
Satz: hanseatenSatz-bremen, Bremen
Gesetzt aus der Arno Pro
Druck und Verarbeitung: GGP Media GmbH, Pößneck
Printed in Germany
ISBN 978-3-404-18855-0

2 4 5 3 1

Sie finden uns im Internet unter:
luebbe.de
Bitte beachten Sie auch: lesejury.de

Großtante Lisbeths Vermächtnis

Montag, 17. Mai, vereinzelte Schauer, 16 Grad Celsius

Zelten? Wie kommt sie denn nur auf die Idee?

Ich sitze auf einem schwarzledrigen Stahlrohrsessel im Bauhausstil. Man kennt diese Stühle. Sie stehen gefühlt bei jedem zweiten Rechtsanwalt oder, wie in unserem Fall, beim Notar. Man kann auf diesen Dingern nie stillsitzen, weil es Freischwinger sind. Und was tut man dann? Ja, genau! Schwingen. Es macht Spaß, ist dem Anlass aber nicht unbedingt angemessen.

Wir sitzen nämlich bei einer Testamentsverkündung. Und das heißt, dass vorher jemand gestorben ist. In unserem Fall ist das Großtante Lisbeth, die wir wirklich gern hatten. Sie war schon zweiundneunzig und ist friedlich eingeschlafen. Ein dramatischer Abgang hätte allerdings viel besser zu ihr gepasst. Großtante Lisbeth war, nach höchst eigener Erkenntnis, *extraordinär*. »Cherie, ich bin eine extraordinäre Frau, und dazu gehören Pomp und Gehabe«, pflegte sie gerne und oft kundzutun. Sie war in den 1950er- und 1960er-Jahren eine mäßig talentierte Schauspielerin und mit einem Regisseur verheiratet, bis sie sechzig war. Dann ließ sie sich von ihm scheiden, weil er nur noch im Sessel saß und pupste. Marlene Dietrich war ihr Vorbild und der Bademantel – beziehungsweise eine Kollektion an Bademänteln – ihr bevorzugtes Kleidungsstück. Sie hatte einen wundervollen Humor und eine leicht sadistische Ader.

Dementsprechend waren wir sehr traurig, als sie starb. Die Beerdigung ist zwei Wochen her, wir haben geweint, uns in den Arm genommen und festgestellt, dass das Leben ohne Lisbeth weniger bunt sein wird. Gerade hatten wir uns wieder gesammelt, als uns der Notar in Erbangelegenheiten zu sich zitierte. Erbangelegenheiten? Das überraschte uns, waren wir doch sicher, dass Lisbeth ihr Vermögen standesgemäß verjubelt hatte. Aber nein, es gibt da dieses Aktienpaket, ein Ferienhäuschen in Frankreich, Schmuck und einen Goldbarren in einem Schließfach – jeder von uns wird am Ende um den Wert eines ansehnlichen Einfamilienhauses reicher sein ... Wir sind fassungslos.

»Wieso hat Lisbeth nie was davon erzählt?«, fragt meine Schwester Isabell. Mein Vater und ich zucken mit den Achseln. Es scheint, als hätte unser Tantchen das von langer Hand geplant.

Doch zurück zu dieser Sache mit dem Zelten. Dr. von Rosinski, ein schneidiger Herr in den Fünfzigern mit goldumrandeter Brille, Anzug, Weste und Fliege, erklärte uns vor wenigen Augenblicken Folgendes: Tante Lisbeth, Elisabeth Renata Friederike Lohenstein, hätte verfügt, dass wir nur dann in den Genuss ihres Erbes kommen, wenn wir Auflagen erfüllten. Und die haben es in sich. Lisbeth hat sich schon zu Lebzeiten gerne eingemischt, und sie hatte anscheinend nicht vor, nach ihrem Tod damit aufzuhören. Sie stellt jedem von uns eine Aufgabe, die unser Leben *besser* machen soll. Sie will uns voranbringen, zwingen, die Ärsche zu bewegen. Das hat Dr. von Rosinski so natürlich nicht ausgedrückt, wir haben jedoch alle Lisbeths Scotch-Marlboro-Stimme höchst lebendig in den Ohren.

Und dies sind ihre Bedingungen:

Mein Vater Wolf muss im Herbst am Kölner Halbmarathon teilnehmen. Tante Lisbeth findet wohl, er solle seine Behäbigkeit ablegen und brauche ein Hobby, um sich nicht ständig in das Leben seiner Töchter einzumischen. (Nicht dass sie besser war, aber Selbstreflexion war keine ihrer Stärken.)

Meine ältere Schwester Isabell soll Gesangsstunden nehmen und mindestens einmal öffentlich und vor Publikum auftreten. Auf die Idee könnte jeder kommen, der Isa schon beim Tortenbacken singen hörte. Doch sie ruht sich in ihrer Rolle als Mutter und Hausfrau aus (mal abgesehen von einem sehr verwegenen Ausbruch vor fünf Jahren, aber dazu später mehr) und kann diesen Schubser ebenfalls gebrauchen.

Und ich soll zelten, drei Wochen lang. Lisbeths Intention leuchtet ein. Sie bedauerte immer, dass niemand in unserer Familie diese Begeisterung teilte. Sie zeltete leidenschaftlich gern. Es war eine Lebenseinstellung und stand in keinem Widerspruch zu ihrer Extravaganz. Im Gegenteil, sie fand paradoxe Verhaltensweisen ganz wunderbar. Ich wiederum war seit der Trennung von Claas vor drei Jahren, mit dem ich im Laufe der Jahre in Italien jeden antiken Stein zwischen Mailand und Catanzaro angestarrt habe, nicht mehr im Urlaub. Der Alltag funktioniert, mein Privatleben ist ein Desaster. Ich habe nämlich keins. Also muss ich wohl mal an die frische Luft. Da gebe ich Lisbeth vollkommen recht.

Warum auch nicht?, denke ich mir nach einer kleinen Schockstarre. Immerhin kann meine Agentur eine Finanzspritze sehr gut gebrauchen. Dann geh ich eben zelten. So schlimm wird es schon nicht sein. Und falls doch, werde ich die drei Wochen eben hinter mich bringen und genieße hinterher endlich finanzielle Sicherheit.

»Gesangsstunden«, ätzt Isabell, kaum dass die Tür des Notariats hinter uns ins Schloss fällt. »Lisbeth ist eine Sadistin. Sie kann froh sein, dass sie tot ist, ich würde ihr sonst ordentlich die Meinung geigen.«

»Du weißt, das hätte sie nicht beeindruckt«, wendet mein Vater ein. »Aber könnt ihr mir erklären, warum ich joggen soll?«

»Weil du deine Füße nicht mehr sehen kannst und sie sich Sorgen um dein Herz-Kreislauf-System macht?«

Mein Vater seufzt. Eins zu null für Lisbeth und Isabell.

»Ich glaube, ich nehm's mit Humor«, sage ich, »dann geh ich eben zelten. So schlimm wird es schon nicht werden.«

»Ganz ehrlich? Spinnen, Ameisen im Essen, ein Klo für fünfzig Leute? Dann singe ich lieber.« Isabell öffnet das Tor zur Straße und wir gehen Richtung Auto.

»Man gewöhnt sich bestimmt daran«, mutmaße ich und behalte hoffentlich recht.

»Auf jeden Fall hat Lisbeth sich damit würdevoll von uns verabschiedet«, stellt mein Vater fest.

Wir stimmen ihm uneingeschränkt zu, setzen uns ins Auto und fahren nach Hause.

Komm, wir brauchen Seeluft!

Samstag, sternenklarer Himmel, 15 Grad Celsius

Ich drücke die Kofferraumklappe langsam nach unten und quetsche dabei die hineingestopften Kissen zusammen. In letzter Sekunde ziehe ich die Hand weg und lasse den Deckel mit einem Knall zufallen. Geschafft! Ich hüpfe vor Freude wie Rumpelstilzchen. Zeitweise dachte ich, wir müssten spontan einen Lieferwagen mieten, aber nein, alles ist drin. Unfassbar! Wir können losfahren! Jetzt muss ich nur noch Helena aus dem Haus lotsen.

Mein Vater kommt mit der letzten Fuhre. In der einen Hand trägt er eine Kühltasche, in der anderen einen prall gefüllten Korb mit Lebensmitteln.

»Paps, wir brauchen keine drei Tage bis zum Campingplatz.«

»Es ist Samstag. Wir werden mit Sicherheit im Stau stehen. Den Rest könnt ihr abends essen. Glaub mir, du wirst froh sein.«

Ich seufze. Nach dem Tod meiner Mutter hat er ihre Rolle mit Inbrunst übernommen, und seitdem er Rentner ist, ist es noch schlimmer. Er ist nun hauptberuflich Töchterbetüddler. Der Karrieremensch a.D. verrichtet diesen Job mit derselben Hingabe wie einst seinen Posten als Prokurist einer kleinen Firma für Sanitärtechnik.

Ich nehme ihm die Kühltasche ab, öffne die Tür hinter dem Fahrersitz und stelle sie auf das letzte freie Fleckchen auf der Rückbank.

Anschließend marschiere ich die Kieseinfahrt unseres großzügigen Einfamilienhauses aus den Sechzigern hoch. Seit zwei Jahren lebe ich hier mit meiner vierzehnjährigen Tochter Helena und meinem Vater. Wir bewohnen das Erdgeschoss, mein Vater den ersten Stock, die Küche teilen wir uns. Es ist nicht optimal, aber mit dem Geld aus Großtante Lisbeths Erbe könnten wir umbauen und zwei geschlossene Wohnungen daraus machen. Ich erklimme die Eingangsstufen zu der braunen Holztür aus dem 18. Jahrhundert. Meine Mutter sammelte Antiquitäten, und die Haustür hatten meine Eltern aus einem Frankreichurlaub mitgebracht. Es ist eine gern erzählte Familienanekdote, wie mein Vater dem Händler in gebrochenem Französisch und mit wilden Gesten klarmachte, dass dieses kostbare Stück unbedingt auf dem Dach ihres Autos transportiert werden müsste. Ich liebe diese Tür. Es ist, als würde meine Mutter mich umarmen, wenn ich hindurchgehe.

Ich finde Helena im Wohnzimmer. Sie hat riesige Kopfhörer auf und schickt ihrer besten Freundin Annika die letzten Sprachnachrichten, die diese sowieso erst morgen hören wird. Es ist nämlich mitten in der Nacht. Wir haben acht Stunden Fahrt vor uns – ohne Stau.

»Ja, also meine Mum ist da, ich glaub, wir fahren jetzt. Ich meld mich wieder und hoffe schwer, dass es auf dem Platz WLAN gibt. Sonst krieg ich echt die Krise.«

Ich baue mich vor ihr auf und stütze die Hände in die Hüften. Sie verdreht die Augen und nimmt ihre Kopfhörer ab. Ich brauche nichts zu sagen, mein Text landet via Mutter-Tochter-Datenübertragung direkt in ihrem Gehirn.

»Is gut, ich mach ja schon, aber echt, wenn's da kein WLAN gibt, fahr ich sofort wieder nach Hause.«

»Fragt sich nur, wie du das ohne Auto und Führerschein bewerkstelligen willst.«

»Dann tramp ich halt.«

»Nur über meine Leiche. Zieh dich an, wir fahren!«

Während Helena der Aufforderung ohne Murren nachkommt – ein Wunder? –, kontrolliere ich den Herd, die Rollladen und schaue ein letztes Mal in den Briefkasten. (Klar, die Post kommt um zwei Uhr nachts.) Zum Schluss schnappe ich meine geliebte grüne knautschige Umhängetasche und schließe die Haustür ab. Im Auto schnalle ich die Kühlbox an, frage Helena, ob sie klarkommt, was sie augenverdrehend bejaht, setze mich auf den Beifahrersitz, lege den Gurt an und lasse die Luft raus. Ich verlasse Anspannungslevel hundert und sinke auf moderate achtzig. Unter fünfzig komme ich eigentlich nie.

»Wohin soll es gehen? Der Schneider-Express steht bereit, die Turbinen sind angelassen, Opa Wolf ist startklar.«

»Opa, ich bin vierzehn, Mama dreiundvierzig«, erinnert ihn Helena.

»Paps«, ächze ich, »fahr uns einfach nach Rügen.«

»Ihr seid Spielverderber«, mault mein Vater, startet den Motor, lenkt seinen betagten Volvo aus der Kieseinfahrt und wir starten in den ersten Urlaub seit drei Jahren.

Ich schließe die Augen und versuche zu dösen. Weil es nicht klappt, fische ich mein Handy aus der Handtasche und werfe einen Blick in den Mail-Account. Ehe ich durch den Zeltaufbau für Stunden blockiert sein werde, kann ich die Fahrt eigentlich nutzen, um noch schnell ein paar Dinge zu erledigen.

»Deine Agentur geht nicht gleich den Bach runter, wenn du es mal laufen lässt.« Mein Vater setzt den Blinker und überholt gemächlich einen holländischen Laster. Danach wirft er mir einen besorgten Blick zu. DEN besorgten Blick, der mir sagt, dass er der Meinung ist, ich gehe mein Leben zu hundert Prozent falsch an. Dabei komme ich zu genau diesen hundert Prozent nach ihm. Er war in seinem Job nicht anders, doch irgendwann hat es klick gemacht.

Plötzlich waren nicht mehr Arbeit, Renditen und Personalführung sein Lebensmittelpunkt, sondern guter Wein, bestes Essen, klassische Musik und Opa zu sein, ohne den Druck, dass aus den Enkeln lebenstaugliche Erwachsene werden müssen. Für meine Mutter war es anfangs anstrengend, so präsent, wie er plötzlich war. Doch sie nahm es hin, wie sie ihn auch vorher hingenommen hatte: mit ihrer unerschütterlichen Ruhe. Und so durchlebten die beiden einen zweiten Frühling mit Reisen, Essen, Kultur und Natur, ehe ein schrecklicher Autounfall vor sechs Jahren uns die beste Ehefrau, Mutter und Oma nahm, die man sich wünschen konnte. Tränen steigen mir in die Augen.

Denk an was Schönes!, mahnt sie mich in meinem Kopf, und ich bin eine gute Tochter. Ich erinnere mich daran, wie sie mir kochen und backen beibrachte und mich lobte, egal, ob das Essen verkohlt war, ich Salz mit Zucker verwechselt hatte oder der Kuchen so aussah, als wäre er einem Horrorstreifen entsprungen.

»Nur kurz, Paps, du hast ja recht.« Ich überfliege die Mails und sehe, dass Saskia alles im Griff hat. Sie ist meine engste und einzige Mitarbeiterin. Meine kleine Agentur für Layout und Design läuft recht gut, doch die Selbstständigkeit hat ihre Tücken. Seit der Trennung wünsche ich mir oft eine feste Anstellung mit Lohnzettel und keinen Job, bei dem ich nicht weiß, wie viel ich am Ende eines Monats auf dem Konto habe … Trotzdem beherzige ich den Rat meines Vaters und gehe lieber ein letztes Mal die Listen für den Urlaub durch. Haben wir wirklich alles dabei? Küchensachen, Schlafsachen, Zeltausrüstung, Klamotten für jede Wetterlage, Schuhe …

»Scheiße, ich habe die Schuhe vergessen!« Ich schlage die Hände vors Gesicht.

»Welche?«, fragen meine Mitfahrenden.

»Alle. Ich habe alle Schuhe vergessen.«

Mein Vater lacht. »Schusseltrine.«

»Ups«, sagt Helena. Ich blicke zerknirscht nach hinten, aber traurig sieht sie nicht aus. Sie beäugt ihre Stoff-Sneakers. »Dann kaufst du uns halt neue. Cool.« Ihre Teeniereaktion ist zielorientiert.

»Nun gut«, sage ich seufzend. Außer mir denkt offenbar niemand ans Haushaltsbudget. »Dann gibt's eben neue.«

Fünf Stunden später nähern wir uns Stralsund, das frühe Aufstehen macht sich bezahlt. Die letzte Stunde habe ich gedöst, die Sonne steht bereits hell über dem Horizont. Nicht mehr lange und wir sind da! Es kribbelt in meiner Magengegend. Es ist dieses Urlaubskribbeln, das mich immer dann erfasst, wenn unbekannte und neue Tage vor mir liegen.

»Mum?«

»Ja?«

»Wann sind wir da?«

»Hey, du sollst keine Kleinkinderfragen stellen, du hast mobile Daten. Sitz also gefälligst still und sei zufrieden.«

»Echt jetzt? Sag, wann sind wir da?«

»Paps, wann sind wir da?« Ich gebe die Frage weiter, schließlich bin ich selbst Tochter.

»In schätzungsweise fünf bis sechs Stunden, ich habe gestern gelesen, sie haben ab Stralsund Tempo 30 eingeführt.«

Helena schnappt hörbar nach Luft.

Mein Vater ist Meister im Erfinden von blöden Antworten. Er zelebriert sie frei nach dem Motto: Es gibt blöde Fragen und es gibt noch blödere Antworten!

»Opa, ich bin vierzehn.« Sie hat sich wieder gefangen.

»Ach, komm, Helena, da wirst du nie rauswachsen. Opa kriegt dich immer wieder.«

»Stimmt«, brummt sie. Sie mag es gar nicht, wenn es ihm gelingt, sie reinzulegen. Es ist ein routinierter Schlagabtausch. Opa Wolf entwickelt immer raffinierter seine dummen Antworten, nur um Helena zu foppen.

»Wir brauchen keine zwei Stunden mehr«, sage ich schließlich und fasse meinen Vater am Oberarm. »Und danke, Paps, dass du uns den weiten Weg fährst.«

Seine Augen funkeln belustigt, weil ich mich im Laufe der letzten Tage Dutzende Male bedankt habe. Mein schlechtes Gewissen wegen seines Taxidienstes ist groß, denn es ist leider so: Seit dem Unfalltod meiner Mutter habe ich nur noch ein Mal hinterm Steuer gesessen. Anfangs waren es der Schock und die Angst, auf dieselbe tragische Weise einem betrunkenen Lastwagenfahrer in die Quere zu kommen, nach ein paar Jahren schlicht die Überwindung, überhaupt loszufahren. Immer wieder spiele ich mit dem Gedanken, selbst zu fahren, dazu durchringen kann ich mich nicht. Außerdem habe ich mich an ein Leben gewöhnt, in dem ich mit Fahrrad, Taxi oder öffentlichen Verkehrsmitteln überallhin komme. Das eine Mal, als ich mich doch hinters Lenkrad klemmte, war im letzten Urlaub mit Claas – es ging ihm nicht gut, wir standen mitten in den Hügeln der sonnenbeheizten Toskana, und jemand musste nach Siena fahren. Claas war total genervt, blaffte mich an, als wäre ich minderbemittelt, ich war völlig verunsichert, und am Ende stieg ich mit zitternden Beinen und dem Gefühl, dem Tod knapp entronnen zu sein, aus dem Wagen. Wenige Monate später verkündete Claas, er gedenke, uns zu verlassen, und noch am selben Tag packte er die Koffer und zog bei seiner Kollegin ein. Das Ganze war so klischeehaft und billig, dass ich nach einer angemessenen Zeit der Schockstarre froh war, ihn los zu sein.

Wir erreichen Stralsund, erhaschen einen Blick auf die Altstadt und erklimmen die Rügen-Brücke. Sie ist ein erstaunliches Bauwerk, führt hoch über die altehrwürdige Hansestadt und endlich erblicken wir die Ostsee. Mir war nicht klar, welche Sehnsucht ich nach dieser Weite hatte – bis jetzt, als ich sie erblicke und mir der Anblick des Meeres ein sehnsuchtsvolles Seufzen entlockt. Das

Bild bleibt uns eine Weile erhalten, denn dicht an dicht schieben sich Autos und Wohnmobile über die Brücke, und es scheint so, als hätte Deutschland einmütig beschlossen, seine größte Insel just heute zu entern. Samstag ist eben DER An- und Abreisetag.

»Ist das schön hier«, trällere ich und werfe einen Blick nach hinten.

»Schön voll«, ätzt Helena, schaut kurz aus dem Fenster und widmet sich wieder ihrem Smartphone. Ich fische meines aus dem Handschuhfach. Ich will in Vorfreude schwelgen und mir noch einmal die Bilder des Campingplatzes anschauen.

Die Wahl des Platzes war überhaupt die schwierigste Aufgabe.

»Hätte sie nicht dazuschreiben können, wo ich zelten soll?«, hatte ich seufzend zu Isabell gesagt, als ich die Urlaubsplanungen begann.

»Wie wäre es mit Italien?«, unkte Isabell, die sich immer über Claas' Italienwahn lustig gemacht hat. Und was habe ich diese Urlaube verteidigt, die mir am Ende nur noch auf den Keks gingen.

»Na ja, ich weiß auf jeden Fall, wo ich nicht hinwill.«

»Damit bleiben nur noch ein Dutzend andere Länder übrig.«

»Falsch. Paps fährt uns, ich kann ihn schlecht bitten, uns nach Portugal zu kutschieren.«

»Er würde es tun.«

»Ich weiß. Gerade deshalb möchte ich es eingrenzen.«

Nachdem ich unzählige Internetseiten für Deutschland und alle Nachbarländer durchforstet hatte, vom Bauerncamping bis zum Fünf-Sterne-de-luxe-Camping mit Badeparadies und Wellnessangeboten, fiel meine Wahl auf einen naturnahen Campingplatz im Norden Rügens. Nicht zu groß, nicht perfekt, keine Jugendgruppen, nur eine Handvoll Dauercamper, direkt am Strand. Es war noch ein Platz frei – und ich noch nie an der Ostsee. Es fühlte sich richtig an.

Ich klicke durch die Bilder der Homepage, drehe mich nach

hinten und halte Helena eines von einem Zelt mit Blick aufs Meer vor die Nase. »Ist das nicht schön?«

»Das Zelt ist grün. Ich hasse Grün.«

»Was stimmt mit dir eigentlich nicht?«

»Pubertät.«

»Ja, aber man kann sich doch mal gegen das Scheißesein wehren, oder nicht?«

»Dann würd ich meinen Job nicht richtig machen.«

Wir schauen uns an, giftig, dann zucken Helenas Mundwinkel und wir prusten los. Es ist einer der netteren Augenblicke. Einen Teenie zu haben fühlt sich manchmal an, als würde man gemeinsam in den Kindergarten gehen. Beide stampfen trotzig mit dem Fuß auf den Boden und krähen: »Du bist nicht mehr meine Freundin.«

»Kinder, jetzt hört auf zu zanken, ihr müsst drei Wochen miteinander klarkommen.«

»Ja, und danach ist eine von uns reif für die Irrenanstalt.« Ich grinse meine Tochter an. Sie nuschelt etwas und setzt ihre Kopfhörer wieder auf. Zack, Mutter weg. Schon praktisch!

Der Stau zieht sich über die gesamte Insel, nur hier und da kommen wir schneller voran. So unrecht hatte mein Vater mit seiner Vorhersage also nicht. Zum Glück zeigt sich das Wetter von der besten Seite, lediglich ein paar Wolken ziehen wie eine Herde Schafe über den strahlend blauen Himmel. Im Zentrum ist die Insel flach und landwirtschaftlich geprägt, doch Richtung Norden ändert sich das Bild. Es wird hügeliger, immer wieder öffnet sich der Blick auf die Jasmunder Bodden, dazwischen erstrecken sich Wiesen, Felder und kleine Wälder. Von Minute zu Minute wächst meine Begeisterung.

Hinter Glowe, im Norden der Insel, fahren wir kilometerlang durch einen Kiefernwald. Der Reiseführer, der seit Stralsund aufgeschlagen auf meinem Schoß liegt, verrät mir, dass es sich um die sogenannte Schaabe handelt. Eine flache, schmale und acht Kilometer lange Landbrücke, die die Ostsee vom Großen Jasmunder Bodden trennt. Auf der Meerseite erstreckt sich ein endloser naturbelassener Strand. Mein Vater und ich staunen um die Wette.

»Es ist richtig schön hier, das hast du gut ausgesucht«, lobt mich mein Vater, und ich grinse wie ein Honigkuchenpferd. Wird man je erwachsen, wenn es um die Anerkennung der Eltern geht?

Fünf Minuten später haben wir es geschafft. Nach fast zehn Stunden Fahrt biegen wir auf den Zufahrtsweg des Campingplatzes an der Ostküste der Halbinsel Wittow, einen Schotterweg, an dessen Ende mein Vater den Volvo schwungvoll in eine Parkbucht lenkt. Vor einer niedrigen Baracke, grob verputzt und mit grünen Fensterläden, steht ein geschmiedetes abstraktes Kunstwerk in Form eines Menschen, der ein Schild in den Händen hält. Darauf ist kunstvoll in dicken Lettern gemalt: *Camping Arkonablick. Willkommen zu Hause.* Hinter der Baracke erstreckt sich ein Kiefernwäldchen, die Sonne malt helle Flecken auf den Boden. Dazwischen stehen Zelte, Wohnwagen und auf der linken Seite, hinter ein paar Büschen, sind vier bunt bemalte Zirkuswagen zu sehen. Ich kenne die Bilder, doch in Wirklichkeit sieht alles noch schöner aus. Ich steige aus dem Wagen, strecke mich und atme tief durch. Es ist angenehm warm, riecht nach Sommer und Wald. Das Abenteuer kann beginnen. Wer braucht Italien, wenn er das hier haben kann? Es ist ein Gefühl von Zufriedenheit, das mich durchströmt.

Helena und mein Vater steigen ebenfalls aus.

»Ist das schön hier!« (Mein Vater)

»Ganz schön klein!« (Meine Tochter)

»Ich hatte dich gebeten, bei der Auswahl zu helfen, aber Netflix war dir wichtiger.« (Ich)

Helena mault ohne Ton, ich fische meine Knautschtasche aus dem Fußraum und stapfe zur Baracke, über deren Tür *Rezeption, Shop, Café* steht. Auch selbst gemalt. Vor der Tür gibt es ein paar gusseiserne Tische mit Mosaikplatten sowie die dazugehörigen Stühle. Im Inneren der Baracke werde ich von Regalen erschlagen, die bis an die Decke gefüllt sind mit allem, was das Camperherz begehrt. Am Ende des schmalen Raumes liegt die Theke. Es ist niemand da, doch dahinter befindet sich ein weiterer Raum, abgetrennt durch einen bunten Perlenvorhang, und ich höre Kramgeräusche.

»Hallo?«, frage ich leise.

Zu den Kramgeräuschen gesellt sich genervtes Gemurmel. »Verdammte Axt, wo ist das Scheißding, eben war es noch hier, irgendwann erschlag ich den Kerl mit der flachen Hand, ständig schleppt der alles in seinen Scheißtraktor. Die Weiber können echt froh sein, dass mein Bruder nix von ihnen will.«

Nun gut, denke ich, ich warte lieber, bis die Person fertiggeflucht hat, aber es geht munter weiter.

»Und wo sind die Küchentücher? Wozu braucht der Küchentücher? Ist es dem Herrn im Traktor zu schmutzig, oder was? Mann, Mann, Mann!«

Ich entschließe mich, die Tirade doch zu unterbrechen, am Ende erfahre ich Dinge, die ich gar nicht wissen will. Wer tut mir mehr leid? Die Flachpfeife oder die Person, die von der Flachpfeife gequält wird? Ich stelle mich auf Zehenspitzen und versuche, durch den Vorhang zu lugen.

»Entschuldigen Sie bitte, wir würden gern einchecken.«

»Ach nee«, tönt es hinter dem Vorhang, »is ja mal was ganz Neues.«

YouTube-Tutorial

Samstag, Sonne und Wolken im Wechsel, leichter Wind aus Südost, 20 Grad Celsius

Die Begrüßung hatte ich mir irgendwie … herzlicher vorgestellt. DAS hier entspricht jedenfalls nicht meiner Vorstellung von einem freundlichen, serviceorientierten Empfang auf einem naturnahen Campingplatz. Aber da hat sicher nur jemand einen schlechten Tag. In diesem Augenblick wird der Perlenvorhang beiseitegeschwungen, und heraus kommt eine eines Naturcampingplatzes würdige … nee, so nicht … Noch mal von vorne: Heraus kommt eine Frau, die hervorragend in eine alternative Kneipe in Kreuzberg passen würde. Igelschnitt, Muskelshirt, Piercings, Anglerhose, Doc Martens. Sie ist in meinem Alter und schlägt mit genervtem Gesichtsausdruck und mürrisch verzogenen Augenbrauen auf. Herzlich ist anders. Sie sieht mich, kneift die Augen zusammen und dann scheint ihr aufzugehen, dass ich Kundschaft bin. Der Ton ist unwirsch, die Wortwahl höflich.

»Hallo. Willkommen auf unserem Camping. Was kann ich für dich tun?«, sagt sie, und ich gewinne den Glauben an Kundenfreundlichkeit ansatzweise wieder zurück.

»Danke sehr. Wir haben einen Platz reserviert.«

»Na, das will ich auch geraten haben. Sonst hätte ich euch direkt wieder weggeschickt.« Der Ton ist forsch, knapp, am Rande zur Unfreundlichkeit. Mein Glaube verfliegt so schnell, wie er gekommen ist. Sie kramt umständlich hinter der Theke herum und setzt eine völlig schiefe Lesebrille auf. Derweil hat sich Helena zu uns gesellt.

»Wie lange dauert das denn noch?«

»Geduld, junge Dame«, raunzt die Frau, fixiert meine Tochter über den Rand ihrer Brille hinweg, knallt ein dickes ledergebundenes Buch auf die Theke und blättert darin herum.

»Name?«, knurrt sie im Feldwebelton.

»Schneider.«

»Zelt, Wohnmobil, Wohnwagen?«

»Zelt.«

»Mittel, groß, klein?«

Ich komme mir vor wie bei Starbucks, nur der Service fehlt. »Mittel oder klein? Ich weiß es nicht genau.«

»Dann ist es klein. Personen?«

»Zwei.«

»Standort?«

»So nah wie möglich am Meer. Meerblick wäre toll.«

»Den wollen alle.«

»Ja, aber ich habe über Internet einen Platz mit Meerblick re…«

»Sorry, kann ich nicht sehen.« Sie bläst die Backen auf. »Nichts funktioniert grad. Bin genervt.«

»Das merke ich«, antworte ich freundlich, »das ist doch jeder mal.«

»Wenn du meinst. Dann kommt mal mit.« Sie stapft hinter der Theke hervor und geht im wiegenden Männerschritt voraus. Die ist echt ein schräger Vogel. Vor der Tür schließt sich uns mein Vater an. »Ihr seid zu dritt?«

»Nein, mein Vater hat uns nur gefahren.«

Ein musternder Blick von unten nach oben. »Aha.«

Sie stapft weiter, so zackig, dass wir alle paar Schritte einen Lauf einlegen müssen. Meinen Vater haben wir bereits abgehängt. Lisbeths Idee, ihn joggen zu schicken, war nicht die schlechteste.

Auf dem Weg erklärt sie uns den Campingplatz, indem sie kurz mit der Hand in die jeweilige Richtung wedelt und knappe Infos ausgibt. »Waschhaus da drüben. Waschmaschine funktioniert mit Token. Kriegt ihr bei mir. Duschen kostet nix. Wohnwagen stehen in zweiter Reihe, Zelte im Wald. Brötchen gibt's morgens auf dem Nachbarzeltplatz ab acht. Dahinten ist ein kleiner Durchgang, ist kürzer.« Sie bleibt abrupt stehen, und ich laufe ihr fast in die Hacken. »Ihr seid ohne Auto hier?«

»Ja, wir wollten auf der Insel Bus und Bahn nutzen.«

Das erste Mal zeigt sie so etwas wie ein Lächeln, auch wenn es ein sehr spöttisches ist. »Ihr meint die drei Busse, die hier am Tag fahren? Mietet Räder. Gibt's auch auf dem Nachbarplatz.«

»Danke. Das ist lieb.«

»Da nicht für«, brummt sie. »Hier drüben könnt ihr das Zelt aufbauen. Sucht euch was Nettes aus.«

»Vielen Dank.« Ich möchte fragen, wie es mit der Bezahlung aussieht und ob wir sonst etwas beachten müssen, sie dreht aber auf dem Absatz um und verschwindet so schnell, als hätte sie Siebenmeilenstiefel an.

Erst jetzt hat mein Vater wieder Anschluss gefunden, und Helena glotzt der Frau perplex hinterher.

»Was war das denn für eine?«, fragt sie entrüstet. »Will die Gäste haben oder vergraulen?«

»Das frage ich mich auch.«

»Vielleicht liegt es an der Mentalität hier oben?«, mutmaßt mein Vater.

»Ist ja Osten«, setzt Helena nach.

»Also ehrlich, damit hat es bestimmt nichts zu tun. Man diskriminiert Menschen nicht aufgrund ihrer Herkunft.«

»Ja, Mum, allzeit politisch korrekt.«

»Wie es sich gehört, Tochter.«

Wir blicken uns giftig an.

»Ruhe jetzt«, mahnt mein Vater. »Drei Wochen. DREI WOCHEN!«

»Ja, leider«, ätzt Helena, dreht sich um und verschwindet Richtung Volvo.

»Paps, sag mir, dass es normal ist und ich nicht die schlechteste Mutter der Welt bin.« Mir steigen Tränen in die Augen.

»Bist du nicht.« Mein Vater schenkt mir einen liebevollen Blick und drückt mich kurz. »Vielleicht tun euch die drei Wochen ja gut und ihr rauft euch endlich wieder zusammen. Außerdem ...«, er macht eine bedeutungsvolle Pause, »waren du und deine Schwester auch nicht viel besser. Das ist die Rache der Generationen.«

»Warum habe ich mit genau dieser Antwort gerechnet?«, murre ich.

Mein Vater schmunzelt. »Komm, wir fahren das Auto rüber, und dann bauen wir das Zelt auf.«

»Warum nicht hier?«

Ich verzweifle an diesem Kind.

»Ich finde es eben nicht schön hier.« Helena zuckt mit den Schultern, ich blase genervt die Backen auf.

»Such du doch einen Platz aus.«

»Hm.« Das passt meiner Tochter zwar auch wieder nicht, trotzdem steckt sie ihr Smartphone, auf dem sie die ganze Zeit herumgedaddelt hat, in die Hosentasche und trödelt im gelangweilten Teeniegang davon.

»Wann geht es vorbei?«, jaule ich theatralisch.

Mein Vater setzt dieses leicht überhebliche, wissende Grinsen auf. »Kurz vor dem Auszug. Wenn die Freiheit winkt und den Töchtern klar wird, dass Eltern nichts Selbstverständliches sind.«

»Gut, dann schick ich sie nächstes Jahr aufs Internat.«

»Evi?«

»Ja?«

»Du musst es mit Humor nehmen, es ist nichts Persönliches, weißt du?«

»Ja«, antworte ich zerknirscht, »ich weiß.«

»Sie kann nichts für eure Trennung, aber wenn Claas sie in den paar Tagen, die er sie sieht, behandelt wie eine Prinzessin, dann verhält sie sich hinterher auch so.«

»Hast ja recht.«

Mein Vater lacht. »Siehst du? Für solche Sätze lohnt es sich, die Pubertät zu überstehen.«

Ich muss jetzt auch lachen. »Ach, Paps, was würde ich nur ohne dich tun?«

»Noch so ein Satz und ich werde in meinem hohen Alter rot.«

Ich drücke ihn, und er drückt mich fest zurück.

Helena hat ihre Expedition beendet. »Dahinten. Kommt mit.«

Wir folgen ihr einen Trampelpfad entlang und gelangen an ein umwerfendes Plätzchen. Es liegt am Rande der Dünen, ist eingerahmt von hüfthohen Sanddornbüschen und schlanken Kiefern, und man hat einen traumhaften Blick auf die Ostsee. Die Ostsee! Bis zum Wellensaum sind es keine zwanzig Meter, der Ausblick ist grandios. Auf dem Stellplatz nebenan steht ein großes Familienzelt, auf der anderen Seite führt ein kleiner Trampelpfad an einer Handvoll Datschen vorbei zum Hauptweg. Perfekt.

»Der Platz ist super. Aber ist er dir nicht zu weit weg vom Klo?«

»Egal. Nachts muss ich eh nicht, und hier hab ich wenigstens WLAN.« Helena scheint zufrieden, und ich bin erleichtert, dass sich das beste WLAN nicht neben den Müllcontainern findet.

Gefühlte Stunden schleppen wir nun unsere Siebensachen zum Platz. Was ist das eigentlich für ein Urlaub, in dem man vom Kaffeelöffel bis zum Kissen alles mitbringen muss? So ganz erschließt sich mir der Reiz noch nicht. Lisbeth, was hast du dir dabei gedacht? Außerdem trage ich das meiste allein. Helena ist in einer Geschwindigkeit unterwegs, bei der sich sogar Schnecken ins Fäustchen lachen, und mein Vater soll nicht schwer tragen. Zudem hat sie einen Ort ausgesucht, der weit von der nächsten Parkmöglichkeit entfernt liegt. Aber nee, Hauptsache WLAN. Egal, es ist schön hier.

Zum Schluss klaube ich die Luftmatratze aus dem Kofferraum. Die Zeltausrüstung, die wir gestern ins Auto gestopft haben, war eine Herausforderung an sich. Was braucht man zum Zelten? Meine Anlaufstelle war natürlich das Internet. Es musste sie schließlich geben, die Campingprofis, die freundlicherweise komplette Listen online stellen, die man nur noch akribisch abarbeiten muss. Es gab sie, aber schnell stellte sich die Frage: Wer hat recht? Der Minimalist, der die Hälfte der Zahnbürste absägt, um Gewicht zu sparen, oder der Luxuscamper, der mit seiner Ausrüstung karge Winter in der Tundra übersteht? Und brauche ich den Benzinkocher, der auch während eines Tornados brav das Teewasser aufkocht, oder reicht der für 12,99 Euro bei Aldi? So viele Fragen und noch mehr Antworten. Am Ende entschied mein Konto und die anfangs größenwahnsinnige Liste wurde immer spartanischer. Gesundschrumpfen nennt man das wohl. Das Zelt lieh uns meine Freundin Vera, für den Rest der Ausrüstung schnappte ich mir eine protestierende Helena, und wir fuhren den weiten Weg zu einem der größten Freizeit- und Campingmärkte Europas. Es war ein beispielloses Erlebnis, dieses Campingparadies in Ikea-Größe zu betreten. Hier gab es einfach alles, vom Löffel bis zum Wohnwagen. Wir stritten um jeden Becher, am Ende entschied der Preis, und nach fünf Stunden war ich um Hunderte Euro ärmer.

An diesem Tag war ich nicht nett zu Lisbeth.

Mein Handy klingelt. Ich lasse die Luftmatratze zurückplumpsen, fische das Telefon aus der Gesäßtasche und gehe ran. »Hey, Saskia. Was ist los?«

»Hallo, Evi, ich störe hoffentlich nicht.«

»Ich schleppe gerade tausend Sachen vom Auto zum Stellplatz und habe jetzt schon keine Lust mehr. Wer hat eigentlich behauptet, Campen sei erholsam? Im Moment komme ich mir vor, als würde ich umziehen.«

»Klingt trotzdem spannend … Ähm, kannst du mir sagen, ob wir noch irgendwo einen Schlüssel für die Agentur haben? Mir ist heute was Dummes passiert, ich habe meinen Schlüsselbund verloren.«

Ich verdrehe die Augen. Saskia. Eine tolle Mitarbeiterin, fleißig bis zur Selbstaufopferung. Nett. Aber zwei Macken hat sie: Sie redet viel, und sie ist schusselig. Letzteres ist einer der Gründe, warum es mir nicht leichtfällt, meine Agentur drei Wochen alleine zu lassen. »Ich habe meine Schlüssel zu Hause. Mein Vater wird Sonntagabend wieder da sein, hol sie dir am besten Montag früh bei ihm ab.«

»Ah, danke, aber Montag wollte morgens der IT-Mensch kommen, also …«

Ich seufze. »Ich gebe meinem Vater deine Nummer, er ruft dich dann an. Kann aber echt spät werden.«

»Ja, aber …«

»Saskia, es geht leider nicht anders. Mein Vater ist hier, ich bin hier, der Schlüssel ist zu Hause. Du, ich muss jetzt das Zelt aufbauen, sonst schlafen wir unter freiem Himmel.«

»Na dann«, antwortet sie sauertöpfisch, »viel Spaß noch. Ich meld mich Montag.«

»Ja, mach das.«

Ich lege auf.

Wie soll das drei Wochen lang klappen? Die Agentur ohne mich?

»Also«, mein Vater reibt sich die Hände, »fangen wir an.«

In unserer Mitte liegen Planen, Stangen, Schnüre und Heringe. Jetzt fehlte nur noch die Anleitung. Bei aller Planung und Recherche habe ich glatt vergessen, Vera danach zu fragen. Ziellos wühle ich in dem Haufen und finde sie schließlich: zerknittert und mit

Wasserflecken, kein Text, dafür sechs Bilder und viele Zahlen und Buchstaben.

»Was ist jetzt, Mum, fangen wir endlich an? Ich habe echt Hunger.«

»Dann hol dir was aus der Kühlbox. In der Zeit mache ich mich mit der Anleitung vertraut.« Das hört sich kompetenter an, als es ist. Ich verstehe nämlich gar nichts. Na ja, das kommt bestimmt nebenbei. *Learning by doing*. So funktioniert das doch, oder? Ich werfe zunächst einen Blick in die Kühlbox. Oh, da ist ja ein Bier drin. Wie schön. Was sagt die Uhr? 16:30 Uhr. Ach, ich finde, da kann ich mir eins gönnen. So macht man das im Urlaub doch, oder? Grillen, Bier trinken, gute Laune haben. Apropos. Ein Grill wäre auch nett gewesen. Andererseits kann ich gar nicht grillen, weil es das Einzige war, was Claas immer gemacht hat. Typisch Mann. Grillen: er, alles andere: ich.

Kühn fische ich die Bierflasche aus der Kühlbox.

»Ein Bier?« Mein Vater kraust die Stirn.

»So macht man das doch, oder?«

»Man ja, aber du nicht.«

»Lisbeth will, dass ich entspannter werde und mein Leben ändere, also werde ich entspannter und ändere mein Leben.«

Er schmunzelt. »Wenn das mit einem Bierchen anfängt, soll's mir recht sein.«

17:00 Uhr. Alles klappt. Ist doch gar nicht so schwer. So ein Zelt ist in einer halben Stunde aufgebaut, ein Kinderspiel. Wir setzen die Zeltstangen zusammen und erschlagen uns fast dabei, weil sie ganz schön lang sind. Wir kommandieren uns gegenseitig rum, sind genervt und giften uns an. (Helena und ich, mein Vater versucht zu beruhigen, dann maulen wir ihn gemeinsam an.) Wir schwitzen, obwohl es gar nicht so warm ist, suchen das Innenzelt aus dem Haufen und stecken die Heringe in den Boden. Wir kriegen sie nur zur Hälfte hinein, aber das macht nichts, oder? Wir ziehen die Stangen in das Zelt und stellen es unter großem Getöse auf. Muss das so aussehen? Es steht schief, doch das gibt sich bestimmt beim Spannen der Leinen. Ich klaube die erste aus dem Knäuel, das vor mir auf dem Boden liegt, und dann …

… kracht das Zelt in sich zusammen wie ein Kartenhaus.

»Das war eh total schief, da hätte ich nie drin geschlafen.« Helena steht mir mit verschränkten Armen gegenüber.

»Ist ja gut. Ich hab selbst gemerkt, dass was nicht stimmt. Scheißanleitung. Was machen wir jetzt? Es ist schon fast sechs.« Ich bin kurz davor zu verzweifeln. Lisbeth, du blöde Pute.

»Es bringt dir nichts, im Geiste auf Lisbeth zu schimpfen«, merkt mein Vater milde an.

»War das so offensichtlich?«

»Aber ja.«

Helena schnaubt genervt durch die Nase, schnappt sich ihr Handy und verzieht sich. Wie schön, mein Kind sucht sich wieder den leichtesten Weg. Ich nippe frustriert an meiner Flasche und starre die Ostsee an, derweil geht mein Vater aufs Klo. Als er zurückkommt und mein Bier leer ist, taucht auch Helena wieder auf.

»Ich weiß, wie wir's machen.«

Ich habe dicke Fragezeichen über dem Kopf. Der Teenie zeigt uns, wie man ein Zelt aufbaut?

Helena platziert ihr Smartphone auf einem der Campingstühle und startet ein Video. »Es gibt doch Tutorials für alles, also dachte ich, ich schau mal nach. Die zeigen uns jetzt, wie es geht.«

»Helena, du bist ein Genie.« Ich bin kurz davor, sie in die Arme zu schließen, reiße mich aber im letzten Augenblick zusammen. Ich möchte nicht wieder abgewiesen werden. Wir schauen den ersten Teil des Videos, müssen stoppen, weil ein Traktor vorbeituckert und wir nichts mehr verstehen, und ein zweites Mal, als unser Nachbar nach Hause kommt. Er ist in meinem Alter, an jeder Hand hält er ein Kleinkind. Zwillinge. Er muss über unseren Platz, wenn er zu seinem Zelt will.

»Wie schön, wir haben neue Nachbarn.« Er bleibt stehen. »Hi, ich hoffe, es stört nicht, dass wir immer an eurem Zelt vorbeimüssen.«

»Natürlich nicht. Das war uns klar, als wir den Platz ausgesucht haben. Ich bin Evi, das sind meine Tochter Helena und mein Vater. Er war so nett, uns herzubringen.«

»Ich bin Hendrik. Schaut mal, Hanna und Lukas, das sind Helena und Evi. Mögt ihr Hallo sagen?« Die Kleinen grinsen verlegen und suchen Unsichtbares am Boden. »Na, vielleicht nächstes Mal. Dann wünsche ich uns gute Nachbarschaft, was? Wie lange seid ihr hier?«

»Drei Wochen, und ihr?«

Er beugt sich zu seinen Kindern. »Gell, wir sind auch noch fast drei Wochen da.« Die beiden kichern verlegen. Sie sind putzig. Er richtet sich wieder auf und beäugt das zusammengekrachte Zelt. »Braucht ihr Hilfe?«

»Nein«, verkünde ich stolz, »wir haben YouTube.«

Er lacht, nickt uns zu und trottet mit den Kindern zu seinem Zelt.

»Dann weißt du jetzt, wen du fragen kannst, wenn du Hilfe brauchst. Netter Mann.« Mein Vater wittert sofort die männliche Unterstützung, die er mir die nächsten drei Wochen nicht mehr bieten kann.

»Mir scheint, mit zwei kleinen Kindern ist er derjenige, der Hilfe gebrauchen könnte.«

Dank YouTube steht unser Zelt innerhalb von zwanzig Minuten. Weitere zwanzig Minuten später haben wir die Heringe im Boden versenkt und die Leinen gespannt. Der nächste Sturm kommt bestimmt. Sie halten das Zelt am Boden, erklärte der professionelle Zeltaufbauer überzeugend, also haben wir sie in den Sand gehämmert, bis nichts mehr von ihnen zu sehen war. Dafür musste ich den netten Nachbarn doch um Hilfe bitten, einen Gummihammer haben wir nämlich nicht im Gepäck. Er freute sich, helfen zu können, und kramte den Hammer aus einer hochprofessionellen Alukiste in einem perfekt ausgerüsteten Hauszelt. »Ich zelte schon mein Leben lang«, sagte er entschuldigend, »da wird man mit der Zeit anspruchsvoll.«

Als das Zelt steht, drehen wir eine Runde durch unser neues Zuhause. Vielmehr stehen wir gebückt in dem kleinen Vorraum und betrachten stolz unser Werk. Mein Highlight des Tages? Helena und ich klatschen uns ab.

Nachdem alles erledigt ist, verabschieden wir meinen Vater. Er verbringt die Nacht in Stralsund und sieht sich morgen Vormittag die Stadt an. »Denk bitte an Saskia, die wird sonst wahnsinnig.«

»Schreib ihr, ich bin in der Nacht zurück und lege den Schlüssel unter den grünen Blumenkübel, dann kann sie ihn holen, ohne mich zu wecken.«

»Ich kann es auch anders organisieren …«

»Nein. Wenn Töchter etwas wollen, tut man gut daran, ihnen ihren Willen zu lassen.«

»Kannst du dir das bitte merken, Mum?«, fordert mich Helena prompt auf.

»Das gilt ausschließlich für erwachsene Töchter«, entgegne ich zuckersüß.

»Echt jetzt? Du drehst es dir immer so zurecht, wie's dir passt.«

»Mädchen, rauft euch zusammen! Sonst kann ich nicht in Ruhe nach Hause fahren.«

»Ja, Opa. – Ja, Paps«, sagen wir gleichzeitig, und mein Vater nimmt uns fest in den Arm. Ich bitte ihn, über sein Marathontraining zu berichten, er gibt uns letzte Ermahnungen mit auf den Weg (er wird es tun, bis ich siebzig bin) und fährt davon. Helena und ich halten uns im Arm und winken ihm hinterher. Die Liebe zu meinem Vater schenkt uns einen Augenblick der Nähe.

Der Volvo biegt um die Ecke und Helena löst sich aus der Umarmung. »Ich muss aufs Klo.«

»Ich komme mit und schaue mir das Waschhaus an.«

Sie nickt, zieht ihr Smartphone aus der Tasche und setzt ihre Kopfhörer auf. So ist das. Sie ist da und ist es nicht. Es ist pathologisch für ihre Generation. Sie nehmen oft nur das wahr, was sie wahrnehmen wollen. Manchmal würde ich mir ein wenig mehr Grundhöflichkeit wünschen, aber ich bin eben nur die Mutter.

Wir schlendern wortlos den Weg entlang. Der Campingplatz ist voll belegt, in dem Wäldchen, das den Dünen vorgelagert ist, stehen die Zelte, auf der anderen Seite des Weges die Wohnwagen und Wohnmobile. Es riecht nach Essen, Töpfe klappern, Kinder spielen, leise Unterhaltungen gesellen sich zu diesem besonderen Klang. Es sind die Gerüche und Töne des Alltags, die sonst hinter verschlossenen Türen bleiben. Unter freiem Himmel vermischen sie sich mit den Gerüchen und Geräuschen der Natur und denen des Campingplatzes. Dazu gehören das Ritschratsch der Reißverschlüsse, das Klicken eines Gaskochers, das charakteristische Klappern der Wohnwagentüren. Es hat etwas Geruhsames und Gemächliches. Ich sauge alles auf, genieße die abendlichen Sonnenstrahlen, den Duft der Kiefern und freue mich, hier zu sein. Es hat was, dieses Camping, das gebe ich gerne zu.

Mein Telefon klingelt. »Hey, Isa.«

»Na, was macht die Erbvollstreckung? Habt ihr das Zelt schon aufgebaut? Ist Paps noch da, oder habt ihr ihn schon zu seinem Ausflug geschickt? Hat er sehr genervt mit seinen klugen Ratschlägen? Wie ist es auf dem Zeltplatz? Hast du vielleicht einen netten geschiedenen Mann als Nachbarn? Das würde dir ja mal guttun, so 'ne kleine Romanze. Los, erzähl.«

Ich lache so laut auf, dass Helena die Knöpfe aus dem Ohr reißt und mich bitterböse anguckt. »Geht's 'n bisschen leiser? Is ja wohl voll peinlich!«

Ich schicke einen bösen Blick zurück, dann widme ich mich meiner Schwester: »Isa, wie soll ich die Fragen denn alle beantworten? Ich habe ja bei der letzten die erste schon wieder vergessen.«

»Schieß einfach los.«

Ich schildere ihr, was mir in den Sinn kommt.

»Das hört sich doch prima an. Aber jetzt sag, männliches Material in Sicht?«

Ich erzähle ihr NICHT von dem hilfsbereiten, offenbar alleinerziehenden Nachbarn. Er wäre ein gefundenes Fressen für Isa. Sie hat nämlich schon vor längerer Zeit beschlossen, dass ich dringend wieder in die Arena gehöre. Mit ihr am Ohr bin ich beim Waschhaus angekommen. Es entpuppt sich als halboffener und knallrot gestrichener Pavillon. An der Außenseite finden sich die Spülgelegenheiten. Ein Platz ist von einem älteren Paar belegt. Während ich weiter mit Isa telefoniere, beobachte ich die beiden unauffällig. Der Mann spült akribisch jedes Löffelchen, die Frau textet ihn zu, hält ein Trockentuch und ein Glas in Händen und poliert munter immer dieselbe Stelle. Helena ist bereits im Innern unseres neuen Badezimmers verschwunden, und ich werde langsam hibbelig. Telefonate mit meiner Schwester dauern lange. Ich entschließe mich für die harte Tour.

»Isa, ich stehe jetzt vor dem Waschhaus und muss dringend pinkeln.«

»Nimm mich einfach mit«, sagt sie und kichert, »mir ist das egal.«

»Mir aber nicht, außerdem bin ich dort nicht alleine.« Ich dresche ein paar Abschiedsphrasen und lege auf. Jetzt schnell! Im Waschhaus gibt es Kabinen auf drei Seiten. Erste Seite: Duschen. Zweite Seite: Waschbecken. Natürlich finde ich die Klos erst auf der dritten Seite. Hektisch schließe ich die Tür, rupfe die Hose vom

Hintern und setze mich. Puh, das war knapp. Die Wände nach außen sind oben offen, und ich höre das spülende Ehepaar. Hallo? Wie soll man denn entspannt aufs Klo gehen, wenn jedes Geräusch und jeder Geruch direkt in die Spülecke zieht? Ich beschließe, spezielle Angelegenheiten lieber nachts zu erledigen. Während ich über meine künftigen Klositzungen sinniere, betritt jemand das Waschhaus. Es klimpert, als betrete B.A. vom *A-Team* den Raum. Wie viel Schmuck muss man tragen, um sich so anzuhören? Fasziniert lausche ich dem Klimperstakkato und würde zu gerne die Person dazu sehen, doch als ich aus der Kabine komme, ist sie bereits verschwunden. Dafür treffe ich vor dem Waschhaus wieder auf Helena, die offenbar ähnliche Gedanken umtreiben.

»Wie soll ich denn hier in Ruhe aufs Klo gehen?«, fragt sie muffelig.

»Immerhin kannst du den Leuten beim Spülen lauschen, das ist doch auch was.«

»Du übertreibst es immer mit dem Schönreden«, muffelt sie weiter.

»Hast ja recht, ich habe auch beschlossen, lieber nachts zu gehen. Aber wenigstens ist es sauber.«

Ein Traktor tuckert vorbei, und wir müssen zur Seite hopsen, damit er uns nicht über die Füße fährt. Ein struppig aussehender Mann im Blaumann sitzt oben drauf. Ist das etwa der Typ, der bei der schrägen Trulla von der Rezeption die schlechte Laune verursacht hat?

Zurück am Zelt räumen wir es ein. Keine fünf Minuten später rauscht mit voller Wucht die erste Krise heran.

Helena packt die Luftmatratze aus und schaut sich suchend um. »Wo ist denn die zweite Matratze?«

»Wir haben nur die eine, die ist breit genug. Du warst doch dabei, als wir sie gekauft haben.«

»Ich habe nicht mitgekriegt, dass du nur eine eingepackt hast, ich dachte, es gibt zwei. Was machen wir jetzt?«

»Du hättest vielleicht nicht die ganze Zeit auf dem Handy rumdaddeln sollen, sondern lieber deiner dusseligen Mutter auf die Finger geschaut. Jetzt ist es eben so. Wie gesagt, sie ist breit genug.«

»Ich will aber nicht mit dir in einem Bett schlafen.«

»Es geht nicht anders.«

»Papa hätte sofort eine zweite gekauft.«

Die Papa-Ohrfeige. Immer dann, wenn Helena etwas nicht passt, schlägt sie sie mir um die Ohren. Papa macht dies, Papa macht das. Claas kauft sich gerne frei. Mir liegt eine spitze Erwiderung auf der Zunge, aber ich verkneife sie mir. Helena soll nicht zwischen die Fronten geraten, auch wenn sie es manchmal geradezu herausfordert. Außerdem verstehe ich sie. Sie ist vierzehn. Sie braucht Privatsphäre. Aber ich habe keine zweite Matratze. Ich bin nicht perfekt. Ich bin als Mutter alles andere als das.

»Wir besorgen eine zweite Matratze, okay?«

»Na gut, und dann ziehen wir auch diese Trennwand rein, damit ich meine eigene Kammer habe.« Sie macht eine kurze Denkpause. »Wobei … atmen höre ich dich ja trotzdem.«

Soll ich lachen oder weinen? »Ich versuche, ganz leise zu atmen, versprochen«, erwidere ich bissig.

Das Problem scheint aus dem Weg geräumt, doch das nächste Drama folgt auf dem Fuße. Helena hält die elektrische Pumpe in der Hand, die sie aus einer der Plastikkisten gekramt hat. »Ooookay, ich pumpe die jetzt auf. Wo ist der Strom?«

»Ähm, Strom?« Ich drehe mich einmal um die Achse, sichte jedoch keine Steckdose weit und breit. Das ist der Augenblick, in dem meine Tochter zum Derwisch mutiert.

»Du erzählst mir jetzt nicht, dass wir keinen Strom haben«, kiekst sie hysterisch.

»Ähm. Sieht leider so aus.«

»Und wie soll ich mein Handy aufladen?«

Gleich ist es so weit. Sie steigt in den nächsten Bus. Oder sie ertränkt sich in der Ostsee. Oder sie ertränkt mich in der Ostsee. Dabei quält mich der fehlende Strom genauso. Wie soll ich denn arbeiten? Aber ich habe eine Idee, ha!

»Wir können die Handys beim Duschen im Waschhaus aufladen.«

»Super Idee.« Teenieskes Augenrollen. »Total entspannt. Echt toller Urlaub. Ich wäre doch besser mit Papa nach Italien gefahren.«

Wie viele Ohrfeigen muss ich ertragen? »Dann fahr eben mit Papa, auch von hier aus fahren Busse und Züge.« Effektvoll pfeffere ich die Pumpe auf den Boden, suche das Weite und … stolpere fast in unseren Nachbarn.

»Hoppla, wohin so eilig? Ihr zeltet, da gibt es keinen Stress.«

»Sag das mal meiner Tochter«, brumme ich, laufe weiter, den Pfad zum Hauptweg entlang und von dort bis zum Ende des Campingplatzes. Hinter den Zirkuswagen biegt der Weg ab und wird zu einem Waldpfad. Die Büsche und Sträucher führen jedoch so nah am Weg entlang … Nee, bei meinem Glück fange ich mir nur Zecken ein. Ich drehe also um, komme wieder an den Zirkuswagen vorbei und schaue sie mir genauer an. Sie sind wirklich besonders. Jeder Wagen hat eine andere Farbe, die Sprossenfenster sind bunt bemalt, und schon von außen wirken sie so behaglich, dass ich zu gerne einen Blick hineinwerfen würde. Die derzeitigen Bewohner scheinen nicht sonderlich ordnungsliebend zu sein. Tische und Stühle stehen kreuz und quer, überall steht benutztes Geschirr, Kleidung liegt auf jedem freien Platz und dazwischen fliegen Yogamatten herum. Wüst.

Hinter dem Rondell biege ich ab zur Rezeption. Die Frau, bei der wir eingecheckt haben, fläzt sich auf einem Stuhl in der Abendsonne.

»Entschuldigung, könnten Sie mir vielleicht sagen, wo ich an unserem Platz den Strom finde?«

Sie lässt ihre coole Sonnenbrille ein Stück nach unten rutschen und blinzelt mich über den Rand hinweg an. »Wenn ihr Strom braucht, hättet ihr das sagen müssen, haben nicht alle Plätze. Könnt euch ja noch einen mit Strom aussuchen, die sind aber weiter hinten.«

Na, besten Dank. Das hätte sie uns in ihrer tollen Einführung ja auch mal sagen können. »Jetzt haben wir gerade alles aufgebaut. Wo können wir denn unsere Handys aufladen?«

»Das Waschhaus ist beliebt.« Sie sieht meinen aussagekräftigen Gesichtsausdruck. »Jetzt macht euch mal locker. Handys sollen auch mal weg, und deine Tochter wird's verkraften. Andererseits treffen sich da abends gerne die Teenies zum Aufladen und Quatschen. Wird sie schnell merken.« Sie schiebt ihre Brille wieder auf die Nase, und das Gespräch ist beendet. Seltsame Person.

Ravioli

Samstag, Sonne und Wolken im Wechsel, leichter Wind aus Südost, 20 Grad Celsius

Als ich zurückkehre, ist Helena verschwunden. Ich bin nicht undankbar, räume in Ruhe das Zelt ein und bringe Ordnung in das Chaos. Einer der Profitipps stellt sich als Geschenk heraus. Nicht Koffer oder Taschen beherbergen unser Hab und Gut, sondern wasserdichte, durchsichtige und stapelbare Plastikkisten. Zuletzt klappe ich den Tisch auf. Eigentlich fehlt nur noch die Luftmatratze, aber darum kümmere ich mich später. Jetzt lasse ich mich erst mal mit einem Seufzer in einen der Stühle plumpsen, genieße ein paar Augenblicke die Ostsee und schnappe mir dann das Handy, um Arbeitsmails zu checken und zu beantworten.

Eine halbe Stunde später wandere ich mit unter den Arm geklemmter Matratze und elektrischer Luftpumpe Richtung Waschhaus. Auf dem Pfad begegnet mir der Nachbar. Den Jungen trägt er auf der Schulter, das Mädchen tapst brabbelnd hinterher.

»Das Stromproblem, was?«, sagt er mit Blick auf mein Gepäck und einem wissenden Lächeln auf den Lippen.

»Genau. Jetzt muss ich damit zum Waschhaus.«

»Und dann steckst du deine Pumpe mit dem Stecker fürs Auto in eine normale Steckdose?«

Verdutzt betrachte ich die kleine Pappschachtel mit der Pumpe genauer, auf der eindeutig ein Stecker abgebildet ist, den man am

Zigarettenanzünder des Autos anschließt. »Och, nee. Das darf doch jetzt wirklich nicht wahr sein. Da hab ich überhaupt nicht drauf geachtet.«

Hendrik reagiert pragmatisch. »Kannst du kurz auf die Strolche aufpassen? Ich hole meinen Autoschlüssel, dann kannst du da aufpumpen.«

»Oh. Das ist lieb, danke. Ich passe gerne auf die Zwerge auf, auch wenn ich gar nicht mehr weiß, wie das geht.«

»Das verlernt man doch nicht«, sagt er mit einem Augenzwinkern und setzt den Sohnemann ins Gras. »Ihr bleibt schön hier bei Evi, ich bin sofort wieder da.«

Augenblicke später ist er zurück, wir laufen zu seinem Auto, einem silbernen Kombi, er schließt die Pumpe an den Zigarettenanzünder, und wir schauen der Matratze beim Wachsen zu. Derweil frage ich ihn ein wenig aus.

»Ist nicht einfach mit zwei kleinen Kindern, oder? Es sind zweieiige Zwillinge?«

»Ja, sind es. Und es ist nicht immer einfach, das stimmt, aber wir schaffen das schon, gell, ihr beiden?«

Die Kleine drückt ihm ein Stöckchen in die Hand, und er bedankt sich artig. Die drei sind wirklich süß.

»Pubertät ist aber auch nicht besser, was?«, sagt er.

»Oh nein. Es ist eine seltsame Phase. Man hat zwar wieder mehr Zeit für sich, aber die Konfrontationen sind schmerzhafter.«

»Das habe ich schon mitgekriegt.«

»Du Armer.«

Er lacht. »Ich werd's überleben.«

Wir plaudern noch ein wenig, er gibt mir Tipps für Ausflüge, dann bugsiert er mir die prall gefüllte Luftmatratze zum Zeltplatz.

»Vielen lieben Dank, das war eine echte Hilfe.«

»Dafür sind Nachbarn doch da, und beim Zelten ist das so. Man hilft einander.«

Ich schaue ihm hinterher, als er geht. Lange.

Halt die Klappe, Isabell!

Der Abend ist fortgeschritten, die Sonne nähert sich dem Horizont. Ich habe gewaltigen Hunger, also packe ich den Gaskocher und die Gaskartusche auf den Tisch, lege alles andere bereit und suche meine Tochter. Nicht uneigennützig beginne ich am Strand. Ich will sie endlich sehen, die Ostsee. Richtig sehen. Ein sandiger Trampelpfad führt durch einen schmalen Dünensaum. Unser Campingplatz liegt an der Grenze eines flachen Strandabschnitts, der bis ans Ende der Schaabe reicht. Richtung Kap Arkona wird die Küste steiler und der Sand- zum Steinstrand. Letzte Strandgänger sitzen verstreut in der Abendsonne, ansonsten ist es friedlich und leer. Das Wasser gluckert gemütlich vor sich hin. Wenn ich die Augen schließe, habe ich das Gefühl, an einem See oder einem ruhig dahinfließenden Fluss zu stehen. Es fehlt das Raue, Ungezähmte der Nordsee. Es fühlt sich eher an wie das Mittelmeer oder die Südsee, nur … bodenständiger. Ja, sie gefällt mir, die Ostsee.

Weil ich Helena sofort entdeckt habe – sie sitzt ein paar Hundert Meter entfernt auf einem massigen Findling –, ziehe ich meine Schuhe aus, nehme sie in die Hand und wate durch die kleinen Ostseewellen. Ich bin angekommen. Meine Füße im Wasser. Urlaub. Erholung. Abschalten.

»Hey, du.«

»Hey, Mum.«

Ich lasse meine Schuhe auf die Steine plumpsen (sehr schöne Steine übrigens, ich muss sie mir bei Gelegenheit genauer anschauen, ich habe eine Schwäche für Steine) und setze mich neben Helena.

»Hast du dich beruhigt? Das mit dem Strom hat mich doch auch geärgert. Ich habe sogar die komische Trulla von der Rezeption gefragt. Sie hat vorgeschlagen, das Zelt woanders aufzubauen.«

Helena grunzt fröhlich. »Nee, lass mal, dann geh ich lieber zum Aufladen ins Waschhaus. Wird schon gehen.«

»Gibst du also zu, dass du ein klitzekleines bisschen überreagiert hast?«

»Aber nur ein klitzekleines bisschen.«

Wir schmunzeln einander an, und ich riskiere es. Ich lege meinen Arm um sie. Sie lässt es zu, und das macht mich glücklich.

»Wir müssen nicht die ganze Zeit aufeinanderhocken, weißt du? Wenn du alleine sein willst, dann lasse ich dich in Ruhe, du musst deine nervige Mutter nicht bespaßen.«

Sie lehnt ihren Kopf an meine Schulter. »Danke, Mum.«

Und dann schauen wir gemeinsam aufs Meer.

»Ich hab Megahunger. Ich halte es keine Minute mehr aus.« Helena springt auf. Ich tue es ihr nach und hüpfe ebenfalls vom Stein. Mein Knöchel beschwert sich postwendend.

»Komm, wir essen Ravioli, wie es sich beim Zelten gehört.«

Es klappt alles ganz wunderbar. Ich drehe die Gaskartusche in den Gaskocher, als hätte ich es schon tausendmal gemacht. Na ja, Helena hat mir wohlweislich wieder ein Tutorial vor die Nase gehalten, und ich fange an, Gefallen an dieser Form der Weiterbildung zu finden. Egal, um was es geht, man schwingt sich einfach von einem Tutorial zum nächsten und legt anschließend die Meisterprüfung in irgendwas ab.

Wir weihen einen der Töpfe aus dem Sonderangebot ein, die Melaminschüsseln und die bunten Löffel, und dann esse ich zum ersten Mal seit vielen Jahren Ravioli. Wir halten unsere Schälchen im Schoß, genießen schweigend und blicken aufs Meer. Die Sonne geht langsam unter, neben mir steht ein zweites kühles Bier. Danke, Paps. Ich kann mir gerade keinen schöneren Ort auf Erden vorstellen.

»Mum, hast du was dagegen, wenn ich ins Bett gehe?«

»Überhaupt nicht. Du denn, wenn ich noch mal zum Strand gehe?«

»Nein, aber bleib nicht zu lange, und trink nicht zu viel.«

»Geht klar, Tochter.«

Ich stehe auf, schnappe mir Telefon und Bier und strubble Helena durch die Haare. Sie lässt die Zunge seitlich aus dem Mund hängen, frei nach dem Motto: Man kann es mit den Liebesbekundungen auch übertreiben.

»Vorsicht.«

Ich bleibe abrupt stehen. Fast wäre ich wieder in meinen Nachbarn gerannt. Peinlich.

»Jetzt fällst du mir schon zum zweiten Mal vor die Füße.« Er betrachtet mich amüsiert.

Ich suche nach einer passenden, schlagfertigen und witzigen Antwort.

Warum eigentlich?

Isa, kannst du dich bitte raushalten?

Bevor ich meine Antwort finde, redet er weiter. »Na ja, es war ein langer Tag, ich weiß, wie das ist. Man fährt früh los, endlose Anreise, Zeltaufbauen. Da geht die Aufmerksamkeit flöten.« Er lächelt nett und verständnisvoll.

»Ja, da ist was dran.«

Er deutet auf meine Flasche Bier. »Was dagegen, wenn ich dir Gesellschaft leiste?«

»Nein, überhaupt nicht. Ich wollte mich auf den Felsen dahinten setzen, ich finde ihn toll. Und dann wollte ich Steine fühlen, das Meer anschauen und ein Bier trinken.«

»Ich versteh zwar den Teil mit den Steinen nicht, aber ins Dunkle gucken und Bier trinken, da bin ich dabei.«

Ich setze mich auf den Felsen und lasse die Beine baumeln,

Hendrik steht unschlüssig vor mir. Ich weiß nicht, was ich von der Situation halten soll. Einerseits freue ich mich über Gesellschaft, andererseits wäre ich gerne alleine.

Alleine bist du noch lange genug, wenn du deinen Hintern nicht hochkriegst.

Hach, Schwester, wie schön, dass du auch auf Rügen bist. Kannst du dich mal aus meinem Leben raushalten? Schon als wir klein waren, wusstest du genau, welche Barbie meinen Ken ehelicht ... Ich betrachte den Mann, der erwartungsvoll vor mir steht, im abendlichen Dämmerlicht. Gut sieht er aus. Keine Frage. Sportliche Figur, blond, ohne ein graues Haar, eine moderne Kurzhaarfrisur und ein Gesicht, das sein Alter zeigt und auch wieder nicht. Wie alt mag er sein? Vierzig? Jünger? Älter? Und welche Geschichte gehört wohl zu ihm und seinen Kindern? Und warum interessiert mich das überhaupt?

Was kriegt man denn in unserem Alter noch? Ausschuss oder Secondhand.

Isabell tönt in meinem Kopf. Will sie mich dazu bringen, den ersten Mann, der mir seit Langem über den Weg läuft, direkt als potenziellen Kandidaten ins Auge zu fassen?

»Setz dich doch.«

Er nickt, verharrt einen Augenblick und lässt sich neben mir nieder. Der Findling ist zwar groß, dennoch kommt er mir zu nahe.

»Stört es dich, wenn ich Bier trinke?«

»Quatsch. Bier trinkende Frauen find ich cool.«

Ich zucke mit den Achseln. »Bei mir im Freundeskreis trinken viele Frauen Bier.«

»Bei mir Hugo, Gin Tonic, Sekt und Wein.«

»Auch alles lecker.« Ich lache. »Es macht jetzt bestimmt den Eindruck, ich wäre eine verkappte Alkoholikerin.«

»Es hört sich eher so an, als wüsstest du, was gut ist.« Er lächelt mich an, dann herrscht Stille. Was könnte ich ihn fragen?

»Wo kommst du her?«

»Bielefeld, und du?«

Ich lache laut auf und kann mir den Kalauer nicht verkneifen. »Bielefeld gibt es doch gar nicht.«

»Was für ein Glück, ich dachte schon, ich müsste wieder zurück.«

Ich lache ein zweites Mal und halte ihm die Bierflasche entgegen. »Willst du?«

Er zögert. »Eigentlich gern, aber die Kinder …« Den Rest des Satzes lässt er im Raum stehen.

»Kannst du sie überhaupt allein im Zelt lassen?«

Er zieht sein Smartphone aus der Hosentasche, entsperrt es und zeigt mir eine App. »Babyphone. Wenn was ist, bin ich in einer Minute da.«

»Hört sich gut an. Dann trinke ich mal für dich mit, meine Tochter kommt alleine klar. Manchmal besser als mir lieb ist.«

Ratlose Stille setzt sich zwischen uns fest. Ich könnte ihn nach der Mutter der Kinder fragen, aber das wäre mehr als ein unverbindlicher Plausch am Strand. Ich schüttle unmerklich den Kopf. Warum denke ich so? Doch nur weil eine dusselige Schwester auf meiner Schulter hockt. Wäre sie nicht da, würde ich mir diese Gedanken gar nicht machen und mich nur mit ihm unterhalten. Oder? Stattdessen schweigen wir und starren aufs Meer. Ich nuckle an meiner Flasche, er nestelt an seiner Hose. Mein Körper wird schwer. Es war ein langer Tag. »Ich glaube, ich krieche mal in meinen Schlafsack, sonst schlafe ich gleich hier ein.«

»Mach das. Und freu dich drauf, die erste Nacht ist besonders. Aber wundere dich nicht. Man schläft lange im Zelt.«

»Das kann ich mir kaum vorstellen. Im Moment sehe ich mich nur völlig übermüdet und mit unsäglichen Rückenschmerzen daraus hervorkriechen.«

Nach einer knappen Verabschiedung schlendere ich am gluckernden Wellensaum entlang zurück – nach Hause unter eine dünne Plane. Es ist eine seltsame Vorstellung. Ein letztes Mal trotte ich über den gespenstisch stillen Campingplatz zum Waschhaus, danach krabble ich in meinen Schlafsack und darf endlich schlafen.

Nach Regen kommt Sonnenschein. Oder?

Sonntag, leichter Regen, Wind aus Nordwest, 18 Grad Celsius

Ein sachtes Tippeln weckt mich. Es hört sich an, als tanzten Mäuse über den Dachboden. Ich brauche einen Moment, ehe ich es einordnen kann. Rügen. Zelt. Regen. Regen? Wo kommt der denn her? Ach, so ein bisschen Fisselregen ist ja nicht schlimm. Genau in diesem Augenblick verwandelt sich das Tippeln in ein Klopfen und danach in ein stakkatoartiges Trampeln. Es hört sich an, als säße ich im Studio von *Eins, zwei oder drei* und die Rakete geht los. Doch wir liegen im Trockenen, es ist kuschelig und deshalb schließe ich die Augen wieder und döse weiter.

»Mama? Regnet es?« Helenas Stimme ist schläfrig.

»Ja, ist das nicht wunderbar gemütlich?«

Binnen einer Millisekunde sitzt Helena aufrecht. »Die Stühle, die Schuhe, ich muss aufs Klo. Ein Megascheiß ist das!«

Ich schieße noch schneller in die Senkrechte und fast im selben Augenblick aus dem Schlafsack. Ein Reißverschluss, zwei Reißverschlüsse. Erste Erkenntnis: Der Regen, der sich im Zelt nach einem mittelschweren Wolkenguss anhörte, ist nur halb so schlimm. Zweite Erkenntnis: Alles ist nass. Stühle, Jacken, Schuhe. Dabei haben wir nur jede das eine Paar. Offenbar müssen wir noch ein paar Campingregeln lernen. Ich bringe die Sachen ins Vorzelt. Die Stühle klappe ich zusammen und stelle sie in eine Ecke, die Schuhe werden wir wohl oder übel anziehen müssen. Wohin mit den Jacken? Haken wären praktisch, vielleicht gibt es die ja im Kiosk. Vorerst schmeiße ich unsere Jacken über die nassen Stühle.

»Alles halb so wild, das trocknet wieder.«

Helena krabbelt mit wirrem Haar aus der Schlafkammer. »Nasse Schuhe, echt jetzt?«

»Entschuldige, aber du hast genauso wenig daran gedacht wie ich.«

Ich ernte einen Blick, wie ihn nur diese Altersklasse beherrscht. Strafend, überheblich, genervt. »Und was machen wir bei dem Scheißwetter?«

Ich konsultiere durch das Seitenfenster den Himmel. Weil mir dessen Vorhersage nicht gefällt, hole ich das Smartphone aus dem Innenzelt. Fünfzehn Prozent Akku und zwölf neue Nachrichten. Ich werde wohl ausgiebig duschen. »Krass, wir haben schon fast neun. Ich hätte nicht gedacht, dass er recht hat.«

»Wer hatte recht?«

»Unser Nachbar. Er meinte, man schläft beim Zelten lange.« Ich luge um die Ecke und werfe einen Blick zum Nachbarzelt. Alles ist ruhig. Schlafen die Zwerge etwa noch?

»Na, wenn's der Nachbar sagt, dann muss ja was dran sein«, muffelt Helena.

»Auf jeden Fall soll es gegen Mittag aufhören zu regnen. Dann fahren wir in die nächste Stadt und kaufen Schuhe«, versuche ich, sie aufzumuntern.

»Von mir aus.«

Ich schicke sie duschen, aber auch hier gibt es Hürden. Ich habe nämlich alle unsere Waschutensilien in einen Einkaufskorb gepackt – hilfreicher Tipp einer Profi-Camper-Familie.

»Damit soll ich durch die Gegend laufen? Warum haben wir keinen Kulturbeutel?«

»Darum«, lautet meine knappe Antwort, ich drücke ihr den Korb in die Hand und schiebe sie Richtung Waschhaus. »Vergiss das Handy nicht. Ich besorge Brötchen und gehe nach dem Frühstück duschen.«

»Als ob ich das Handy vergesse.«

»Doofe Erinnerung, entschuldige, dass ich versuche, nett zu sein.«

Wir verdrehen beide die Augen.

Ich mache mich auf und entdecke den Pfad zum Nachbarcampingplatz. Ich staune. Der Platz ist riesig. Ich brauche fast zehn Minuten, ehe ich den Laden finde, einen hochmodernen Supermarkt im Kleinformat mit angeschlossener Bäckerei. Ich kaufe Brötchen, eine zweite Luftmatratze und frage nach der nächsten Stadt.

Die rundliche Verkäuferin grunzt vergnügt. »Wenn Sie 'ne Stadt wollen, müssen Sie nach Bergen, aber es gibt ein kleines Kaufhaus im Nachbarort. Da kriegen Sie alles.«

Mit meinen Einkäufen unter dem Arm suche ich die Rezeption. Ich komme an zwei hochmodernen Sanitärgebäuden vorbei, einer Surfschule, einer kleinen Bühne und einem Souvenirshop. Der Campingplatz ist gut ausgestattet, doch ich finde unseren schöner. An der Rezeption miete ich Fahrräder.

»Die sind immer jut jefracht«, teilt mir der nette, junge und sehr niedliche Berliner hinter der Theke mit und überzeugt mich, Räder für die gesamten drei Wochen zu mieten. Ich kehre demnach erfolgreich zurück. Das Nachbarzelt ist weiterhin verwaist, Helena frisch geduscht und gut gelaunt, also bin ich es auch. Zumindest, bis uns der Topf mit dem kochenden Wasser vom Gaskocher plumpst und der erste Kaffee in weite Ferne rückt.

»Das Ding ist so megascheiße. Viel zu wackelig. Warum haben wir keinen ordentlichen Kocher gekauft?«

»Sonderangebot.« Ich bin ebenfalls genervt. Alles wieder von vorne. Wasser vom Wasserhahn am Weg holen, den Topf aufsetzen und gefühlte zwei Stunden warten, ehe sich das Wasser erbarmt zu kochen. Das alles auf der kleinen Picknickdecke im Vorzelt zwischen unserem Kram, neben nassen Stühlen, mit Sand an den Socken, weil die natürlich feucht von den Schuhen sind. Warum konnte Lisbeth uns nicht auf eine Kreuzfahrt schicken, gerne auch an den Polarkreis?

Cherie, ich werde es mir fürs nächste Mal merken. Polarkreis, geht klar.

Danke für die Info, Lisbeth, es wurde Zeit, dass du dich mal meldest.

Das Kaufhaus erinnert mich an den Woolworth meiner Kindheit in einer Kleinstadt. Auf der Fläche eines größeren Supermarktes gibt es vom Löffel bis zur Unterhose alles. Dutzende Urlauber schieben sich durch schmale Gänge, zu viele Kinder verbreiten Unruhe, genervte Mütter und Väter diskutieren über die Notwendigkeit billigen Plastikspielzeugs. Auch Helena und ich sind eher über- als entspannt. Die vermeintlich gemächliche Fahrradtour mit soliden Hollandrädern, die wir gleich nach dem Frühstück abgeholt haben, war alles andere als das, weil wir gegen einen fiesen Gegenwind ankämpfen mussten, von dem wir auf dem Campingplatz nichts bemerkt hatten. Das kleine Wäldchen fungiert als natürliche Barriere, auf dem flachen Land nahm der Wind dagegen Anlauf über riesige Wiesen und Felder.

»Welche Schuhe brauchst du?«

»Keine Ahnung. Wie viel darf ich ausgeben?« Eine typische Helena-Frage. Nenne ich einen Preis, kommt sie mit fünf Paar billigen Schuhen an, nenne ich eine Anzahl, sucht sie sich teure aus.

»Zwei Paar, nicht mehr als hundert Euro.«

Sie zieht einen Flunsch, weil ich sie elterlich korrekt in die Schranken gewiesen habe, und shoppt los. Ihr Weg führt zum Modeschmuck, also wähle ich die Schuhabteilung. Nach längerem Abwägen – ich bin nicht einfach bei Schuhen, irgendwas ist immer – entscheide ich mich für rote, anschmiegsame Flipflops und für ein Paar Sandalen. Ist das die richtige Wahl? Wären feste Schuhe nicht praktischer? Ich stelle die Sandalen zurück und nehme lieber ein Paar solide Turnschuhe. Soll ich die Sandalen trotzdem mitnehmen? Immerhin winkt ein stattliches Erbe. Nein, maßregle ich mich, noch ist das Geld nicht da. Außerdem kann ich mir keine drei Paar kaufen, wenn Helena ... ach komm ... es ist Urlaub.

Ich wandere weiter zur Campingabteilung. Brauchen wir noch etwas? Nein, meine Liste war schließlich perfekt. Aber diese süße rote Hängematte? Bäume haben wir und Helena freut sich bestimmt. Ich packe sie ein und bringe die Sandalen wieder zurück. Frau sein ist manchmal furchtbar anstrengend.

Ich finde Helena bei den schaurig-schönen Reiseandenken.

Während sie herumstöbert, bleibt mein Blick an einer Karte im Postkartenständer hängen. *Liebe ist schön! Von einfach war nie die Rede* steht in schwarzen Lettern auf einer Postkarte mit lustigen Bildchen, die Pärchenmarotten darstellen. Ich schüttle meinen Kopf. Es fällt schwer, Ersteres noch zu glauben, wenn am Ende nur noch Marotten und Streitpunkte übrig bleiben. Helena stupst mich in die Seite und reißt mich aus meinen Gedanken. Sie hält mir einen kleinen Seehund mit Rettungsring vor die Nase.

»Guck mal, Mum, der Seehund. Ist der nicht süß?«

»Ja, das ist er.« Er ist vor allem kitschig, aber ich will es mir nicht sofort wieder mit meiner Tochter verderben. »Pack ihn ein. Hast du Schuhe gefunden?«

»Jepp, war gar nicht so einfach.« Sie greift in den Korb und zieht ein Paar Sneakers (vernünftig) und die gleichen Flipflops heraus, die auch ich mir ausgesucht habe. Wortlos deute ich auf meine. »Mum, das geht gar nicht. Wir können nicht in den gleichen Schuhen rumlaufen.«

»Das wäre doch lustig.«

»Echt jetzt?« Sie zuckt mit den Schultern.

»Und nun?«

»Du musst dir andere aussuchen.«

Hallo? Woher kommt diese überhebliche Selbstverständlichkeit? Sie war doch als Kind nicht so. Da hätten wir gemeinsam eine Lösung gefunden. Wie oft in solchen Augenblicken springt mir das Lied von den *Ärzten* ins Ohr. *Junge. Du hast dich doch früher so für Tiere interessiert.* Und: *Wenn aus Kindern Leute werden.* Aber das dauert eben. Im Moment ist Verpuppung angesagt. Kinder verpuppen sich zu Monstern, und am Ende kommt ein Schmetterling heraus. Oder einer dieser Nachtfalter. Wer weiß das schon? Ich gebe nach, weil ich die Klügere bin, und tausche meine roten Flipflops gegen ein Paar in Grün. Zu untertänigerem Verhalten bin ich nicht bereit.

»Aber das sind immer noch die gleichen.«

»Das ist mein Kompromiss, wo ist deiner?«

Murrend gibt sie sich geschlagen. Es ist ein immerwährender Kampf mit lichten Augenblicken.

Der Wind hat gedreht, und wir haben wieder Gegenwind. Wer will uns ärgern? Die Insel? Der Wettergott? Lisbeth? Ja, die muss es sein. Sie sitzt im Bademantel auf ihrem kunterbunten Wölkchen, hat ein Glas Scotch in der einen Hand, eine Kippe in der anderen und kichert sich ins Fäustchen.

Cherie, so einfach kommst du mir nicht davon.

Ich strample gegen den Wind, auf dem Rücken schmerzt ein voller Rucksack – ich trete meinen Frust jedoch in die Pedale. Irgendwann haben wir es geschafft und erreichen die Zufahrt unseres Campingplatzes, müssen allerdings erst einmal an einem dusseligen Traktor vorbeilavieren. Kutschiert hier eigentlich immer derselbe Traktor rum? Danach endlich schieben wir die Räder die letzten Meter zu unserem Platz. Wie immer kommen wir dabei an der Handvoll Datschen vorbei, und die auffälligste von ihnen präsentiert zum ersten Mal ihren Bewohner. Die Datscha ist alt, sehr klein und mit allem dekoriert, was Gartencenter und Kunsthandwerksmärkte hergeben. Tiere, abstrakte Kunstwerke, Gartenzwerge, Girlanden, Figürchen, die auf dem niedrigen Gartenzaun, in Bäumen und Büschen hocken, Getöpfertes, bemalte Steine, Steinketten, Treibholz, Muscheln und vieles mehr. Seit ich sie gestern das erste Mal wahrgenommen habe, frage ich mich, wem dieses Wimmelbild gehört. Nun bekomme ich die Antwort. Es handelt sich um einen Mann im Rentenalter, der so klein und zart ist, dass man ihn sich unter den Arm klemmen könnte. Er hat einen erstaunlichen Schnauzer und trägt Latzhosen. Peter Lustig in der skurrilen Version. Unsere Blicke kreuzen sich.

»Sind die neuen Nachbarn, was?«

»Ja, das sind wir. Ein schönes Häuschen haben Sie da. Sehr bunt, sehr besonders.«

»Meine Frau hat damit angefangen, die is tot, aber ich sammel im Andenken an sie weiter. Dann is sie immer noch bei mir.«

»Oh, das tut mir leid.«

»Braucht es nicht, hätt ja nix erzählen müssen und sie is schon lange tot. Aber die Leute tun sich eben wundern, deshalb verrate ich das immer.« Er nickt mir zu und klemmt die Daumen in die Träger seiner Latzhose. Dabei schaukelt er auf seinen Füßen vor und zurück. »Wetter könnt schöner sein, was?«

»Da sagen Sie was.«

»Is' Meer, was? Wird besser. Morgen, spätestens übermorgen.«

»Danke, das wäre toll.«

»Dann mal ruhig machen heute.« Er empfiehlt sich und trippelt zurück in seine Kate.

»Komischer Kauz, aber irgendwie niedlich«, sage ich zu Helena.

»Der erinnert mich voll an den alten Löwenzahntypen.«

Ich schmunzle. »Ich glaube, der Vergleich bleibt nicht aus.«

Wie von selbst drängt sich der Gedanke an meine Mutter auf, als ich den Reißverschluss unseres Zeltes öffne. Zu Hause ist es die Tür, die mich an sie erinnert. Ich führe kurze Gespräche, bitte um Entschuldigung oder Erlaubnis, bespreche mit ihr, was mir auf dem Herzen liegt. Ich spüre ihre Umarmung oder höre ihre mahnenden Worte. Heute frage ich sie, was sie von Lisbeths Schnapsidee hält.

Evilein, Lisbeth hat immer tief in die Seele der Menschen geblickt. Sollte sie glauben, dass du in deinem Leben einen Schubser brauchst, dann lass dich schubsen. Denk nicht so viel nach.

Wenn sie so oder ähnlich mit mir sprach, strich sie mir oft eine Strähne aus der Stirn und setzte *den Blick* auf. Diesen besonderen Blick, den man erst versteht, wenn man ihn der eigenen Tochter zuwirft. Weil man Erfahrung gesammelt hat, altersweise geworden ist und die Dinge ganzheitlicher betrachtet. Ich schüttle die Gedanken ab, nicht ohne mich bei Mama zu entschuldigen.

Sie kichert. *Kind, es ist deine Aufgabe, mütterliche Ratschläge bis zu einem gewissen Grad zu ignorieren. Selbst mit dreiundvierzig.*

Schon als sie noch lebte, fand ich dieses tiefe Verständnis meiner Mutter tendenziell grenzwertig.

»Was gibt's zu essen? Wir haben gar nichts gekauft.« Helena hat ihr Fahrrad an einer Kiefer neben unserem Zelt abgestellt und platzt mitten in mein Zwiegespräch. Mit verschränkten Armen und vorwurfsvollem Blick steht sie mir gegenüber.

»Wir kriegen alles auf dem Zeltplatz nebenan. Ich kann nicht Schuhe UND Lebensmittel transportieren.«

»Ich habe aber JETZT Hunger.«

»Was sagt denn Opa Wolfs Kühltasche?«

»Öder Kram.«

Ich seufze, packe vier Paar Schuhe, eine Hängematte und einen kleinen Seehund aus, tausche meine feuchten Stoffschühchen gegen die neuen Turnschuhe und schultere den Rucksack. »Was brauchen wir?«

»Schokolade, Chips, Nutella …«

Ich unterbreche sie. »Geht es gesünder?«

»Saure Gurken.«

»Saure Gurken?«

»Du wolltest doch was Gesünderes.« Ich seufze und wandere los. Wir haben schon fast drei und im Grunde noch nichts gemacht. Man vertrödelt die Zeit mit Pflichten. Klogang, duschen, kochen, spülen, einkaufen. Alles dauert ewig, aber auf eine angenehme Weise. Nur das mit dem Einkaufen, das stört mich. Ein Großeinkauf wäre praktisch, doch mit dem Fahrrad ist das leider nicht möglich.

Ich komme am Waschhaus vorbei und gehe zur Toilette. Ist man da, geht man hin, der Weg ist schließlich weit. Es ist eine meiner neuen Regeln für die nächsten Wochen. Ich erlebe ein Déjà-vu, als wieder dieses Klimpern vom ersten Tag ertönt. Wie viel Schmuck braucht man, um sich SO anzuhören? Die Klotür klappert, es klimpert, ein Ächzen, dann ist Ruhe. Ich muss sie sehen, diese Klimpertante. Unbedingt. Also bleibe ich sitzen, obwohl ich fertig bin. Ein weiterer Gast betritt die Sanitäroase.

»Trudi?«

»Ja, Kind?«

»Warum bist du denn wieder auf dem Klo? Mitten in der Yogastunde. Das ist schon das zweite Mal. Ist alles in Ordnung?«

»Kind, meine Knochen machen diesen Yogakram einfach nicht mehr mit. Und ein überforderter Körper führt zu Missstimmungen in meinem Chakra.«

Die zweite Person kichert. »Trudi, das ist Muskelkater, den wird dein Chakra schon verkraften.«

»Eben nicht. Und ich höre auf meinen Körper. Ich bin da auf einer transzendentalen Ebene einfach viel weiter als ihr.«

»Du hast Übergewicht, bist über fünfzig und fährst überall mit dem Auto hin. Dein Körper sagt dir höchstens, du sollst dich mehr bewegen.«

»Miriam, geh, deine Aura ist schwarz, strahlt bis hierher und verursacht Verstopfung.«

Die Frau namens Miriam gackert und verlässt das Klohaus. Ich muss mich zusammenreißen, um nicht ebenfalls loszuprusten, denn nun habe ich ein deutliches Bild der Klimpertante vor Augen. Und weil ich mir das nicht zerstören möchte, warte ich, bis auch sie gegangen ist.

Nach einem späten Mittagessen in Form chinesischer Instantnudeln verbringen wir den Nachmittag im Zelt. Der Regen hat wieder eingesetzt und trippelt gemütlich über unseren Köpfen. Helena liegt im Innenzelt und daddelt, ich sitze im Campingstuhl und bearbeite Mails. Saskia hat ihren Schlüssel wieder, ein paar Kunden haben Änderungswünsche und mein Vater hat Dutzende Bilder von Stralsund geschickt. Schöne Bilder. Ich setze Stralsund auf unsere Besichtigungsliste.

»Hörst du das?« Ich lasse mein Handy sinken, bekomme aber keine Antwort, denn das Kind trägt Kopfhörer. Ich rüttle an ihrem Fuß, der aus dem Innenzelt lugt. »Es hat aufgehört zu regnen, ich besorge Waschmarken, dann wollte ich an den Strand. Kommst du mit?«

Das Kind verneint brummend, und ich schlendere zur Rezeption. Als ich den vollgestopften Raum betrete, hängt die Rezeptionsfrau am offenen Fenster und macht komische Geräusche. Die ist so was von schräg.

»Entschuldigung«, rufe ich sachte, »ich möchte gerne Waschmarken kaufen.«

»Hast du's eilig?« Wieder dieser brüske Ton. Langsam bin ich geneigt, ihn persönlich zu nehmen.

»Ähm, nee, wieso?«

»Na, dann kann ich Kurti noch zu Ende füttern.«

»Kurti?«

»Komm her.«

Ich folge der Anweisung, nein, dem Befehl, und trete ans Fenster. Meine Güte, wie süß ist das denn? Auf einem Busch hockt in Greifweite ein rotes Eichhörnchen und knabbert selig an einer Nuss. Als es fertig ist, hüpft es auf das Sims und klaubt sich die nächste Nuss, die die Frau ihm zwischen Daumen und Zeigefinger präsentiert.

»Gott, ist das niedlich.«

»Das ist Kurti. Kurti war noch ganz klein und fast verhungert, als sie zu mir kam. Mit viel Liebe und Nüssen habe ich sie aufgepäppelt. Nun kommt sie immer wieder.«

»Das ist ja süß. Warum heißt sie Kurti?«

»Erst hieß sie Kurt, aber sie mochte meinen Bruder nicht und biss ihm immer in die Finger. Da wusste ich, es muss ein Mädchen sein, also Kurti.«

»Du meinst, ein Männchen hätte ihn nicht gebissen?«

»Ein Männchen hätte wohl eher Bier mit ihm getrunken.«

Ich lache schallend los. Eine absurdere Geschlechtsbestimmung kann es nicht geben. »Meine Tochter hat immer davon geträumt, ein Eichhörnchen großzuziehen. Aber das Universum hat nur eine Elster geliefert.«

Sie lehnt sich zurück und schaut mich an. Freundlich. »Kann ja gerne mal zum Füttern vorbeikommen, deine Tochter. 'ne Elster. Witzig. Intelligente Vögel.«

»Danke, das ist lieb. Ich bin übrigens Evi.«

»Ich weiß, ihr seid die ohne Auto und mit Vater. Jacky.«

»Hallo, Jacky.« Wir geben uns die Hand. Ihr Händedruck ist so fest, dass ich mir hinterher unauffällig die Hand reibe. Was habe ich richtig gemacht, dass ich plötzlich in ihrer Gunst gestiegen bin? Ich werde mutig und stille meine Neugier. »Du bist hier angestellt?«

»Ne-he«, sie grunzt, was einem Lachen sehr nahekommt, »der Platz gehört mir und meinem Bruder. Manchmal weiß ich nicht, ob ich ihn liebhaben oder umbringen soll.«

Die Frau hat ein Talent, eine Menge Informationen in knappen Sätzen unterzubringen, und wie es scheint, ist die Plauderei damit auch wieder beendet. »Wie viele?«

»Wie viele was?«

»Na, Waschmarken.«

»Ah. Wie viele brauche ich denn?«

»Zwei pro Waschgang, eine für den Trockner.«

»Dann nehme ich sechs.«

Sie drückt Kurti die letzte Nuss in die Pfoten, schließt das Fenster und kramt hinter der Theke nach den Waschmarken. »Zwölf Euro. Abends waschen ist keine gute Idee. Da will jeder.«

»Danke für den Tipp.«

»Da nicht für.« Mit einer an Unhöflichkeit grenzenden Handbewegung scheucht sie mich aus dem Laden. Ich möchte es ihr nicht übelnehmen, denn sie hat mir Kurti vorgestellt.

Auf dem Weg zum Strand ruft mich Isabell an. Das Thema des Tages zieht sich durch. Es passiert nichts und gleichzeitig unglaublich viel. Und weil ich mit meinen Gedanken noch bei Kurti hänge, mache ich den fatalen Fehler, ihr von Hendrik zu erzählen.

»Waaas? Das sagst du mir so nebenbei? Ein alleinerziehender und hilfsbereiter Mann im Zelt nebenan? Evi, hol die Tittenteile raus und bring dich in die Schusslinie.«

»Isa«, sage ich streng, »nicht jeder alleinerziehende Vater ist ein potenzieller Kandidat für etwas, das ich sowieso nicht will.«

»Warum nicht? Meine Güte, Claas ist Vergangenheit, und du bist in meinen Augen der klassische Fall von Gehört-mal-wieder-durchgebumst.«

»Claas ist erst Vergangenheit, wenn wir geschieden sind.«

»Komm, die Scheidung ist in drei Monaten durch. Außerdem habe ich ein gutes Gefühl für Storys. Und dein Campingurlaub riecht förmlich nach einer. Was soll schon bei meinen öden Gesangsstunden passieren? Irgendwie bin ich neidisch.«

»Du, liebe Isa, hast dein Abenteuer bereits gehabt, und ich darf dich daran erinnern, dass es fast im Desaster endete.«

»Jajaja!«

Isabell, meine brave und überorganisierte Schwester, hatte vor drei Jahren eine schwerste Midlife-Krise. Sie war in ihrem Halbtagsjob als Bürokauffrau nicht glücklich, ihr Mann Chris, lieb, aber ein bisschen schluffig, war beruflich viel unterwegs, und die Kinder aus dem Gröbsten raus. Kurz, sie wollte mehr vom Leben. Also stürzte sie sich kopfüber in eine Affäre mit einem ebenfalls verheirateten Mann. Warnungen verpufften schon vor dem Zutritt in ihre Gehörgänge, stattdessen verwandelte ich mich in ihre Komplizin. Ich deckte sie, tippte mir die Finger wund, um sie moralisch zu unterstützen, und sah zu, wie sie litt. Zu Hause und in ihrer Affäre. Es ist nämlich so: Kurze Momente des Glücks stehen tausend Momenten des Wartens, Hoffens, Bangens und Leidens gegenüber. Glücklicherweise kriegte sie die Kurve, beendete die Affäre und beichtete. Chris verzieh ihr, aber sie sind immer noch damit beschäftigt, die Trümmer beiseitezuräumen. Isa mutierte wieder zur braven Teilzeit-Hausfrau. Die Gesangsstunden sind wohl Lisbeths Versuch, Isabells Leben in geordneteren Bahnen aufregender zu machen.

»Einen extremen Lebenswandel vertragen nur extreme Persönlichkeiten«, sagte sie seinerzeit zu Isabell. Was von der Geschichte übrig blieb, ist die moralisch fragliche Grundeinstellung meiner Schwester. Sie findet Fremdgehen in unserem Alter nämlich natürlich, zwangsläufig und absolut notwendig.

»Das ist wie heiraten oder Kinder kriegen, man muss es auf seiner Lebensliste abhaken.«

Auf meine Frage, warum sie das Thema Scheidung nicht gleich mit abgehakt hätte, meinte sie, das hätte Chris nicht verdient, er wäre schließlich ihr Seelenpartner. Meine Schwester ist manchmal schwer zu verstehen.

Und jetzt setzt sie mir diesen doofen, doofen Floh ins Ohr. Also lege ich auf, gehe nicht zum Strand, sondern zurück zu unserem Platz, schnappe mir wie ferngesteuert die noch unaufgepumpte Zweitmatratze und statte dem potenziellen Kandidaten einen Besuch ab. Damit er meine Matratze aufpumpt. Was in diesem Augenblick sonst noch in meinem Kopf abgeht, ist mir so peinlich, zu gerne würde ich den Schwarzstift ansetzen.

Hendrik steht vor dem Zelt und kocht. Seine Kinder sitzen daneben und kochen ebenfalls. Mit Sand, Gras und jeder Menge Tamtam. Es ist so ein süßes Alter.

»Hey, darf ich dich noch mal um Hilfe bitten?«

Er hält mit einer Hand die Bratpfanne und wendet geschickt die Bratkartoffeln. Routiniert. In Gedanken hake ich eine Liste ab:

Kochen. Check.
Lieb zu den Kindern. Check.
Gut aussehend. Check.
Nett und intelligent. Check.
Frei und ungebunden. Ich gehe davon aus. Check.
Ein Mann, von dem ich nachts träumen könnte?

Wann habe ich zuletzt von einem Mann geträumt? Claas hat so viel kaputtgemacht. Abendliche Träume fielen zudem einer elementaren Müdigkeit zum Opfer.

»Schöne Frauen dürfen bei allem stören.« Er grinst verschmitzt, und der Satz ölt meine Sinne. Halt. Nein. Etwas stört mich.

»Was ist mit den nicht so schönen Frauen?«

Er grunzt fröhlich. »Die dürfen natürlich auch stören.«

»Richtige Antwort.«

»Ich weiß, was sich gehört.«

Flirten wir? Vielleicht.

»Ich habe Helena eine eigene Luftmatratze besorgt, und nun bräuchte ich noch mal deine Hilfe.«

»Aha, die magische Pumpe brauchst du also.« Er macht eine bedeutungsvolle Pause. »Was bekomme ich denn dafür?«

»Ähm.« Ich bin irritiert.

Er hilft mir auf die Sprünge. »Ein Bier abends am Strand?«

»Prinzipiell gern, aber ich habe kein Bier mehr.«

»Da kann ich aushelfen.«

»Gebongt, das nächste spendiere dann ich.«

Vor dem Abendessen dackle ich zum dritten Mal an diesem Tag zum Supermarkt, um Brot, Käse, Tomaten und doch noch Bier für mich zu besorgen. Auf dem Weg über den Platz gilt mein Augenmerk den Zelten. Es ist alles vertreten, was der Markt hergibt. Das billige Zwei-Mann-Zelt aus dem Discounter steht neben dem Zwanzig-Quadratmeter-Luxuszelt aus imprägnierter Baumwolle. Es riecht nach Gegrilltem, man hört die obligatorischen Reißverschlussgeräusche, aber vor allem lauscht man dem Leben in all seinen Facetten. Wo ich auch hinblicke, wirken die Mitmenschen entspannt. Natürlich haben sie Urlaub, aber dennoch. In den Hotels in Italien habe ich diese grundentspannte Stimmung selten wahrgenommen. Geschweige denn, dass WIR je entspannt gewesen wären.

Claas' ausufernde Reiseplanungen mit kulturellen Höhepunkten, aufgereiht wie auf einer Perlenschnur, waren vor allem eins: anstrengend. Abends beim Essen gaben mir die obligatorischen zwei Gläser Wein den Rest. Mit schmerzenden Füßen fiel ich ins Bett und schlief komatös den nächsten Gemäuern entgegen. Claas. Ich denke viel zu oft an ihn. Immer wieder kriechen die Erinnerungen an ihn empor wie Spinnen, die man aus den Ecken vertreibt, und am nächsten Tag sind sie wieder da. Ich degradiere Claas zur Spinne und wische ihn mit einem imaginären Wischmopp aus der Ecke – in der Gewissheit, dass er morgen wieder dort hockt.

Nach dem Abendessen zieht Helena alleine los. Es ist richtig, trotzdem fühle ich mich ausgeschlossen. Ich muss gegen dieses Gefühl ankämpfen, denn es ist ein normaler Loslösungsprozess. Aber warum tut er nur mir weh und nicht ihr? Ich beantworte ein paar Agenturmails, dann schnappe ich mir einen Beutel, lege zwei Flaschen Störtebeckerbier hinein und gehe an den Strand. Als wäre das Meer ein riesiger Tintenkiller, nehmen die Weite und eine leichte Brise alle Schwermut von mir. Ich kann abschalten. Ja, hier kann ich das. Wohlgenährte Schäfchenwolken wandern über den Himmel, die untergehende Sonne malt diffuse Strahlen auf das Wasser. Ich ziehe die Schuhe aus – den Beutel in der einen, die Flipflops in der anderen Hand – und wate den Wellensaum entlang. Nackte Füße auf hartem Sand. Therapie für den Körper und die Seele. Was hat dieses Meer nur an sich, dass es besser hilft als jeder Entspannungskurs? Ich könnte stundenlang weiterlaufen, doch ich bin mit Hendrik verabredet. Warum eigentlich? Sollte ich nicht zuerst mit mir selbst klarkommen?

Du hast doch nur Schiss.

Isabell tönt in meinen Ohren.

Ich nähere mich einer kleinen Gruppe Frauen und weiß sofort, wen ich vor mir habe, denn es klimpert. Die Klimperdame braucht sich wahrlich nicht hinter meiner Vorstellung von ihr zu verstecken – diese pummlige kleine Frau mit Haremshosen und Turban. Ich kichere leise in mich hinein. Wie schön, wenn das Bild im Kopf mit der Wirklichkeit so genau übereinstimmt. Die anderen Teilnehmerinnen sind nicht weniger bunt. Sie stehen im Kreis und machen … ja, was eigentlich? Ich verlangsame meinen Schritt. Sie halten sich die Bäuche, ihre Augen sind geschlossen, nur eine kniept sie ständig auf und zu. Im Gegensatz zu den anderen ist sie auch die Einzige, die sich bewegt – sie hibbelt auf der Stelle, als würde sie gerne davonlaufen. Ich komme näher und höre die sonore Stimme der Klimperfrau.

»Atmet ein. Spürt den Boden, den Sand zwischen den Zehen. Stellt eine Verbindung her, spürt die Energie und lasst sie mit eurem Atem durch den Körper strömen. Heute atmen wir. Wir atmen. Bewusst und frei.«

Aha. Sie atmen. Nun ja, es ist für Notfälle sicher hilfreich, wenn man ordentlich zu atmen gelernt hat. Mir allerdings würde es schwerfallen, das Geblubber der Oberatmerin zu ignorieren. Wie soll man abschalten, solange da jemand blubbert? Ich bin definitiv kein Mensch für Meditationstechniken. Ich schlafe dabei höchstens ein. Aber diese Damen wissen sicher, was sie tun.

Der Sandstrand endet, ich ziehe die Flipflops wieder an und erreiche den Felsen. Meinen Felsen. Ich setze mich davor, lehne mich an und begutachte Steine. DAS ist Meditation! Die meisten sind aus demselben Material. Sie sind schwarz mit weißen Kalkeinschlüssen, fühlen sich weich und warm an und haben so unterschiedliche Formen, dass ich überlege, wie schwer Steine sein dürfen, die mein Vater in seinen Volvo laden kann, wenn er uns abholt.

Die Steine liegen der Größe nach geordnet am Strand, über Jahre arbeitet das Meer an dieser Komposition, die Natur gehorcht der Physik. Es gibt nicht nur Steine, sondern auch Muscheln, und als ich ein bisschen krame, fällt mir ein fingerlanges bräunliches Ding in die Hände. Es ist kein Stein, aber was ist es dann? Ein Fossil? Ich stecke es in meine Hosentasche, um mich bei Gelegenheit damit zu beschäftigen. Aus der Ferne beobachte ich weiter das seltsame Trüppchen. Die Damen scheinen mit Atmen fertig zu sein. Stattdessen haben sie sich der Abendsonne zugewandt und werfen inbrünstig die Arme in die Höhe, um sie anschließend auszuschütteln. Beten sie jetzt die Sonne an? Sie geht gleich unter, und vielleicht kommt die Energie nun nicht mehr aus dem Sand, sondern von der Sonne. Wer weiß das schon? Ich frage die Sonne, ob sie Energie für mich übrig hat. Sie könnte meinen Akku aufladen, den für den Geist und den für den Körper. Du, liebe Sonne, ich hätte Bedarf für meinen Alltag, mach mal hundert Prozent, das reicht ein paar Stunden. Manchmal komme ich mir nämlich vor wie ein altes Handy, bei dem langsam der Akku schlappmacht.

Ich seufze und werfe Kiesel ins Meer. Plopp. Plopp. Ein schönes Geräusch. Ich stelle mir vor, jeder Stein sei eine Sorge. Weg damit! Plopp. Die anstehende Scheidung braucht einen großen PLOPP. Mein Verhältnis zu Helena auch. PLOPP. Die Agentur. Mittelgroß. Plopp. Ich suche mir einen für die Geldsorgen und lege ihn wieder zurück. Wenigstens die gehören der Vergangenheit an, wenn ich durchhalte. Stattdessen wähle ich einen kleinen für meine Schlafprobleme und einen großen für mein inneres Gleichgewicht.

»Das sieht nach harter Arbeit aus.«

Ich zucke zusammen. Hendrik. »Ja, das ist es auch.«

»Gibt es einen Grund, warum du die armen Steine ertränkst?«

»Nö, das ist mein Hobby. Es ist gut für die Armmuskulatur.«

Hendrik schnauft belustigt.

Ich deute auf den Chakra-Klub. »Ich könnte auch atmen und die Sonne anbeten, aber das ist mir zu wenig Action.«

»Jau, die Tanten haben echt 'ne Meise, wenn du mich fragst«, antwortet er und lässt sich neben mir nieder.

»Andererseits, eigentlich ist es letztlich egal, wie man sich die Zeit vertreibt, Hauptsache, man fühlt sich wohl. Oder?«

»Kann schon sein«, sagt er und wechselt das Thema. »Bierchen?«

»Ich habe doch noch welches gekauft. Das Babyphone ist aktiviert?«

»Jawohl.« Er zieht das Handy aus der Tasche und präsentiert mir das schnuckelige Babyphone-Icon.

»Dann steht ja unserem kleinen Umtrunk nichts mehr im Weg.«

Er nickt, steckt das Smartphone wieder ein und reicht mir eine Flasche, die er zuvor geschickt mit einem Feuerzeug geöffnet hat. Wir stoßen an. »Auf einen schönen Sonnenuntergang.« Er deutet Richtung Sonne. Wir sitzen nebeneinander und betrachten den im Meer versinkenden Feuerball. Eine Wolke hat sich davorgeschoben, die daraus erblühende Lichtkrone sendet zarte Strahlen über Land und Wasser. Es ist kitschig-schön.

Gut, worüber unterhalte ich mich mit diesem Mann? Was will ich wissen? Was nicht? Im Endeffekt plaudern wir über Belangloses. Wie oft war er schon auf Rügen, was macht er beruflich? Er ist Banker, das hätte ich nicht gedacht. Die zelten? Machen die nicht nur Kluburlaub und Kreuzfahrten?

Genau das frage ich ihn und er lacht. »Nee, das ist nicht so meins. Ich war schon mit meinen Eltern zelten, und nun zelten wir eben auch. Keine fremden Betten, kein fremdes Geschirr. Man weiß, was man hat.«

»Dafür kriegt man fremde Klos und Duschen.«

»Das stimmt, aber das stört mich weniger.«

»Na ja, das sind dann wohl persönliche Vorlieben.«

»Das kann schon sein.« Er zuckt mit den Achseln. »Ehrlich gesagt, so richtig drüber nachgedacht habe ich noch nie.«

»Dann denken wir jetzt über was anderes nach. Diese Steine zum Beispiel.« Ich greife wahllos einen aus der Menge, betrachte ihn und staune. »Schau mal, der hat ein Loch.«

»Freust du dich jetzt über das Loch?«

»Irgendwie schon.«

»Na, dann freue ich mich einfach mal mit.« Er stiehlt mir den Stein aus der Hand und wirft ihn ins Wasser.

»Hey, vielleicht hätte ich ihn gerne behalten!«

»Soll ich ihn wieder rausholen?«

Ich stelle mir einen Mann vor, der für mich Steine aus dem Wasser holt, und finde den Gedanken durchaus ansprechend. »Was, wenn ich Ja sagen würde?«

»Dann müsste ich mir ernsthaft überlegen, welche Ansprüche du an einen Mann stellst.«

Er sagt es mit einem Augenzwinkern, trotzdem finde ich den Satz doof. Ich proste ihm dennoch zu, und dann unterhalten wir uns weiter über dies und das. Hendrik ist redegewandt, hat von vielem Ahnung und weiß zu jedem Thema etwas zu sagen. Außer zu Steinen, aber das ist kleinlich. Er ist nett, sieht gut aus, und wenn er mir ein Lächeln schenkt, macht mein Herz zarte Sprünge. Er ist schon süß, dieser Hendrik. Könnte ich mir vorstellen …?

Das letzte Licht verschwindet, und mich überrollt eine bleierne Müdigkeit. Außerdem wird es langsam kühl, und ich habe keine Jacke dabei. »Ich krabbel jetzt in meinen Schlafsack, mir wird langsam kalt, und der Tag war lang. Es ist viel passiert und dann doch wieder nicht. Irgendwie komisch.«

»So ist das beim Zelten«, sagt er lapidar.

»Morgen wieder?«, frage ich und halte ihm die leere Bierflasche entgegen.

Er zögert. »An sich gerne.« Er macht eine Pause, es wirkt, als wolle er etwas sagen, und überlege es sich dann anders. »Schau'n wir mal. Es ist auf jeden Fall schön, mit dir hier abzuhängen.« Er drückt kurz meinen Oberarm, steht auf und geht.

Ich blicke ihm nach. Er ist nett. Zweifelsohne.

Ameisenflüsterin

Montag, geschlossene Wolkendecke,
Regenwahrscheinlichkeit 90 %, 19 Grad Celsius

Es ist ein schöner Traum. Ich habe mit Lisbeths Geld die Agentur modernisiert und zwei neue Mitarbeiter eingestellt. Okay, einer davon ist ein Werwolf, aber darum macht man sich im Traum ja keine Gedanken. Das Verhältnis zu Helena ist toll, das Haus ist umgebaut, und ich habe die schickste Küche, die die Welt je gesehen hat. Es gibt einen Wermutstropfen, denn ich habe Rückenschmerzen. Ob sie vom Umbau kommen oder ein kleiner Ausgleich für das unverschämte Glück und viele Geld sind, weiß ich nicht, aber langsam fangen sie an zu nerven.

Ich wache auf. Die Schmerzen sind kein Traum. Es fühlt sich an, als habe mich ein Panzer überrollt. Und mir wird sofort klar, warum. Meine Luftmatratze hat das Zeitliche gesegnet, ich liege auf dem Boden. So ein Mist! Jetzt muss ich wieder eine neue Matratze besorgen und Hendrik fragen, ob er sie aufpumpt. Ich komme mir schon vor wie in einer Luftmatratzen-Aufpump-Zeitschleife à la *Und ewig grüßt das Murmeltier*. Mein Nachbar wird sicher denken, es sei Absicht. Wenigstens Isa hätte ihre Freude. Ich hingegen liege schmerzverzerrt auf dem Rücken und muss mich überwinden, gegen den stechenden Schmerz aufzustehen. Luft ist offensichtlich kein verlässliches Schlaflager. Sie kann über Nacht verschwinden. Einfach so. Plötzlich muss ich an Claas denken. Der wollte wegen seiner Rückenprobleme unbedingt ein Wasserbett haben, aber ich habe mich stets geweigert. Denn so ein Wasserbett kann unmöglich für immer und ewig dicht sein. Eines Tages wacht man auf, die Matratze ist nur noch eine leere Hülle, und der Inhalt hat sich durch die schöne Holzdecke auf den Weg in die Küche gemacht. Ob er mit seiner neuen Flamme inzwischen ein Wasserbett teilt?

Weg, ihr blöden Gedanken … es nützt ja nichts, ich muss aufstehen. Also versuche ich, den Schmerz zu ignorieren, bemühe mich, nicht allzu laut zu keuchen, reibe mir das Kreuz und robbe aus dem Zelt. »Mama«, flüstere ich, als ich den Reißverschluss öffne, »zelten ist doof.«

Ich schnappe mir das Smartphone, das Ladekabel, den Korb mit dem Waschzeug, das Geschirr von gestern Abend (Synergien schaffen) und watschle verschlafen zum Sanitärgebäude. Dieser Gang ist mit das Menschlichste, was mir je untergekommen ist. Die Menschen sehen aus, wie man eben aussieht, wenn man frisch aus dem Bett gekrabbelt ist. Die Haare wirr, die Augen verquollen, die Falten tief. Sie schlurfen und gähnen. Manch einer pupst oder kratzt sich am Hintern. Man könnte den Eindruck gewinnen, sie befänden sich auf dem Weg ins heimische Badezimmer, und im Grunde sind sie das auch. Vor dem ersten Kaffee ist man kein Mensch, sondern eher ein Tier, das seinen Instinkten folgt. Ich reihe mich ein in diese Herde und genieße es, phlegmatisch und zerknittert durch die Öffentlichkeit zu schlurfen. Gedankenverloren gähne ich und reibe mir den Schlaf aus den Augen. Natürlich kommt mir just in diesem Augenblick Hendrik entgegen. Frisch geduscht, mit Jeans, Hemd und einem feisten Grinsen auf den Lippen. Jetzt hätte ich lieber gekämmte Haare und vorzeigbarere Klamotten statt Schlabberhose und T-Shirt ohne BH. Das Leben ist gemein. Kaum ist man eine Sekunde man selbst, stellt es einem ein Beinchen.

»Guten Morgen, Frau Nachbarin. Na, gerade erst aus dem Zelt gefallen?«

»Sieht so aus, denke ich.«

»Tja, ich finde es ja prima, dass wir morgens alle gleich fertig aussehen.« Das Grinsen wird noch breiter.

Ist das jetzt eine Beleidigung oder ein Kompliment? Ich beschließe, zu müde zu sein, um Männersätze zu interpretieren. »Ich habe leider schlecht geschlafen. Meine Matratze ist platt, einfach leer. Ich fürchte, ich muss dich schon wieder um einen nachbarschaftlichen Dienst bitten. Langsam wird's unangenehm.«

»Kein Ding, echt nicht. Luftmatratzen sind der Schwachpunkt eines Zeltes.«

Oha, ein Genitiv. Ich habe eine Genitivschwäche und freue mich über jeden, der den Weg in die Welt findet. »Ich danke dir. Aber sag mal, es gibt alles, nur keine Lösung für dieses Luftverpuffungssyndrom?«

Hendrik fängt schallend an zu lachen. »Irgendwie bist du süß.«

Ich werde umgehend rot.

»Also, es gibt selbstaufblasbare Matratzen, die sind wesentlich robuster, aber auch teuer. Manch einer schwört auf Klappbetten und dann gibt es noch Rollmatratzen. Ich kann dir auf jeden Fall nur dazu raten, eine Ersatzmatratze anzuschaffen und irgendwann eine Pumpe.«

»Ich habe doch eine«, jammere ich, »aber keinen Strom.«

»Stimmt, dann muss ich wohl weiter als dein persönlicher Bläser herhalten.«

»Ähm, ja, danke.«

Ohne ein weiteres Wort dackle ich an ihm vorbei. Es ist zu früh für Zweideutigkeiten. Zu früh am Morgen, zu früh überhaupt.

Nach einer Dusche, Kaffee aus dem Alubecher und einem langen Blick auf die Ostsee fühle ich mich für den Tag gewappnet. Helena ist dank eigener Luftmatratze frisch, ausgeruht und beinahe erschreckend umgänglich. Also überrede ich sie zu unserem ersten Ausflug. Das Ziel: Sellin.

Wir fahren mit dem Bus nach Sagard, dann mit dem Bus weiter nach Bergen und von dort bis nach Sellin. Ist doch schnell gemacht, so ein Ausflug.

»Wenn ich gewusst hätte, dass wir den ganzen Tag Bus fahren, wäre ich im Zelt geblieben«, murrt Helena, während wir an der zweiten Bushaltestelle stehen.

Ich kann es ihr nicht verübeln. Als der dritte Bus erst mit halbstündiger Verspätung eintrudelt, haben wir beide keine Lust mehr. Doch ich mache gute Miene, lasse mir den Wind und den Nieselregen auf der Selliner Seebrücke um die Nase wehen, spendiere uns eine Fahrt mit der Tauchglocke und wir sehen uns graue und grüne Ostseefische an. Wir essen eine angebrannte Pizza, schweigen uns die meiste Zeit an, weil wir beide nicht streiten wollen, und bestaunen müde die Bäderarchitektur, weil ein grauer Himmel sie nicht so in Szene setzt, wie er sollte. Es regnet stärker, wir laufen trotzdem den Strand entlang, weil der Bus erst in einer Stunde fährt. Dann geht's zurück nach Bergen, wieder warten wir im Regen, dann per Bus nach Sagard – und stehen, genau, im Regen. Und natürlich hat auch unser Bus nach Juliusruh Verspätung ... Wortlos laufen wir das letzte Stück Weg bis zum Campingplatz. Was wird mir von diesem Tag in Erinnerung bleiben? Außer dass ich die viele Zeit genutzt habe, um zahlreiche Mails zu beantworten? Der öffentliche Nahverkehr auf dem Land ist mühsam. Wie sollen wir uns diese Insel ansehen, wenn wir nur ihre Haltestellen kennenlernen? Mein einziger Lichtblick ist Helena, sie hat das Ganze mit fast stoischer Ruhe und Kopfhörern hinter sich gebracht.

Als wir in die Einfahrt biegen, fährt ein Traktor an uns vorbei. DER Traktor. Er furcht durch eine Pfütze und nur knapp entkommen wir einer Schlammdusche. Dieser Volltrottel von Fahrer gehört eingesperrt! Endlich zurück an unserem Platz nehme ich mir einen Klappstuhl, stelle ihn mit Blick auf die Ostsee in den Regen und lasse mich hineinplumpsen. Ich bin völlig fertig und frustriert.

»Mum. Echt jetzt? Manchmal bist du total schräg.«

»Ich habe keine Lust mehr. Erst diese blöde Luftmatratze, dann die Fahrerei, das Scheißwetter und überhaupt. Wenn das so weitergeht, zerre ich Lisbeth eigenhändig von ihrer Wolke und pfeif auf das Erbe.«

»Aber, Mum.« Helena baut sich mit mütterlichem Blick vor mir auf. Hallo? Wo ist mein Ätzteenie? Ich will nicht, dass sie mich so anschaut. »So schlimm fand ich den Tag gar nicht. Okay, er war schon scheiße. Bus fahren kann ich auch zu Hause.«

»Siehst du«, grummle ich, »irgendwie habe ich mir das anders vorgestellt.«

»Es wird bestimmt besser. Ich will auch nach Hause, aber für Geld mache ich alles.« Sie sagt es mit einem Schmunzeln.

»Oberflächliche, verwöhnte Göre.«

Helena giggelt, lässt mich im Nieselregen sitzen und öffnet das Zelt. Ritsch, ratsch. Campermusik.

Zwei Sekunden später: »Mamaaa!«

»Was denn? Darf ich nicht in Ruhe frustriert sein?«

»Neeein!«

Ich ächze aus dem Stuhl. Was haben sich die Entwickler dieses Stuhls nur gedacht? Achtundsiebzig und hüftgeschädigt, so fühlt es sich an, wenn man aufsteht. »Was ist denn so schlimm?«

Sie zeigt mit dem Finger auf den Boden. Dort marschiert eine Armee und plündert unsere Vorräte. Hunderte Ameisen mäandern durchs Vorzelt, und ihr Feldzug endet in der Kiste mit den Lebensmitteln.

»Das ist ein dreister Raubzug«, stelle ich entrüstet fest.

»Das ist VOLL eklig.«

»Es sind nur Ameisen. Die kommen rein, plündern die Vorräte und gehen wieder. Von uns wollen sie nichts.« Ha! Jetzt bin ich die vernünftige, unaufgeregte, coole Erwachsene.

»Trotzdem eklig. Mach die weg, Mum.«

Ich öffne die Kiste, um zu sehen, worauf die Missetäter es abgesehen haben. »Aha. Marmelade, Honig, oh guck, Nutella mögen sie auch.«

Ich muss lachen, Helena verzieht das Gesicht. »Das ess ich nicht mehr.«

»So ein Quatsch. Ameisen sind gesundheitlich total unbedenklich, Insektenproteine sollen sogar gesund sein.«

»Ja, nee, ist klar. Wo hast du die Weisheit her?«

»Dschungelcamp.« Ich freue mich so über den gelungenen Witz und Töchterleins dummes Gesicht, dass ich lospruste.

»Na los, wir machen sie weg, und dann müssen wir uns etwas überlegen, damit sie nicht wiederkommen.«

»Und was überlegen? Die sind doch gleich wieder da.«

»Wir können ja ein minikleines Verbotsschild aufstellen.«

»Echt jetzt? Mir reicht's. Ich geh zum Waschhaus, Handy aufladen.«

Seufzend blicke ich ihr hinterher. Des Ameisenproblems muss ich mich wohl alleine annehmen. Helena hat recht. Sie dürften nicht so leicht zu vertreiben sein. Es ist zum Mäusemelken! Blödes Camping!

Lustlos nehme ich die Kiste auseinander, wische mit Küchentüchern Dutzende Ameisen aus den Ritzen und befreie unser Essen von Proteinen. Ein Gutes hat die Sache. Während ich damit beschäftigt bin, die Ameisenarmee zu eliminieren, klart der Himmel auf. Ein paar Sonnenstrahlen verirren sich ins Vorzelt, und meine Laune wird merklich besser. Nachdem die Kiste befreit ist, fahre ich für den Rest der Proteintruppen härtere Geschütze auf und fege sie mit Schmackes und unserem Kehrbesen aus dem Zelt. Dabei komme ich mir vor wie Jeanne d'Arc. Diese Schlacht habe ich gewonnen. Ich verlasse das Vorzelt, kann endlich wieder gerade stehen, recke erst mich und dann stolz den Handfeger in die Höhe, drehe mich einmal um die Achse, um vor der Welt zu triumphieren und … sehe eine Frau vor Hendriks Zelt. Gemütlich sitzend, als gehöre sie dazu.

Bitte was?

Ich lasse den Feger sinken und versuche, nicht zu offensichtlich zu glotzen. Gerade noch Jeanne d'Arc … und jetzt? Mir fällt keine Heldin in DIESER Rolle ein. Fragen stellen sich in einer langen Warteschlange an. Wer ist die Frau? Warum ist sie da? Warum war da bisher keine Frau? Warum hat sie, und das sehe ich erst jetzt, ein Gipsbein? Und warum, verdammt noch mal, hat Hendrik mit keinem Wort erwähnt, dass es eine Frau gibt, die vor seinem Zelt rumsitzen darf?

Ha! Erwischt! Die imaginäre Isa feixt auf meiner Schulter. *Du findest ihn gut.*

Das hilft mir nicht weiter. Ich ärgere mich, und das ärgert mich. Spontan schnappe ich mir die platte Luftmatratze und marschiere rüber.

Die Frau, der ich gegenüberstehe, ist etwa Mitte dreißig, blond und zierlich. Hübsch.

»Guten Abend. Wir haben uns noch nicht vorgestellt. Ich bin Evi und wohne mit meiner Tochter Helena nebenan.«

Sie lächelt. »Ich habe gesehen, dass wir neue Nachbarn haben. Mein Mann hat mich gerade aus dem Krankenhaus abgeholt.« Sie klopft mit dem Knöchel auf ihren Gips.

Ihr Mann! Es war zu erwarten, dennoch boxen mich diese zwei Worte in die Magengrube.

»Das sieht ja böse aus. Was ist passiert?«

Sie seufzt und setzt einen leidenden Blick auf. »Direkt am ersten Abend bin ich am Strand auf diesen dummen Steinen umgeknickt. Leider musste es operiert werden. Und mein Mann sitzt hier alleine mit den Zwillingen. Schrecklich.« Sie deutet auf die Krücken, die am Zelt lehnen.

»Ich kann mir nur vage vorstellen, wie mühsam das für dich ist.

Aber bei deinem Mann habe ich den Eindruck, er kriegt es ganz gut hin.«

Sie mustert mich mit zusammengekniffenen Brauen, deshalb setze ich nach: »Falls du Hilfe brauchst, sag Bescheid. Ich habe mir sagen lassen, auf dem Campingplatz hilft man einander.«

Ihr Lächeln kehrt zurück. »Danke, das ist lieb. Ich bin Katja.«

»Gern geschehen. Ich bin übrigens deshalb hier, ich brauche eure Hilfe.« Ich erkläre ihr das Problem. »Na ja, auf jeden Fall hat Hen… dein Mann mir geholfen, und nun bräuchte ich die Pumpe leider noch einmal.«

»Jaja«, sagt sie gedankenverloren, »er wird sicher helfen.«

Ich bedanke mich, möchte mich verabschieden, doch in dem Augenblick spaziert Hendrik mit den Kleinen den Weg entlang. Sein Blick gleitet zu mir, zu seiner Frau, zurück zu mir und wieder zu seiner Frau.

»Wie schön«, verkündet er geradezu euphorisch, »ihr habt euch miteinander bekannt gemacht. Aber das ist unter Frauen ja selten ein Problem.«

Ich setze zu einer Antwort an, doch er ist schneller.

»Du bist wegen der Luftmatratze da?« Er wendet sich an seine Frau. »Sie hat typische Anfängerfehler gemacht. Ein Platz ohne Strom, kein Auto und keine Ersatzmatratze.« Täusche ich mich, oder wirkt er einen Ticken zu geschäftig? »Machen wir es sofort?«

»Ähm, okay.«

Er weist die Kinder an, bei seiner Frau zu bleiben, und schreitet energisch Richtung Auto. Mir bleibt nichts anderes übrig, als ihm hinterherzueilen. Wortlos nimmt er mir die Matratze ab und schließt sie an die Pumpe. Mein Gehirn läuft auf Hochtouren. Soll ich ihn darauf ansprechen? Aber das würde ein gewisses Interesse signalisieren. Isa, warum bist du nicht da, wenn ich dich brauche?

»Hast du denn eine Ersatzmatratze besorgt?«

»Noch nicht.«

»Dann hoffe ich, dass du die heutige Nacht unfallfrei genießen kannst.«

Die Matratze ist fertig. Er dreht den Stöpsel zu und reicht sie mir. Letztes Mal hat er sie für mich getragen, nun geht er einfach. Dumm, richtig dumm komme ich mir vor, als ich das sperrige Ding den Weg entlangschleppe. Peter Lustig alias der Wimmelbildmann steht in seinem Vorgarten.

»Matratze kaputt?«

»Ja, genau.«

»Passiert, ne? Passiert.«

»Ja, so ist es wohl.«

»Wetter könnt schöner sein, was?«

»Da sagen Sie was.«

»Is' Meer, was? Wird besser. Morgen, spätestens übermorgen.«

»Das beruhigt mich. Sehr sogar.«

»Denn man ruhig machen heute.« Er empfiehlt sich und tappt zurück in seine Kate. Ich schmeiße die Luftmatratze lieblos ins Innenzelt, verstaue auch die vermaledeite Luftpumpe und gehe an den Strand. Was ich jetzt brauche, ist ein schwesterlicher Rat.

»Wie, da saß plötzlich eine Frau vor dem Zelt?« Isa ist baff.

»Eine hübsche Frau mit Gipsbein.«

Isa gackert durchs Telefon. »Das ist ja schräg. Hat er was dazu gesagt?«

»Nein. Kein Wort.«

»Und du auch nicht, wie ich dich kenne.« Mein Stöhnen als Antwort reicht ihr. »Aber du bist sicher, dass er mit dir geflirtet hat?«

»Ganz blöd bin ich nicht, Isa. Auf jeden Fall hat er sich heute Morgen noch als mein persönlicher Bläser bezeichnet.«

Isa grunzt vor Freude. »Tja, was soll ich dir raten? Verhalte dich einfach normal, und nebenbei beobachtest du, wie sie miteinander umgehen. Entweder da liegt was mächtig im Argen, oder er ist ein Streuner.«

»Ein Rat, den ich befolgen kann.«

»Aber jetzt erzähl, wie läuft es sonst?«

Ich berichte von Pannen, Missgeschicken, dem gewöhnungsbedürftigen Wetter und finde dennoch positive Worte. Das beruhigt mich. Ich schlendere den Strand entlang, halte das Handy am Ohr und genieße die Umgebung. Das Gluckern des Wassers, den Sand an den Füßen, den leichten Geruch nach moderndem Seetang. Badewetter. Das wünsche ich mir. Schöne Ausflüge, nette Stunden mit Helena, Zeit für mich. Irgendwann muss er doch anfangen – der Teil des Urlaubs, der in der Erinnerung aus einem Urlaub einen tollen Urlaub macht. Der Teil, der dazu führt, dass die Ärgernisse am Ende auf kleine Anekdoten zusammenschrumpfen. Hallo, Lisbeth. Du da oben. Du hast uns genug gequält, jetzt mach, dass es schön wird!

Cherie, hab Geduld.

Sie hat kein Einsehen.

Die Nudeln fürs Abendessen sind fast fertig. Ich hocke neben dem auf dem Boden stehenden Kocher und rühre vorsichtig um. Nicht vorsichtig genug, denn der Topf rutscht vom Kocher und die Nudeln landen im Sand. Soll ich lachen oder weinen?

Helena verlegt sich aufs Schimpfen. »Echt jetzt, Mum? Der Kocher ist einfach nur scheiße. Ich habe Hunger! Und sag nicht, wir können die Nudeln abspülen. Die ess ich nicht mehr. Lieber ess ich gar nichts.«

»Was essen wir denn dann?«, frage ich hilflos.

Helena zuckt mit den Schultern. »Chips, Schokolade, Gummibärchen?«

Ich bin geneigt nachzugeben, aber so viel Schokolade, wie ich bei meinem Frustpegel bräuchte, gibt es auf der ganzen Insel nicht.

Ich klaube die Nudeln zusammen, schmeiße sie in den Müllsack und hole meine Tasche. »Wie wär's mit Pommes auf dem Nachbarzeltplatz?«

Unterwegs legen wir den obligatorischen Stopp im Waschhaus ein, Helena wartet draußen. Beim Händewaschen mustere ich mich im Spiegel. Ich sehe müde aus. Ist es die frische Luft, oder sehe ich immer so … alt aus? Ich ziehe mit dem Finger eine Braue ein Stück nach oben. SO sahen meine Augen früher aus. Wacher. Jünger. Ich seufze. Wo stehe ich eigentlich? Ich habe keinen Mann, die Agentur läuft leidlich, ich wohne bei meinem Vater, und meine Tochter mag mich nicht. Mein Freundeskreis ist zusammengeschrumpft, und die meiste Zeit kann ich mich selbst nicht leiden. Dann versuche ich endlich, mir das Leben ein bisschen bunter zu machen, flirte im Urlaub mit einem Mann und prompt hat der am nächsten Tag eine Ehefrau vor dem Zelt sitzen. Ist doch alles scheiße. Echt jetzt, wie Helena sagen würde.

Ich bekomme Besuch. Die Klimperfrau und eine Frau in meinem Alter betreten das Waschhaus. Wie ich schnell merke, ist es dieselbe wie beim letzten Mal.

»Miri, ich muss mir die Hände waschen, ich krieg den Zwiebelgeruch nicht von den Fingern. Außerdem habe ich Brigitte jetzt schon dreimal erklärt, dass Zwiebeln den Energiefluss stören. Sie machen die Energie schwer und die Gedanken stumpf, aber auf mich hört ja keiner.«

»Du hast schlechte Laune wegen der Zwiebeln? Ich dachte, davon muss man nur pupsen.«

Ich amüsiere mich köstlich, lausche weiter und das fällt irgendwann der Klimperfrau auf.

»Was ist denn mit dir los?«, fragt sie.

Ich grinse schief. Ertappt. »Sorry, ich wollte nicht lauschen.«

»Das meine ich nicht, lauschen ist menschlich. Ich meine deine Farbe.«

»Hä?« Ich starre sie verständnislos an.

»Deine Aura. Sie ist eigentlich gelb. Und grün. Gelb steht für Optimismus und Fröhlichkeit, Grün für eine gute Erdung. Schöne

Farben sind das. Doch sie werden überlagert von Grau. Und Grau ist gar nicht gut. Die Farbe steht für Kraftlosigkeit, Stress und Ziellosigkeit. Hat ja jeder mal. Aber es absorbiert deine Persönlichkeit, und das ist gar nicht gut.«

Ich starre sie verständnislos an.

Die Frau namens Miri schreitet ein. »Was die liebe Trudi meint, ist, dass du dich von deinen Sorgen nicht auffressen lassen darfst, sonst bleibt von dir nichts mehr übrig. Man kann das ja finden, wie man will, aber bei Trudi trifft der esoterische Mumpitz oft den Kern der Sache.«

»Ich überhöre jetzt den Mumpitz, Miri, denn du weißt, dass ich recht habe, und deshalb arbeiten wir an deiner schwarzen Aura. Manchmal sehe ich einen Schimmer Rot, aber wenn du deine Farbe wiederhaben willst, musst du ernsthafter mitmachen. Ablehnung hilft dir nicht weiter.«

Der Schlagabtausch dauert ein Weilchen. Mich und meine grau verseuchte Aura haben sie anscheinend vergessen. Ich trockne mir die Hände ab und will gehen, doch so leicht komme ich nicht davon.

»Wenn du Interesse an einer spirituellen Reinigung hast, besuche uns mal. Wir wohnen in den Zirkuswagen und probieren ganz verschiedene Techniken aus.«

»Ähm, ja, gern.«

»Nimm den Vorschlag ruhig an. Wir sind ein schräger Haufen, aber allein das tut schon gut. Ich bin übrigens Miriam.« Sie lächelt mich offen an.

»Evi. Und danke für das Angebot.«

»Ich helfe immer gerne, und ich bin Trudi.«

»Oh ja, das tut sie.« Miriam gackert, und ich verlasse nach ein paar weiteren Dankesfloskeln das Waschhaus. Wohnen hier eigentlich nur Freaks?

Zu neuen Ufern lockt ein neuer Tag

Dienstag, stark bewölkt, frischer Wind aus Südwest, 18 Grad Celsius

Ich habe die Nase voll. Voll davon, jeden Tag mehrmals in den Campingplatzladen zu marschieren, Busfahrpläne zu studieren und für drei Stunden Aufenthalt eine Weltreise zu unternehmen. Ich habe die Nase voll davon, mit dem Rad gegen den Wind anzutreten, und von unserem Campingkocher sowieso. Ich möchte einen ordentlichen Gaskocher, eine Vorratskiste, die Ameisen abhält, eine luxuriöse Luftmatratze und noch viel mehr. Ich bin seit ein paar Minuten wach, ein hartnäckiger Wind zerrt an den Planen, und ich habe schlechte Laune. Ich verfluche Lisbeth, das Wetter und Hendrik, weil er sich in meine Träume schleicht, obwohl er eine Frau mit Gipsfuß hat. Graue Aura durch und durch. Kein Gelb, kein Grün. Kriege ich meine Tage? Nein, die hatte ich schon, also steht die schlechte Laune für sich alleine.

Lisbeth klingelt an. Lisbeth, die mich an den Ohren aus dem Jammertal zieht.

Reiß dich zusammen, Cherie, kein Krieg, keine Pest, nur 'ne Menge Neuzeitallüren.

IST JA GUT!

Ich muss die Geister abschütteln. »Helena?«

»Ja?«, murmelt ein verschlafenes Stimmchen auf der anderen Seite.

»Zieh dich an, wir fahren gleich.«

»Echt jetzt? Was ist denn mit dir los?«

»Ich hole Brötchen und gehe auf dem Weg schnell duschen, du hast also ein bisschen Zeit. Aber danach geht es sofort los.«

»Wohin denn?«

»Das verrate ich nicht. Und wenn du keine Lust hast, ist mir das egal, dann zwinge ich dich.«

Murren, murmeln, gähnen. Nichts.

»Ist das ein Ja?«

»Ich muss ja.«

»Richtig.«

Ich krabble aus dem Zelt, frage meine Mutter, was sie von der Idee hält, und kriege zwei Daumen-hoch-Smileys. (Seit wann schickt sie mir Smileys?) Ich packe meine Sachen zusammen, flitze zum Waschhaus, erledige das Nötigste und hole Brötchen. Ich koche Kaffee (ohne Unfall), recherchiere die Infos, die ich brauche, und treibe Helena an, deren Laune in dem Maße schlechter wird, in dem sich meine bessert. Dann scheuche ich sie zur Bushaltestelle. Keine Minute später fährt der Bus vor. Wir wechseln in Sagard, fahren nach Bergen und von dort mit einem Minibus ins Industriegebiet. Wir steigen aus, marschieren zu Fuß weiter. Helena mault pausenlos, bis ich ihr empfehle, nein, *be*fehle, ihre Kopfhörer aufzusetzen und mich in Ruhe zu lassen. Ich zücke mein Handy und konsultiere den Routenplaner.

»Wie lange müssen wir noch laufen?«

»Sechs Minuten in Teenagergeschwindigkeit.«

»Echt jetzt, Mum, deine Witze werden immer schlechter.«

»Das heißt zumindest, dass sie mal gut waren.«

»Nee, es gibt ja mehrere Untergeschosse.«

»Ich lobe dich jetzt für die schöne Metapher, nicht für die Beleidigung.«

Sie muss lachen.

»Geht doch«, sage ich zufrieden und hake mich im Affekt bei ihr ein.

»Übertreib's nicht, Mum.«

Ich zucke mit den Achseln. »War ein Versuch, manchmal vergesse ich, dass du mich nicht leiden kannst.«

»Sei nicht beleidigt«, beschwichtigt sie, »es ist mir halt peinlich. Aber jetzt sag, wo gehen wir hin? Einkaufen?«

»Auch.«

»Arrgh, du musst echt mal deine Basis chillen. Du bist schon genauso beknackt wie Opa Wolf.«

»Das hat was mit diesem Apfel zu tun, irgendwann trifft es dich auch.«

»Apfel?«

»›Kinder kommen selten auf fremde Leute‹, sagte Tante Lisbeth gerne.«

»Lisbeth«, stöhnt Helena, »die hatte ja immer was zu kamellen. Na ja, sie war ja auch Mitglied dieser seltsamen Familie.«

Unser Geplauder hat Helena vom Weg abgelenkt, wir sind am Ziel.

»Na, was sagst du?«

Sie schaut sich ratlos um. »Was soll ich wozu sagen?« Es klackert in ihrem Gehirn, dann findet die Erkenntnis ihren Weg durch die letzten leitungsfähigen Synapsen. »Eine Autovermietung?«

»Korrekt.« Ich tanze vor Vergnügen auf der Stelle.

»Du willst Auto fahren?«

»Irgendwann muss ich wieder anfangen, und das Gegurke mit Bus, Zug und Rad geht mir auf den Keks. Was sagst du?«

»Cool. Find ich cool, Mum.«

Jetzt ist es um mich geschehen. Sämtliche Bedenken, die ich auf dem Weg hatte, sind hinfällig. Ich freue mich aufs Autofahren. Kein Claas, der mich mit seiner Selbstgefälligkeit in den Wahnsinn treibt, kontrolliert und beäugt. Und meine Ängste? Sie sind wie weggeblasen. Ich brauchte wohl einen Grund, um wieder aufs Pferd zu steigen. Offensichtlich war das schlechte ÖPNV-Netz Rügens Anlass genug. Forschen Schrittes entere ich die Anmeldung der Autovermietung. Ein kleines Automatikauto habe ich heute Morgen online reserviert. Sicher ist sicher.

Der Angestellte hinter der Theke ist höchstens zwanzig und sieht so gut aus, als wäre er aus einer amerikanischen Teenieserie gesprungen, um bei einem Sommerjob auf Deutschlands größter Ferieninsel die Liebe seines Lebens zu treffen. Und Helena sieht aus, als würde sie genau das denken. So etwas in der Art wie: Oooh, ist der für mich??? Ich stupse sie an, und sie grinst verschämt. Ich beschließe, sie zu erlösen.

»Schneider, hallo, ich hatte ein Auto reserviert.«

Das Bürschlein zeigt weiße, kerzengerade Zähne (ich sag doch, amerikanische Teenieserie) und strahlt mich an. »Moment. Ich schaue nach.« Er tippt wild auf der Tastatur, und das gibt uns die Zeit, ihn ausgiebig zu betrachten. Wenn Helena wüsste, wie verzückt sie dabei aussieht, es wäre ihr sicher peinlich. Und dann mache ich etwas Verrücktes, wohl wissend, dass ich mir damit großen Ärger einhandele. Ich zücke mein Handy.

*Willst du ihn nach seiner Nummer fragen, oder soll ich das für dich tun? *breiter Grinsesmiley**

Helenas Handy brummt, sie zieht es aus der Tasche und liest. Sie beweist Coolness, ihr Gesicht zeigt keinerlei Regung, aber ich bekomme einen Pulk an bitterbösen Smileys zurück und freue mich diebisch. Derweil hat der junge Mann sich durch die Datenbank gewühlt und strahlt mich herzerweichend an.

»Das Auto, das Sie bestellt haben, ist nicht mehr da, wir müssen Sie leider upgraden.«

»Oh, das ist ja furchtbar«, hauche ich gespielt entsetzt.

»Allerdings«, sagt er und zwinkert mir zu. »Aber mein Chef

war heute gut gelaunt. Er meinte, wenn eine schöne Frau kommt, soll ich ihr den Mini geben.«

Ich fühle mich höchst geschmeichelt und werde sogar ein bisschen rot. Ungeachtet der Tatsache, dass das Bürschlein noch Windeln trägt. Aber halt, fehlt da nicht was? So ein kleiner Zusatz wie »hübsche Tochter«? Denn Helena ist, ganz objektiv gesehen, eine Augenweide. Ihr ist diese nordische Größe von Claas, gepaart mit der dunklen Zartgliedrigkeit meiner Familie zu eigen, und wäre sie nicht so herrlich uneitel – sie könnte glatt Geld mit ihrem Aussehen verdienen. Ich schaue also den Burschen nett und auffordernd an und gebe ihm drei, zwei, eine Sekunde, Helena in das Zentrum seiner Ehrerbietung zu rücken. Nichts! Er lächelt weiter mich an, als sei ich die Elbin Arwen persönlich.

»Hat der Mini auch Automatik? Das wäre wichtig.«

»Nein. Hat er leider nicht. Aber wissen Sie was? Schauen Sie sich das Auto an, danach stellen Sie keine Fragen mehr.«

Aha. Ich fixiere das Kerlchen, es grinst mich charmant an, druckt die Formulare aus und kramt die Schlüssel aus der Schublade. Anschließend tritt er beherzt hinter der Theke hervor, stolpert über einen im Weg herumstehenden Karton, wird rot, grinst mich verlegen an und läuft dann so nah an mir vorbei, dass er meinen Arm berührt. »Die Dame.«

Ich folge ihm verwirrt. Er würdigt Helena keines Blickes. Flirtet der etwa *mit mir*??? Dass ich nicht komplett danebenliege, zeigt Helenas Reaktion. Sie wirft mir einen wütenden Blick zu und lässt sich in einen schwarzen Ledersessel plumpsen.

Ich überquere mit dem Jüngling den Hof. Vor einem roten Mini bleibt er stehen. Wow. Schick. Ich würde mir nie so ein Auto kaufen, aber als Mietwagen ist es der Knaller. Er nickt gefällig, sperrt den Wagen auf und betätigt einen Knopf. Das Verdeck öffnet sich. Ein Cabrio? Wie geil ist das denn?

»Wie geil ist das denn?«

»Ich wusste, dass es Ihnen gefällt«, feixt er und setzt noch eins obendrauf. »Eine schöne Frau braucht ein schönes Auto.«

Mir klappt die Kinnlade runter. Der steht auf alte Frauen! Denn alt bin ich, das ist unübersehbar. Aber ich habe mich gut gehalten. Graue Haare halten sich in Grenzen, das Figürchen ist annehmbar, und Falten sieht man nur bei Tageslicht. Aber was ist das alles gegen die Bewunderung eines Kerls, der mein Sohn sein könnte? Ich schwebe um das Auto herum, bestaune die hellen Ledersitze, das offene Verdeck und die Farbe.

»Moment, ich hole meine Tochter.« Ich eile über den Parkplatz und zerre eine daddelnde Helena aus ihrem Sessel. »Komm, das musst du sehen.«

»Was? Die Milf-Peinlichkeit da draußen?«

»Ach, Mann. Ich kann doch auch nichts dafür, dass der Bursche einen Mutterkomplex hat. Du musst dir das Auto anschauen.«

»Was soll denn an einem Auto so besonders sein?«

»Komm einfach mit«, knurre ich.

Helena trottet gelangweilt neben mir her, als sie aber das offene Cabrio sieht, vergisst sie ihre Animositäten. »Wie geil ist das denn?«

Ich grinse selbstsicher. »Genau das habe ich auch gesagt.«

»Peinlich.«

»Ich weiß, aber ich bin eben nicht nur Mutter. Das wirst du auch irgendwann verstehen.«

»Niemals.«

»Wetten wir drauf?«

»Bis ich so weit bin, bist du tot.«

»Besten Dank auch.«

Wir stellen unser Gefecht ein und bestaunen lieber den knallroten Mini. »Was müssen wir tun, um endlich losfahren zu dürfen?«, frage ich meinen beflissenen Bewunderer.

»Ich brauche noch Ihren Führerschein und ein paar Unterschriften, dann gehört der Wagen in den nächsten Wochen Ihnen. Und vielleicht kaufen Sie sich ja hinterher einen eigenen Mini.« Er schließt das Verdeck und zwinkert mir zu.

Langsam nervt das flaumbehaarte Bürschlein. Ich folge ihm und lasse mich beim Unterschreiben für meinen tollen Vornamen loben. »Ein süßer Name für eine süße Frau.« Gleich kotze ich ihm vor die Füße. Mit einem letzten Lächeln nehme ich die Schlüssel in Empfang, dann dürfen wir einsteigen.

Zunächst sitze ich völlig planlos hinter dem Steuer. Wie war das noch mal? Gas, Kupplung, Bremse? Es ist leider kein Automatikwagen, also muss ich in mich gehen und mache ein paar Trockenübungen.

»Was tust du da, Mama?«

»Ich übe. Wie du weißt, bin ich in den letzten Jahren genau ein Mal Auto gefahren, und danach hat Papa einen Anfall gekriegt.«

»Ach, der«, reagiert Helena erstaunlich verständnisvoll, »der kriegt doch immer einen Anfall, wenn etwas nicht so läuft, wie er will.«

Ich werfe ihr einen dankbaren Blick zu und übe weiter.

Autofahren ist wie Fahrradfahren, ich schaffe das. Als ich das Gefühl habe, den Widrigkeiten einer Autofahrt gegenüber gewappnet zu sein, werde ich übermütig. Ich öffne das Verdeck. Fasziniert beobachten wir, wie aus dem Mini mit Dach ein Mini ohne Dach wird. Verschmitzt grinsen wir uns an, als wir oben ohne sind. Und als säße Lisbeth gut gelaunt auf ihrer Wolke, schiebt sich genau in diesem Augenblick ein einziger Sonnenstrahl aus der dichten Wolkendecke.

»Das ist schon schwer geil«, befindet Helena.

Ich krame in der Handtasche und fördere meine Sonnenbrille zutage. »Was muss, das muss. Jetzt fehlt nur noch ein schickes Kopftuch.«

»Damit du aussiehst wie eine türkische Hausfrau?«

»Man kann auch weniger ehrlich sein.«

»Ich bin deine Tochter. Ich muss mich von dir abgrenzen, um meine eigene Persönlichkeit zu entwickeln.«

»Was ist das? Psychologiegrundkurs?«

»YouTube.«

Ich schüttle den Kopf, programmiere das Navi, starte den Wagen und atme tief durch. Kupplung. Gas. Bremse. Rückwärtsgang. Blick in den Spiegel.

»Mum, du tust, als müsstest du ein Rennen fahren.«

»Halt die Klappe, Kind. Ich muss mich konzentrieren. Sag kein Wort. Nichts. Ich fahre, und du fühlst dich sicher und geborgen. Wie ich früher, wenn ich mit Isa auf der Rückbank lag und mir die Wolken angeschaut habe, während Opa uns alle in den Urlaub kutschiert hat.«

»Ihr habt gelegen?«

»In den Achtzigern hatten alle Todessehnsucht. Wir waren nicht angeschnallt, kauften Zigaretten für unsere Eltern und durften für zehn Pfennig was aus dem Kaugummiautomaten ziehen. Wir hatten kein Handy, und Fahrradhelme gab es nicht mal bei der Tour de France. Unsere Generation müsste eigentlich ausgestorben sein.«

»Kannst du endlich losfahren?«

Ich gehorche, fahre rückwärts aus der Parkbucht und würge den Motor ab. Starte, würge ihn noch mal ab. Gas und Kupplung wollen nicht, wie ich es will. Der Jungspund kommt angehechtet.

»Ist mit dem Wagen alles in Ordnung?«

Helena möchte etwas sagen, doch ich werfe ihr einen bitterbösen Blick zu. »Jaja, ich muss mich nur an seine Dynamik gewöhnen.«

»Er ist klein, hat aber ziemlich viel PS. Machen Sie sachte. Mit Gefühl.«

»Geht klar«, sage ich mit dem charmantesten Lächeln auf den

Lippen, das ich in meiner angespannten Situation auftreiben kann, schiebe meine Brille auf die Nase und brettere mit quietschenden Reifen vom Hof. Es ist vollbracht. Ich fahre.

In den ersten Minuten stehe ich extrem unter Strom, doch mit jeder Minute werde ich sicherer, und als wir eine ruhige Landstraße entlangfahren, beginne ich die Fahrt zu genießen. Ist das schön! Ich bin frei! Ich kann fahren, wohin ich will und wann ich will! Ich bin eine unabhängige, selbstbewusste Frau in einem roten Cabrio. Danke, Lisbeth. Siehst du das von dort oben?

Aber ja. Ein Scotch auf dich, Cherie.

Helena, die bisher verkrampft ihre Tür malträtiert hat, entspannt sich ebenfalls und lehnt sich zurück. »Ich brauche eine Sonnenbrille, Mum.«

»Geht klar, Schatz. Coole Frauen brauchen coole Sonnenbrillen.«

Sie lacht. Ohne doofen Blick, ohne einen Seufzer der Verzweiflung. Ich bin glücklich. Wir steuern einen großen Supermarkt an und füllen den Kofferraum mit tausend Leckereien. Anschließend fahren wir zu einem Campingmarkt, kaufen einen zweiflammigen, standfesten Gaskocher, eine passende Gasflasche, eine verschließbare Küchenbox, zwei hochwertige, selbstaufblasbare Luftmatratzen (such dir eine andere Frau zum Blasen, du blöder verheirateter Nachbar), einen faltbaren Küchenschrank und einen Pavillon. Meine Kreditkarte glüht, und ich habe keine Ahnung, wie wir unsere Einkäufe auf dem Rückweg in den Volvo meines Vaters kriegen sollen. Vielleicht kaufe ich mir ein Auto. Das wär doch was. Wenn ich diesen Urlaub überstanden habe, dann kann ich mir das leisten. Einfach so. Es fühlt sich an, als habe jemand unsichtbare Fesseln weggesprengt. Fesseln, die ich mir womöglich selbst angelegt habe.

Wir fahren weiter nach Sassnitz, einer hübschen Stadt am Rande der Kreideküste mit südländisch anmutender Bäderarchitektur. Wir essen in einem Fischrestaurant spät zu Mittag, Helena bekommt ihre Sonnenbrille und einen neuen Bikini. Wir schlendern am Hafen entlang, fühlen uns mondän und cool. Es gibt an diesem Tag keine schlechte Laune. Wir sind ein Team, ein schickes und entspanntes Mutter-Tochter-Team. Genauso habe ich mir das immer vorgestellt, und vielleicht, wenn die Pubertät vorüber ist, können wir das auch sein.

Zurück auf dem Campingplatz stehen wir ratlos vor der Schranke. Kein Auto, keine Zugangskarte. Das wird sich nun ändern. Ich steige aus und stapfe zur Rezeption. Jacky räumt den Postkartenständer auf.

»Hallo, Jacky, ich brauche eine Karte für den Schlagbaum.«

»Aha.« Sie legt einen Stapel Postkarten beiseite und kratzt sich am Hinterkopf. »Kommt ihr mit dem Fahrrad nicht mehr dran vorbei?«

»Wir haben jetzt ein Auto.«

»Na, das wurd ja mal Zeit. Fahrradfahren macht hier nur an den drei Tagen im Jahr Spaß, an denen der Wind nicht über die Insel pfeift. Wusstest du, dass es auf Wittow deshalb keine Maulwürfe gibt? Denen ist es hier zu laut.«

»Ja, die Erkenntnis hatte ich auch schon. Also haben wir jetzt ein Auto. Interessant, das mit den Maulwürfen. Apropos. Wann kann Helena denn Kurti besuchen?«

»Schick sie her, oder, warte, ich krall sie mir.« Sie fischt aus einer ihrer zahlreichen Hosentaschen eine Karte und drückt sie mir in die Hand. »Einfach an den Kasten neben den Schlagbaum halten. Manchmal funzt es nicht, dann an der Hose abreiben.« Sie folgt mir nach draußen. »Meine Fresse, was ist das denn für 'ne Madämmchenkutsche.«

»Haben wir nicht bestellt, ein netter junger Herr hat sie uns trotzdem gegeben.«

»Hätt auch nicht zu dir gepasst, so was zu mieten, aber so …

Kann man machen.« Sie fühlt über die Ledersitze. »Nicht schlecht, nicht schlecht. Bisschen Schickimicki, aber macht bestimmt Spaß.« Sie wendet sich an Helena. »Bock, Kurti kennenzulernen?«

Helena runzelt die Stirn. Jacky ist ihr nach wie vor nicht geheuer. Mir ja auch nicht. Aber irgendwie steckt was Nettes drin. »Wer ist Kurti?«, fragt sie kritisch.

»Geh einfach mit«, antworte ich geheimnisvoll, »du wirst es nicht bereuen. Ich packe in der Zwischenzeit aus.«

Es dauert ewig, bis das Auto leer ist. Ich hatte wohl einen klassischen Kaufrausch. Summend trage ich die vielen neuen Sachen zum Zelt, selbstsicher, weil ich einen roten Mini fahre. Geschmeichelt, weil ein Milchbart mich angebaggert hat. Mein Selbstbewusstsein ist zurück. Es ist, als wäre ein Stück der jungen Evi zurückgekehrt, auch wenn ich mich fast nicht mehr an sie erinnern kann.

Während ich meine Schätze berge, beobachte ich die Familie nebenan. Ich verstehe nicht, was sie sagen, dafür steht das Zelt zu weit weg, aber ich beobachte Gestik und Mimik, die Dynamik ihrer Körpersprache und mache mir einen Reim darauf. Sie erteilt die Kommandos, Hendrik springt. Ihr Gesichtsausdruck ist angespannt, seiner pflichtbewusst. Nicht hilfsbereit. Es gibt keine Berührungen, keine Blicke. Ich gestehe mir ein gewisses Maß an Subjektivität ein, aber dennoch ... vielleicht hatte er Gründe, sie nicht zu erwähnen. Zu gerne würde ich die Auren der beiden sehen. Meine Güte, ist dieser Esoterikkram ansteckend? Zwei Klobegegnungen und ab der dritten mache ich eine Ausbildung zur Aurenleserin? Quatsch. Dabei würde es mich schon reizen, diese Trudi mal einen Blick auf die Farben der Ehefrau werfen zu lassen.

Ich werde in meiner Paarbeobachtung unterbrochen, denn ein aufgescheuchtes Hühnchen hüpft auf den Platz.

»Mum, warum hast du mir das mit dem Eichhörnchen nicht

erzählt? Kurti ist sooo süß. Sie hat mir aus der Hand gefressen und ist auf meinen Arm geklettert. Jacky meinte, dass Kurti mich mag, denn sie klettert nicht auf jeden. Eigentlich nur bei ihr. Sie war ganz verwundert und hat gesagt, ich kann gerne morgens und abends vorbeikommen. Dann wäre Kurti am zuverlässigsten da.« Ihre Wangen glühen, atemlos lässt sie sich in den Stuhl plumpsen.

»Ich habe nichts gesagt, weil ich wollte, dass du es selbst herausfindest. Und siehe da, es hat sich gelohnt.«

»Aber jetzt habe ich schon ganz viel Kurti verpasst.« Sie zieht eine Schnute.

»Tut mir leid. Reicht als Entschädigung eine große Packung Nüsse für Kurti?«

»Geht klar«, antwortet sie gönnerhaft.

Wir gönnen uns ein üppiges zweites Abendessen. Baguette, Oliven, getrocknete Tomaten, Aioli, alles ist dank des kleinen Flitzers vorhanden. Ein Auto bedeutet Freiheit. So klar wie heute war mir das noch nie. Plötzlich habe ich Verständnis für alle Menschen, die auf ihr Auto nicht verzichten wollen. Nach dem Essen studiere ich die Wetter-App. Es bleibt trocken, und es winken angenehme zwanzig Grad. Herr Lustig hat recht behalten.

»Das Wetter wird immer besser, bald kann man an den Strand. Morgen ist es aber noch ein bisschen kühl. Was meinst du? Sollen wir eine Fahrradtour machen und ab übermorgen kutschiere ich dich an die schönsten Strände Rügens?«

»Aber nur, wenn ich danach mindestens eine Woche kein Fahrrad mehr fahren muss.«

»Geht klar«, antworte ich großzügig.

Handy, eine Flasche Bier, Strand. Wie war das noch mal? Ab dem dritten Mal ist es Tradition? Nur auf meinen Gesprächspartner werde ich ab jetzt wohl verzichten müssen. Die Ostsee wirkt, als seien die Kulissenbildner der *Augsburger Puppenkiste* am Werk gewesen. Sie leuchtet gläsern grün und blau, wabert träge, und die untergehende Sonne zaubert Lichtflecken, die leuchten, als kämen sie aus dem Meer. Ich erreiche meinen Felsen, lehne mich an den noch warmen Stein, friemle den Öffner aus der Hosentasche und köpfe das Bier. Hm. Lecker. Feierabend. Darf man den im Urlaub überhaupt haben? Ich nuckle genüsslich an der Flasche und beobachte ein Pärchen mittleren Alters, das an mir vorbeischlendert. Arm in Arm. Sie kichert, er macht lustige Töne. Fast wie ein Nikolaus. *Hohoho.* Sie fasst ihm an den Hintern, er kneift ihr in den Po, woraufhin sie selig grunzt, sich vor ihn stellt und ihm in den Schritt greift. Dort verweilt ihre Hand. Hal-lo? Ich will es nicht sehen und bin dennoch fasziniert. Die beiden sind spitz wie Nachbars Lumpi. Sind sie frisch verliebt? Notgeil? Oder haben sie es geschafft, die Leidenschaft über die Jahre zu bewahren? Werde ich je wieder das Bedürfnis haben, Liebe und Lust auszuleben? Egal, was sie umtreibt, ich bin auf eine seltsame Art neidisch.

»Hat die dem gerade in den Schritt gepackt?«

Ich erschrecke fürchterlich. Hendrik. »Sieht so aus, er ihr aber auch.«

»Krass. Entweder sind die frisch zusammen, oder sie wissen, wie man das Feuer erhält.«

»Genau darüber habe ich gerade nachgedacht.«

»Darf ich mich setzen?«

»Klar. Aber ich habe kein Bier für dich.« In meinem Kopf rattert es. Macht er einfach weiter? Trotz Ehefrau?

»Kein Problem, ich bleib auch nicht lange, ich muss gleich wieder zurück. Auf jeden Fall …«, er bricht ab, »ich hoffe, du warst nicht allzu überrascht wegen Katja.«

Ich versuche, meine Mimik unter Kontrolle zu halten, denn er hat sich verraten. Man entschuldigt sich schließlich nicht für eine Ehefrau, wenn man eine andere Frau glauben lassen wollte, dass es keine gibt. Oder, Isa? Ich antworte diplomatisch: »Kein Problem. Ich finde es schön, dass die Kinder eine Mutter haben.«

Guter Satz? Isa?

Sehr gut, Evi. Du hast nicht mehr als mütterliche Sorge für zwei Kinder gezeigt, jetzt soll er sehen, was er damit anfängt.

Seitdem ich Isabell bei ihrer Affäre begleitet habe, habe ich den Eindruck, zwischen Männern und Frauen geht es zu wie in einem Schachspiel. Hier ein Zug, da ein Zug. Es gibt nur einen Unterschied: Wir Frauen berechnen zweiundfünfzig Züge im Voraus und verlieren am Ende doch.

»Gut«, sagt er, »aber ich fände es schade, auf unser abendliches Bierchen zu verzichten.«

»Von mir aus spricht nichts dagegen.«

»Also macht es dir nichts aus, dass ich verheiratet bin?«

Ich schaue ihn an und ziehe meine Augenbrauen fragend nach oben. »Wieso sollte es?«

»Gut«, sagt er wieder, meine Frage beantwortet er nicht. Stattdessen springt er auf. »Na dann, ich muss zurück. Bis zum nächsten Mal.« Sein Abgang wirkt wie eine Flucht. Ich schaue ihm mit einem zufriedenen Grinsen hinterher und rufe Isa an.

»Wie hat er sich rausgeredet?«

»Gar nicht.« Ich erzähle ihr von dem Gespräch.

»Wow, den hast du ja schön auflaufen lassen. Ich bin stolz auf dich.«

»Aber wie gehe ich mit diesen seltsamen Annäherungsversuchen um?«

»Soll ich es dir erklären?«

»Klar, du bist schließlich Expertin in Sachen verheiratete Männer.«

»Sehr witzig. Also, hier meine Theorie. Er findet dich gut. Er hat eine Frau und kleine Kinder. Richtig rund scheint es bei den beiden nicht zu laufen, aber alles andere ist keine Option, wenn er nur einen Funken Verantwortungsgefühl besitzt. Gleichzeitig ist er schwach und du tanzt ihm den ganzen Tag vor der Nase herum. Deshalb diese merkwürdigen Anbandlungsversuche.«

»Okay, verstanden. Aber sollte ich nicht gerade dann sämtliche Annäherungsversuche abwehren? Ich habe doch eine moralische Verpflichtung.«

»So ein Quatsch. Du kannst nicht seine moralischen Verpflichtungen übernehmen. Wenn er sich entscheidet, mit dir zu flirten, dann ist das seine Entscheidung. Wie findest du ihn überhaupt?«

»Hm. Ich weiß nicht. Er ist nett, es macht Spaß, ein bisschen zu flirten, aber das mit der Moral sehe ich anders als du.«

»Na klar, du bist ja auch meine heilige Schwester. Noch mal – wenn er fremdgehen will, dann tut er das. Ob mit dir oder mit einer anderen. Sein Problem. Lass es einfach laufen, und zerbrich dir nicht den Kopf über fremde Ehen.«

»Ich weiß nicht, ob du die richtige Ratgeberin bist.«

»Sicher nicht.« Sie lacht, dann erzählt sie mir von ihrer letzten Gesangsstunde und davon, dass Papa sich übertrieben kostspielige Laufschuhe gegönnt hat.

»Vielleicht meint er, die joggen von selbst«, unke ich.

Nachdenklich sortiere ich nach dem Gespräch die Ratschläge. Laufen lassen. Isa hat Nerven. Ich werde gar nichts laufen lassen. Ehefrau, kleine Kinder. Ich wäre kein guter Mensch, wenn ich da irgendwas laufen lassen würde.

Ich werde diesem Mann aus dem Weg gehen, so einfach ist das.

Ich habe nichts gegen schönes Wetter, aber etwas gegen das schlechte danach

Mittwoch, klarer Himmel, leichter Wind aus Nordost, 21 Grad Celsius

Schleierwolken. Mehr nicht. Ich trete aus dem Vorzelt und kann es kaum glauben. Ich schaue nach links, dann nach rechts, aber es bleibt dabei. Ich grinse. SO habe ich mir das vorgestellt! Ich strecke und recke mich, lecke meinen Zeigefinger ab, halte ihn in die Höhe und spüre keinen Lufthauch. Summend schlendere ich zum Waschhaus, hole Brötchen, wir frühstücken in magischem Morgenlicht und packen unsere Sachen. Keine Busfahrten, kein mühsames Einkaufen. Es fehlt nichts und es geht nichts schief. Endlich scheinen sämtliche Missgeschicke und Unwägbarkeiten der letzten Tage nicht mehr als Anekdoten für die Erinnerungskiste zu sein.

Das Radeln klappt mühelos. Als hätten wir Elektroräder, passieren wir eine Station nach der anderen. Ein Runengrab aus dem Mittelalter, gekrönt von einer mystisch anmutenden Buche, ist unser erster Rastplatz. Wir trinken Kaffee aus der Thermoskanne, essen Äpfel, genießen das Sonnenlicht auf unserer Haut, radeln weiter. Die Steilküste entlang. Blumenwiesen und üppig bewachsene Felder säumen unseren Weg, die meiste Zeit schauen wir auf ein Meer wie aus dem Reiseprospekt: Sonne, Segelschiffe, Schaumkronen auf beschaulichen Wellen. Wir überblicken die Wieker Bucht. Freiheit. Erholung. Ich fühle mich angenehm klein und unbedeutend. Es wurde Zeit, dass endlich der schöne Teil beginnt, liebe Lisbeth.

Prösterchen, Cherie, ich kann auch nett sein.

Als der Magen leise knurrt, erreichen wir, wie bestellt, eine ganz besondere Verpflegungsstation. Vor seinem Hof, am Rande einer kleinen Pferdekoppel, sitzt ein alter Mann hinter einem Klapptisch und verkauft Kuchen und selbst gemachte Holunderlimonade. Eine Handvoll Tische sind aufgebaut, Fahrräder lehnen am Zaun, und ein leichter Wind hebt geblümte Tischdecken. Es ist das schönste Freiluftcafé, das mir je untergekommen ist. Spontan steige ich vom Rad.

»Hunger?«

Helena bremst, steigt ebenfalls ab und strahlt. »Kuchen geht immer.« Sie kommt zu hundert Prozent nach ihrem Opa. Für ein Stück Kuchen würde sie morden. Der alte Mann ist zuckersüß, ein bisschen tüdelig und lässt sich durch nichts aus der Ruhe bringen. Wir nehmen zwei Stück Rhabarberkuchen. Auf dem Baiser perlt Holunderblütensirup, und es sieht köstlich aus.

»Wer backt denn diesen wunderbaren Kuchen?«, frage ich, während er uns zwei große Gläser Holunderblütenschorle einschenkt.

»Den macht meine Frau. Wenn Sie mich fragen, es gibt keinen besseren.«

Er hat nicht übertrieben. Saftig, süß, säuerlich. An diesem Kuchen stimmt alles. Wir sitzen träge in der Sonne, genießen jeden Bissen und den weiten Blick aufs Meer.

»Die Ostsee ist echt schön«, stellt Helena fest.

»Es ist die Landschaft, ich finde, sie macht es so besonders.«

»Stimmt. Obwohl das in Italien ja auch so ist.«

Immer wieder fällt mir auf, wie sehr Claas' Italienwahn uns eingeschränkt hat. Helena kennt Italien und Italien. Es wird definitiv Zeit, dass sie mehr von der Welt sieht. Nach dem Kuchen sind wir satt und matt. Der Radweg entfernt sich von der Küste, führt weiter an Wiesen und Feldern entlang. Unser nächstes Ziel ist ein Dorf, das komplett unter Denkmalschutz steht: das in die Steilküste eingebettete Fischerdörfchen Vitt. Pittoresk. Allein für Orte wie diesen scheint das Wort erfunden worden zu sein. Leider ist es voll. Drei Reisebusse und etliche Autos auf dem Parkplatz oberhalb des Dorfes ließen es bereits vermuten. Und so begnügen wir uns mit einem Spaziergang durchs Dorf, kraxeln wieder nach oben, werfen noch einen Blick in die kleine Kapelle und radeln dann weiter. Wir erreichen das Kap Arkona mit seinen zwei Leuchttürmen, Wiesen, den Resten einer alten Burg und zu vielen Besuchern. Menschenmassen zerstören auch hier die Magie. Es ist, als sögen sie alle Magie auf, und übrig bleibt ein Ort, an dem die Menschen etwas suchen, das nicht mehr da ist.

»Es ist bestimmt toll hier, wenn niemand da ist«, sinniere ich.

»Dann fahren wir doch einfach wieder. Zwingt uns ja keiner hierzubleiben.« Helena wendet ihr Rad und wir suchen das Weite.

Unser Weg führt zum Rügenhof. Der alte Vierkanthof fungiert als touristisches Zentrum des Kaps, und man kann einkaufen. Kunsthandwerk, einheimische Produkte – es ist eine bunte Mischung all dessen, was Touristen als »typisch Rügen« empfinden. Wir bummeln durch eine urige Passage mit Ständen und kleinen Läden. Ich bleibe bei einem Bernsteinladen hängen, immer wieder fasziniert von dem, was das Meer ausspuckt, wenn es von harschen Winterwinden getriezt wird. Helena findet ihr Glück in einem Lädchen für Duftkerzen und Räuchermaterial.

Fasziniert sind wir beide von einem Stand, an dem abstrakte Schweißarbeiten verkauft werden. Sie erinnern an das Kunstwerk am Eingang unseres Campingplatzes, der Künstler ist sicher derselbe. Ich verliebe mich in ein massives quadratisches Gebilde, das an eine Ansammlung von Wildblumen denken lässt. Es würde wunderbar in unseren Garten passen. Aber es ist nicht günstig, und da wir es garantiert nicht in Papas Auto kriegen werden, verwerfe ich den Gedanken. Dennoch geht mir das Kunstwerk nicht mehr aus dem Kopf, und als wir wieder bei den Rädern sind, bitte ich Helena, kurz zu warten.

»Entschuldigen Sie, ist es möglich, die Sachen zu verschicken? Ich finde dieses Blumenteil wirklich schön, aber wir sind mit dem Rad da, und ins Auto passt es auch nicht.«

Ein junges Mädchen hockt auf einem Stuhl in der Ecke und sieht von ihrem Handy auf. »Ja klar, kein Problem. Aber billig wird das nicht. Ich muss das Ding umwickeln, polstern und 'nen irre großen Karton finden …«

»Kein Problem. Ich habe mich verliebt, also muss es in meinen Garten.«

Sie zuckt gelangweilt mit den Schultern. »Na, dann werde ich heute Nachmittag mal nach einem Karton forschen.«

»Das ist lieb. Wer macht diese Skulpturen eigentlich?«

»Ach, das ist so ein Typ hier aus der Gegend. Ist mit meinen Eltern befreundet, und in den Semesterferien darf ich hier aushelfen.«

»Dann richten Sie ihm doch bitte aus, dass ich seine Werke unglaublich schön finde.«

Sie verspricht es, meine EC-Karte wandert über den Tisch, und Sekunden später bin ich stolze Besitzerin einer Blumenskulptur.

»Hast du's gekauft?«, fragt Helena, als ich mit strahlendem Gesicht wieder bei ihr aufschlage.

»Jawohl, habe ich. Sie schicken die Skulptur direkt zu uns nach Hause.«

Helena nickt wohlgefällig. »Schön. Sie ist wirklich hübsch. Und nicht kitschig. Opa wird sie bestimmt auch gefallen.«

Es ist ein rundum gelungener Tag. Das Wetter hat gehalten, die Temperatur war zum Radfahren perfekt, und dass der Himmel nun zuzieht, tut unserer Laune keinen Abbruch. Bis zum Zeltplatz wird es schon gut gehen. Hmmm, zwei Minuten später nieselt es. Macht nichts, so ein bisschen Nieselregen nach dem tollen Tag ignoriere ich einfach. Wind kommt auf. Von vorne. Aber auch der kann uns die Laune nicht verderben. Der Regen wird stärker, wir fahren weiter. So weit ist es ja nicht mehr. Meine Laune? Ach, lassen wir das. Die ist gut. Hat gut zu sein. Helena fällt zurück. Ich halte kurz an und warte auf sie. Ihr Gesicht ist verkniffen, doch kein Wort kommt über ihre Lippen.

»Der Tag war schön. Das bisschen Regen und Wind verkraften wir, und am Zelt koche ich uns einen Kakao.«

Sie lächelt angestrengt.

»Wir sind schließlich keine Memmen«, füge ich hinzu.

Wie aus dem Nichts tauchen schwarze Nacktschnecken auf, der Weg ist plötzlich voll von ihnen. Wir weichen aus, bremsen, umfahren sie, aber irgendwann sind es so viele, dass wir hin und wieder eine überfahren. Wir quietschen und ekeln uns, doch wir lachen dabei. »Irgendwo muss es eine Party geben«, unke ich, nachdem ich erneut eine Schnecke in zwei Hälften geteilt habe. Der Wind wird noch stärker, nimmt Anlauf über die riesigen Felder, nur um uns am Fortkommen zu hindern. Ich fahre im niedrigsten Gang, dennoch wird jeder Meter zur Qual. Der Regen, der von Minute zu Minute stärker wird, peitscht uns ins Gesicht und rinnt in alle Ritzen. Ich steige vom Rad und ziehe meine Jacke aus. Nass ist nass, wenigstens schwitze ich nicht mehr. Binnen Sekunden ist mein T-Shirt klatschnass.

»Mama, man sieht deinen BH!«, stellt Helena vorwurfsvoll fest.

»Siehst du hier jemanden, den das interessiert?«

»Ja. Mich!«

»Du bist meine Tochter, du hast an den Dingern genuckelt, du schaffst das.«

Mittlerweile regnet es so stark, als stünden wir unter der Dusche. Ich versuche es mit psychologischen Tricks. Schaue nicht auf den langen Weg vor uns, sondern suche mir Wegmarken. Hundertmal treten bis zum großen Baum. Zweihundertfünfzigmal bis zum Ende dieses riesigen Feldes. Man sieht den Feldern ihre DDR-Vergangenheit an, sie haben LPG-Ausmaße. Das Zählen beschäftigt mich, bis Helena losbrüllt.

»FUCK. So eine SCHEISSE. Mum, ich will NICHT mehr.«

Ich halte an und drehe mich um. Wutentbrannt pfeffert sie ihr Rad in den Straßengraben, setzt sich inmitten dieses sintflutlich anmutenden Tohuwabohus ins Gras, lässt den Kopf auf die Knie sinken und heult.

»Was ist denn?«, brülle ich durch Wind und Regen.

»Das VERFICKTE Fahrrad hat einen Platten«, brüllt Helena zurück.

Ich stelle mein Rad ab, das gleich der nächsten Böe zum Opfer fällt, und stapfe zu ihr. Ihr Hinterreifen ist platt wie eine Flunder und natürlich haben wir keine Luftpumpe dabei. Ich zücke mein Handy, beuge mich nach vorne, um es vor dem Regen zu schützen, konsultiere Maps. Drei Kilometer sind es noch. Am liebsten würde ich mich heulend zu Helena ins Gras hocken.

»Ich hab keinen Bock mehr auf diesen Urlaub.« Sie heult inzwischen herzzerreißend. »Immer, wenn ich denke, jetzt wird's besser, passiert so'n Scheiß.«

Mir geht es ähnlich, doch ich brauche mir nur in Erinnerung zu rufen, dass ich gestern ein Drittel meines Monatslohns im Campingladen gelassen habe und was ich Helena mit dem Geld alles ermöglichen könnte. Mit dem Erbe. Deshalb müssen wir auch das hier durchstehen. Aufgeben ist keine Option. Es ist nur Regen, nur Wind, nur ein platter Reifen, nichts Wildes, die Natur eben. Trotzdem, Lisbeth, warum machst du es uns so verdammt schwer, diesen Urlaub zu genießen?

Stärke, liebe Evi. Du brauchst Stärke.

Sie ist stark, wendet meine Mutter ein, *sie soll Camping lieben, nicht hassen und nur durchstehen.*

Was hat das hier denn mit Camping zu tun?, fragt Lisbeth. *'ne Fahrradtour hätten sie auch gemacht, wenn sie in einem Fünf-Sterne-Hotel wohnen würden.*

Aber irgendwo am Mittelmeer, wo es nicht regnet, mische ich mich ein. Streitet euch gefälligst woanders, aber nicht in meinem Kopf, ihr störrischen alten Schachteln!

Evi, mäßige dich!!!, fordern sie mich unisono auf, und ich schnaube beleidigt durch die Nase.

»Helena, es nützt nichts. Wir müssen weiter. Wenn wir stramm laufen, sind wir in einer halben Stunde zu Hause.«

»Ich geh nirgends hin. Ich bleibe hier.«

»Aber das ist doch albern.«

»Bestell uns ein Taxi.«

»Helena, wir stehen mitten im Feld.«

»Ich HASSE dich«, brüllt sie, und dann verliere ich die Geduld und brülle zurück. Das Mädchen ist nicht mehr drei Jahre alt. Sie ist nur nass. Sie wird es überleben.

Es tuckert. Von ferne. Ich blicke auf. Ein Traktor mit Anhänger zuckelt langsam den Feldweg entlang. Er kommt näher, er könnte unsere Rettung sein. Oh nein, ist das DER Traktor? Der mit dem Bruder, der überall zu sein scheint? Und der soll uns helfen? Oje, mir schwant, der Beelzebub höchstpersönlich könnte hinterm Steuer sitzen, ich würde auf Knien um Hilfe flehen.

»Helena«, ich stupse meine Tochter an, die sich schon seit Minuten nicht bewegt hat. »Vielleicht kommt Hilfe.«

Sie schaut auf, springt auf, als hätte sie sich in einen Ameisenhaufen gesetzt, und zerrt ihr Fahrrad aus dem Straßengraben. »Meinst du denn, der hält an?«, fragt sie ungläubig.

»Ich lege mich quer auf den Weg, dann muss er anhalten.«

»So schlimm finde ich dich auch nicht, du musst dich nicht gleich von einem Traktor überrollen lassen. Echt nicht.«

»Das ist freundlich, ich weiß es zu schätzen.«

»Aber eins sag ich dir, wenn der uns nicht mitnimmt, will ich morgen nach Hause.«

»Also MUSS ich mich auf den Feldweg legen.«

Natürlich schmeiße ich mich nicht auf den Weg, sondern mache durch zartes Winken auf uns aufmerksam. Der Traktor wird langsamer und hält neben uns an. Behände springt der Typ vom Sitz, und zum ersten Mal kann ich ihn außerhalb seines Gefährts bewundern. Sein Blaumann ist so dreckig, dass er vermutlich abends von selbst in der Ecke steht, die dunkelblonden Haare stehen wirr am Kopf, und sein Gesicht hat seit Tagen keinen Rasierer mehr gesehen. Der Kerl ist eine wüste Erscheinung und niemand, dem man nachts alleine begegnen möchte.

»Moin, moin«, sagt er so gar nicht norddeutsch, sondern mit nicht zu überhörendem sächsischem Singsang. Seine Augen funkeln dabei belustigt, unser Anblick scheint unterhaltsam zu sein.

»Moin«, entgegne ich, mich den Gepflogenheiten anpassend.

»Nü, wir kennen uns vom Platz, nü? Haben die Damen ein Problem?«

»Ja, wir kennen uns vom Platz, und dass wir ein Problem haben, ist wohl offensichtlich«, antworte ich freundlich.

»'n Platten, nü?«

»Ja.« Ich seufze tief und finde, man könnte das Gespräch angesichts des Regens, der unaufhörlich in jede Ritze rinnt, durchaus beschleunigen. Doch der Typ hat die Ruhe weg, und der Sturzregen scheint ihn absolut nicht zu stören. Auch Helena wird ungeduldig und schnappt ob der Langsamkeit entrüstet nach Luft. Irgendwie süß. Wie ein Fisch, den man in den Regen gelegt hat und der nun jedes Tröpfchen aufschnappt, in der Hoffnung, es würde ihn endlich jemand am Schwanz packen und zurück in den Teich werfen.

Der Typ kratzt sich am Kopf. »Dann nehm ich euch mal mit, nü?«

Ups. Das ging schneller als erwartet. Kein rheinisches Blabla, sondern wortkarg norddeutsch. Drei Sätze am Stück verraten das Plappermaul.

»Jo, wär super«, antworte ich adäquat. Irgendwie schön, diese reduzierte Kommunikation.

Der Mensch nickt. »Na los.« Mit einer fließenden Bewegung packt er Helenas Rad und hievt es auf die Ladefläche des Anhängers, auf dem nur ein paar Gartengeräte liegen, zwei Sekunden später liegt mein Rad daneben. Der nette Mensch schwingt sich auf den Fahrersitz und klopft auf den linken der Sitze über den Traktorreifen.

»Na denn, mal rein in die gute Stube.«

Die Aufforderung zaubert sogar Helena ein Lächeln auf die Lippen. Ich stutze. Täusche ich mich, oder war in dem letzten Satz das Sächsische verschwunden? Helena klettert leichtfüßig auf den angebotenen Platz, und ich muss nun wohl oder übel über den Kerl hinwegklettern. Der Typ lehnt sich mit starrem Gesicht zurück, während ich unelegant an ihm vorbeikraxle. Dabei hat er freie Sicht auf mein durchsichtiges T-Shirt. Mist. Auch wenn ihm Frauen schnurz sind, entknülle ich meine Regenjacke und ziehe sie umständlich an. Sicher ist sicher.

Der Platz ist überschaubar, die Nähe zu diesem komischen Menschen irritiert mich. Warum eigentlich? Ich werfe einen schrägen Blick nach links. Der Typ scheint in seinem Blaumann zu leben, sieht aus wie ein Waldschrat und wirkt wie ein Nerd. Ein Nerd mit Traktor. Ein Traktornerd.

»Gemütlich, nü?«, reißt er mich aus meinen Gedanken. Spricht der eigentlich nur in Fragesätzen? »Ich bin der Ronny, nü?«

»Evi«, sage ich und muss aufpassen, nicht mit den Augen zu rollen.

»Helena«, sagt Helena.

Der Ronny nickt zufrieden, lässt den Motor an, betätigt die aufs Nötigste reduzierte Schaltung, und wir tuckern los Richtung Campingplatz, während es weiter regnet, als müsse das Meer neu befüllt werden.

»Das ist total nett von Ihnen. Wir wären irgendwie zurückgekommen, aber mit dem Platten hätten wir ewig gebraucht.«

»Nü, ist ungemütlich, das Wetter. Hättet euch noch 'ne Erkältung geholt. Gut, dass ich mit Cordula zur Stelle war.« Er spricht es Cordüla aus. Lustig.

»Cordula?«

»Nü, ist die alte Dame.«

»Aber es heißt doch ›der Traktor‹, warum ein Frauenname? Oder ist das so wie mit Kurti?«

Der Mensch schnauft belustigt durch die Nase. »Nü, so in etwa wird sich das wohl verhalten.«

Spricht seine Schwester ebenfalls Sächsisch? Ich kann mich nicht erinnern. Sind sie Stiefgeschwister? Irgendwas passt da nicht zusammen. Weiter komme ich mit meinen Grübeleien nicht, denn der Traktor rattert los, der Weg ist eine einzige Buckelpiste, und bei jedem Schlagloch werde ich fast vom Sitz geschleudert. Ich kralle mich an einer eisernen Verstrebung fest, vor lauter Angst, auf dem Schoß dieses Nerds zu landen. Auf diesem fiesen, speckigen Blaumann. Helenas und meine Blicke treffen sich. Ihre Augen glänzen. Aller Frust scheint vergessen, denn das Kind in ihr hat einen Gastauftritt. Sie strahlt, als habe sie ihr Leben lang auf diese Traktorfahrt gewartet.

Ich brülle über das Motorengeräusch hinweg. »Jetzt hat sich das Desaster am Ende doch gelohnt, du darfst zum ersten Mal Traktor fahren.«

»Ich wäre lieber trocken dabei gewesen, aber ist schon okay«, brüllt sie zurück.

Drei Kilometer sind eine halbe Ewigkeit, wenn man sie auf den ruckeligen Sitzen eines antiken Traktors mit notdürftiger Abdeckung und in Gegenwart eines merkwürdigen Menschen verbringt.

Ich versuche, dem Ganzen etwas Positives abzugewinnen. Wann saß ich das letzte Mal auf einem Traktor? Saß ich überhaupt schon mal auf einem? Ja, als kleines Mädchen auf dem geliebten Bauernhof in Südtirol, wo wir jedes Jahr ein paar Tage verbrachten. Ich grabe in meiner Erinnerung, schließe die Augen und sehe Bilder. Mama, wie sie Isa und mich auf einen roten Traktor hievt. Isa, die so eine Angst vor dem Ungetüm hat, dass ihr die Tränen in den Augen stehen. Mama, die ihr ein außergewöhnliches Erlebnis verspricht, und Isa, die bei jedem Schlagloch vor Freude juchzt. Just in diesem Moment fährt *Cordüla* durch ein besonders tiefes Schlagloch. Im letzten Augenblick klammere ich mich fest und falle Blaumann-Ronny nicht in den Schoß.

Nach einer gefühlten Ewigkeit erreichen wir den Campingplatz, und als hätte Lisbeth eine Fernbedienung, hört es prompt auf zu regnen. Am Horizont lugt ein blauer Streifen durch die Wolkendecke. Mama, kannst du da oben nicht mal eingreifen und unsere Tante zur Raison rufen?

Kind, ich versuche es ja, aber du weißt, wie störrisch sie ist.

Ich kann es mir nur allzu gut vorstellen. Lisbeth lehnt sich in ihrem Bademantel bestimmt genüsslich zurück und winkt ab. Sie war von ihrem Handeln stets zu hundert Prozent überzeugt.

»Nü, die Damen wären zu Hause. Sie sollten duschen und was Trockenes anziehen. So'n Husten ist lästig auf'm Campingplatz.«

Wir klettern nacheinander vom Traktor, und der Ronny-Mensch hievt die Räder aus dem Anhänger. Ich bedanke mich artig.

»Da nicht für. Und tauschen Sie das Rad einfach aus, die haben nebenan immer Ersatzräder.« Er schwingt sich wieder auf seine *Cordüla* und ich atme tief durch.

Erleuchtung to go

Mittwoch, Sonne-Wolken-Mix,
böiger Wind aus Nordost, 21 Grad Celsius

Helena schnappt sich ihre Sachen und verschwindet Richtung Dusche, ich lasse mich in den Klappstuhl plumpsen. Ich muss einen Augenblick verschnaufen. Wie von selbst wandert mein Blick zum Nachbarzelt. Katja hoppelt gerade heraus. Umständlich platziert sie die Krücken am Vorzelt und zieht auf einem Bein einen Klappstuhl aus dem Innern. Ich seufze, aber wer Hilfe braucht, bekommt sie. Ich gehe zu ihr und nehme ihr den Stuhl aus der Hand.

»Wo soll ich ihn hinstellen?«

Sie guckt mich verdutzt an, lächelt dann aber. »Da, in die Abendsonne?«

»Klar, gern.« Ich klappe den Stuhl auf und stelle ihn an den gewünschten Platz. Sie begutachtet das Arrangement mit kraus gezogener Stirn.

»Vielleicht doch lieber da drüben, mitten in der Sonne möchte ich eigentlich nicht sitzen.«

»Kein Problem.« Ich schiebe den Stuhl unter eine Kiefer.

Sie betrachtet mein Werk. »Es tut mir total leid, aber da kann ich das Meer nicht sehen, vielleicht doch lieber da drüben hin?«

Ich halte meine Gesichtszüge unter Kontrolle. »Kein Problem«, beteuere ich noch einmal. Ich verstelle den Stuhl erneut, schaue sie fragend an und warte auf eine weitere Anweisung oder ein Dankeschön.

Sie hüpft zum Stuhl und setzt sich vorsichtig. »Jetzt brauch ich noch die Krücken.«

Ich reiche sie ihr.

»Danke.«

Kein weiteres Wort. Anscheinend bin ich entlassen. Gut, ich bin sowieso nass und nicht auf einen Plausch aus. Sie wird Schmerzen haben, mies drauf sein oder sonst etwas haben, das mit mir nichts zu tun hat. Ich freue mich jetzt auf eine Dusche. Heiß. Drunter mache ich es heute nicht.

Herr Lustig scheint auf mich gewartet zu haben. »Wetter war gut, aber dann kam Starkregen, was?«

»Da sagen Sie was, wir haben eine Fahrradtour gemacht und sind mitten in den Wolkenbruch geraten.«

»Is' Meer, was? Wird besser. Wird schlechter.«

»Ja, so ist es wohl.«

»Denn man ruhig machen jetzt. Kaffee zum Aufwärmen.« Er empfiehlt sich. Der ist wahrhaft putzig.

Auf dem Weg begegnet mir Miriam. »Du siehst ja lustig aus.«

Ich erzähle ihr von unserem Ausflug.

»Sag bloß, du hast mit dem geredet? Außer *Moin* habe ich noch nichts von dem gehört. Der ist immer da, aber nur als Hülle. Skurriler Typ. Dem möchte ich nachts nicht alleine begegnen.«

»Genau dasselbe habe ich auch schon gedacht.«

Sie kichert. »Das Bild drängt sich wohl auf. Dabei sähe der gar nicht mal schlecht aus, wenn er nicht so freakig rumlaufen würde. Substanz ist da.«

»Darüber denkst du nach? Über die Substanz dieses Waldschrats?« Ich schüttle den Kopf. »Aber mal was anderes: Steht das Angebot eigentlich noch?«

»Welches Angebot?«

»Bei euch reinzuschnuppern.« Ich frage spontan und aus einer inneren Eingebung heraus. Vielleicht frage auch nicht ich, sondern meine Aura. Oder mein Chakra. Oder ein anderes esoterisches Ich, von dem ich nichts weiß.

»Klar gilt das noch. Trudi freut sich über jede verlorene Seele, die sie retten darf. Aber ist das dein Ernst? Wir sind echt ein schräger Haufen.« Sie macht ein paar alberne Gesichtsverrenkungen.

»Warum bist du dann dabei? Richtig ernst scheinst du es nicht zu nehmen.«

»Lange Geschichte. Ich bin eine Seele, die Trudi retten will. Vielleicht erzähle ich sie dir mal. Ich würde mich jedenfalls freuen, wenn du kommst. Ein normales Wesen in diesem Klub der esoterischen Irren wäre eine Bereicherung.«

»Ich bezweifle, dass ich normal bin.«

Miriam lacht. »Wer ist das schon? Komm doch einfach rüber. Schaden tut der Kram nicht. Na ja, vielleicht die Geisterbeschwörungen, wenn man ein zartes Gemüt hat.«

Ich schaue sie entgeistert an, aber sie winkt vergnügt ab.

»Das war ein Scherz.«

»Kind, was für eine Überraschung.« Trudi eilt mir entgegen, nimmt meine Hände und schüttelt sie so enthusiastisch, dass sie klimpert wie ein Windspiel im Sturm. »Was führt dich her?«

Sie lässt mich los, tritt drei Schritte zurück und mustert mich eingehend.

»Deine Aura. Immer noch grau, aber dieses gelbe Leuchten dahinter kann sich nicht mehr verstecken. Und sehe ich da einen Hauch Lila? Lila ist ungewöhnlich. Möchtest du mitmachen? Wir unternehmen heute eine außerkörperliche Reise, und wenn du loslässt und dein Lila ins Zentrum stellst, kann es eine einzigartige Erfahrung werden.« Trudi scheint alles zu sehen, was sie wissen muss.

»Lila?«

»Das erkläre ich dir ein anderes Mal. Lass dich darauf ein und spüre, was passiert.« Sie ergreift meine Hand, *klimper, klimper,* und führt mich in eine wahrlich illustre Runde. Acht Frauen, eine bunter als die andere, alle eher über fünfzig, sitzen auf Yogamatten im Kreis und warten. Miriam grinst vielsagend. »Meine Damen, das ist Evi. Graue Aura, Gelb und Grün dahinter, und, das ist wirklich erstaunlich, Lila. Ich bin sicher, sie wird eine Bereicherung sein.«

Sie strahlt, als habe sie den Heiligen Gral gefunden, und ich nicke den Damen unsicher zu.

»Ich hole geschwind eine Matte. Was haben wir ein Glück, dass die Sonne uns noch beglückt. Abendsonne ist Buddhas Wonne. Er ist uns wohlgesinnt. Er hat ein Auge auf uns, das sage ich immer. Oder Vishnu. Wobei mir da Lakshmi lieber ist, wir müssen auch bei den Gottheiten streng auf Gleichberechtigung achten, und wenn es eine weibliche Göttin gibt, nehmen wir die. Nicht wahr, Mädels?« Sie kichert mädchenhaft und fächelt sich Luft zu. »Miri, rutschst du ein Stück, dann kann sich Evi neben dich setzen.«

Sie walkürt zu einem der Zirkuswagen, kommt Sekunden später mit einer lila Matte wieder (wie passend), rollt sie mit Schwung aus und bittet mich in einen entspannten Schneidersitz.

»Kann der Schneidersitz in unserem Alter entspannt sein?«, flüstere ich Miriam zu.

»So nach zwei, drei Jahren fleißigen Übens bestimmt«, unkt sie.

»Ich übe seit zehn Jahren und bin immer noch nicht entspannt«, meldet sich die Dame neben mir zu Wort. Sie ist rundlich, hat rotes, wallendes Haar, ein gutmütiges Gesicht und den Schalk in den Augen.

Ich grinse sie dankbar an, nehme einen anstrengenden Schneidersitz ein, versuche, dabei entspannt auszusehen, und betrachte die anderen. Bis auf Miriam und die Rothaarige blicken sie ernsthaft und konzentriert. Aber vielleicht muss man so aussehen, bevor eine außerkörperliche Erfahrung ansteht. Was auch immer das sein soll.

»Meine Damen, ich bitte um Konzentration. Sitzen alle im Schneidersitz? Gut. Handflächen nach oben und den Mittelfinger an den Daumen. Evi? Ich erkläre es nicht nur für dich, es sind Rituale, die helfen, sich von der Realität zu lösen.«

Ich nicke folgsam und finde die Aussicht, mich von der Realität zu lösen, irgendwie attraktiv. Die Realität ist seit Jahren so furchtbar anstrengend.

»Mach einfach mit, und zur Not träumst du von 'nem heißen Kerl«, raunt mir Miriam zu. »Ich habe mich auf jeden Fall noch nie von meinem Körper gelöst, aber vielleicht fehlt mir ja nur die richtige Aura.«

»Miriam, wie immer die Ermahnung, dich und uns nicht abzulenken.« Trudi schüttelt ihren Kopf. »Und glaube mir, ich gebe die Hoffnung nicht auf, dass wir bei dir wenigstens einen Reinigungsprozess in Gang setzen.«

»Ich bin halt furchtbar schmutzig, Trudi, das weißt du doch.«

Trudi seufzt tief, einige schauen genervt, nur die rothaarige Dame grinst. Miriam scheint grundsätzlich einen Tacken drüber zu sein, aber es macht gute Laune.

Wir sollen die Augen schließen, und zunächst mutet es an, als schicke uns Trudi auf eine meditative Reise. Entgegen meinen bisherigen Erfahrungen versuche ich, mich darauf einzulassen. Ich lausche, weil wir lauschen sollen. Ich höre das zarte Weinen eines Kindes, den Wind, der in den Blättern raschelt, das Klappern von Töpfen und das Rauschen des Meeres, das man allenfalls erahnen kann. Es funktioniert, und ich entspanne mich. Nach dem Hören kommt das Spüren. Ich spüre den Luftzug, der meine Härchen auf den Armen flimmern lässt, die Kleidung auf der Haut. Leider werde ich abgelenkt, denn ich spüre meine Unterhose mehr, als mir lieb ist. An der Hüfte ist sie verwurstelt, und außerdem hat sie sich unangenehm in die Poritze geschoben. Ich versuche, das Problem zu lösen, indem ich vorsichtig hin und her ruckle, aber es hilft nicht. Ich öffne die Augen, prüfe, ob mich jemand beobachtet, greife in meine Hose, zupfe das Höschen aus der Ritze und entwurstle den Saum. Puh, geschafft. Jetzt kann ich weiter spüren. Obwohl … Der BH könnte auch besser sitzen, aber ich habe Angst, dass ich diesmal beim Zupfen erwischt werde. Außerdem sind wir schon weiter. Ich soll nun den Untergrund spüren, auf dem ich sitze. Die Matte ist weich, da gibt es nichts zu murren, doch da ist ein verräterischer Knubbel unter meiner rechten Pobacke, den ich bisher gar nicht wahrgenommen habe. Ein Tannenzapfen? Ein Stein? Glücklicherweise wechseln wir nun zum Geruchssinn. Ich rieche jedoch nur Abgase, weil gerade zwei Autos vorbeifahren.

»Wir haben nun auf der Reise durch den Körper all unsere Sinne angesprochen«, fährt Trudi mit ihrer weichen und warmen Meditationsstimme fort.

Nein, stimmt nicht, möchte ich einwenden, du hast den Geschmackssinn vergessen. Schokolade würde ich mir gerne vorstellen. Am besten in Kombination mit einer Tasse Kaffee oder Rotwein. Oh ja. Rotwein wäre toll. Und wenn ich es mir recht überlege, haben wir auch gar nicht geguckt. Aber Trudi ist aufmerksam.

»Richten wir unser Augenmerk nun auf die Augen. Sie sind geschlossen, dennoch sehen wir. Wir sehen nach innen, vielleicht sehen wir, was wir sehen wollen, vielleicht etwas anderes.«

Ich sehe leider nur Schwarz. Könnte ich jetzt fest gegen meine Lider drücken, sähe ich zumindest ein psychedelisches Feuerwerk. Als Kind habe ich das oft gemacht und nannte es Innenfernsehen. Es ist wie früher der Bildschirmschoner bei Windows – nur bunter und schöner. Isabell fand das immer schräg. Wo ist sie eigentlich geblieben? Meine Fantasie? Die Bilder, die Geschichten, all das, was mich ausgemacht hat? Manchmal scheint es, als sei dieser Teil gestorben. Ich wurde zum Arbeitstier, zur Meisterin der Verdrängung und ein großes Stück meiner Persönlichkeit verschwand. Ich drifte ab. Innenschau. Ob es so gemeint ist? Wie soll ich eigentlich den Körper verlassen, metaphorisch gesehen, wenn mein Ich schon längst den Abflug gemacht hat? Der Ehemann ist mir davongelaufen, viele Freunde haben sich zurückgezogen, meine Tochter mag mich nicht, die Agentur könnte besser laufen. Wenn man so will, schaffe ich alles nur halb. Halb gar. So fühlt sich mein Leben an.

»Denkt nun an das letzte Mal, als ihr schwimmen wart.«

Ich beende die frustrierende Innenschau. Trudis in aller Ruhe vorgetragene Anweisungen haben etwas Komatöses. Wann war ich zum letzten Mal schwimmen? Mit Helena im Seepferdchenkurs? In Italien mit Claas? Nein, ich habe was Besseres. Ich war mit Isabell in dieser Therme in Köln. Schön war das. Zuerst waren wir in der Sauna und anschließend haben wir uns im warmen Becken treiben lassen. Einen Prosecco gab es vorweg, der hat wunderbar geprickelt. Es war ein wohltuender Abend, doch er ist mindestens drei Jahre her.

»Was seht ihr, wenn ihr daran denkt? Reist zurück und seht, was ihr damals gesehen habt.«

Ich sehe mich in diesem Becken treiben, ein bisschen beschwipst und der Badeanzug ist ein wenig zu eng, weil ich in der Zeit vor der Trennung ordentlich zugelegt habe, Isabell dagegen schlank und rank neben mir.

»Seht ihr euch selbst, oder seht ihr das, was ihr damals gesehen habt?«, fragt Trudi mit sonorer Stimme.

Hm. Stimmt, ich sehe mich selbst. Dabei geht das ja gar nicht.

»Es ist der Beginn der Reise. Ihr seht euch selbst. Ihr habt den Körper verlassen, ihr seid frei, euer Bewusstsein schwebt. Gebt euch Flügel. Fliegt, wohin ihr wollt, segelt über Straßen, Länder, Kontinente, wonach immer euch der Sinn steht, und lasst euren Körper wohlbehütet im Schwimmbad.«

Das ist ja alles wunderbar, aber was mache ich, wenn der Körper absäuft und ich hänge in Castrop-Rauxel fest? Oder in Timbuktu? Wohin geht mein Geist dann?

Diese außerkörperliche Reise wirft Fragen auf. Ich öffne die Augen und beobachte das illustre Trüppchen. Eine dürre Grauhaarige im Rentenalter hat ihren Kopf zurückgeworfen und grinst selig. Wo ist sie? Auf den Malediven? Die anderen sehen ebenfalls so aus, als wären sie weit weg. Trudi wiegt sich hin und her und brummt dabei sonor vor sich hin. Es ist zu lustig. Ich schaue zu Miriam, die prompt die Augen öffnet. Unsere Blicke treffen sich. Ich beiße mir auf die Lippen. Sie lupft eine Augenbraue. Ich halte mir die Hände vor den Mund, weil ich sonst loskichere, sie lässt die Zunge aus dem Hals hängen und macht schwankende Bewegungen.

Schnell schließe ich meine Augen wieder, denn wenn ich loslache, müssen die Damen, die Gott weiß wo unterwegs sind, jäh in ihre Körper zurückkehren, und der Weg ist unter Umständen weit. Ich reiße mich deshalb zusammen und warte auf die nächste Reiseanweisung, doch Trudi hat uns offenbar vergessen. Wer weiß, wo die gerade rumfliegt. Dabei wird es langsam unbequem, mein Rücken schmerzt, und ich bin müde. Der lange Tag fordert seinen Tribut. Ich gähne, leise, obwohl ich ziemlich offensichtlich von leeren Hüllen umgeben bin. Nur Miriam ist da. Wir führen ein stummes Zwiegespräch. Ich reibe mir den Rücken. Sie nickt und reibt ihren ebenfalls. Sie gähnt, ich nicke. Spontan setze ich ein imaginäres Glas an die Lippen, um zu fragen, ob sie später ein Gläschen trinken will. Sie zeigt zwei Daumen nach oben, und ich recke die Gewinnerfaust. Wir haben es gelernt: kommunizieren mit Emojis. Das klappt sogar ohne Handy.

Ich zucke zusammen, als Trudi plötzlich in die Hände klatscht. Die Rückreise ging ja schnell. Ich stelle es mir so vor: Trudi fliegt gemütlich über Nordgrönland, schaut sich die blühende Tundra an, aber in Grönland gibt es nicht allzu viel zu sehen, also ist sie irgendwann fertig mit ihrem Rundflug, und dann überlegt sie: Fliege ich weiter nach Honolulu, oder schau ich mal, was mein oller Körper sonst so macht? Der hat nämlich lange nicht mehr geklimpert. Womöglich denkt mein Körper, er ist tot, also spar ich mir die Reise lieber und mache sie nächstes Mal. Ich kann nicht anders, ich lache laut auf. Glücklicherweise kehren die Damen gerade in ihre Körper zurück, und das geht mit einer gewissen Unruhe einher.

Trudi beendet nonchalant die Veranstaltung. »Ladys, willkommen zurück. Macht langsam und gemächlich, aber es wird Zeit fürs Abendessen.«

Man muss Prioritäten setzen.

»Na, Kind, wie hat es dir gefallen?«, fragt Trudi, als bis auf Miriam alle in ihren Zirkuswagen verschwunden sind.

»Es war ganz lustig«, antworte ich ehrlicher als beabsichtigt. »Ich habe Dinge gespürt, die mir sonst nie aufgefallen wären.«

»Natürlich findest du nicht beim ersten Mal den Zugang, dazu braucht es Übung. Jahrelang, wenn man nicht außerordentlich begabt ist.« Sie legt mir ihre klimpernde Pranke auf die Schulter. »Immer dranbleiben, sag ich.«

»Was hast du gespürt, was du sonst nicht spürst?«, fragt Miriam neugierig, nachdem Trudi sich zum Kochen verabschiedet hat.

»Die Unterhose in meiner Poritze.«

Außerkörperliche Reise hin oder her, ich habe einen Bärenhunger und brauche Nudeln. Viele Nudeln. Und die kriege ich auf die Schnelle bei Jacky. Sie sitzt auf einem Stuhl in der Abendsonne, ihr Bruder steht daneben, die Hände in den Taschen seines Blaumanns, mit der Schulter lehnt er an der Hauswand.

Ich positioniere mich in Sichtweite, weil ich ihre Unterhaltung nicht stören will. Sie diskutieren über eine Reservierung, und irgendetwas irritiert mich. Es dauert eine Weile, bis ich darauf komme. Der Kerl spricht gar kein Sächsisch, sondern astreines Hochdeutsch. Das ist schräg.

»Komm ruhig her«, fordert mich Jacky in diesem Moment auf. »Sei nicht so schüchtern. Wir beißen nicht. Meistens jedenfalls.« Sie grient.

Ich komme der Aufforderung nach. »Danke, ich brauche Nudeln und wollte mich noch mal für die Rettung bedanken, aber jetzt bin ich irritiert.« Ich schaue unseren Retter fragend an. »Du bist gar kein Sachse?«

Der Traktormann grinst und wischt sich die Hände am Blaumann ab. »Nein, ich bin Mattis.«

Ich schaue ihn verwirrt an und suche den Fehler in der Antwort. Jacky stemmt die Hände in die Seiten und amüsiert sich sichtlich. »Aber man kann doch auch ein Sachse sein, wenn man ein Mattis ist«, kombiniere ich messerscharf.

»Das stimmt«, erwidert er knapp und ohne weitere Erklärung.

»Mach dir jetzt bloß keine Gedanken«, meint Jacky mit einem fiesen Grinsen im Gesicht, »mein Bruder ist ein Irrer.«

Ich bohre weiter. »Wieso hast du gesagt, du heißt Ronny, und hast Sächsisch gesprochen, wenn du weder Ronny noch Sachse bist?«

»Ja, erklär's ihr«, fordert Jacky ihren Bruder süffisant grinsend auf.

»Erklär du's ihr doch, wenn du so'n Spaß dran hast.«

»Nein, du.«

Geschwister. So unlogisch.

»Ich habe selber eine Schwester und meine eigenen Scharmützel, mir ist es egal, wer es erklärt, aber meine Neugierde wird nicht kleiner.«

Mattis schaut mich verdutzt an und verzieht seinen Mund zu einem breiten Grinsen. »So ist es. Geschwister sind was Tolles. Immer ehrlich, immer auf deiner Seite.«

»Schwachkopf«, stöhnt Jacky.

Ich werde langsam ungeduldig und tipple mit dem Fuß auf den Boden. Die beiden haben sichtlich ihre Freude.

»Verrat mir deinen Namen, und Jacky erzählt dir dann vom Ronny-Test.«

»Evi. – Ronny-Test?«

»Ich sag doch, er ist irre. Also, der Ronny-Test ist der zweifelhafte Versuch meines Bruders, Menschen auf ihre Vorurteile und Toleranz hin zu testen. Ein Traktor, ein Sachse, ein Ronny …«

»Es gibt Leute, da weiß man sofort Bescheid«, fügt Ronny … ähm … Mattis hinzu.

»Und wieso ausgerechnet Sachsen?«, hake ich nach und frage mich gleichzeitig, ob ich diesen bekloppten Ronny-Test bestanden habe. Eher nicht, schätze ich.

»Och, er hat zum Beispiel noch den Sepp-Test und den Jupp-Test im Angebot, er ist da ganz anpassungsfähig.«

»Außerdem mag ich Dialekte, da kann ich aus dem Vollen schöpfen.«

Ich schüttle meinen Kopf. So was ist mir auch noch nicht untergekommen. Aber auf irgendeine Weise ist die Idee, die Menschen direkt auf ihre Toleranz hin abzuklopfen, gar nicht schlecht.

»Ich mag auch Dialekte, vielleicht sollte ich mir den Ronny-Test mal abgucken.«

»Das wäre dann aber eher ein Peggy-Test«, stellt Mattis fest, und wir lachen. Irgendwie erfrischend, die zwei. Sie haben etwas verstörend Ehrliches. Jacky mit ihrer schroffen Art, Mattis als Waldschrat – beide lassen sich in kein Schema pressen und wirken herrlich zufrieden mit sich und der Welt.

»Dann danke ich für die Aufklärung. Aber bei wem bedanke ich mich denn jetzt für unsere Rettung? Bei Ronny oder Mattis?«

»Bedank dich doch einfach bei beiden.« Mattis' Augen funkeln.

Ich mache einen formvollendeten Damenknicks. »Danke, Ronny. Danke, Mattis. Für die Rettung mit dem Traktor. Ihr habt was gut bei mir.«

»Aufpassen! Biete meinem Bruder nie etwas an, von dem du nicht weißt, ob du es erfüllen willst.«

»Kannst du vielleicht mal aufhören, mich hier zum Trottel zu degradieren?«

Jacky gibt ihm einen sachten Schlag in den Nacken. »Aber du bist ein Trottel, Bruderherz.«

»Große Schwestern«, klagt er, »eine Seuche.«

»Wem sagst du das?«, stöhne ich, und wir tauschen einen wissenden Blick. Jacky holt schon zum Gegenangriff aus, aber ich habe noch eine Frage. »Dann heißt dein Traktor auch gar nicht Cordula?« Aus irgendeinem Grund ist es mir wichtig, den Status des Gefährts zu klären.

Anstelle von Mattis antwortet Jacky. »Oh doch, der Traktor, oder sagen wir lieber die Traktorin ...«, kurzer Seitenblick, »heißt sehr wohl Cordula, wenn auch mit U, nicht mit Ü. Mein Bruder hat in Bezug auf Cordula einen leichten Hang zum Objektfetischismus, aber sie ist ja auch die einzige Frau in seinem Leben.«

»Und darüber macht sich meine Schwester sehr gerne lustig, obwohl sie mit Kurti, Antje und Gustav keinen Deut besser ist«, unterbricht Mattis meinen Gedankengang.

»Aber das sind Lebewesen aus Fleisch und Blut.«

Mattis wendet sich an mich, als wäre ich die Richterin in diesem traditionellen Geschwisterstreit. »Dieser Traktor ist eine Legende. Baujahr 1962, läuft seit dem ersten Tag und wird es noch viele weitere Jahre tun. Sammler bezahlen Unmengen dafür.«

Ich unterbreche ihn. »Wer sind Antje und Gustav?«

»Jackys Enten, die uns seit zwei Jahren den Garten vollkacken.«

»Aber sie fressen alle Schnecken weg.«

»Und lassen ihre Kacke da.«

»Die ein hervorragender Dünger sind, die Rosen haben noch nie so schön geblüht.«

»Enten???« Ich grätsche wieder dazwischen.

»Jepp. Zwei verirrte Entenküken, keine Mutter weit und breit. Anscheinend waren sie noch nicht geprägt. Deshalb folgen sie mir auf Schritt und Tritt.«

»Redet ihr nur weiter über Enten. Ich bin raus.« Mattis winkt ab.

»Such dir halt jemanden, der auf Traktoren geprägt ist wie du.« Jacky klopft sich vor Freude auf die Schenkel.

Ich habe das Gefühl, es geht noch Stunden weiter, wenn ich hier jetzt stehen bleibe. Deswegen marschiere ich in den Laden, schnappe mir die Nudeln, für die ich eigentlich gekommen bin, und drücke Jacky zwei Euro in die Hand. »Ich will unbedingt mehr über Antje und Gustav erfahren, aber jetzt muss ich kochen, sonst wird Helena zum Monster.«

»Jo, nach dem Tag kann ich mir das vorstellen«, unkt Ronny, Mattis oder wie auch immer.

Ich verabschiede mich, und nach einem riesigen Topf Nudeln fallen Helena und ich gleichermaßen erschöpft auf unsere neuen, luxuriösen Luftmatratzen.

Gutes Karma

Donnerstag, Sonnenschein, windstill, 25 Grad Celsius

»Wetter wird gut heute, was?« Peter Lustig, wie er leibt und lebt, wippend auf der Stelle, die Daumen hinter die Hosenträger geklemmt. Ich habe mich so an diesen kleinen Mann in seinem Wimmelbild gewöhnt, ich habe schon Verlustängste in spe, sollte er es jemals verlassen. Das wäre, als würde Micky Maus aus ihren Comics hüpfen.

»Sie meinen richtig gut?«

»Richtig gut. Kein Regen. Sonne. Warm. Heute ist Strand, was?«

Auf dem Weg zum Bäcker konsultiere ich meine Wetter-App, und er hat recht. Null Prozent Regenwahrscheinlichkeit, fünfundzwanzig Grad.

Die Verkäuferin reicht mir die Brötchen mit folgenden Worten über die Theke: »Wetter soll ja heute prima werden, Sonne, kein Wind, warm. Wird auch echt Zeit. Die Gäste, die letzten Samstag angereist sind, konnten ja noch gar nicht an den Strand. Aber so ist das nun mal bei uns an der Ostsee. Immer ein bisschen Glücksspiel mit dem Wetter.«

Auf dem Rückweg läuft mir Miriam über den Weg. »Strandwetter. Cool, oder?«

»Du bist jetzt die Dritte, die mir das versichert.«

Und beim ausgiebigen Frühstück begeistert sich Helena, die

Vierte. »Mum, das Wetter soll heute super werden. Und die nächsten Tage auch.«

Ich lache. »Ich hörte davon. Also, was machen wir? Abhängen am Strand und lesen, daddeln, nichts tun?«

»Geht klar.«

Nach dem Frühstück schlüpft Helena in Windeseile in ihren Bikini, schnappt sich ein Handtuch und überlässt mir das Packen. Wenige Minuten später entere auch ich bestens gelaunt den Strand und … werde ausgebremst. Ausgerechnet den Platz neben Katja hat sich meine Tochter ausgesucht. Na prima. Wenn ich auf einem anderen bestehe, sieht es so aus, als würden wir flüchten, deshalb nehme ich mein Schicksal an und breite mein Handtuch zwischen ihr und Helena aus. Katja trägt eine Sonnenbrille, ihr gegipstes Bein liegt auf einer Handtuchwurst, und sie begrüßt mich mit einem Nicken. Nach der Nummer mit dem Stuhl hält sich meine Lust, mit ihr zu reden, in Grenzen. Aber ich bin ein höflicher Mensch, also beginne ich ein Gespräch und fange mit dem Wetter an, dem Thema des Tages.

»Endlich Sommer. Ich hatte die Hoffnung schon aufgegeben.«

»Hm.«

Nichts weiter. Ich bohre nicht nach, sondern setze mir die Sonnenbrille auf und creme mich ein. Ist sie immer so, oder findet sie mich doof? Und wenn ja, warum?

»Hendrik meint, es bleibt ein paar Tage so. Es ist zum Heulen mit dem Fuß. Ich kann nichts machen. Aber nach Hause fahren will ich auch nicht.«

Oh, sie kann doch reden.

»Ich kann mir nur vage vorstellen, wie lästig das ist. Aber weißt du, was? Meine Großtante hat immer gesagt, egal, wie beschissen die Situation ist, picke dir die Dinge heraus, die trotz allem gut sind.«

Katja schiebt ihre Sonnenbrille nach unten und fixiert mich. »Und was soll daran bitte ›gut‹ sein?«

»Lass uns doch danach suchen.«

Zum ersten Mal lächelt sie. »Dann fang mal an, ich bin gespannt.«

Ich packe die Sonnencreme weg, lehne mich rücklings auf meine Unterarme und denke kurz nach. »Du kannst in Ruhe lesen, weil dein Mann sich um den Nachwuchs kümmert.«

»Stimmt. Du hast recht.« Es blitzt in ihren Augen. »Ich muss nicht kochen.«

»Du musst auch keine Windeln wechseln.«

»Ich muss nicht einkaufen.«

»Du kannst schlafen, wann du willst, weil du ja eh nicht gebraucht wirst.«

»Ich brauche nur einen Schuh anzuziehen, das spart enorm Zeit.«

Ich lache. »Das stimmt, ich finde das Anziehen des zweiten Schuhs auch immer sehr lästig.«

»Vergiss die Socken nicht. Da muss ich, wenn es kühler ist, auch nur einen anziehen.«

»Es gibt da allerdings einen Nachteil.«

»Oh. Welchen?«

»Du musst trotzdem alle Nägel lackieren.«

Sie lacht und wackelt mit ihren rot lackierten Zehen. »Da hast du recht. Deine Tante ist eine weise Frau. Es geht mir bereits viel besser.«

»Sie *war* weise, denn sie ist leider tot. Aber okay tot. Sie war schon zweiundneunzig und trinkt jetzt ihren Scotch auf einer kunterbunten Wolke.«

»Sie war also eine alte Dame, die wusste, wie man sich das Leben nett macht. Was meinst du? Darf ich dich zu unserem Zelt schicken? In der großen Alukiste liegt eine Flasche Prosecco.«

»Warum eigentlich nicht?«, antworte ich und springe auf.

»Gläser findest du im Schrank daneben.«

Hendrik sitzt vor dem Zelt und schneidet Äpfel, die Zwillinge spielen mit Eimer und Schaufel im Sand. Die Situation ist seltsam.

»Sorry, dass ich störe.«

»Du störst doch nie.«

»Ähm. Ja. Also ich soll für deine Frau eine Flasche Prosecco holen.«

»Sie will am helllichten Tag trinken?«

Ich räuspere mich. »Genau genommen wollen wir gemeinsam am helllichten Tag trinken.«

»Ist das eine gute Idee?«

»Der Alkohol?«

»Das auch. Ach, egal. Ihr macht sowieso, was ihr wollt.« Er sagt es mit einem Grinsen im Gesicht, aber es wirkt aufgesetzt. Er steht auf, holt den Prosecco und zwei Gläser. »Viel Spaß. Sag ihr bitte, die Kinder und ich gehen erst noch auf den Spielplatz.«

»Dein Mann geht mit den Kindern auf den Spielplatz und kommt dann nach.«

Helena sieht irritiert von ihrem Handy auf und setzt die Kopfhörer ab.

»Wieso hast du Sekt?«, fragt sie kritisch. »Und wieso zwei Gläser?«

»Ich bin schuld«, antwortet Katja an meiner Stelle. »Ich habe deine Mama geschickt, weil ich nicht laufen kann.«

Helena zieht die Augenbrauen hoch. Katja spricht mit ihr wie mit einer Sechsjährigen. »Aha.« Sie setzt die Kopfhörer wieder auf und lässt mich alleine mit der seltsamen Nachbarsfrau.

Katja greift nach der Flasche. »Gib her. Was ich noch kann, will ich auch machen.«

Ich reiche sie ihr, sie öffnet sie gekonnt und gießt die Gläser, die ich ihr hinhalte, randvoll.

»Zum Wohl!«

Wir stoßen an, und ich beobachte fasziniert, wie sie das Glas in einem Zug leert, während ich an meinem nur nippe. Sie schenkt nach und trinkt wieder in einem Zug.

»Entschuldige, das wirkt jetzt total maßlos, aber nach den letzten Tagen brauche ich das.«

»Vor mir musst du dich nicht rechtfertigen.«

»Danke. Hendrik motzt immer, wenn ich trinke. Er findet, die Kinder sind noch zu klein. Aber das ist mir egal. Die Tage sind eben hart. Tatsache ist, er hilft mir kaum. Er legt sich abends ins Bett und schläft bis morgens durch. Tagsüber ist er nicht da, und nach der Arbeit ist er zu müde, um sich mit Hanna und Lukas zu beschäftigen. Ich dachte, vielleicht merkt er jetzt, was es heißt, Zwillinge im Kleinkindalter zu haben, doch aus irgendeinem Grund haben die beiden sich entschieden, plötzlich zu Engeln zu mutieren.«

Sie scheint keine Antwort zu erwarten, redet einfach weiter und lässt ihrem Frust freien Lauf. Es ist mir unangenehm, und sie tut mir leid. Der nette Auftakt unseres Gesprächs ergießt sich in einer Schimpfkanonade, als ob sie seit Monaten keine Möglichkeit hatte, ihren Frust zu adressieren. Ich bin heilfroh, als Hendrik mit den Kleinen im Schlepptau bei uns auftaucht und den Seelenstriptease unterbricht.

»Katja? Ich lass die beiden da. Ich muss dringend duschen und dann das Hackfleisch für heute Abend besorgen.«

Katja zieht die Stirn kraus. »Wie stellst du dir das vor? Soll ich ihnen etwa hinterherrobben, wenn sie ins Wasser rennen?« Ihr Ton ist gereizt. Derweil setzen sich Hanna und Lukas in den Sand, schnappen sich Eimer und Schaufel und legen los. Sie sehen nicht aus, als wollten sie sich gleich ins Meer stürzen, aber der Gedanke ist albern, das kann sich schließlich jede Minute ändern.

»Und ich kann sie nicht mit zum Duschen nehmen.«

Katja setzt zu einer erneuten Erwiderung an, doch ich will dem Ehezwist nicht weiter beiwohnen. »Wir sind ja da, Helena und ich.

Du hast so oft unsere Luftmatratzen aufgeblasen, da wäre es nett von uns, die Kinder nicht ertrinken zu lassen.«

Hendrik lächelt mich dankbar an. »Das wäre total lieb.«

»Du musst auch mal alleine mit den beiden klarkommen.« Katja ätzt nach.

Hendrik ignoriert seine Frau, bedankt sich ein zweites Mal und geht. Dieses Paar ist fast unerträglich.

»Tut mir leid«, entschuldigt sich Katja prompt, »meine Nerven liegen blank, und er schafft es immer wieder, sich rauszuziehen.«

Ich schlucke runter, was mir auf der Zunge liegt. Ich habe Hendrik anders erlebt, aber wer in diesem tiefer zu liegen scheinenden Konflikt recht hat, ist von außen kaum zu beurteilen.

Nach zehn Minuten haben die Zwillinge genug vom Sand. Ich bitte Helena, mit aufzupassen, und so sind wir die nächste Stunde damit beschäftigt, einen Sack Flöhe zu hüten. Einen zuckersüßen Sack Flöhe, dessen Charme sich auch Helena nicht entziehen kann. Wir tapsen durch die Wellen, suchen im Seetang nach Schätzen und bewundern Füße, die verschwinden, wenn man in der Brandung auf der Stelle stehen bleibt. Die Kinder juchzen und schreien in einer Mischung aus Begeisterung und Angst. Sie sind jedes Mal heilfroh, wenn sie ihre Füße wiederfinden.

Hendrik taucht wieder auf, bedankt sich noch einmal wortreich und will sich mit einem Bier revanchieren. Ich verspreche, es mir zu überlegen. Ich muss diese seltsame Situation erst mal sortieren und mit Isa besprechen.

»Hui, das klingt aber nicht nach gut funktionierender Ehe. Kein Wunder, dass er dich angegraben hat.«

Ich bin zu einem Spaziergang aufgebrochen und tapse barfuß durch sommerliche Miniwellen. »Das sehe ich genauso, aber was heißt das für mich? Soll ich einfach so tun, als wäre nichts gewesen?«

»Es ist ja auch nichts gewesen«, stellt Isa klar. »Ist seine Gattin denn zickig oder nett?«

»Sie ist vor allem frustriert. Kein Wunder. Ich fand das Alter bei Helena auch anstrengend, und sie hat gleich einen Doppelpack. Natürlich gerät sie an ihre Grenzen. Hendrik ist leider überhaupt nicht gut weggekommen.«

»Was sagt dein Gefühl?«

»Dass es immer zwei Seiten einer Geschichte gibt und Ehen kompliziert sind. Das weiß ich nun wirklich am besten.«

»Weißt du was?«

»Was?«

»Du machst dir zu viele Gedanken.«

»Du hast recht. Am besten gehe ich ihnen aus dem Weg, es fühlt sich nicht gut an.«

»Schade«, murrt Isa, »der Kerl klang vielversprechend.«

»Du wieder.«

»Tja, Schwesterlein, ich bin eben um dein Liebesleben besorgt.«

»Dann wünsch mir doch einfach einen unkomplizierten, humorvollen und ungebundenen Mann.«

Isa fängt schallend an zu lachen. »Der beste Witz des Jahres, Evi, ehrlich.«

Weiter als bis zu meinem Felsen bin ich noch nie gelaufen, diesmal tue ich es, denn ich muss den Kopf frei kriegen. Am liebsten würde ich unser Zelt ab- und woanders wieder aufbauen, weit weg von diesem nervtötenden Ehepaar. Aber unser Platz ist schön. Und ich bin zu nichts verpflichtet. Ich werde ihnen aus dem Weg gehen. Basta.

Hinter dem Felsen wird der Strand schmaler. Sachte hebt sich das Ufer, bis es schon wenige Hundert Meter weiter zur Steilküste wird. Bei Flut kann man hier nicht laufen. Ich finde eine einsame Nische, in der ich niemanden sehe und höre. Der Eremitin in mir tut das gut. Ich starre in die Ferne und zerteile einen Zweig, den die Flut angespült hat, mit den Fingernägeln. Die einzelnen Fasern drapiere ich sorgfältig nebeneinander auf einem großen Stein, und als der Zweig in seine Bestandteile zerlegt ist, habe ich schwarze Fingernägel. Ich pule den Dreck unter den Nägeln hervor. Wenn meine Hände mit irgendeinem Unfug beschäftigt sind, geht es mir besser. Warum bewegt mich das Ganze so? Vielleicht erinnert diese Art Beziehung mich zu sehr an die Zeit, bevor meine Ehe in die Brüche ging. Mir schwant nichts Gutes für Katja und Hendrik, und das, obwohl die Kinder noch so klein sind.

»Maniküre in einer einsamen Bucht?«

Ich schrecke auf, Miriam steht vor mir und hat sichtlich ihren Spaß. »Aber klar, bei so was Intimem will man nicht beobachtet werden. Ich frage mich allerdings, was du gemacht hast, dass deine Nägel so aussehen. Ich hoffe, du hast keine Leiche verbuddelt?«

»Nee, mein nichtsnutziger Ehemann ist freiwillig gegangen, drei Jahre später hege ich keine Rachegelüste mehr.«

Miriam prustet los. »Schlagfertig. Aber jetzt bin ich erst recht neugierig. Wie kommt der Dreck unter die Nägel?«

Ich zeige auf die Einzelteile des Stöckchens. »Übersprunghandlung. Wenn ich grüble, brauche ich etwas, mit dem sich meine Hände beschäftigen. Mir war nicht klar, dass Rinde so hartnäckig ist.«

»Wenn ich nachdenklich bin, kaue ich wahlweise auf der Innenseite der Wange oder kratze mir die Kopfhaut auf. Da ist Stöckchenfriemeln definitiv die bessere Alternative.«

»Setz dich doch. Meine Nägel kriege ich eh erst unter der Dusche sauber.«

»Und?«, fragt sie, nachdem sie ein paar dickere Steine aus dem Weg geräumt hat und umständlich Platz genommen hat. »Wie fandest du es bei uns? Kommst du wieder?«

»Na ja, richtig ernst nehmen konnte ich es nicht, aber es hatte seinen Reiz.«

»Im Grunde musst du einfach den Wert für dich rausziehen. Wenn du hinterher entspannt bist und deinen Spaß hattest, dann hat es sich gelohnt. Du brauchst den Hokuspokus ja nicht zu glauben.«

»Gar nicht so übel, die Einstellung. Du machst es so?«

»Ich schätze es, mich mit mir selbst zu befassen und mich zu fragen, was ich vom Leben erwarte. Ich bin bisher erfolgreich davor weggelaufen, hier werde ich dazu gezwungen.« Sie zuckt mit den Achseln. »Nicht dass ich schon zu einem Ergebnis gekommen wäre.«

»Vor sich selbst weglaufen. Ja, das kenne ich gut.«

Sie lächelt. »Wir haben wohl Gemeinsamkeiten. Irgendwann reden wir drüber, im Moment möchte ich lieber nett plaudern.«

»Du sprichst mir aus der Seele. Los, plaudern wir.«

Als ich zum Zelt zurückkehre, ist die Nachbarsfamilie erfreulicherweise ausgeflogen. Helena allerdings auch. Ich räume auf und fege den Boden im Vorzelt. Denn egal, wie sehr wir uns bemühen, keinen Dreck hineinzutragen, er fliegt förmlich ins Zelt. Einmal täglich mache ich deshalb sauber, rücke Kisten umher und rutsche auf Knien über den Boden. Sand, Kiefernnadeln, Krümel. Akribisch fege ich die Ecken aus. Weg mit dem Dreck. Ich produziere Häuflein und schiebe sie auf das Kehrblech. Manchmal wäre ein Hotelzimmer mit Reinigungsservice toll.

»Das sieht nach entspannter Arbeit aus.« Ich blicke auf. Hendrik. Wie lange schaut er mir schon zu?

»Es IST entspannte Arbeit. Und gleich viel entspannter, wenn mir jemand dabei zuschaut und kontrolliert, ob ich es richtig mache.«

»Jetzt, wo du es sagst, dahinten die Ecke ist noch nicht richtig sauber.«

»Hallo? Geht's noch?«

Er grinst. »Sorry. Du hast es herausgefordert.«

»Stimmt auch wieder.«

Ich knie vor ihm wie ein Hund, der nach Leckerchen bettelt, er taxiert mich, und sein Blick bleibt an meinen Händen hängen. »Du hast schwarze Nägel. Was ist passiert?«

»Ich habe jemanden umgebracht, der taktlose Fragen gestellt hat, und ihn anschließend auf dem Acker verbuddelt. Ich bin gerade in Schwung. Möchtest du dich dazugesellen?«

Er lacht.

»Was gibt's?« Inzwischen bin ich aufgestanden und vor ihn getreten, auch um ihm auf Augenhöhe zu begegnen.

»Hm.« Er blickt sich um. Um zu sehen, ob jemand in der Nähe ist? »Ich dachte, ich sollte dir erklären, warum ich Katja nicht erwähnt habe.«

»Warum sollte ich das wissen wollen? Du bist mir keine Rechenschaft schuldig.«

Er windet sich. Offensichtlich habe ich ihn ausgebremst, denn er spricht nicht weiter.

»Ich möchte auf keinen Fall in eure Eheprobleme reingezogen werden. Ich kenne euch nicht, und ihr kennt mich nicht. Ich helfe gerne, aber ihr braucht euch nicht vor mir zu rechtfertigen.«

Wider Erwarten lächelt er. »Kann ich verstehen. Eheprobleme – ja, die haben wir wohl.«

Er sagt es, geht und ich schaue ihm verwirrt hinterher. Das war's? Komisch. Dennoch bin ich froh, ihn abgewimmelt zu haben. Wo sind eigentlich Katja und die Kinder? Weit kann sie mit dem Gehgips, den sie inzwischen hat, ja nicht sein. Ach, es geht mich überhaupt nichts an. Ich entsorge den Dreck und spaziere eine Runde über den Platz, in der Hoffnung, Helena zu treffen. Sie müsste längst zurück sein. Ich beschließe, mir noch keine Sorgen zu machen, und besorge bei Jacky Knoblauch für das Abendessen.

»Knoblauch, hm?«

»Ohne Knoblauch ist es nur ein halbes Essen. Sagte meine Mutter immer.«

»Und er hält die Männer fern.«

»Die richtigen nicht.«

Jacky lacht, nimmt die Knolle von der Theke und betrachtet sie. »Ist es womöglich eine esoterische Knolle?« Sie grinst mich an. »Hab dich bei den Trullas gesehen. Dachte, das ist vielleicht 'ne Orakelknolle, die dir den richtigen Weg weist.«

Ich bin einen Moment irritiert, dann nehme ich den Faden auf. »Genau. Und wenn ich das vorher gewusst hätte, stünde ich nicht kurz vor der Scheidung.«

»Also helfen dir die Trullas bei was?«

»Ich bezweifle, dass die mir bei irgendwas helfen können. Lustig ist es allemal.«

»Berichte mal, wenn du übersinnliche Erfahrungen machst. Bin neugierig.«

»Geht klar«, verspreche ich und verabschiede mich. Hier bleibt nichts unentdeckt. Man lebt wie auf einem Präsentierteller.

Helena finde ich am Waschhaus. Sie sitzt vor einer Steckdose an der Außenwand und daddelt.

»Hallo, Tochter, ich wollte schon eine Vermisstenanzeige aufgeben.«

»Mum, ich war spazieren. Hör auf, jeden meiner Schritte zu kontrollieren.« Ihre Stimme ist gereizt. Das hinterlässt Fragezeichen.

»Entschuldige, dass ich mich für dein Leben interessiere. Wird nicht wieder vorkommen.« Ich kann genauso patzig sein. Anstatt eine Antwort abzuwarten, die ich entweder nicht bekomme oder die die Stimmung komplett ruiniert, frage ich nach dem Abendessen. Nudeln lautet ihre klare Ansage. Als gäbe es kein anderes Essen mehr. Wir gehen gemeinsam zurück, und ich überlege, sie zu fragen, wo sie war, doch ich verkneife es mir.

Lass los, Evi. Es ist schwer, aber da müssen alle Mütter durch.

Ja, Mama! Ich merke es selbst.

Wo ist Bettina?

Donnerstagnacht, sternenklarer Himmel, 15 Grad Celsius

Gedämpft dringt es in mein Bewusstsein. Ich schlafe und höre es dennoch. Es ist ein bekanntes Geräusch, eines, das mir ins Blut übergegangen ist, aber nicht hierhergehört. Wach auf!, ruft mein Unterbewusstsein. Doch ich möchte den schönen Traum weiterträumen. Ich bin nämlich frisch verliebt, und es dauert nicht mehr lange, nur ein paar Minuten, und ich falle diesem tollen Mann, diesem Sahneschnittchen, seufzend in die Arme. WACH AUF! Meine Augen ploppen auf, der Traum hallt nach und verpufft wie eine Seifenblase, die eben noch schillerte und nun nicht mehr ist als ein unscheinbarer Tropfen auf dem Asphalt. Ich höre Helenas Atemzüge durch die dünne Zeltwand und dann den Reißverschluss.

Scheiße.

Ich bin wie paralysiert. Da will jemand in unser Zelt. Nein! Da IST jemand in unserem Zelt! Ein Dieb? Ein Mörder? Ein Serienmörder? Einer, der seine Campingplatzmordserie just hier fortsetzen will? Hier! Ich höre ein Schlurfen und Keuchen. Neben mir raschelt es. Helena wird wach. Oh Gott! Meine Tochter! Womit erschlage ich ihn? Taschenlampe? Buch? Fleecejacke? Scheiße. Wenn ich überlebe, horte ich ab sofort ein Waffenarsenal neben der Luftmatratze.

»Mum«, reißt mich Helena panisch flüsternd aus den Gedanken. »Womit erschlägst du ihn?«

Meine Tochter!

»Ich weiß nicht«, flüstere ich ebenso panisch zurück, »mein Buch taugt nix, zu dünn.«

Derweil tapst der Mörder im Vorzelt herum, wenn auch offenkundig planlos. Zwei Schritte, Pause, wieder zwei Schritte, Kollision mit einer der Kisten, Pause. Kann der sich nicht entscheiden?

»Wer ist da?«, fragt Helena laut und deutlich.

Ich zucke zusammen.

Ein undeutliches Brummen ist die Antwort.

Ich will nicht, dass meine Tochter uns aus dieser Notlage rettet, also setze ich nach. »Hallo? Wer ist da?« Was erwarte ich? *Ich bin's, der Mörder?*

»Verdammde Scheise, wo is'n mein Schlafansug«, nuschelt der Eindringling. »Beddinaaa, wo is'n mein Schlafansug?«

Ich grinse. Der Meuchelmörder ist vom Tisch. Kein Meuchelmörder fragt nach seinem Schlafanzug, und eine Bettina gibt's hier auch nicht.

Helena flüstert nicht mehr ganz so hysterisch. »Der ist ja total besoffen.«

»Jepp«, bestätige ich ihre Vermutung und krame mich aus dem Schlafsack. »Und deswegen schicke ich den jetzt zu Bettina, sonst kotzt der uns noch ins Zelt.«

Wohl ist mir bei der Sache nicht, trotzdem öffne ich mutig das Innenzelt und luge ins Vorzelt. Der Eindringling ist ein Mann in den Vierzigern. Er hockt über einer der Kisten und wühlt verzweifelt in meiner Unterwäsche.

Er bemerkt mich. »Beddina, seit wann hassu rote Unnerhosen?«

»Das liegt wohl daran, dass ich nicht Bettina bin«, antworte ich freundlich.

In Zeitlupe dreht er seinen Kopf in meine Richtung. »Stimmt, du bis nich Beddina.«

»Möglicherweise haben Sie sich im Zelt geirrt?«

»Was machste hier? Was hassu mit Beddina gemacht?«

»Es tut mir leid, aber das ist sicher nicht Ihr Zelt. Schauen Sie genau hin. Nichts dürfte Ihnen bekannt vorkommen.«

»Ha, das hasse alles rausgetragen und Beddina gleich dasu. Ich beschwer mich, aber heut nich mehr.« Spricht's, rollt sich vor der Kiste zusammen, schließt die Augen und schnarcht.

Ähm.

»Mum, der schläft nicht echt in unserem Zelt.« Helena hat ihren Kopf ebenfalls aus dem Innenzelt gesteckt, und wir starren uns fassungslos an.

»Na ja, der wiegt ungefähr hundert Kilo. Soll ich ihn rausschleifen?«

»Nee, natürlich nicht. Weck ihn, der muss gehen.«

»Brillant, der Gedanke«, erwidere ich ironisch, klettere aus dem Innenzelt und stupse den Fleischberg mit dem Fuß an. »He, aufwachen, Bettina macht sich Sorgen.«

»Lass mich schlafen, Tine«, nuschelt der Riese und schnarcht postwendend weiter.

Ich knie mich neben ihn und rüttle an seiner Schulter. »He, das geht nicht, ich bin nicht Bettina, und du kannst hier nicht schlafen.« Zum Siezen fehlt mir der Respekt. Keine Reaktion. Unser blinder Passagier schnarcht weiter, als läge er in einem flauschigen Himmelbett. Ich richte mich auf und zucke ratlos mit den Achseln. »Ich habe keine Ahnung, wie wir den hier rauskriegen sollen.«

»Ich schlafe nicht mit dem in einem Zelt. Es stinkt schon wie in einer Schnapsfabrik.« Helena verschränkt die Arme und blickt mich trotzig an.

»Hast du eine Idee?«

»Kaltes Wasser?« Sie greift ins Innenzelt und reicht mir eine Flasche Wasser.

»Das können wir nicht machen, nachher rastet er aus.«

»Wir können es ja drüberkippen und schnell wegrennen.«

»Gute Idee. Oder sagen wir lieber, es ist die einzige.«

Gesagt, getan. Helena flüchtet aus dem Zelt, schlüpft in ihre Flipflops und reicht mir meine. Sie verschanzt sich hinter dem Campingtisch, ich stelle mich in den Zelteingang, drehe den Deckel ab und halte die Flasche mit langem Arm über den Fleischberg. Ich zähle bis drei und lasse Wasser über sein Gesicht rinnen. Zunächst vorsichtig, doch er regt sich nicht, also werde ich mutiger. Er rührt sich.

»Hab genug Bier, Klaus, reicht, reicht«, nuschelt er träge.

Ich kann nicht anders, ich pruste los. »Bier ist doch nie genug, drink noch ene mit, stell disch nedde su an.«

Wieder lasse ich einen Schwall auf ihn niedergehen.

»Ist das überhaupt erlaubt?«, frage ich Helena, die sich kichernd die Hände vor den Mund hält. »Ist das nicht irgend so eine Foltermethode?«

»Waterboarding für Dummies«, entgegnet sie.

Ich schaue sie verdutzt an.

»Ich guck zu viel Netflix«, lautet ihre schnöde Antwort.

»Fernsehen bildet«, gebe ich spöttelnd zurück. Wenn wir nicht gerade Gefahr liefen, mit dem Besoffenen die Nacht zu verbringen, wäre es ausgenommen witzig. So allerdings macht sich Verzweiflung in mir breit.

»Ich glaube, den kriegen wir hier nicht raus«, stelle ich fest. Der Kerl ist mittlerweile so nass, dass ich mir um seine Gesundheit Sorgen mache.

»Dann schlafe ich im Auto.«

»Das ist aber auch blöd.«

»Hast du eine bessere Idee?«

Wir stehen vor dem Zelt und starren uns an. In einer Mischung aus dümmlich und belustigt. Kurz, nur ganz kurz überlege ich, Hendrik um Hilfe zu bitten, doch die Idee verwerfe ich sofort.

»Können nicht unsere Nachbarn helfen?«, fragt Helena prompt.

»Hm, ich habe kurz daran gedacht, aber ich will die Kinder nicht wecken. Und an einem Zelt kann man ja auch nicht anklopfen.«

»Boah, Mum! Manchmal bist du echt doof.«

»Sorry«, antworte ich zerknirscht.

»Schon gut.«

Ich verdränge die aufkeimende Hilflosigkeit und denke nach. »Hier gibt es doch einen Nachtwächter, oder? Und wenn nicht hier, dann auf dem Campingplatz nebenan. Wir suchen jetzt jemanden. Und wenn es keinen Nachtwächter gibt, dann jemand anderen, der uns hilft, das Ungetüm aus dem Zelt zu schaffen. Irgendwer wird schon helfen.«

Helena nickt meinen Plan ab, wir schnappen uns unsere Fleecejacken, lassen den Riesen zurück und suchen Hilfe. Nach einer Runde über den Platz, bei der uns niemand begegnet, versuchen wir es an der Rezeption in der Hoffnung auf eine Notfallnummer. Wir haben Glück. Am Schwarzen Brett neben dem Eingang hängt ein Zettel mit allerlei Nummern. Ich aktiviere meine Handytaschenlampe und gehe sie durch. Notarzt, Feuerwehr, Polizei, Ärzte. Niemand, den ich wegen unserer skurrilen Notlage anrufen möchte. Die Nummer eines Nachtwächters finden wir nicht.

Just in diesem Moment öffnet sich die Tür. Helena quiekt, und ich erschrecke mich so sehr, dass mir das Handy aus der Hand fällt. Mist. Heraus kommt Ronny, ähm, Mattis.

»Gott sei Dank«, ächze ich.

»Oh«, sagt er nur und mustert uns abwechselnd. »Sorry, hab ich euch erschreckt?«

»Ähm, ja, hast du.« Ich klaube mein Handy vom Boden, prüfe, ob es zu Bruch gegangen ist, und wische es an der Fleecejacke ab.

»Kaputt?«, fragt Mattis.

»Nee, alles in Ordnung, das wäre schlimm gewesen, ich bin auf das Handy angewiesen.«

»Hier sollte es auch mal ohne gehen«, lautet seine lapidare Antwort.

Ich erspare mir jede Erklärung und rolle nur heimlich mit den Augen.

»Was macht ihr überhaupt hier? Kann ich helfen? Ein Notfall?« Während er das fragt, schließt er die Tür ab und lässt die Schlüssel in der Tasche seiner Jeans verschwinden.

»Ja, das kann man so sagen, aber keiner, bei dem uns eine dieser Nummern hilft.«

»Jetzt bin ich gespannt.«

Helena scheint genug von dem Vorgeplänkel zu haben. »Ein besoffener Hirni hat unser Zelt mit seinem verwechselt und schnarcht jetzt stinkend im Vorzelt.«

»Oha, das ist wirklich ein spezieller Notfall. Habt ihr versucht, ihn zu wecken?«

»Oh ja, das haben wir. Er glaubt, es sei sein Zelt und ich hätte seine Frau Bettina entführt. Wir haben ihn sogar mit Wasser begossen, aber er dachte, ich sei sein Saufkumpan Klaus, und meinte, er hätte heute genug gesoffen.«

Mattis fängt schallend an zu lachen. »Na, der kann sicher was erleben, wenn Bettina ihn wiederhat. Dann kommt mal mit, den kriegen wir schon ins richtige Bett.«

»Tragen kann man den nicht, der wiegt bestimmt hundert Kilo. Außerdem wissen wir nicht, wo er wohnt.« Helena hat Zweifel.

»Moment«, sagt Mattis, fischt den Schlüssel wieder aus seiner Jeans, schließt die Tür wieder auf und verschwindet. Wenige Augenblicke später kehrt er zurück. »Merkwürdig, wir haben keine Bettina auf dem Platz.« Er denkt kurz nach. »Der Kerl ist bestimmt vom Nachbarplatz.« Mattis zückt sein Handy, wählt eine Nummer, und es geht sogar jemand ran. »Hi, Jürgen, ich bin's, Mattis, sorry, dass ich dich mitten in der Nacht aus dem Bett hole. Ah, du warst wach. Sehr gut. Kannst du zufällig in euer System gucken? Noch besser. Überprüfe doch bitte, ob ihr eine Bettina als Gast habt.« Er wartet, hört dem Menschen am anderen Ende zu und wendet sich an mich. »Wie alt ist der Kerl?«

»Mitte vierzig, schätze ich.«

»Okay, Jürgen, such mal nach einer mittelalten Bettina. – Nee, der Ehemann hat sich in ein fremdes Zelt verirrt. – Hilfe? Ja, die kann ich gebrauchen, es soll sich um ein ordentliches Kaliber handeln.«

Er legt auf. »Es gibt zwei Bettinas. Jürgen ist der Besitzer drüben und wohnt zum Glück auf dem Platz. Er kommt gleich, dann schaffen wir den Typen aus eurem Zelt.«

»Danke, das ist lieb.« Ich seufze vor Erleichterung auf. »Tut mir leid für die Umstände.«

»Es gibt nichts, was wir hier noch nicht erlebt haben, dafür also nicht. Allerdings rette ich dich nun schon zum zweiten Mal.« Er grinst mich lausbübisch an.

»Ja, das fällt mir gerade auch auf.«

»Jacky wird ihre Freude haben, wenn ich ihr das erzähle.«

»Dann hat es sich doch alleine dafür gelohnt.«

Rettung naht in Form eines strammen Mittfünfzigers mit Schnäuzer und grauer Wuschelmähne. Er begrüßt uns, als wäre es ein fröhliches Abenteuer, Besoffene aus fremden Unterkünften zu räumen. »Ich bin Jürgen, einen schönen Guten Morgen wünsche ich. Es wird ja gleich wieder hell. Dann beseitigen wir das Problem mal, was?«

An der Sachlage hat sich nichts geändert. Jürgen und Mattis betrachten den selig Schnarchenden.

»Na, den riecht man bis nach Dänemark«, stellt Mattis fest.

Zunächst versuchen sie, ihn wachzurütteln. »Junger Mann, Bettina vermisst dich.«

Wieder reagiert er nur mit Genuschel, und auch die drei weiteren Anläufe bleiben erfolglos.

»Immerhin spricht er, sonst müsste ich ernsthaft über einen

Notarzt nachdenken.« Jürgen zieht die Stirn unter seiner wilden Lockenmähne kraus. »Warum ist der denn so nass?«

Helena, die bisher stumm neben uns stand, kichert. »Wir haben versucht, ihn wach zu gießen. Aber er dachte, das sei Bier, und wollte keins mehr.«

Jürgen runzelt die Stirn. »Der ist jenseits von Gut und Böse. Hab ich auch noch nicht gesehen, und ich sage euch, wir haben hier schon einiges erlebt.«

»Wir hörten davon.« Ich verschränke frustriert meine Arme. »Was machen wir denn jetzt?«

Mattis reibt sich seinen Drei-Tage-Bart. »Wir versuchen es weiter. Wenn es nicht klappt, haben wir zwei Möglichkeiten. Ihr könnt in der Rezeption schlafen, aber, ehrlich gesagt, befürchte ich, dass der euch die Bude vollkotzt, oder …«, er macht eine bedeutungsvolle Pause, »wir fahren ihn mit dem Kinderwagen nach Hause.«

Und so kommt es. Nach etlichen Versuchen, den Kerl wach zu kriegen, bugsieren unsere Helfer ihn wenigstens aus dem Zelt. Nun hockt er an einer der Kiefern, den Kopf gegen den Stamm gelehnt, und … schnarcht. Helena und ich halten Wache, Mattis und Jürgen besorgen einen großen Handkarren, auf dem sie eine Wolldecke ausgebreitet haben. Mit vereinten Kräften hieven sie den lallenden Mann darauf, dann fahren wir ihn im *Kinderwagen* nach Hause.

»Ich will nicht Boot fahren«, nuschelt er dabei wiederholt, »Tine, Boot fahren mit Bier geht gaaar nich.«

Helena bleibt im Zelt, ich komme mit, denn ich möchte unbedingt wissen, wie Bettina reagiert, wenn wir ihren Mann im Karren vorfahren. Ob sie ein Nudelholz parat hat? Verdient hätte er es.

Wir sind völlig fertig, als wir endlich den ersten Stellplatz in der Mitte des Nachbarplatzes erreichen. Dort wecken wir eine reichlich verwirrte Bettina, die sich sicher ist, dass ihr Mann brav zwischen den Laken liegt.

»Die nächste Bettina wohnt leider ganz hinten. Ich hoffe, es ist die richtige, sonst stell ich ihn in die Scheune.« Jürgen reibt sich die Hände, die unter der Belastung des Handkarrens leiden.

»Wenn das mein Mann wäre, ich würde ihn nicht reinlassen. An dem dürften die Möwen ihren Spaß haben«, stelle ich klar.

»Lass mal«, unkt Mattis, »die sind nachher alle besoffen.«

Nach weiteren quälenden Minuten erreichen wir einen Platz, auf dem ein alter Wohnwagen steht.

»Das kann nicht richtig sein, er sucht doch ein Zelt«, merke ich an.

»Wir werden sehen.« Jürgen klopft an die Wohnwagentür, erst sanft und, als keine Reaktion erfolgt, deutlich kräftiger. Nichts.

»Vielleicht ist sie genauso betrunken wie ihr Mann?«, mutmaße ich.

»Ich lass den gleich hier stehen.« Langsam verliert sogar Mattis seine unumstößliche Gelassenheit.

Jürgen hämmert aufs Neue gegen die Tür.

Ein schläfriges »Wer ist denn da?« ertönt aus dem Wohnwagen.

»Entschuldigen Sie die Störung mitten in der Nacht, aber heißen Sie vielleicht Bettina, und falls Ja, vermissen Sie Ihren Mann?«

Es dauert ein Weilchen, ehe sie antwortet. »Ja, ich heiße Bettina, aber ich vermisse keinen Mann, sondern einen Bruder.« Sie öffnet die Tür und tritt in einem pinken Micky-Maus-Overall nach draußen. Mit verschlafenen Augen erfasst sie die Lage. »Wo haben Sie den denn gefunden?«

»Oh, der lag plötzlich in meinem Zelt, weil er dachte, er sei dort zu Hause. Allerdings wundere ich mich nun, dass er in einem Wohnwagen wohnt.«

»Der hat sich die Birne ja völlig weggeschossen.« Sie schüttelt in einer Mischung aus angewidert und mitleidig den Kopf. »Der arme Kerl hat sich gerade getrennt. Ich habe ihn mitgenommen, damit er auf andere Gedanken kommt. Gestern Abend haben ihn ein paar Männer mit in die Dorfkneipe geschleppt. Bin gespannt auf seine Geschichte, sofern er sich daran erinnern kann.«

Ich sehe diesen Mann plötzlich mit anderen Augen. »Das ist ja schrecklich. Hätte ich das gewusst, hätte ich ihn doch seinen Rausch bei mir ausschlafen lassen.«

»Ich glaube nicht, dass Sie da groß zum Schlafen gekommen wären.«

»Gut, somit hätten wir geklärt, warum der Knabe so abgestürzt ist.« Jürgen kratzt sich am Kopf. »Was sollen wir mit ihm machen? In den Wohnwagen hieven?«

Bettina überlegt. »Ehrlich gesagt, habe ich keine Lust, mir das Schnarchkonzert anzuhören. Kann er nicht einfach in der Karre liegen bleiben? Er kann sie dann morgen zurückbringen und sich direkt entschuldigen.«

Bettina holt eine Decke aus dem Wohnwagen, deckt ihren Bruder sorgsam zu und bedankt sich noch einmal herzlich.

»Da nicht für«, antwortet Mattis. Wir verabschieden uns von ihr und Jürgen und wandern zurück.

»Tja«, sage ich, nachdem wir eine Weile schweigend nebeneinanderher gelaufen sind, »da denkt man, der Kerl kriegt eins mit dem Nudelholz übergebraten, und dann ist er nur eine verlassene Seele, die ihren Kummer in Alkohol ertränkt.«

»Du hast ein Nudelholz erwartet?«

»Sagen wir so, ich hatte darauf gehofft. Das erste Mal hätte ich einem Mann dieses Klischee wirklich gegönnt.«

Mattis lacht. »Aber als verlorene Seele hat er Verständnis verdient?«

»Hat das nicht jede verlorene Seele?« Ich seufze, und er schaut mich im Schein einer Laterne nachdenklich an.

»Spricht da jemand aus Erfahrung?«

Ich seufze wieder, lenke aber von der Frage ab. »Meine Schwester wird an der Geschichte auf jeden Fall ihre Freude haben.«

»Warum?«

»Sensationen faszinieren sie. Mit dieser hier zieht sie mich sicher noch in ein paar Jahren auf.«

»Geschwister, eine Pest, und doch liebt man sie genau dafür.«

»Das stimmt wohl«, antworte ich lachend. Wir haben die Weggabelung erreicht, an der sich unsere Wege trennen. »Danke für die Rettung, du hast schon wieder was gut bei mir.«

»Ach, Quatsch, das ist doch mein Job.«

Es ist fast zehn, als wir aus dem Zelt krabbeln. Ich berichte Helena, wie das Ganze ausgegangen ist, und sie findet es angemessen, dass der Mann in der Schubkarre schlafen musste.

»Aber er hat sich gerade getrennt«, gebe ich zu bedenken.

»Echt jetzt? Man kann es mit dem Gutmenschentum auch übertreiben, Mum. Er ist alt genug, da muss man sich nicht so danebenbenehmen, egal, was passiert ist«, belehrt sie mich.

»Da hast du auch wieder recht«, antworte ich. »Was machen wir heute? Das Wetter soll schön werden. Wollen wir an einen Strand fahren?«

»Vielleicht nachmittags? Ich will erst mal chillen. Ich bin echt müde.«

»Völlig in Ordnung, dann setze ich mich in die Sonne und langweile mich.«

Helena verdreht die Augen, schnappt sich den frisch geschmierten Toast und ihr Handy und verabschiedet sich aufs Klo.

Ich decke den Tisch ab, räume das Geschirr in unseren Spülkorb und beschließe, dass der Gang zum Waschhaus warten kann. Stattdessen rufe ich meinen Vater an. Er findet langsam Gefallen am Joggen, aber das Haus ist ihm zu leer. Ich bringe Isa auf den neuesten Stand und, wie erwartet, amüsiert sie sich königlich über unser nächtliches Abenteuer. Dann gehe ich duschen und spülen.

Am frühen Nachmittag ist Helena immer noch unterwegs. Ich will sie nicht anrufen und kontrollieren, also lege ich einen Zettel auf den Tisch und verabschiede mich an den Strand. Die Strandmatte klemme ich mir unter den Arm, das Handy stecke ich in die Hosentasche, und im letzten Augenblick schnappe ich mir mein Buch, in dem ich noch keine Seite gelesen habe. Das Handy lege ich stattdessen weg, um es Sekunden später wieder einzustecken. Ich muss weniger arbeiten, das weiß ich, aber es fällt mir schwer.

Auf dem Weg zum Strandpfad stellt sich mir ein Mann mit monströsem Blumenstrauß in den Weg. »Entschuldigen Sie, sind Sie Evi?«

Ich stutze, dann erkenne ich den schnarchenden Riesen. Nüchtern und bei Tageslicht betrachtet kann er sich sehen lassen, ein echtes Sahneschnittchen gewissermaßen. Einzig die Schatten unter den Augen verraten die kuriose Nacht. »Ähm. Ja.«

»Es tut mir unendlich leid, was heute Nacht passiert ist, und es ist mir unsagbar peinlich. Ich hoffe, ich kann es wiedergutmachen.« Unbeholfen drückt er mir den Blumenstrauß in die Arme, ich nehme ihn verdutzt an und kann kaum darüber schauen.

»Eigentlich war die Aktion ziemlich lustig. Außer die Sache mit der Unterwäsche natürlich.« Ich grinse ihn an, denn seine Verlegenheit ist rührend.

»Unterwäsche??? Oh nein, ich muss mich noch schlimmer benommen haben, als ich dachte. Es tut mir so leid.«

»Das glaub ich Ihnen, aber Sie haben sich entschuldigt und mir nicht ins Zelt gekotzt, also ist es von meiner Seite aus verziehen. Alles andere müssen Sie mit sich selbst ausmachen.«

Er freut sich sichtlich. »Danke für Ihr Verständnis. Ich weiß es zu schätzen. Darf ich Sie vielleicht auf einen Kaffee einladen?«

Ich bin irritiert. Der Blumenstrauß ist groß genug. Muss ich noch einen Kaffee mit ihm trinken? Leider guckt er so nett, ich will ihn nicht abweisen. Prompt setzt sich Isa auf meine Schulter.

Mann, Evi, was für ein Prachtexemplar, dazu verletzlich und zu haben. Trink gefälligst einen Kaffee mit ihm.

»Also gut. Gegen einen Kaffee ist nichts einzuwenden, ich muss aber erst mal schauen, wann Zeit ist, und melde mich. Ich weiß ja, wo du wohnst.« Ich entscheide spontan, das steife Siezen sein zu lassen.

Er schenkt mir ein strahlendes Lächeln. Grübchen. Ich stöhne innerlich. »Danke, ich freue mich. Ich bin übrigens Stefan.«

»Evi, aber das weißt du ja schon.«

Er nickt, hebt die Hand zum Gruß, geht, und ich stehe mit einem riesigen Strauß Blumen in den Dünen.

Nachdem ich ihn in einem Topf geparkt habe – wer nimmt schon eine Vase mit auf den Campingplatz? –, marschiere ich Richtung Steilküste. Ich lasse mich auf den Kieseln nieder, lehne mich an einen Felsen und schließe die Augen. Was ist das nur für ein merkwürdiger Urlaub? Jeder, wirklich jeder Tag hält eine Überraschung bereit. Es scheint, als wären wir schon Wochen hier und nicht erst sechs Tage. Und wieso tauchen plötzlich so viele Männer in meinem Leben auf? Die haben doch bisher einen weiten Bogen um mich gemacht. Dann komme ich hierher und Lisbeth schickt mir dieses seltsames Trio. Einen verheirateten Mann, einen besoffenen Unglücksknaben und einen schwulen Traktornerd. Was soll ich davon halten? Auch die anderen Kontakte sind eher ungewöhnlich. Peter Lustig, der Chakra-Klub, Jacky, Kurti … Ich grinse in mich hinein. Wenn ich es mir recht überlege, ist dieser Urlaub ausgesprochen witzig.

»Hey, hast du die letzte Nacht verwunden?«

Ich blicke auf. Über mir steht Mattis – und – er trägt wieder keinen Blaumann, sondern knittrige Shorts und ein löchriges T-Shirt. Also auch nicht besser als sonst.

»Ja, habe ich. Ehrlich gesagt, dachte ich zu Anfang, er sei ein Mörder, da war das Ende doch ganz putzig.«

»Mörder. Soso. Und putzig. Das sind zwei Wörter, die ich auch noch nie in einem Satz gehört habe.«

»Was soll ich denn denken, wenn ich aus dem Tiefschlaf schrecke, weil plötzlich der Reißverschluss aufgeht?«

»Vielleicht, dass sich ein Besoffener im Zelt geirrt hat?«

»Stimmt, darauf hätte man kommen können, aber ich bin eine Panik-Lilly, also gehe ich immer vom Schlimmsten aus.«

»Du gehörst zu den Menschen, die wegen ihres Pessimismus dem Tod ständig von der Schippe springen?«

»So könnte man es sagen.« Ich lache. »Hinterher ist es mir natürlich peinlich.«

»Wichtig ist letztendlich nur, dass es gut ausgeht.«

»Genau. Und in diesem speziellen Fall wurde ich sogar mit einem riesigen Blumenstrauß erschlagen.«

Mattis grinst. »Ich weiß. Der Kerl stand eben mit einem megaschlechten Gewissen bei Jacky. Die hat ihn natürlich erst mal gefragt, ob er nicht alle Tassen im Schrank hat.«

»Das kann ich mir lebhaft vorstellen.«

»Auf jeden Fall hatte er Glück, weil ich vorbeikam und sie aufklären konnte. Wir haben ihm deinen Namen verraten, und er konnte sein schlechtes Gewissen mithilfe dieses Trümmerstraußes loswerden. Wo hast du ihn überhaupt hingestellt? Vasen gehören ja nicht unbedingt zur Grundausstattung beim Zelten.«

»Er steht im Topf. Essen fällt heute also aus.«

»Was hat deine Schwester zu der Geschichte gesagt? Du meintest, sie würde ihre helle Freude daran haben.«

»Hatte sie. Definitiv.« Ich schaue ihn von unten an. »Möchtest du dich nicht setzen? Mein Nacken wird steif.«

»Danke für das Angebot, aber ich muss zum Platz. Ich habe eine Menge zu tun und wollte nur kurz Meerluft schnuppern.«

»Deswegen hast du noch keinen Blaumann an. Ich habe dich fast nicht erkannt.«

Er schmunzelt. »Ach, was soll's. Auf die zehn Minuten kommt es auch nicht an.«

Er lässt sich neben mir nieder, und gemeinsam schauen wir aufs Wasser. Die Sonne steht kurz vor dem Zenit, es ist warm, und Badende bevölkern den Strand. Kinder juchzen, Hunde bellen, und in geruhsamen Abständen schwappt die Ostsee ans Ufer. Sie ist wieder mehr See als Meer.

»Jacky hat sich köstlich amüsiert. Sie meinte allerdings, ich müsse aufhören, Frauen zu retten, das würde meinem Ruf als Freak schaden.«

»Da hat sie womöglich recht. Als ich dir die ersten Male begegnet bin, habe ich genau das von dir gedacht.«

»Jetzt nicht mehr?«

»Ich bin ja in der Lage, Vorurteile zu revidieren«, gebe ich schmunzelnd zurück.

»Es ist Absicht«, klärt er mich leichthin auf, »ich mag den Campingplatz, aber gerade im Sommer sind mir oft zu viele Leute da. Meine wilde Erscheinung hält sie auf Abstand.«

Ich kichere. »Das kann ich bestätigen. Und zusammen mit dem Ronny-Test bleiben sie dir erst recht fern.«

In seinen Augen tanzt der Schalk. »Ganz genau.«

»Wieso habt ihr eigentlich einen Campingplatz?«

»Es passte einfach«, antwortet er lapidar. »Es war Jackys Idee, sie hat vor ein paar Jahren einen Rügener Polizisten kennengelernt und wollte mit ihm zusammenziehen. Wir kommen ursprünglich aus Hannover, und Tourismus ist eine sichere Bank. Sie hat mich gefragt, ob ich Lust habe, einen Campingplatz aufzumachen, und ehe wir uns versahen, waren wir hier.«

»Und? War es die richtige Entscheidung?«

»Auf jeden Fall. Ich hätte sonst niemals Cordula kennengelernt.«

Ich lache. »Da hast du recht, es wäre eine Schande, wenn sie nicht in dein Leben getreten wäre.«

»Mach dich nicht über Cordula lustig.«

»Würde ich nie tun ... Und, was hast du vorher gemacht?« Ich bin neugierig geworden. Die Geschichte der Geschwister scheint mir spannend zu sein.

»Ich habe Jura studiert und in einem großen Konzern in der Rechtsabteilung gearbeitet, Jacky war Bauzeichnerin. Richtig glücklich waren wir beide nicht.«

»Trotzdem gehört Mut dazu, alle Zelte hinter sich abzubrechen.«

»Nicht wenn sich die Entscheidung richtig anfühlt.«

Ich nicke anerkennend und werde nachdenklich. Ist es tatsächlich manchmal so einfach?

Wir schweigen. Es ist eine angenehme Stille, eine, bei der man die Landschaft, den Himmel und das Meer in sich aufnehmen kann. Ein schöner Augenblick und noch einer. Schäfchenwolken ziehen über den Himmel, keine schafft es, die Sonne zu vergraulen. Ich greife wahllos nach einem Stein, betrachte ihn, lege ihn weg und nehme den nächsten. Jeder ein Unikat. Die scharfen Abbruchkanten glänzen und die weißen unregelmäßigen Kalkeinschlüsse zeichnen unverwechselbare Muster.

»Ich habe solche Steine vorher noch nie gesehen, sie sind typisch, oder?«

»Für Rügen, ja, aber auch für die Ostsee allgemein.«

»Die Ostsee ist ganz anders als die Nordsee, aber sie gefällt mir. Sehr sogar.«

»So geht es vielen, die das erste Mal hier sind. Die meisten verlieben sich sofort.«

»Ging es dir auch so?«

»Ja, irgendwie schon. Sie ist nicht rau wie die Nordsee oder der Atlantik, nicht sommerlich wie das Mittelmeer, eher lieblich. Wobei sie auch ihre wilden Tage hat, aber dann denke ich mir immer: Schön, das echte Meer kommt zu Besuch.«

Ich werfe ihm einen Blick zu. Mir gefällt sein Blick auf die Dinge. Er nimmt einen flachen Stein und schleudert ihn gekonnt über das Wasser. Viermal titscht er auf, ehe er versinkt.

»Da hat jemand geübt.«

»Klar, das gehörte in meiner Kindheit zu den Grundfertigkeiten.«

Ich wühle weiter in diesem unendlichen Steinhaufen. Wie viele Steine mögen hier liegen? Ich finde einen runden, groß wie eine Kinderfaust. »Schau mal, der sieht irgendwie anders aus.«

Mattis nimmt ihn mir aus der Hand. »Das ist auch kein Stein, sondern ein versteinerter Seeigel.«

»Echt? Gib her.«

Ich sehe ihn mir genauer an. Ja, man erkennt Teile der Skeletthülle. »Ist es was Besonderes? Ich werde ihn auf jeden Fall behalten. Ich habe eine Schwäche für so was.«

»Das ist nicht zu übersehen.« Er schmunzelt. »Aber ich kann es verstehen. Und er ist besonders, dieser Seeigel. Man findet sie öfter, aber nicht jeden Tag. Es gibt hier so vieles zu entdecken. Hol dir bei Jacky doch eine Broschüre dazu, dann macht es noch mehr Spaß.«

»Gute Idee.« Mir fällt etwas ein. Ich krame den länglich bräunlichen Stein, den ich seit Tagen immer mit mir herumtrage, aus der Hosentasche und halte ihn Mattis unter die Nase. »Dann weißt du vielleicht auch, was das hier ist? Den habe ich vor ein paar Tagen gefunden.«

Er nimmt ihn mir aus der Hand. »Klar, das ist ein sogenannter Donnerkeil – ein fossiles Skelettstück, mehr weiß ich leider auch nicht. Bruchstücke davon findet man recht häufig, einen ganzen eher selten.«

»Cool. Den werde ich auch behalten, vielleicht bringt er ja Glück.«

»Einen Glücksbringer kann man immer gebrauchen.« Mattis springt auf. »Ich muss leider. Cordula wartet.« Er hebt die Hand zum Gruß und verschwindet.

Ich schaue ihm hinterher. Er ist nett. Zweifelsohne.

Wenig später kehre ich dem Strand ebenfalls den Rücken; Helena ist weiterhin unterwegs. Ich gieße mir ein Glas Wasser ein und mache es mir in der Hängematte gemütlich. Ich kann das Meer sehen. Gibt es einen schöneren Platz auf Erden? Ich checke meine Mails, dann rufe ich Isa an.

»Gibt es Neuigkeiten? Los. Her damit.«

»Ruhig, Isa. Du kriegst ja deine Infos.« Ich berichte ihr von dem skurrilen Nachmittag mit dem Chakra-Klub und dem besoffenen Stefan.

»Langsam werde ich echt neidisch, weil so viel Lustiges bei dir passiert. Ich wünschte wirklich langsam, Lisbeth hätte *mich* zelten geschickt.«

Ich kichere. »Du hättest aber deinen Mann mitnehmen müssen.«

»Stimmt. Womit wir direkt beim Thema wären, immerhin hast du jetzt drei Männer zur Auswahl. Wenn da nichts läuft, weiß ich es auch nicht.«

»Du spinnst. Fürs Protokoll: Der eine ist verheiratet, der zweite hat sich vor Kummer fast tot gesoffen und der dritte …«

»Ja, was ist mit dem?« Die Aufmerksamkeit in ihrer Stimme ist unüberhörbar.

»… ist ein Waldschrat und ein Traktornerd. Aber er ist netter, als ich dachte. Man kann gut mit ihm reden. Seine Schwester ist genauso schräg, aber auch total in Ordnung.«

»Und er hat dir jetzt schon zweimal geholfen.«

»Das ist sein Job, Isa. Und er ist übrigens schwul. Um den brauchst du dich nicht mehr zu kümmern.«

»Ach sooo. Na, dann sind es eben noch zwei.«

Ich atme tief durch. Meine Schwester hat echt penetrante Züge. »Warum bist du überhaupt so scharf darauf, dass ich was mit 'nem Typen anfange?«

»Weil es Zeit wird, Evi. Du trauerst immer noch Claas hinterher, und das hat er nicht verdient.«

»Wenn es dir so wichtig ist, kann ich mich ja nach dem Urlaub bei einer Partnerbörse anmelden.«

»Das passt zu dir. Du gehst mit Listen und Plänen auf Männersuche, und wer deinen Vorstellungen nicht entspricht, wird gleich aussortiert. Bloß das Leben nicht passieren lassen. Das war ja schon immer deine Devise.«

»Du bist blöd, Isa. Außerdem will ich niemanden kennenlernen. Du willst es.«

»Ich möchte dich nur wachrütteln. Doch wenn du schon online suchst, versuch erst mal was Unverbindliches. Es muss ja nicht direkt der Mann fürs Leben sein. Sex alleine reicht für den Anfang.«

»Also ehrlich.«

»Ich sage es ja nur.«

Endlich bin ich aus dem Kreuzverhör entlassen. Die Rolle der älteren Schwester nimmt Isa von jeher ernst. Dann erzählt sie noch von ihren Gesangsstunden, Paps' Training und ihren Kindern. Doch ich höre nur mit einem Ohr zu. Unverbindlicher Sex. Isa hat durch ihre Geschichte eindeutig einen Moralverlust erlitten. Aber ich bin nicht wie sie, ich brauche etwas Echtes. Nur eben jetzt noch nicht.

Und Helena?

Freitag, Sonne-Wolken-Mix, leichter Wind aus Südwest, 25 Grad Celsius

»Da ist sie ja! Haben wir dich vergrault, oder warum bekommt man dich nicht mehr zu Gesicht?«

Ich komme gerade vom Klo, da fängt mich Miriam ab.

»Nein, nein, alles gut, ich schwebe seit meiner außerkörperlichen Reise in völlig anderen Sphären«, antworte ich spontan.

»Ach, du meine Güte«, Miriam hält sich gespielt entsetzt die Hand vor den Mund, »sag nicht, Trudi hat vergessen, dich zurückzuholen?«

Ich versuche, einen entrückten Gesichtsausdruck zu fabrizieren, und starre abwesend in die Ferne. »Mein Geist schwebt über Madagaskar, mein Körper ist nur eine Hülle.«

Sie sieht mich mit großen Augen an, beugt sich zu mir und flüstert: »Aber wer ist dann in deinem Körper?«

Ich schaue sie eindrücklich an. Schweige. Schweige. Schweige. »BUH!«

Die Arme kippt fast hintenüber, und wir schütten uns aus vor Lachen.

»Versprich mir bitte eins«, japst sie, »komm öfter vorbei, mit dir zusammen ist es viel lustiger, die innere Mitte zu finden. Offenbar fehlt mir der richtige Zugang.«

»Außerdem ist deine Aura bekanntlich schwarz.«

Wieder hält sie sich die Hand vor den Mund. »Du hast recht, es ist hoffnungslos … wohingegen du mit deinem Lila … kein Wunder, dass du noch über Madagaskar schwebst.«

»Genau. Auch wenn ich keine Ahnung habe, was es mit diesem Lila auf sich hat.«

»Das wird Trudi dir irgendwann schon erklären. Ich kann es nicht, und außerdem ist es ein Grund wiederzukommen. Ich muss auch los, die nächste Sitzung wartet. Was hast du jetzt vor?«

»Meine Tochter schwirrt seit Stunden irgendwo herum, deshalb wollte ich eigentlich noch mal zurück an die Arbeit.«

»Dir ist schon klar, dass du im Urlaub bist?«

»Ich weiß, aber ich bin selbstständig, und drei Wochen weg vom Geschehen sind eine lange Zeit.«

»Verstehe, aber vergiss nicht, auch an deiner grauen Aura zu arbeiten.«

»Ja, Mama. Und, was steht bei dir an?«

»Grundkurs Reiki, bei Trudi.«

»Puh, die macht echt den Rundumschlag.«

»Getreu dem Motto *Viel hilft viel.* Das ist ihr einerlei. So, ich muss.«

»Dann viel Spaß beim Heilen durch Handauflegen.«

»Und du kommst wieder vorbei? Bitte versprich es mir.« Ihr Ton ist der eines bettelnden Mädchens.

»Klar, sag mir Bescheid, wenn ihr Geister beschwört.«

»Ich nehm dich beim Wort.« Sie wirft mir einen Handkuss zu und schlendert davon.

Langsam habe ich die Nase voll. Es ist später Nachmittag, und Helena ist nach wie vor verschwunden. Ich habe eine Nachricht geschickt, mit der Frage, wann sie kommt und was sie zum Abendessen möchte. Sie hat die WhatsApp gelesen und ignoriert. Sie lebt also noch. Danach habe ich angerufen, doch sie geht nicht ans Telefon. Langsam werde ich unleidlich. Außerdem war Katja gerade bei mir, um mich auf einen Wein einzuladen. Ich habe dankend abgelehnt, war stolz, meine guten Vorsätze in die Tat umgesetzt zu haben, auch wenn ich dafür ein enttäuschtes Gesicht geerntet habe. Weil ich nicht auch noch Hendrik über den Weg laufen möchte, beschließe ich, meine Tochter zu suchen. Vermutlich hat sie ein paar Teenies kennengelernt. Es würde mich für sie freuen, aber sie ist vierzehn, und ohne Absprache funktioniert es nicht.

An der Rezeption sitzt Jacky in Muskelshirt und Surfershorts auf einem der gusseisernen Stühle, die Füße hochgelegt auf einem zweiten, und liest Zeitung. Ich frage sie nach Helena.

»Nee, die war heute Morgen zwar kurz hier und hat Kurti gefüttert, danach habe ich sie nicht mehr gesehen. Muss aber nix heißen, ich häng ja eh nur hier rum. Frag doch mal meinen Bruder. Er ist hinten bei den Zirkuswagen, der esoterische Zirkel hat ein Problemchen. Die Trullas treiben mich noch in den Wahnsinn.«

»Danke, werde ich machen. Und ja, die Damen sind speziell.«

»Worauf du einen lassen kannst. Warum suchst du Helena überhaupt?«

»Weil sie sich nach dem Frühstück in Luft aufgelöst hat.«

»Na, schau an. Das Mädel wird flügge.«

»Ja, aber es kann sich ja wenigstens abmelden.«

»Da hast du auch wieder recht. Also los, finde das ungehorsame Kind, und dann gibt es von Kurti 'ne Tracht Prügel.«

Im Zirkusrondell erwartet mich ein eigentümliches Bild. Acht kunterbunte Damen, zum Teil nur halb bekleidet, stehen um Mattis herum und sind sichtlich aufgebracht. Was ist denn da los? Miriam sieht mich und eilt mir entgegen.

»Worst Case«, raunt sie mir ins Ohr und schiebt mich Richtung Versammlung.

»… ich werde nicht in diesem Wagen schlafen, wenn das Problem nicht beseitigt wird.« Trudi steht mit in die Hüfte gestützten Armen da und verleiht ihrer Aussage Nachdruck, indem sie pausenlos mit dem Kopf nickt.

»Woher wissen Sie, dass es eine Ratte ist? Wir hatten noch nie welche auf dem Platz, und ich glaube nicht, dass sich daran etwas geändert hat. Könnte es eine Maus gewesen sein?«

»Nein, es war eine Ratte«, beharrt Trudi. »Sie war riesig. Gehen Sie dem Problem bitte nach.«

»Ich werde sehen, was sich machen lässt, im Zweifel bringe ich eine Mausefalle vorbei.«

»Es ist keine Maus.«

»Hat denn sonst jemand die Ratte gesehen?«, fragt Mattis, erntet aber nur ein gemeinschaftliches Kopfschütteln.

Er nickt mir zu und hat ein schelmisches Strahlen in den Augen. Geradezu stoisch nimmt er sich Trudis Belangen an. Für diese ist die vermeintliche Ratte im Wohnwagen eine mittelschwere Katastrophe.

»Ich schaue jetzt nach.« Mattis marschiert zu einem der Wagen, öffnet die Tür und betritt den Ort des Grauens. Trudi huscht hinterher und stellt sich in den Eingang. Man hört Möbelrücken, Türenklappern, dann Mattis' Stimme. »Also hier ist keine Ratte. Allerdings steht das Fenster offen, sie könnte längst wieder verschwunden sein.«

»Ich schlafe nicht in diesem Wagen, solange das Vieh noch da sein könnte.« Trudi bleibt unnachgiebig, ihr Ton streng.

»Zeigen Sie mir, wo Sie sie gesehen haben? Vielleicht übersehe ich Spuren.«

»Nein, ich betrete diesen Wagen erst wieder, wenn sie weg ist.«

Mattis erscheint in der Tür und zuckt mit den Achseln. »Dann hole ich eine professionelle Mausefalle, mehr kann ich nicht machen.«

»Ich werde nicht …«

Ich trete aus dem Pulk von Zaungästen und mische mich ein. »Ich kann noch mal schauen, vielleicht sehe ich ja was«, biete ich an.

»Oh Evi, das würdest du machen? Das wäre lieb. Wir Frauen haben ja bekanntermaßen einen besseren Blick für solche Dinge, Männer sind da ja evolutionär deutlich eingeschränkt.«

»Männer sehen nur Mammuts«, unkt Miriam, »sie sind nicht fähig, eine Ratte zu sehen.«

»Wo sie doch nicht mal die Butter im Kühlschrank finden«, setze ich hinzu und schaue Mattis dabei an.

»Es ist immer wieder großartig, wenn Frauen ihre evolutionären Vorteile feiern«, erwidert er trocken.

»Was wagst du dich auch in einen Haufen emanzipierter Weiber?«, fragt ihn Miriam.

»Die reine Todessehnsucht.«

Ich gluckse vergnügt in mich hinein.

Er nickt mir zu. »Also, was ist, kommst du, und wir suchen gemeinsam die Gefahr?«

»Immer gerne«, antworte ich, schreite an Trudi vorbei und folge Mattis in den Zirkuswagen.

Zunächst staune ich. Ich wollte einen dieser Wagen unbedingt von innen sehen, nun habe ich die Möglichkeit. Es ist hier unglaublich gemütlich und dennoch klar und strukturiert eingerichtet. Geweißte Wände, helle Möbel, eine gelb-beige Deko, die unaufdringlich wirkt. Skandinavischer Stil. So zumindest könnte dieser Wohnwagen aussehen, wenn nicht alles unter Trudis Garderobe versinken würde. Überall, wirklich überall hängen oder liegen ihre Sachen. Ein Regenbogen müsste sich glatt schämen angesichts dieser Vielfalt von Farben. Dazu Gold, Glitzer, Glimmer. Es wirkt, als wäre eine Kiste voller Kostüme aus *Tausendundeiner Nacht* explodiert.

»Du hast gar nicht nach der Ratte gesucht«, flüstere ich Mattis zu. »Die kann sich ja überall versteckt haben.«

»Stimmt, aber ich kann mich schlecht durch dieses Klamottenlager wühlen, ich krieg schon Augenschmerzen.«

Ich kichere. »Sag bloß, du nimmst Trudi nicht ernst?«

»Es fällt mir schwer.«

»Kann ich verstehen«, sage ich leise. »Also los, wühlen wir gemeinsam.«

Lauter sage ich: »Wir gehen das systematisch an. Trudi? Schließt du bitte die Tür? Wenn du dir sicher sein willst, dass die Ratte weg ist, müssen wir sie fangen und wegbringen. Bei offener Tür kann sie flüchten und zurückkommen.«

»Das ist eine wunderbare Idee, danke, Evi, endlich kommt Schwung in die Sache.« Überschwänglich schließt sie die Tür, und wir haben unsere Ruhe.

»Du bist ein Engel«, sagt Mattis.

»Nun ja, du hast was gut bei mir.«

Wir nehmen die Aufgabe ernst. Wenn man davon absieht, dass wir es uns während der Suchaktion nicht verkneifen können, Albereien mit Trudis Fundus anzustellen. Mattis schlingt sich eine lilafarbene Federboa um den Hals, ich gehe zu ihm und drapiere sie modisch.

»Ich muss sagen, Lila steht dir außerordentlich gut. Es bringt eine besondere Seite an dir zum Vorschein.«

»Ich finde vor allem das Gefühl dieser Boa sehr angenehm. Auch wenn ich mich frage, wofür man beim Campen eine lilafarbene Federboa braucht.«

»Sie fängt und speichert die energetischen Schwingungen der Luft, das ist doch sonnenklar«, antworte ich ernst.

Er greift nach einem silbernen Paillettentuch und schlingt es mir um die Schulter. »Erklär mir das.«

»Jede Paillette ist ein Spiegel unserer Seele und gleichzeitig in der Lage, andere Menschen zu beeinflussen. Die wiederum automatisch ihr Verhalten reflektieren, wenn sie vor dir stehen.«

»Interessant. Ich werde meinen Blaumann umgehend mit silbernen Pailletten besticken.«

»Eine hervorragende Idee, du wirst nur noch von freundlichen Menschen umgeben sein.«

Ich lege das Tuch zurück auf den Haufen, wühle mich stattdessen durch Kissen, Klamotten, Cremes und Tiegelchen und nehme mir schließlich die Küchenschränke vor. Die Unterschränke sind sauber und aufgeräumt, keine Spur eines tierischen Eindringlings. In den Oberschränken sieht es ähnlich aus.

»Alles in Ordnung«, informiere ich Mattis. »Hier kann sich nichts verstecken. Und wenn etwas hier drin war, dann bestimmt nicht lange.«

»So sieht es aus, glauben wird sie uns nicht. Ich überlege schon, mir irgendwo 'ne Ratte auszuleihen, nur um sie zu finden.«

Ich öffne den letzten Oberschrank. Er ist vollgestopft mit offenen Kartons und aufgerissenen Tüten.

»Wäre ich eine Ratte, würde ich mich hier verstecken.«

Mattis will antworten, da raschelt es plötzlich. Wir halten die Luft an, starren den Schrank an und horchen. Da, wieder ein Rascheln. Wir grinsen uns an, Mattis nickt und ich lege den Finger an die Lippen.

»Wie machen wir es?«, flüstert Mattis.

»Ich weiß es nicht«, flüstere ich zurück und halte mir die Hand vor den Mund, um ein Lachen zu unterdrücken.

»Du räumst den Schrank aus, und ich stelle mich in Position, um das Vieh zu fangen, wenn es rausspringt?«

»Aha, ich soll also an die Front? Und wenn es mir ins Gesicht springt?«

»Stimmt auch wieder. Wir machen es zusammen. Auf drei«, schlägt er vor und zählt los.

Bei drei klauben wir nacheinander vorsichtig die Tüten und Schachteln aus dem Schrank. Zwischendurch halten wir kurz inne, lauschen und hören immer wieder dieses Rascheln. Ich bin angespannt. Was, wenn ES mir tatsächlich ins Gesicht springt?

»Ich habe ein bisschen Schiss, dass mir das Ding tatsächlich ins Gesicht springt.«

»Nicht zu Unrecht, richtig wohl fühle ich mich auch nicht.«

»Dann verkleiden wir uns lieber wieder, das hat eh mehr Spaß gemacht.«

»Und Trudi sagen wir, wir hätten nichts gefunden?«

»Nee, das wird sie uns bestimmt nicht glauben.«

Wir stehen wie zwei ängstliche Pennäler vor dem Rektorat.

Dann erbarmt sich Mattis und zieht bedächtig die nächste Tüte aus dem Regal. Plötzlich kracht es, Schachteln purzeln aus dem Schrank, etwas Pelziges springt hinterher und landet irgendwo hinter uns. Wir drehen uns um, aber das alles geht so schnell, dass ES verschwunden ist, bevor wir registrieren, WAS es ist.

»Verdammt, Trudi hatte recht«, keuche ich, »das war definitiv keine Maus.«

Mattis nickt und deutet wortlos auf das Bett oder vielmehr auf den Haufen, der darauf liegt. Ich sehe genauer hin und entdecke ein Flattern der Tücher im Rhythmus hektischer Atemzüge.

»Wenn wir rundherum festhalten, kann es nicht mehr weg. Dann haben wir's«, flüstere ich.

Mattis nickt. »Los!«

Wir pirschen Richtung Bett, das im hinteren Bereich des Zirkuswagens steht. Ich schnappe mir spontan ein großes Tuch, das über einem der Stühle hängt. Wir halten kurz inne, dann werfe ich das Tuch ausgebreitet auf den Klamottenhaufen, wir schmeißen uns hinterher und fixieren alles, was wir mit Armen und Beinen zu fassen kriegen. In dem Haufen geht jemand auf die Barrikaden. Ein seltsames Keckern, ein hektisches Fiepen, aufgeregt flippt die Decke auf und ab. Was auch immer da drin ist, es ist leicht und trotzdem stark.

»Was ist das?«

»Keine Ratte.«

»Glaub ich auch nicht.«

Wir starren uns ratlos an. Durch die ganze Aktion sind unsere Köpfe nur wenige Zentimeter voneinander entfernt. Ich gluckse. »Das ist echt schräg. Jetzt haben wir es, aber was machen wir damit?«

Mattis zuckt mit den Achseln. Wir denken nach.

»Ich nehme eins von den Tüchern, du hältst alles fest, und ich versuche, es irgendwie unter dem Haufen einzuwickeln?«

Ich lache los. »Ich glaube nicht, dass es zielführend ist, aber was Besseres fällt mir auch nicht ein.«

Meine mangelnde Aufmerksamkeit hat Trudis Untermieter sogleich erfasst und nutzt sie, um zwischen meinen Armen hindurchzuschlüpfen. Er springt über meinen Rücken und hopst Richtung Küche. Ich quieke kurz, richte mich auf und drehe mich in die Richtung, in die auch Mattis starrt.

Auf der Küchentheke, sichtlich aufgebracht, keckert ein süßes rotes Eichhörnchen.

»Kurti! Das ist jetzt echt nicht dein Ernst.« Mattis schüttelt den Kopf.

Ich pruste los, lasse mich aufs Bett fallen und Mattis tut es mir nach.

Die Auflösung der Geschichte ist ein geheimer Zugang, der Küchenschrank hat in der einen Ecke ein Loch. Gerade groß genug, dass ein Eichhörnchen hindurchschlüpfen kann. Eine Tüte Nüsse, fast bis auf den letzten Rest geräubert, war die Beute.

Als wir die Tür öffnen, hüpft Kurti davon, Trudi und die anderen Frauen erleiden einen kurzen hysterischen Anfall, und Jacky, die dem Schauspiel mittlerweile beiwohnt, verpasst ihrem geliebten Zögling einen Einlauf.

»Kurti, ab heute geht's ins Trainingslager. Das Eigentum anderer Menschen ist für dumme Eichhörnchen tabu.«

Mattis verschließt das Loch mit einem dünnen Brett, Trudi überprüft es gleich mehrfach und kündigt ihrer Mitbewohnerin an, ab heute nur noch mit geschlossenen Fenstern zu schlafen. Gut gelaunt verabschiede ich mich von den einigermaßen beruhigten Damen und laufe beschwingt davon.

»WO, in Gottes Namen, warst du?«, herrsche ich meine Tochter an, als ich sie entspannt daddelnd in der Hängematte finde. »Ich habe mir Sorgen gemacht.« Die positiven Schwingungen sind passé, die Wirklichkeit hat mich wieder. Seit Stunden habe ich nichts von Helena gehört.

»Wieso das denn? Chill mal, Mum.«

»Ich war den ganzen Tag über gechillt, obwohl du dich nicht abgemeldet hast, nicht auf meine Nachrichten reagiert hast und auch nicht auf meine Anrufe. Irgendwann reicht es, Helena. Denkst du, ich falle dir jetzt jubelnd in die Arme?« Ich rede mich in Rage.

»Ich bin vierzehn. Nach den Ferien werde ich fünfzehn. Krieg dich ein und gewöhn dich daran. Ich habe mein eigenes Leben und kann nichts dafür, dass Papa dich verlassen hat. Ich hab keinen Bock, dass du ständig deinen Frust an mir auslässt. Such dir dein eigenes Leben und mach meins nicht kaputt.«

Ich schnappe nach Luft. »Helena ...« Ich breche ab, drehe auf dem Absatz um und stapfe zum Strand. Voller Wut und Verzweiflung reiße ich mir die Flipflops von den Füßen, schmeiße sie in den Sand und wate knietief ins Wasser. Das hat gesessen. Tränen schießen mir in die Augen, sie laufen die Wangen hinunter, und ich fühle mich wie ein Mensch, der nichts richtig macht.

Warum weinst du?

Ach, Mama.

Sie hat es nicht so gemeint.

Warum tut sie mir dann so weh?

Sie tut dir weh, weil es von ihr ablenkt. Sie weiß genau, wie sie dich treffen kann. Töchter können gemein sein.

Sprichst du aus Erfahrung?

Natürlich. Du bist keine schlechte Mutter, Evi. Helena wird flügge, und das geht nicht ohne Schmerzen. Für beide. Sieh es mal so: Sie weiß, dass es nicht in Ordnung war, doch sie wird ihre Gründe gehabt haben, warum sie sich nicht gemeldet hat. Gründe, die wir als Erwachsene vielleicht nicht verstehen.

Aber dann kann sie mir das doch sagen.

Vielleicht tut sie es noch. Hab Geduld. Geduld ist das Wichtigste.

Hast du diese Geduld bei uns auch gebraucht?

Aber ja. Ihr wart ganz schön dickköpfig.

Tut mir leid.

Ach was. Es gehört dazu.

Danke, Mama. Ich vermisse dich.

Ich weiß. Aber ich bin da.

»Zieh deine Schuhe an, nimm eine leichte Jacke mit, der Mini braucht Auslauf und ich was zu essen.«

Helena schaut mich verdutzt an, als ich wenig später zurück bin, und wie durch ein Wunder stellt sie weder eine patzige Frage, noch muss ich sie zwingen.

Der Mini bringt uns nach Breege, ein kleines Fischerdorf am Großen Jasmunder Bodden. Wir schlendern durch den Ort, am Hafen entlang, und nähern uns einander wieder an, plaudern über Belangloses. Ohne Absprache bleiben wir vor einer Fischbude stehen, tauschen einen wissenden Blick und bestellen Backfisch mit Bratkartoffeln. Heiß, fettig, lecker.

Alles andere tritt in den Hintergrund, dies hier sind nur Helena und ich. Erst jetzt frage ich vorsichtig nach dem Grund ihres Wegbleibens und bekomme eine Antwort. Sie hätte ein paar Leute auf dem Nachbarzeltplatz kennengelernt und zusammen hätten sie am Strand abgehangen. Die Zeit sei nur so geflogen, sie hätten Spaß gehabt. Und es wäre ihr peinlich gewesen, dass ich versucht hätte, sie zu erreichen.

Spontan nehme ich Helena in den Arm. Ich bitte sie, mir das nächste Mal wenigstens eine kurze Nachricht zu schreiben, und sie verspricht es mir.

Unaufhörlich bläst das Meer

Samstag, Sonnenschein, leichter Wind aus Südost, 22 Grad Celsius

»Fuffi!« Ein jämmerliches Quieken dringt aus dem Zelt. Ich gieße das frisch gekochte Wasser in die Kaffeekanne und halte inne.

»Was ist los?«

»Fuffi«, erklingt es wieder. »Mir ist die Cola ausgelaufen, und jetzt ist Fuffi total nass, und er klebt, und wir kriegen das nie mehr raus.«

Meine Tochter steht kurz vor einem Nervenzusammenbruch, und ich kann ihre Tränen förmlich hören. Wohlbemerkt wegen eines Stofftieres. DAS Stofftier. Fuffi, ein ehemals niedliches Stoffhäschen, begleitet meine Tochter seit ihrem ersten Tag. Er saß neben ihr nach der Geburt im Krankenhausbettchen, sie knabberte sein Ohr an, wenn sie traurig, krank oder wütend war. Sie knabberte das andere Ohr an, als das erste auch nach einer mehrstündigen OP nicht mehr zu retten war, und nur unter großem Geschrei durfte Fuffi ab und zu ein Bad nehmen. Heimlich in die Waschmaschine steckte ich ihn einmal – Helena trug es mir ewig nach. Nun ist Fuffi, dem man nur noch entfernt ansieht, dass er mal ein Hase war, also in Cola ertrunken. Das Kind ist vierzehn, und es ist nach wie vor ein Drama.

»Warum nimmst du denn Cola mit ins Zelt?«

»Echt jetzt, Mum? Das ist doch nicht wichtig. Wir müssen Fuffi retten.«

»Dann muss Fuffi wohl baden.«

»Neiiin«, quiekt mein Teenie, »der ist doch so empfindlich.«

»Wir nehmen Feinwaschmittel und waschen ihn mit der Hand, dann passiert ihm nichts, versprochen.«

Eine etwas versöhnlichere Stimme tönt aus dem Zelt. »Sicher? Haben wir überhaupt Feinwaschmittel? Und wo soll Fuffi baden?«

»Ich kaufe das beste, was wir finden, und dann badet Fuffi in der Spülschüssel. Spätestens übermorgen ist er wie neu.«

»Na gut.«

Das Unglück scheint abgewendet, Fuffi ist gerettet, und der Mini kann mich und meine Tochter, die mir kürzlich etwas vom Erwachsenwerden erzählt hat, zum Hafen in Breege bringen. Heute geht es nach Hiddensee.

Das Schiff ist größer als erwartet. Drei Stockwerke, ein Café und viele Menschen, die nach Hiddensee wollen. Mir schwant, es ist nicht das einzige Boot, und nicht zum ersten Mal verfluche ich den Umstand, dass man mit schulpflichtigen Kindern nur zu den Hauptferienzeiten verreisen kann. Ich habe von einsamen Dörfern, Wegen und Stränden geträumt, doch das ist nicht mehr als eine Fantasie, auch wenn mein Reiseführer nur Gutes zu berichten weiß. Eine besondere Insel sei es, eine, auf der im Laufe der Geschichte viele Schriftsteller von der Muse geküsst wurden. Gerhart Hauptmann ist sicher der berühmteste.

Trotzdem, ich freue mich auf den Ausflug. Das Schiff legt ab, wir sitzen auf dem oberen Deck, und ein leichter, warmer Wind bläst uns um die Nasen. Wir fahren durch grünliches Wasser, das Ufer ist gesäumt von Schilf und umschlossen von Wäldern. In der Ferne erkennt man den Jasmund. Der Bodden ist größer, als ich dachte. Wir passieren die Halbinsel Bug; ehemals militärisches Gebiet ist sie heute ein streng geschütztes Naturschutzgebiet und darf nur im Rahmen von Führungen betreten werden. Dann schippern wir hinaus, eine knappe Stunde Fahrt liegt noch vor uns. Ich lehne mich zurück, schlürfe Kaffee aus meinem Thermobecher und schwelge in Landschaft und Meer. Helena scheint die Fahrt ebenfalls zu genießen, die meiste Zeit starrt sie versonnen in die Ferne. Zwischendurch tippt sie Nachrichten. Bekommt sie eine Antwort, schnappt sie sich mit einem Leuchten im Gesicht das Handy und antwortet umgehend. Zu gerne wüsste ich, mit wem sie schreibt, verkneife mir aber jede Frage.

Wir erreichen den überschaubaren Hafen des Ortes Vitte, gehen von Bord, mieten Räder und radeln los. Unseren ersten Halt legen wir an einem kleinen Bernsteinladen ein, in dem Helena sich Ohrringe aussucht und ich mir eine Kette mit tropfenförmigem Anhänger. Wir radeln Richtung Norden, Menschen, die alle gleichzeitig losgefahren sind, verteilen sich. Es wird ruhiger, und dann springt er über, der Funke dieser Insel. Felder, Wiesen, kleine Wäldchen, das malerische Dorf Kloster. Der Fahrtwind ist warm, das Radfahren reine Erholung. Wir erreichen den Leuchtturm an der Nordspitze, der Aufstieg lohnt sich, denn von dessen Spitze überblickt man die gesamte Insel. Wir reden nicht viel, machen uns gegenseitig auf Schönes aufmerksam und genießen das Dasein. Das ändert sich erst, als wir auf dem Rückweg eine kleine Trinkpause einlegen und am Wegesrand plötzlich eine Schlange auftaucht.

»Mum, schau mal, eine Schlange.«

»Wie cool. Bleib still.«

»Die ist voll schön. Was ist das für eine?«

In diesem Augenblick bewegt sich das Tier, schlängelt sich elegant über den Weg und sucht Schutz im hohen Gras. Wir hechten hinterher. Wir wollen sie genauer betrachten, beide haben wir noch nie eine Schlange in freier Wildbahn gesehen. Ein paar Blicke erhaschen wir, dann verschluckt sie das hohe Gras. Ich will unbedingt wissen, welche Art es war, und hole meinen Reiseführer aus dem Rucksack.

»Ähm, Mum?«

»Ja?« Ich blättere durch den Teil mit Flora und Fauna.

»Sind wir grade einer Schlange hinterhergerannt?«

Ich blicke erstaunt auf, dann muss ich lachen. »Stimmt, wir sind einer Schlange hinterhergerannt.«

»Ich dachte immer, ich laufe schreiend weg, wenn ich mal eine sehe.«

»Und ich dachte, ich verfalle in Schockstarre und kann mich stundenlang nicht bewegen.«

»Und dann laufen wir der hinterher, das ist echt schräg.«

»Man kann sich eben immer wieder selbst überraschen.« Wir amüsieren uns köstlich. In diesem Augenblick finde ich das Bild unserer Schlange. »Ach, du Scheiße, das war eine Kreuzotter.«

»Echt? Sind die nicht giftig?« Helena macht große Augen.

»Sind sie. Wir sind solche Deppen.«

Wir schütten uns aus vor Lachen. »Das nächste Mal laufe ich doch lieber schreiend davon«, beschließt Helena, nachdem wir uns einigermaßen beruhigt haben.

»Gute Idee, nimm mich bitte mit.«

Der Abschluss unseres Hiddensee-Tags, der schöner nicht hätte sein können, ist ein Spaziergang an einem langen, fast menschenleeren Strand im Westen der Insel. Barfuß waten wir durchs Wasser. Der Tag tut uns gut. Vielleicht weil wir spüren, dass es noch eine Verbindung zwischen uns gibt. Sie wird nur die meiste Zeit verdeckt von den Wirren des Alltags, liegt verschüttet unter der Last des Erwachsenwerdens.

Wir geben die Fahrräder ab. Unsere Hintern schmerzen. Wir essen ein Eis am Hafen, das Schiff trudelt ein, und diesmal suchen wir uns einen Platz unter Deck. Weiche Stühle anstelle harter Holzbänke. Ich spendiere eine Cola, und wie so oft am Ende eines schönen Tages haben wir keine Augen mehr für die Schönheit dort draußen. Wir wollen nur noch nach Hause.

»Hey, das ist ja eine Überraschung. So klein ist die Welt.«

Katja stützt sich auf ihre Krücken, dreht sich um und nickt Hendrik zu, der mit den Zwillingen an der Hand hinter ihr steht. »Dürfen wir uns setzen? Es ist kein Tisch mehr frei.«

Ich schaue mich um. Ausnahmslos alle Plätze sind belegt. Hendrik ist die Situation eindeutig unangenehm. Er wippt von einem Fuß auf den anderen und lächelt mir verkniffen zu.

»Natürlich könnt ihr euch setzen. Das hättet ihr aber auch gedurft, wenn alles frei wäre.« Ich setze es lieber dazu.

»Danke, das ist nett. Wie fandet ihr Hiddensee? Die Insel ist für mich immer das Highlight des Urlaubs. Wir waren zum dritten Mal da, und diesmal haben wir den Süden erkundet.«

»Eine tolle Insel, wirklich. Am Anfang haben mich die vielen Menschen irritiert, aber es verläuft sich ja.«

Katja kichert, während sie sich mit ihrem Gipsfuß umständlich zu Helena auf die schmale Bank quetscht. Jetzt muss Hendrik sich neben mich setzen. Mist.

»Das denkt man jedes Mal, und dann geht es eigentlich.«

Hendrik setzt sich nach kurzem Zögern, nimmt Lukas auf den Schoß und schickt Hanna zu seiner Frau. Er versucht erst gar nicht, Abstand zu wahren, unsere Oberschenkel berühren sich, und wenn er sich bewegt, streift sein Arm den meinen. Es ist unangenehm. Und dann auch wieder nicht.

»Wie hast du das mit dem Gips gemacht?«, frage ich.

Katja grinst. »Mit der Kutsche. Das war ein Heidenspaß, vor allem für die Kinder.«

Wir plaudern über die Insel, doch das Gespräch verläuft stockend. Zum Glück sind die Zwillinge dabei und verbreiten gute Laune. Hanna versucht ständig, Helena die Kopfhörer aus dem Ohr zu ziehen, Lukas zerbröselt einen Bierdeckel in kleinste Teile und erzählt mit den Händen und in rudimentären Zweiwortsätzen von seinem Tag. Unter dem Tisch spüre ich Hendriks Oberschenkel, als gäbe es nichts anderes.

»Wann kommst du denn endlich mal abends auf ein Glas Wein zu uns? Es ist sicher nicht leicht, immer alleine zu sein.«

Sie meint es gut, aber es ist eine Ohrfeige. Die Singleklatsche. Wenn man in meinem Alter keinen Partner vorzuweisen hat, bekommt man sie regelmäßig. Frauen beherrschen sie besonders gut. Als wären wir allein keine vollwertigen Wesen und nur mit Mann vollständig. Es ist oft unbewusst, häufig sogar gut gemeint, aber es nervt und spricht nicht für unser Geschlecht.

»Ich bin nicht einsam. Im Gegenteil, es passiert so viel, seitdem ich hier bin … Meistens bin ich froh, wenn ich meine Ruhe habe.«

»Ah. Okay. Na ja«, erwidert Katja ausgebremst. »Du kannst ja trotzdem mal rüberkommen, wenn du Lust hast.«

Ihr Ton ist leicht patzig, aber da muss sie durch. Ich bin keine bemitleidenswerte Singlefrau.

Das Gespräch verebbt, die Kinder lenken uns ab.

Endlich erreicht das Schiff den Anleger in Breege.

Die Geister, die ich rief

Samstag, durchgehend Sonnenschein, 22 Grad Celsius

Kaum sind wir da, will Helena noch mal weg. Immerhin hatte sie Zeit, Fuffi in sein Schaumbad zu legen. Wie versprochen haben wir auf dem Rückweg das edelste Waschmittel gekauft, das wir finden konnten.

»Fuffi kommt ja ohne mich klar. Kann ich dann gehen?«

»Verrätst du mir, wann du wiederkommst? Wo du bist, trau ich mich sowieso nicht zu fragen.«

»Ach, Mama, wir wollen zusammen am Strand abhängen. Ist das okay?«

»Ja, natürlich. Essen wir denn zusammen?«

»Mal sehen. Wir wollten uns Pommes besorgen.«

»Okay. Dann rechne ich mit dir um 21:30 Uhr. Du bist vierzehn.«

Sie verdreht die Augen. »Fast fünfzehn.«

»21:45 Uhr.«

»Aber Papa …«

»Ich will nicht hören, was Papa jetzt machen würde.«

Sie geht, und ich beiße mir auf die Zunge. Normalerweise verkneife ich mir solche Bemerkungen, aber manchmal fordern die Umstände sie heraus. Ich öffne eine Flasche Bier, koche, esse Ravioli direkt aus dem Topf und lese ein paar Seiten. Weil ich nicht richtig reinfinde, lege ich das Buch seufzend zur Seite. Früher habe ich gern gelesen, heute schaffe ich es nicht mehr, in den Geschichten zu versinken. Zu vieles rumort in meinem Kopf. Dabei wünsche ich mir manchmal, den ganzen Tag im Bett zu liegen und zu lesen, so lange, bis die Lider schwer werden und ich nur noch über die Seiten husche, um zu erfahren, wie es ausgeht. Gelegentlich bildete ich mir ein, es würden keine guten Bücher mehr geschrieben, aber das ist natürlich Quatsch. Es ging so weit, dass ich meine Lieblingsbücher aus dem Regal zog, um zu überprüfen, ob die Bücher tatsächlich schlechter geworden sind – oder ich darin, mich fallen zu lassen.

Es liegt an mir. Leider.

Nebenan sind Katja und Stefan lautstark mit ihren Kindern beschäftigt. Ich will dieses oberflächlich heile Familienleben nicht hören, deshalb entschließe ich mich zu einem Spaziergang. Vielleicht kann ich einen Blick auf Helena erhaschen. Es kann doch nicht sträflich sein, wissen zu wollen, mit wem die vierzehnjährige Tochter abhängt.

»Wetter ist toll, was?« Herr Lustig steht vor seinem Hexenhäuschen und zupft alte Blüten von den Geranien.

»Das ist es wirklich.«

»Soll ja ganz gut bleiben, was? Freuen sich die neuen Touristen, was?«

»Das glaube ich auch, die haben es auf jeden Fall besser als wir.«

»Is' Meer, was? Belohnt denn mal fürs Durchhalten.« Wie kriegt er es eigentlich hin, eine Unterhaltung aus dem Nichts zu beginnen und wieder zu beenden? Und: Hat er eine innere Stoppuhr, die ihm diese Dreißig-Sekunden-Gespräche vorgibt?

Miriam tippelt den Pfad entlang. »Hey, Evi.«

»Ah, da is ja noch 'ne andere Dame, genießt auch das Wetter, was? Muss man. Kann schnell vorbei sein. Is' Meer, was?«

Miriam mustert meinen Wetterzwerg irritiert. »Jaja, da haben Sie absolut recht.«

»Jo, da hab ich lange Erfahrung. Wohne seit dreißig Jahren im Sommer hier. Da weiß man Bescheid, was?«

Er empfiehlt sich. Ich bin beruhigt, dass Miriam auch nur dreißig Sekunden bekommen hat.

»Was machst du? Oder was hast du vor zu machen? Oder vielmehr, was muss ich tun, damit du auf jeden Fall nicht das machst, was du vorhast, und mit mir losziehst?«

Ich lache. »Ich würde sagen, das hängt davon ab, was du mir anbietest.«

»Ich brauche einen vernünftigen Menschen an meiner Seite. Die Irre will tatsächlich eine Séance veranstalten. Jetzt sollen wir uns mental vorbereiten, und gleich geht's los.«

Ich untersuche ihr Gesicht, in der Hoffnung, sie mache einen Scherz.

»Das nimmst du doch nicht ernst, oder?«

»Nee, natürlich nicht, irgendwie ist es trotzdem gruselig. Leistest du mir Gesellschaft? Bitte! Dann können wir stumm lästern und uns hinterher kaputtlachen.«

Ich denke nach. Soll ich mitmachen? Ich glaube nicht an Geister. Wirklich nicht. Auf der anderen Seite unterhalte ich mich ständig mit meiner toten Mutter und seit Neuestem mit Lisbeth. Aber die haben noch nie selbst geantwortet, denn eigentlich nehme ich nur ihre Position ein – und rede mit mir selbst. Eine feine Gänsehaut überzieht meine Arme.

»Das ist wirklich ein bisschen gruselig. Aber wie soll ich Nein sagen?«

»Ach, du bist ein Schatz. Ich weiß echt nicht, warum ich mir das antue.«

»Wenn ich mitmache, dann nur, wenn du mir anschließend endlich deine Geschichte erzählst.«

»Klar. Gibt mir ja Gelegenheit, eine Pause bei den irren Tanten einzulegen.«

»Strand, Wein, Plausch?«

»Supergern.«

Miriam winkt mir zu, und ich verabschiede mich für einen Gang aufs Klo, danach werde ich mich zur Séance einfinden. Wer weiß, wie lange so eine Geisterbeschwörung dauert, und wenn die Blase leer ist, kann ich mir auch nicht vor Angst in die Hose machen. Wieder einmal komme ich nicht weit, denn kurz vor dem Waschhaus fängt mich Stefan, unser betrunkener Untermieter, ab.

»Hallo, Evi, schön, dich zu treffen, ich war gerade auf dem Weg zu dir und wollte nach meinem Kaffee fragen. Hättest du morgen Zeit?« Er kommt gleich zur Sache. Was ich davon halten soll, weiß ich auf die Schnelle nicht.

»Sorry, ist echt viel los bei mir. Sollte man gar nicht meinen, wo man doch im Urlaub ist.« Es ist wahr und klingt trotzdem wie eine Ausrede. »Auf jeden Fall bin ich begeistert von den Blumen.« Dem Blumenmonstrum, füge ich in Gedanken hinzu.

Er atmet tief durch. »Das freut mich. Bettina meinte nämlich, die wären ein bisschen drüber gewesen.«

Ich fange schallend an zu lachen.

»War das jetzt so witzig?«

»Ja, weil sie, ehrlich gesagt, recht hat. Die waren sogar mächtig drüber. Aber weißt du, was? Die Geste zählt.«

Er stutzt kurz, dann grinst er. »Ja, Bettina ist ehrlich. Schwester eben. Aber ich finde es sympathisch, wenn Menschen sagen, was sie denken.«

»Es macht dich sympathisch, dass du es so siehst.«

Zwei Sätze, und aus dem Kerl, der besoffen in unserem Zelt geschnarcht hat und mich mit einem Megastrauß in die Enge getrieben hat, wird ein Mensch, mit dem ich gerne einen Kaffee trinken würde. Ich wette, er sieht es an meinem Gesicht.

»Dann gebe ich dir noch eine Chance, den wohlverdienten Kaffee einzufordern, sonst bring ich ihn einfach mit und überfalle dich.«

Ich zögere. »Okay.«

»Ich war wieder zu schnell und überambitioniert, richtig? Sorry, aber ich habe echt ein superschlechtes Gewissen und neige zu Aktionismus.«

Verdammt, der Kerl ist regelrecht entwaffnend.

»Du lässt ja doch nicht locker.« Ich sage es mit einem Lächeln auf den Lippen.

»Wenn du nicht willst, ist das völlig okay«, lenkt er ein, »ich bin kein Stalker oder so was.«

Feine Antennen hat er auch noch. Ich höre Isa auf meiner Schulter jubeln.

»Also gut«, sage ich und lächle ihn wohlwollend an.

In diesem Moment tuckert Cordula heran. Mattis sieht uns, bringt den Traktor zum Stehen und klettert vom Bock.

»Moin, da ist ja das Findelkind. Wieder alles fit?«

»Jo, Mann, war echt keine Glanzleistung fürs Familienalbum.«

»Aber für die Campingplatzannalen auf jeden Fall.« Die beiden tauschen einen männlichen Wir-verstehen-uns-Blick und geben sich die Faust. Ich beschließe, für den Augenblick genug von virilem Gehabe zu haben. Wie gut, dass mein Terminchen mit dem Chakra-Klub auf mich wartet. Die ominöse Geisterbeschwörung wird sich sicher einreihen in die Liste der Skurrilitäten dieses Urlaubs. Der macht Lisbeth alle Ehre, da kann man nicht meckern.

»Evi, wie schön, du bist wieder da.« Trudi empfängt mich mit herzlichem Brimborium. »Miri, du hättest ruhig was sagen können, dann hätte ich Evi nämlich abgeraten. Es ist schließlich Neuland, das wir heute betreten. Aber nun ist sie schon einmal da, dann kann sie auch mitmachen.«

Lisbeth fängt schallend an zu lachen, wirft ihren Kopf nach hinten, ascht auf die schöne weiße Wolke und verschüttet ihren Scotch.

Cherie, ich habe echt Besseres zu tun, als diese Tanten zu belustigen.

Mama?

Ich bin ganz Lisbeths Meinung.

Zwei weise Frauen beruhigen mich.

Trudi groovt sich ein. Sie schüttelt ihre Hände aus, es klimpert verschwörerisch, und sie platziert ihren dicken, beringten rechten Zeigefinger auf dem Marker. »Macht euch frei, besinnt euch auf die, die fehlen, legt den Zeigefinger auf.«

Frauen dehnen sich, die eine oder andere summt, wir legen unsere Finger ebenfalls auf den Marker und starren auf das Brett. Mit wem möchten die anderen wohl sprechen? Haben sie jemanden verloren, oder sind sie auf ein *Meet and Greet* mit Sean Connery aus? Miriam zwinkert mir zu, die Rothaarige aber schießt den Vogel ab. Wie in Trance wiegt sie hin und her, der Mund ist halb geöffnet, und sie presst seltsame Geräusche aus den Tiefen ihrer Kehle. Was spürt sie?

Ich spüre dies: Unbehagen.

»Wir. Sie.« Trudi leiert monoton in ihrer unverwechselbaren Chakra-Stimme. »Wir entspannen uns, lassen Energien fließen, fokussieren den Geist. Wir erspüren, was immer da ist, um uns, in uns. Wir rufen die, die etwas sagen wollen.«

Sie summt.

Schweigt.

Einige Frauen atmen schneller.

»Ist dort jemand, der mit uns sprechen will?«

Bedeutungsvolle Pause. Eine seltsame Spannung wandert über den Tisch. Ich blicke zu Miriam, presse die Lippen aufeinander, als sie die Augen verdreht. Was für ein Kindergarten! Plötzlich ruckelt der Marker. Ich zucke zusammen. Das kann nicht sein! Trudi reißt die Augen auf, ein wohlgefälliger Blick.

»Wer bist du?«, haucht sie.

Der Marker bewegt sich. Ich achte genau auf die anderen, doch die Finger liegen locker auf dem Marker. Das gibt es doch nicht. Langsam bewegt sich der Marker über das Brett, niemand wendet den Blick auch nur eine Sekunde ab.

D ...
A ...
S ...

B ...
Ö ...
S ...
E ...

Frauen reißen ihre Finger vom Brett, als hätten sie sich verbrannt. Ich verkneife mir einen Lacher.

»Wenn es böse ist, müssen wir aufhören«, wispert eine der Frauen.

»Aber vielleicht ist nicht der Geist böse, sondern er will uns nur vor etwas warnen«, gibt die Rothaarige zu bedenken.

»Stimmt, du könntest recht haben. Geist, was willst du uns mitteilen?«, fährt Trudi mit verschwörerischer Stimme fort.

Hallo? Ich werde gleich irre.

Wieder bewegt sich der Marker.

I ...
S ...
T ...

U …
N …
T …
E …
R …

U …
N …
S …

Einstimmiges Stöhnen.

»Brich ab«, bettelt eine der Frauen, doch Trudi ist wie paralysiert. In diesem Augenblick ertönt ein grässliches Lachen, das direkt aus dem Hexenbrett zu kommen scheint. Es ist laut und dringt durch Mark und Bein. Frauen kreischen, alle springen auf, der Tisch fällt um, wir stieben auseinander … Ich verschanze mich mit Miriam hinter einem der Wagen, ehe ich überhaupt verstehe, was gerade passiert.

In der Mitte bleibt die Rothaarige zurück, das Handy in der Hand, und lacht und lacht und lacht. »Ich hoffe, der Denkzettel sitzt, Trudilein«, japst sie, »irgendjemand musste dir mal Einhalt gebieten.«

Ich starre in die Mitte, weiß nicht, was ich sagen soll, und atme dennoch erleichtert auf. Einen winzigen Augenblick lang habe ich es geglaubt.

Miriam geht es nicht anders. »Heilige Scheiße. Ich dachte, mein Herz bleibt stehen.«

Ich nicke, für eine Antwort bleibt keine Zeit, denn nun wird Trudi zur Furie. Sie verlässt ihren sicheren Platz hinter einem roten und sehr schicken SUV und rauscht in die Mitte. »Das ist nicht dein Ernst, Brigitte. Wir kennen uns seit der Schulzeit, ich habe dir immer beigestanden und nun das. Du enttäuschst mich.«

Es folgt eine Schimpfkanonade, erste Zaungäste versammeln sich, weil unser Aufruhr bis Hiddensee zu hören ist. Miriam schreitet ein und eilt zu den Streithennen. Wobei es kein Streit ist, denn Brigitte, die Übeltäterin, steht einfach nur da und lässt sich beschimpfen – mit einem feisten Grinsen auf den Lippen. Ein Grund mehr, warum Trudi so richtig abgeht.

»Beruhige dich, es war doch nur ein Scherz«, versucht Miriam, sie zu beschwichtigen.

»Ein Scherz?«, schimpft sie. »Das war kein Scherz, das war ein Angriff auf meine Werte und mein Lebenskonzept.« Sie dreht sich um und rauscht ab.

Als Trudi weg ist, beruhigt sich die Lage schnell. Wir schicken einmütig die diplomatischste der Damen hinterher, räumen auf und lassen uns von Brigitte erklären, wie sie es gemacht hat.

»Ich war davon überzeugt, dass ihr merkt, wenn ich den Marker über den Tisch schiebe, aber nix. Und da wusste ich, mein Plan geht auf.«

»Dann hoffe ich mal, dass dir Trudi deswegen nicht die Freundschaft kündigt«, unkt Miriam. »Wenigstens wird sie sicher nicht noch mal auf so eine beknackte Idee kommen.«

Damit ist alles gesagt.

Helena ist noch nicht zurück, als ich zu unserem Zelt zurückkehre. Freiheit hin oder her, ich würde wirklich gerne wissen, mit wem sie ihre Zeit verbringt. Ist es nicht sogar meine Pflicht, das zu wissen? Vierzehn ist wirklich das denkbar schlechteste Alter für die große Frage: Wann lässt man die Zügel locker und wann nicht? Bis vor Kurzem war die Sache klar. Ich trug die volle Verantwortung für meine Tochter, bis sie achtzehn wird. Dann ist sie selbst für sich verantwortlich. Aber was ist mit diesen Teeniejahren dazwischen? Es gibt keine pauschalen Antworten. Es hängt vom Kind ab, von den Eltern, den Umständen. Ich habe das Gefühl, ich fliege in der Pubertät auf Sicht. Ich beschließe, ihr noch Zeit zu geben, ehe ich mir Sorgen mache, und nutze die Zeit für einen abendlichen Spaziergang.

Prompt begegnet mir Jacky. »Komm mit, ich brauche Infos.« Sie deutet kurz und knapp mit dem Kopf Richtung Rezeption.

»Welche?«

Sie gibt mir keine Antwort, sondern stapft unbeirrt weiter. Ich folge ihr, denn sie hat etwas Dominantes, dem man sich kaum entziehen kann. Im Verkaufsraum geht sie schnurstracks zum Fenster und öffnet es.

»Kurti«, flötet sie, und ich muss insgeheim grinsen. Dieser Tonfall passt überhaupt nicht zu ihr. »Hab gehört, du warst bei dieser ominösen Geisterbeschwörung? Hätte ich dir gar nicht zugetraut.«

Vorgeplänkel ist nichts, mit dem sich diese Frau beschäftigt.

»Es war ein Freundschaftsdienst und mehr als obskur, aber im Nachhinein irgendwie witzig.«

»Im Nachhinein?«

»Na ja, ich dachte kurz, ich müsste anfangen, an Geister zu glauben.«

Kurti kommt angehoppelt, kraxelt den Busch hinauf und nimmt die erste Erdnuss in Empfang. »Geschieht dir recht. Gib's zu, die Trullas haben einen an der Klatsche.«

»Eine gute Gelegenheit, sich in Toleranz zu üben. Aber ja, du hast recht.«

Sie sieht mich erstaunt an. »Kluge Antwort. Na ja, ich fand es auf jeden Fall grenzwertig, die Damen sind schließlich nicht alleine auf dem Platz.«

»Verständlich, aber das Ganze hat nur eine von ihnen ausgeklügelt. Ich hatte nichts damit zu tun.«

»Du brauchst dich nicht zu rechtfertigen. Ich wollte es nur mal an den einzig sauber tickenden Menschen dieser Truppe loswerden.«

»He, steck mich nicht mit denen in eine Schublade. Ich war nur zu Besuch.«

»Erwischt.« Sie wiehert vergnügt. »So weit ist es mit der Toleranz dann doch nicht. Na ja, die arme Kurti ist auf jeden Fall vor lauter Schreck vom Ast gefallen, als dieses fiese Gelächter ertönte.«

»Oje, das tut mir leid. Meinst du, das Ganze hinterlässt bleibende Schäden?«

Jacky grinst. »Sie ist immer noch ein Eichhörnchen, ich denke, Kurtis geistiger Horizont reicht nicht allzu weit. Morgen hat sie es wieder vergessen. Schon mal gehört? Eichhörnchen sind aus Gründen mittelmäßiger Dämlichkeit ein Garant für neue Bäume im Frühjahr.«

Ich pruste los. »Du sprichst ganz schön despektierlich von deinem geliebten Eichhörnchen.«

»Dummheit schützt vor Liebe nicht«, sagt die harte Frau mit dem weichen Herzen und seufzt tief.

Ich stalke. Ein netteres Wort für das, was ich veranstalte, gibt es nicht. Ich hocke hinter einem Ginsterbusch, als würde ich pinkeln. Dieser Ginster ist die einzige Versteckmöglichkeit, um das Geschehen einigermaßen beobachten zu können. Obwohl, dunkel wird es auch schon. Nun ja, niemand hat behauptet, Stalken sei bequem. Aber ich erhasche endlich einen Blick auf meine Tochter. Leider gefällt mir das, was ich sehe, nicht. Helena sitzt in einer Truppe von insgesamt acht Jugendlichen. Männlein und Weiblein gleich verteilt. Frauenverachtender Deutschrap aus der Box stört die Idylle des Strandes, Bierflaschen stehen im Sand. Ob Helena trinkt, kann ich leider nicht sehen. Ich muss mich nachher an sie ranpirschen, um ihre Alkoholfahne zu überprüfen. Toleranz hin oder her, Alkohol in ihrem Alter ist inakzeptabel.

Was mir ebenfalls nicht gefällt, ist der Kerl, der neben ihr sitzt. Cool sieht er aus. Blondes, halblanges Haar, braun gebrannt, definierte Oberarme. Helena himmelt ihn an, das ist vom Mond aus zu erkennen. Mit großen Augen hängt sie an seinen Lippen. Und er reagiert, ganz offensichtlich. Den Kopf zu ihr geneigt, seine Finger streichen über ihren Arm ... Mein Problem: Er scheint wesentlich älter als Helena zu sein, ein Kerl, für den bestimmt noch so manche Mutter schwärmt. Ich presse meine Kiefer aufeinander. Mit Sicherheit kennt dieser Typ alle Tricks, um Mädchen rumzukriegen. Und Helena? Ich glaube nicht, dass sie schon Erfahrung hat. Klar geht sie auf Partys, kennt Jungs, und ich gönne ihr einen Urlaubsflirt, eine erste Verliebtheit, aber doch bitte mit einem süßen Jungen in ihrem Alter.

So einer wie das Bürschlein da drüben. Er steht im Mondschein im Wasser und angelt. Könnte es nicht so einer sein? Wobei – angeln? Ich versuche, mir vorzustellen, wie Helena angelnd neben ihrem ersten Freund steht und ihn versonnen anhimmelt. Ich schmunzle. Trotzdem, jeder wäre besser als dieser Angebertyp. Etwas ratlos trete ich den Rückweg an.

Es ist fast Mitternacht, als Helena zurückkehrt.

»Hi, Mum«, begrüßt sie mich fröhlich, doch das kann sie sich abschminken.

»Helena, es ist spät, zu spät, wenn du mich fragst.« Ich sage es freundlich, doch dann rieche ich die Fahne. »Hast du getrunken?«

»Nee«, lügt sie, und das ist der Augenblick, in dem mein Wohlwollen verpufft. »Lüg mich nicht an, Helena, ich rieche es. Außerdem habe ich dich gesehen.« Okay, das ist gelogen, aber sicher ist sicher.

»Du hast mir nachspioniert?«

»Nein, ich war spazieren und habe dich zufällig entdeckt. Doch was ich – abgesehen vom Alkohol – noch gesehen habe, hat mir gar nicht gefallen. Wie alt ist der Typ, dem du schöne Augen machst? Zwanzig?«

Kurz huscht das schlechte Gewissen über ihr Gesicht, dann kneift sie die Augen zusammen und starrt mich wütend an. »Das geht dich überhaupt nichts an.«

»Oh doch, das geht mich sehr wohl etwas an, Helena, du bist vierzehn. Ich verbiete dir, Alkohol zu trinken, und ich verbiete dir, dich weiterhin mit diesem Typen zu treffen.«

Helena starrt mich entsetzt an. »Echt jetzt?«

»Ja, echt jetzt.«

Tränen schießen ihr in die Augen. »Ich fahre nie wieder mit dir in den Urlaub, weißt du das? Du bist so gemein, du denkst nur an dich. Warum fragst du mich nicht einfach mal, bevor du mich ankettest?«

»Weil du mir sowieso keine Antwort gibst, und wenn, dann eine patzige.« Ich merke, wie mir die Situation entgleitet, und sehe förmlich, wie sie nachdenkt. Wie ernst soll sie das Verbot nehmen? Wird sie ihre Sachen packen und zu Claas abhauen? Aber muss ich meine Erziehung einstellen, nur weil die Gefahr besteht, dass sie zu Claas geht? Claas, dem Erziehung viel zu anstrengend ist, was es für Helena oft zu leicht macht.

»Ich hasse dich, und ich rede kein Wort mehr mit dir.« Spricht's und verschwindet im Innenzelt. Ritsch, ratsch, mit Schwung wird der Reißverschluss hochgezogen.

Ich bleibe draußen.

Atme tief durch.

Und starre noch eine ganze Weile in den Sternenhimmel, bevor auch ich in meinen Schlafsack krieche.

Sie weiß, was sie an dir hat. Der Rest gehört dazu.

Danke, Mama.

Wer alleine ist, der hat es gut, weil niemand da, der ihm was tut

Sonntag, Sonnenschein, leichte Wolkenschleier, 19 Grad Celsius

»Du siehst nicht glücklich aus.«

Ich blicke auf. Mattis steht vor mir, wie auch beim letzten Mal in gammeligen Shorts.

»Das ist nur mein übliches Gesicht am frühen Morgen. Wenn es dir nicht passt, kannst du gerne an mir vorbeilaufen und so tun, als würdest du mich nicht kennen.«

»Das ist aber eine fürchterliche Miene, die sich deine Tochter jeden Morgen anschauen muss.«

Wider Willen muss ich grinsen. »Boah, bist du fies.«

»Hast du das noch nicht bemerkt? Ich bin berühmt für meinen nicht vorhandenen Charme.«

»Das liegt wohl in der Familie«, kontere ich.

»Da kann ich leider nicht widersprechen.«

»Willst du mich nun ignorieren oder meine schlechte Laune ertragen? Falls ja, kannst du dich gerne setzen.«

»Aha, hab ich also recht.« Er setzt sich zu mir auf den Felsen. »Möchtest du darüber sprechen? Ich kann dich aber auch ablenken, indem ich dich weiter ärgere. Manchmal hilft es, seinen Frust umzuleiten.«

Ich lache, diesmal nicht mehr ganz so widerwillig. »Tatsächlich möchte ich das nicht. Du hast mir ja nichts getan, und, ehrlich gesagt, bin ich gar nicht mehr schlecht gelaunt. Ein komischer Kauz heitert mich nämlich auf.«

»Soso, ein komischer Kauz bin ich in deinen Augen also.«

»Na ja, du arbeitest daran, genau diesen Eindruck zu vermitteln, dann darf es dich nicht wundern. Eigentlich bist du ja nett. Aber wenn man dich das erste Mal sieht …«

Er mustert mich höchst aufmerksam.

»… dann will man die Beine in die Hand nehmen und schreiend davonlaufen.« Ich grinse ihn feist an.

»Vielen Dank fürs Kompliment«, erwidert er postwendend.

Ich beschließe, ihn genug gefoppt zu haben. »Ich habe mich böse mit Helena gestritten. Und ich fürchte, ich habe mich dabei nicht sehr geschickt angestellt.«

»Was war denn los? Nicht dass ich Experte für Töchter wäre.«

»Ach, sie ist vierzehn. Sie pubertiert. Wir streiten uns. Damit kann ich leben. Aber seit ein paar Tagen hängt sie mit Teenies drüben auf dem Platz ab. Ich gönne es ihr ja, doch nun weiß ich, dass Alkohol im Spiel ist, und da ist dieser Kerl, älter als Helena …«

»Wie sieht denn der aus? Vielleicht kenne ich den.«

»Blond, halblange Haare, Typ Sunnyboy.«

»Ja, ich glaube, den kenne ich wirklich. Das könnte Niklas sein, ein Junge aus dem Dorf. Hilft in der Surfschule seines Vaters aus.«

»Und weißt du, wie alt er ist?«

»Achtzehn.«

»Hm, ich hatte Schlimmeres befürchtet. Er sieht älter aus.« Ich überlege. Habe ich überreagiert? Helena ist fast fünfzehn, wenn er achtzehn ist, sind das nur drei Jahre Altersunterschied.

»Alter hin oder her, der hat es faustdick hinter den Ohren«, nimmt Mattis mir sämtliche Überlegungen ab. »Es gab schon Ärger wegen ihm. Er gräbt gerne jüngere Mädels an.«

»Oje, also haben meine Antennen doch richtig empfangen. Was mache ich denn jetzt? Sie vor ihm warnen? Dann reagiert sie vielleicht erst recht trotzig.«

»Soll ich Jacky mal auf die Fährte setzen? Sobald sie hört, dass es Niklas auf ihre Eichhörnchen-Freundin abgesehen hat, wird sie ihr das schon austreiben. Dir muss allerdings klar sein, dass sie ihre spezielle Art hat.«

»Das würdest du machen? Das wäre lieb. Und was Jackys Art angeht, die ist doch spannend.«

»Auch eine Möglichkeit, Jacky zu akzeptieren, wie sie ist.«

»Aber du magst sie schon, oder?«

Er zuckt mit den Achseln. »Klar. Aber wir sind Geschwister, wir hassen und wir lieben uns.«

Mit der Rückendeckung von Jacky und Mattis fällt es mir leichter, versöhnlich auf Helena zuzugehen.

»Es tut mir leid, dass ich dir hinterherspioniert habe. Ich mache mir eben Gedanken.«

Helena liegt eingerollt in der Hängematte. Nur widerwillig stoppt sie die Musik, die Kopfhörer setzt sie nicht ab. »Du gibst also zu, dass du mich gestalkt hast?«

»Ja, das habe ich. Weil ich mir Sorgen gemacht habe. Wir hatten ausgemacht, dass du spätestens um 21:45 Uhr zurück bist.«

»Okay, tut mir leid, Mum. Ich hab echt nicht mehr an die Zeit gedacht.«

»Akzeptiert. Aber da ist noch die Sache mit dem Alkohol …«

»MUM, ich habe einen Schluck Bier getrunken, und es hat widerlich geschmeckt.«

»Okay, okay, dann bin ich beruhigt. Danke, dass du es mir gesagt hast. Trotzdem muss ich mich bei unseren Absprachen auf dich verlassen können. Gerade was die Zeiten angeht. Ich will dir ja die Freiheit lassen. Aber es muss Regeln geben, Helena.«

»Das seh ich ein. War's das jetzt?«

»Ja, das war's jetzt.«

Sie schenkt mir ein schiefes Grinsen, ich gebe mich für den Augenblick zufrieden und hoffe, dass Jacky mir das mit dem surfenden Hallodri abnimmt.

Nach dem Duschen besprechen wir das Tagesprogramm.

»Kann ich nicht hierbleiben?«

Ich beiße mir auf die Wangen. So hatte ich mir die Sache mit der Absprache nicht vorgestellt. Aber gut, ich könnte es an eine Bedingung knüpfen. Ein Besuch bei Jacky wäre eine tolle Auflage.

»Dann mache ich den Ausflug alleine. Ist das okay?«

»Klar, und du kannst was machen, worauf ich sowieso keinen Bock habe.«

»Das ist eine gute Idee.«

»Siehste.«

»Und du gehst mal wieder bei Jacky vorbei. Sie hat schon nach dir gefragt.«

»Hatte ich eh vor«, antwortet sie fröhlich, »ich vermisse Kurti auch schon.«

Das Wetter ist perfekt für einen Ausflug mit dem Mini. Weil keine Tochter dabei ist, die sich über mich lustig macht, habe ich mein langes braunes Haar zusammengebunden, ein Tuch unter dem Kinn verknotet und die Sonnenbrille aufgesetzt. Ich fühle mich wie eine dieser Frauen aus den Filmen in den Sechzigerjahren, die im Cabrio durch die Berge Süditaliens braust. Mondän.

Und weil ich mich gut fühle, mit dieser Verkleidung und in diesem Mini, beschließe ich, mich durch den Tag treiben zu lassen. Auto fahren, Landschaften sehen, aussteigen, ohne auf irgendjemanden Rücksicht zu nehmen. Ich verbinde mein Handy und suche eine passende Playlist. Ich will mich frei fühlen, losgelöst, autark. Ich will gute Laune haben, und ich habe sie auch. Ich brause die Schaabe entlang, der Fahrtwind bläst mir um die Nase. Es macht Spaß, und ich kann mir schon gar nicht mehr vorstellen, dass ich so lange Angst davor hatte, Auto zu fahren.

Meinen ersten Halt mache ich in Glowe. Es gibt einen Platz mit kleinen Holzbuden, an denen man was zu essen kaufen kann. Auch wenn ich gerade erst gefrühstückt habe, gönne ich mir einen Quark mit Streuseln, Banane und Schokosoße. Ich schlendere zum Strand, löffle genüsslich, muss mit niemandem reden und genieße den Blick in die Weite. Wie glücklich müssen die Menschen sein, die das ganze Jahr am Meer leben dürfen? Ich entsorge den leeren Becher und fahre weiter. Überquere den Jasmund. Hoch oben kann man über einen großen Teil der Insel blicken, die Weite scheint unendlich, und die Landschaft ist lieblich. Ein Bauernhof mit Bioladen ist meine nächste Station. Ich schlendere durch einen Bauernhofzoo, streichle Kaninchen, als wäre ich fünf, kaufe Käse und Helenas seit der Kindheit geliebtes Sonne-Mond-und-Sterne-Müsli.

Lohme heißt der nächste Ort, durch den ich fahre, ein Dorf an der Steilküste. Gefühlte tausend Treppenstufen geht es hinunter zum Hafen. Auf halber Strecke lädt mich ein Café zu einem Chai Latte ein, mit leerem und freiem Kopf starre ich aufs Meer. Ich bin im Flow, fliege von einem Ort zum nächsten, bin mir selbst genug und genieße den Augenblick. Wann hatte ich das zuletzt? Nein! Diesen Gedanken möchte ich mir nicht machen. Immer, wenn ich über etwas nachdenke, das mir Probleme bereitet, stehe ich einfach auf und lasse mich weiter treiben. Ich sehe mir die Innenstadt von Putbus an und fahre eine Station mit dem *Rasenden Roland* – von Putbus nach Binz und wieder zurück. Die BäderBahn stinkt, ist langsam und wunderschön.

Die Stunden vergehen, ich vergesse die Zeit. Kein Gedanke an Pflichten, an die Agentur, an irgendwelche Mails. Mein Handy bleibt unberührt in der Tasche. Ich fahre durch den Augenblick. Es ist schon Abend, als ich in Prora lande, längst ist die Sonne auf dem Weg ins Meer. Ich schreibe Helena, dass es spät wird. Sie soll sich selbst was kochen oder eine Tüte Pommes kaufen. Ein grinsender Smiley begleitet meine Nachricht.

In malerischer Abendstimmung spaziere ich einen traumhaften Sandstrand entlang, im Hintergrund türmt sich der monumentale Nazibau. Eine riesige Ferienanlage für Hunderte und Aberhunderte parteitreue Familien, die nie fertig wurde, nun ist es ein Mahnmal des Größenwahns. Selten habe ich an einem so schönen Ort Beklemmenderes gesehen.

Ich atme tief durch, setze mich wieder in den Mini und fahre weiter. Genieße jedes Fünkchen Licht, fühle mich wie eine Frau, die alleine klarkommt, die glücklich und zufrieden sein kann. Mit der Wittower Fähre setze ich von Trent über. Ich steige aus dem Auto und beobachte zwei Möwen, die Kreis um Kreis in der Luft ziehen und der Landschaft ihren Klang geben.

Es ist fast zehn, als ich auf die Zufahrtsstraße zum Campingplatz biege. Der Mini stockt, motzt, rollt letzte Meter, ich schaffe es gerade noch, ihn in einen Feldweg zu manövrieren, dann gibt er keinen Mucks mehr von sich. Vor lauter Flow habe ich vergessen zu tanken. Wie doof kann man sein??? Ich seufze, schnalle mich ab, steige aus und stehe ratlos neben dem Auto. Irgendwie ist das jetzt verdammt peinlich. Wo ist Cordula? In der Hoffnung, das Universum wäre wieder auf Zack, schaue ich links und rechts die Straße hinunter. Wo ist Mattis, wenn ich ihn brauche? Aller guten Dinge sind schließlich drei, und ich finde, eine weitere Rettung wäre angezeigt. Müsste meine Aura jetzt nicht bis zum Zeltplatz strahlen und ihn dazu bewegen, auf den Sitz zu hopsen, um zu mir zu eilen? Ich grinse, schüttle den Kopf über mich selbst, fische meine Tasche vom Beifahrersitz, schließe ab und laufe los. Auf halber Strecke hält ein alter Opel neben mir, ein Fenster wird heruntergelassen, und Jacky steckt ihren Kopf hinaus.

»Der Mini da vorne? Kaputt?«

»Nee, kein Benzin mehr.«

Sie schüttelt ihren kurzgeschorenen Kopf. »Wie kriegt man das denn hin?«

»Och, das ist leicht. Man fährt den ganzen Tag durch die Gegend, ist total glücklich, weil man so frei und ungebunden ist, und vergisst dabei, auf die Tankfüllung zu achten.«

»Du bist ja eine. Bisschen verpeilt manchmal, was?«

»Sagen wir so. Ich kämpfe tagtäglich mit tausend Listen dagegen an, aber wenn ich nicht aufpasse, entgleitet mir mitunter die Situation.«

»Hm, geht uns das nicht allen so? Wir kämpfen gegen dieses Monstrum namens Leben. Komm, steig ein, ausnahmsweise rette ICH dich, Mattis ist verhindert.«

Ich lache. »Ehrlich gesagt, habe ich schon nach Cordula Ausschau gehalten.«

Jacky schmunzelt, mustert mich, will etwas sagen, überlegt es sich aber anscheinend anders.

Ich steige ein. »Danke fürs Mitnehmen.«

»Da nicht für. Aber mal was anderes. Deine Tochter war heute Morgen bei mir. Hat ganz süß Kurti gefüttert. Mattis hat mir erzählt, dass sie mit Niklas abhängt, dem Sunny-Surferboy. Meine Begeisterung hält sich in Grenzen, denn leider hat er eine Vorliebe für die ganz jungen Mädels.«

»Also haben meine Antennen nicht umsonst Alarm geschlagen? Ich denke ja immer, ich übertreibe.«

»Na ja, gefährlich würde ich ihn jetzt nicht nennen, aber sicher nichts für eine Vierzehnjährige, die sich zum ersten Mal verliebt.«

»Ja, das sehe ich genauso.« Ich sortiere meine Gedanken. »Was meinst du, darf ich mich überhaupt einmischen? Es ist ja reiner

Zufall, dass ich es mitbekomme. Wäre sie auf einer Freizeit und er wäre einer der Betreuer, ich würde gar nichts mitkriegen.«

»Da ist was dran.« Sie streicht sich über einen nicht vorhandenen Bart. »Aber du hast Glück, ich habe dein Töchterchen trotzdem ins Gebet genommen.«

»Ach, Jacky, du bist echt ein Schatz.«

»Da nicht für, irgendwie ist es ja unterhaltsam, mal an 'nem Teenager rumzuerziehen.«

Ich kichere. »Und, was hat sie gesagt?«

»Tja, das ist die Krux an der Sache. Dein Töchterchen ist nicht dumm.« Sie zuckt mit den Achseln. »Ich musste ihr auf Kurtis Leben glatt versprechen, alles für mich zu behalten.«

Ich fühle mich kurz zurückgesetzt, fange mich aber schnell wieder. Natürlich ist Helenas Reaktion verständlich.

Derweil lenkt Jacky die alte Möhre schwungvoll auf den Parkplatz – und ich habe noch keinen Fuß auf den Schotter gesetzt, da steht meine Tochter bereits neben mir.

»Wo warst du, Mum? Du kannst doch nicht so lange wegbleiben.«

»Ja, genau, Mum«, tönt Jacky, »wie kannst du nur so lange wegbleiben, wo du doch auf deine schutzbedürftige Tochter aufpassen musst.«

Ich grunze vergnügt. »Hm, das war wirklich unartig. Wird nicht wieder vorkommen.«

Helena blickt entrüstet von mir zu Jacky und dreht schnaufend ab. Um es mir nicht wieder mit ihr zu verscherzen, eile ich hinterher. »Sorry, es war einfach zu lustig, nachdem wir diesen Streit hatten.«

»Aber ich habe doch eingesehen, dass es nicht okay war. War das jetzt die Rache, oder was?«

»Nein, keine Rache, sondern schlichtes Nicht-Nachdenken und Genießen des Augenblicks. Außerdem hatte ich dir doch geschrieben.«

Sie beäugt mich argwöhnisch. »Stimmt, aber dass es so spät wird, hätte ich nicht gedacht«, nuschelt sie unwirsch.

»Vielleicht sind wir jetzt quitt und vertragen uns?«

»Na gut«, brummt sie und lässt zu, dass ich mich bei ihr einhake. »Wieso bist du eigentlich mit Jacky gekommen? Wo ist das Auto?«

»Ich dachte schon, du fragst nicht mehr. Ich habe aus Versehen den Tank leer gefahren.«

»Du bist manchmal so hohl, Mum.«

Dem ist nichts mehr hinzuzufügen.

Es gibt keine zufälligen Begegnungen

Montag, geschlossene Wolkendecke,
frischer Wind aus Nordwest, 19 Grad Celsius

»Guten Morgen, die Damen. Können wir?«

Ich habe mir just in diesem Moment ein riesiges Stück Brot quer in den Mund geschoben. Mattis steht in einem zerknitterten, aber frisch gewaschenen Blaumann vor uns. Irgendwie beruhigt es mich, dass er mehr als einen zu haben scheint.

»Äh. Was können wir?«, nuschle ich mit vollem Mund.

»Na, wir müssen deinen schicken roten Flitzer befreien, oder willst du ihn zur Tankstelle schieben?«

»Ich dachte, ich fahre mit dem Rad.«

Er verzieht belustigt das Gesicht. »Eine Frau mit Benzinkanister auf dem Gepäckträger ist sicher ein lustiger Anblick, mit Cordula ist es trotzdem bequemer.«

»Da hast du recht, aber langsam wird das mit der Rettung notorisch, das kann ich nie wiedergutmachen.«

»Da nicht für«, knurrt er fröhlich die Standardfloskel der Geschwister.

Ich lasse Helena nach einer kurzen Entschuldigung mit unserem Friedensfrühstück allein, folge Mattis zu seiner Cordula und schwinge mich so elegant wie möglich auf den Traktor. Nun sitze ich schon zum zweiten Mal hier oben, und im Gegensatz zum letzten Mal nehme ich mir die Zeit, das Ding genauer zu betrachten.

»Erzähl mir etwas über Cordula«, fordere ich Mattis auf, während wir aus der Einfahrt tuckern.

»Tja, Cordula …«, er tönt über das Röhren der alten Dame hinweg, »ich hätte es nie für möglich gehalten, aber es war Liebe auf den ersten Blick. Sie ist ein Hanomag, Baujahr 1956. Ich weiß, meine Schwester macht sich darüber lustig, aber das Schätzchen ist ein waschechter Oldtimer. Eigentlich war ich nur auf der Suche nach was Praktischem, bis mir aufgefallen ist, dass Traktoren kaum an Wert verlieren. Ich habe mich informiert, Modelle recherchiert, und schließlich habe ich Cordula gesehen und dachte: Ja, genau! Die ist es!« Er tätschelt liebevoll das Lenkrad.

»Darüber habe ich noch nie nachgedacht«, ich brülle fast, »aber natürlich muss es auch Oldtimer-Traktoren geben. War sie gut in Schuss, oder musstest du Hand anlegen?«

»Beides. Sie war gut gepflegt, was das Äußere angeht, der Motor war eine Katastrophe. Nur deswegen konnte ich sie mir leisten. Ich habe als Teenie an meinem Mofa rumgeschraubt und dachte, so schwer kann es nicht sein. Aber ich habe einiges an Lehrgeld bezahlt und viel geflucht, das kannst du mir glauben.«

»Ich seh schon, Cordula und du, ihr habt ein besonderes Verhältnis. Ist Jacky deswegen so genervt?«

»Ich hatte möglicherweise eine Zeit, in der ich ein bisschen zu enthusiastisch geschwärmt habe, und darauf reitet sie gerne rum, auch wenn sich meine Beziehung zum Traktor mittlerweile entspannt hat.«

Auf dem schmalen Weg kommt uns ein monströser Campingbus entgegen.

»Was zum Teufel ist DAS?«, frage ich entgeistert.

Mattis stöhnt. »Diese Dinger machen mich noch irre. Sie nennen es Wohnmobil. In Wirklichkeit ist es ein größenwahnsinniges Fünf-Sterne-Hotel auf Rädern mit dem Energieverbrauch eines Kernkraftwerks.«

»Krass.«

»Und siehst du die Einbuchtungen? Man kann das Ding ausfahren. Es gibt sogar welche mit Whirlpool, und hinten ist meistens eine Garage – für einen Kleinwagen. Oft obendrein ein Motorrad.«

»Ist nicht dein Ernst.«

»Das ist mein Ernst.« Ich beobachte, wie Mattis kurz mit der Gangschaltung kämpft. »Braucht man eigentlich einen besonderen Führerschein für Traktoren?«

»Für die großen, ja, für diese kleine Lady reicht der alte Führerschein Klasse drei.«

»Cool.« Es juckt mich in den Fingern. »Also dürfte ich theoretisch auch mit Cordula fahren?«

Seine Mundwinkel zucken verräterisch. »Dürftest du. Wieso fragst du?«

»Hm, einfach nur so.«

»Na dann.«

Ich gebe mir einen Ruck. »Also darf ich? Bitte! Außer natürlich, es ist zu schwer, oder ich kann was kaputtmachen, oder du lässt prinzipiell niemand anderen ans Steuer.«

Mattis fängt schallend an zu lachen, und anstatt zu antworten, biegt er von der Straße auf einen Feldweg ab, stellt den Motor aus, springt behände vom Fahrersitz und baut sich vor Cordula und mir auf. »Na, was ist?«

»Du meinst …?«

»Sonst würde ich jetzt kaum hier stehen. Also, hopp, hopp, junge Dame, rauf auf den Sitz. Ich finde, jeder sollte einmal in seinem Leben Traktor fahren.«

Ich werde ganz zappelig vor Freude. »Cool. Bist du auch ganz sicher?«

Mattis grinst schelmisch. »Ich sitze neben dir und melde mich, wenn du im Begriff bist, etwas Dummes zu tun.«

»Hört sich nach einem Plan an.«

Ich tausche umständlich den Platz, und nicht ohne Stolz streiche ich über das Lenkrad, um mich Cordula vorzustellen.

»Bereit?«

Ich nicke.

»Los geht's.« Er dreht den Schlüssel und startet den Motor.

»Halt!«, rufe ich entsetzt. »Willst du mir nicht erklären, wie's funktioniert?«

»Du hast doch einen Führerschein, oder?«

»Ja, aber …«

»Vertrau deinem Instinkt. Ich sorge schon dafür, dass wir nicht im Graben landen.«

»Danke für deine Zuversicht. Ich vertraue mir selbst nicht im Ansatz.« Sage es, suche mit den Füßen Kupplung, Gas und Bremse, nehme beherzt die Gangschaltung in die Hand, weil sie nicht danach aussieht, als wäre sie butterweich, und schalte in das, was ich für den ersten Gang halte. Ich lasse die Kupplung, die mächtig unter meinem Fuß vibriert, langsam kommen, drücke das schwergängige Gaspedal einen Ticken zu fest, mache einen kleinen Hopser, finde das richtige Gefühl – und es geht los.

»Ich fahre!«, juble ich, weil ich nicht glauben kann, wie leicht es ist. Leider vergesse ich kurzzeitig zu lenken, aber Mattis greift geistesgegenwärtig ins Lenkrad, Cordula ist wieder in der Spur. Munter tuckere ich weiter und freue mich wie ein kleines Kind. »Ich kann es, ich kann es.« Mutig schalte ich in den zweiten Gang, und obwohl ich sicher nicht schneller als zehn Stundenkilometer bin, fühlt es sich an wie eine abenteuerliche Hochgeschwindigkeitsfahrt. »Ich kann es!«, trällere ich ein weiteres Mal.

Mattis schmunzelt ob meiner Begeisterung. »Siehst du, alles keine Zauberei. Man braucht nur Gefühl für so eine alte Dame.«

»Cordula mag mich eben.«

»Könnte was dran sein. Wie sieht's aus? Fährst du uns bis zur Tankstelle?«

Mir fallen fast die Augen aus dem Kopf. »Das darf ich?«

»Ich lasse nicht jeden an Cordula ran, das kannst du mir glauben.«

»Ich werde es als Ehre betrachten und jede Sekunde genießen.«

Nach einer kurzen Fahrt, während der mir Mattis zweimal hilft, den richtigen Gang zu finden, und einmal, um einem Auto auszuweichen, erreichen wir die Tankstelle. Stolz wie Bolle klettere ich vom Bock und betanke dann zum ersten Mal in meinem Leben einen Benzinkanister. Wir tuckern zurück zum Mini und in einer weiteren Premiere fülle ich das Benzin aus dem Kanister in den Tank. Oder sagen wir, ich versuche es.

»Hier, du brauchst den Rüssel«, bemerkt Mattis, als ich mich anschicke, das Benzin einfach so in den Tank zu kippen.

»Den Rüssel? Ähm, ja, der wäre sinnvoll. Ich habe mich schon gefragt, wie das ohne Sauerei gehen soll. Oh Mann, du musst ja glauben, ich habe zwei linke Hände und bin nicht ganz dicht dazu. Erst fahre ich den Tank leer, und jetzt brauche ich Hilfe, um das Benzin reinzukriegen.«

»Es gibt Schlimmeres«, er lacht, »außerdem bist du gerade durchaus talentiert Traktor gefahren – und ich habe dir den Kanister ohne Rüssel in die Hand gedrückt.«

»Das stimmt auch wieder. Es war eine geniale Fahrt, und hier dran bist du schuld.«

Wir strahlen einander an, und ich lasse das Benzin in den Tank gluckern. Kann ich ihn nach dem Urlaub nicht einfach mitnehmen? So ein handwerklich begabter Freund wäre eine echte Bereicherung in meinem Leben. Ich schraube den Kanister zu und reiche ihn ihm. »Frau dankt. Ich darf mich wirklich nicht daran gewöhnen, dass Hilfe immer da ist, wenn ich sie brauche.«

»Ich habe, ehrlich gesagt, noch nie so eine lustige hilfsbedürftige Frau als Gast gehabt. Hab also durchaus meinen Spaß dabei«, sagt Mattis und nimmt den Kanister.

»He, jetzt wirst du aber frech!«

Er strahlt mir keck ins Gesicht. »Da fällt mir was ein – fühl dich bitte nicht verpflichtet. Am Freitag ist Sommerfest im Dorf, du weißt schon, Bierrondell, Würstchenbude, lustige Spiele für die Kleinen. Es ist unterhaltsam, und es sind auch nicht nur Touristen da. Vielleicht hast du Lust, mit Helena vorbeizukommen und ein Bierchen mit uns zu trinken?«

»Weißt du was? Da sage ich glatt Ja.«

Er strahlt noch breiter, und dann steige ich in meinen nunmehr wieder fahrtauglichen Mini.

Ich brause auf den Campingplatz, hechte vom Fahrersitz, schlage die Tür zu und eile Richtung Waschhaus. Ich muss dringend aufs Klo, und der Weg dauert gefühlt eine halbe Stunde. Dabei renne ich fast Jacky über den Haufen.

»Ah, da bist du ja. Siehste, nun hat mein Bruder dich doch wieder gerettet.«

»Sorry, keine Zeit, ich muss ganz dringend.«

»Oha, dann mal flott, der Weg ist weit.«

»Danke, dass du mich daran erinnerst.«

Ich flitze, so schnell mein unsportlicher Körper es zulässt.

»Wohin führt dein Weg, du wirkst gestresst.« Trudi klimpert mir entgegen. »Mädchen, wollen wir uns nicht endlich unterhalten? Ich habe mich noch mal in das Thema eingelesen, und deine Aura ...«

Ich unterbreche sie und tipple dabei unentwegt auf der Stelle. »Sorry, später, jetzt nicht, ich muss.«

Weiter geht's. Doch als wolle das Universum mich unbedingt vom Pinkeln abhalten, läuft mir als Nächstes Stefan über den Weg. Er öffnet den Mund, um etwas zu sagen, ich würge ihn ab. »Ich muss so dringend aufs Klo, dass ein Unglück passiert, wenn du jetzt nur einen Pieps sagst. Ich komme gleich mit 'nem Kaffee bei dir vorbei.«

Erleichtert lasse ich mich auf die Brille plumpsen. Gibt es ein schöneres Gefühl als das, wenn man endlich loslassen darf? Dann fällt mir etwas auf. Habe ich Stefan grade gesagt, ich komme gleich vorbei? Na ja, ich habe es ihm versprochen, und wenn ich darüber nachdenke, freue ich mich sogar darauf.

Ja, genau, teste endlich den zweiten Kandidaten, raunt Isa auf meiner Schulter. Die war lange nicht mehr da. Dafür besucht sie mich dreisterweise auf dem Klo und erinnert mich an ihren Auftrag, einen neuen Mann zu finden. In mir wispert eine leise Stimme. Warum eigentlich nicht? Was hält mich davon ab? Bin ich bereit für eine neue Beziehung? Die Schmetterlinge in Hendriks Gegenwart flattern unter Umständen nicht umsonst, auch wenn er nicht infrage kommt. Was, wenn ich sie einfach umleite? Auf Stefan zum Beispiel. So, ihr lieben Falter, hier geht's entlang. Single, gut aussehend, freundlich und bemüht. Schaut ihn euch wenigstens an. Ich schmunzle. Meine Güte, langsam werde ich sonderbar.

Aber WIE sollte er sein, der neue Mann in meinem Leben?

Listen, Listen, Listen. Ich bin immer noch dafür, dass du einfach mal mit dem Vögeln anfängst.

Ach, halt die Klappe, Isa.

Ich staune, als ich aus dem Waschhaus trete. Vor lauter Dringlichkeit habe ich gar nicht bemerkt, dass das riesige Wohnmobil, dem ich vorhin mit Mattis begegnet bin, den Platz gegenüber belegt hat. Oje, der passt definitiv nicht auf diesen Campingplatz.

»Diiieter?«

Vor dem riesigen Bus steht eine perfekt gestylte Blondine um die fünfzig mit Zierhündchen auf dem Arm. Manikürte Nägel, teuerster Freizeitlook, toupierte Haare. Dieter seinerseits lässt per Fernbedienung den Smart aus der Garage. Ich gluckse fröhlich. Mattis kennt seine Pappenheimer.

»Was ist denn, Uschi?«

Besagte starrt mit gerunzelter Stirn Richtung Waschhaus. »Mir gefällt dieser Platz überhaupt nicht. Direkt an den Sanitäreinrichtungen und Meerblick haben wir auch keinen.«

Dieter beschäftigt sich weiter mit seiner heroischen Aufgabe und löst den Blick nicht von der kleinen Hebebühne, die er präzise hinabgleiten lässt. »Ich habe dir doch gesagt, dass der Platz, auf den wir wollten, voll ist, und die Trulla am Eingang hatte nur diesen Stellplatz. Morgen fahren wir woandershin. Wir bleiben keinen Tag länger als nötig.«

Klischee, Klischee! Ich würde gerne weiter zuhören, aber das wäre zu auffällig, also räume ich lieber das Feld.

»Womit habe ich es verdient, dass du dich plötzlich überschlägst und Kaffee mit mir trinkst? Ich hatte die Hoffnung schon aufgegeben.«

»Echt?« Ich drücke Stefan einen der Pappbecher in die Hand, die ich beim Bäcker des zweiten Campingplatzes besorgt habe.

»Jepp, deinen Widerwillen konnte man deutlich spüren. Und nicht zu Unrecht, schließlich habe ich dich quasi überfallen. Aber ich bin harmlos. Auch wenn es irgendwie doof klingt, das von sich selbst zu behaupten.«

»Ich bin geneigt, es dir abzunehmen«, antworte ich wohlwollend.

»Lust, ein paar Schritte am Strand zu laufen?«

Wir schlendern, Kaffee trinkend, Richtung Juliusruh, und es ist ungewöhnlich ruhig. Das Wetter ist zum ersten Mal seit Tagen nicht mehr sommerlich. Der Himmel ist bedeckt, eine frische Brise weht, und eine graue Ostsee spielt Meer. Wellen rauschen, Möwen schreien. Stefan entpuppt sich als angenehmer Gesprächspartner, der ruhig und besonnen spricht und eine sympathische Einstellung zum Leben hat. Er erinnert mich an Mattis, jedoch in einer gefälligeren und weniger schrulligen Version. Jemanden wie ihn könnte ich mir als Partner vorstellen. Ruhig, ohne Allüren, dennoch witzig und unterhaltsam. Fast unweigerlich frage ich meine Schmetterlinge, wie sie die Idee mit der Umleitung fänden, und schlage mir die Gedanken gleich wieder aus dem Kopf. Meine Theorien treiben mittlerweile seltsame Blüten.

Stefan unterbricht meine Fantasien. »Du hast mir also meinen Ausrutscher verziehen? Auch wenn ich eigentlich dir einen Kaffee ausgeben wollte und nicht umgekehrt?«

Ich bleibe stehen und drehe mich zu ihm. »Ja, habe ich. Und ich finde es prima, immer noch einen Kaffee bei dir gut zu haben.«

»So gesehen hast du natürlich recht. Du kannst also gerne noch ein paar ausgeben, bevor ich meinen spendiere.«

»Jetzt werd nicht übermütig.«

Stefan verzieht die Mundwinkel und zeigt seine sympathischen Grübchen, wir nehmen uns kurz und fest in den Arm und verabschieden uns.

Am nächsten Morgen packe ich summend unsere Strandsachen, während Helena das Handy auflädt. Heute wollen wir endlich an die Schaabe. Neun Tage sind wir schon hier und haben diesen Ausflug immer noch nicht geschafft. Dabei stand der Strand vom ersten Tag an ganz oben auf meiner Liste – feinsandig, endlos, naturbelassen, geschützt vor der Brandung. Kurz, der Reiseführer schwärmt, und ich will wissen, ob er recht hat. Ich zucke zusammen, als Hendrik plötzlich neben mir auftaucht.

»Endlich erwische ich dich mal alleine, eine Audienz beim Papst zu bekommen, ist leichter.«

»Tja, ich habe eben viele soziale Kontakte.« Ich wundere mich. Diesen Satz hätte ich vor zwei Wochen nicht gesagt, es ist schon lustig, wie die sozialen Kontakte plötzlich aus allen Ritzen gekrochen kommen. »Ich bin halt gefragt«, füge ich keck hinzu.

»Das ist nicht zu übersehen.« Er tritt zwei Schritte näher an mich heran, so nah, dass ich das Waschmittel rieche, mit dem sein T-Shirt gewaschen wurde. Intensiv blickt er mir in die Augen, und mein Herz erhöht die Frequenz. Verdammt! Das passt mir gar nicht. Ich habe doch Umleitungsschilder aufgestellt!

»Können wir mal wieder am Strand ein Bier zusammen trinken? Ich habe mich gerne mit dir unterhalten, es fehlt mir.«

Seine Frage irritiert mich. Was soll das? Ja, Isa, er gräbt mich an, das merke ich, aber wie zum Teufel soll ich darauf reagieren?

Frag ihn doch, was seine Frau davon hält, wenn er sich alleine mit dir am Strand trifft, dann muss er die Hosen runterlassen.

Und danach schicke ich ihn zurück zu seiner Frau und sage ihm, er soll mich in Ruhe lassen?

Sei doch nicht so moralisch. Du hast selbst gesagt, es läuft zwischen den beiden nicht gut. Genieß das Flirten und plane nicht so viel. Lass die Schmetterlinge fliegen, sie sind sowieso da.

Woher weißt du denn, dass Schmetterlinge unterwegs sind?

Weil ich nur eine imaginäre Isa bin. Mit der echten redest du ja nur noch das Nötigste.

»Ich komme vielleicht mal auf ein Glas zu eurem Zelt, aber alleine mit dir am Strand, ich weiß nicht ...«

Wider Erwarten wirkt er nicht enttäuscht, sondern grinst von einem Ohr zum anderen. »Gerne. Und am Strand treffen wir uns vielleicht ganz zufällig, der ist ja öffentlich.«

Es dauert eine Weile, bis wir uns für einen der zahlreichen Parkplätze entscheiden, Helena murrt immer wieder über zu viele Autos. Meiner Laune tut das keinen Abbruch. Ich freue mich auf den Tag und verzeihe ihr sämtliche Allüren. Auf einem Parkplatz, der auch ihren Ansprüchen genügt, bugsiere ich den Mini in eine Parklücke, leider so schräg, dass Helena die Beifahrertür nicht öffnen kann.

»Du musst neu parken, ich komm hier nicht raus.«

»Ach, Schnickschnack. Du kletterst einfach über meinen Sitz.«

»Echt jetzt?« Aus irgendeinem Grund hat sie während der Fahrt mal wieder den muffeligen Teenager ausgepackt.

»Los, du bist jung, du schaffst das«, ermunterte ich sie, ernte aber nur das obligatorische Schulterzucken. Ich ignoriere sie, öffne den Kofferraum, meine Tochter klettert schließlich doch maulend aus dem Auto, schnappt sich ihre Strandmatte und verschwindet Richtung Strand. Irritiert betrachte ich den Rest unserer Sachen. Soll ich alles alleine schleppen? Ich seufze, habe aber keine Lust, erneut angemuffelt zu werden. Erziehung darf auch mal ausfallen, und ist man als Mutter nicht per se ein Packesel? Ich schultere die riesige Strandtasche, klemme mir die Strandmuschel unter den linken Arm, meine Strandmatte unter den rechten und hieve die Kühltasche aus dem Auto.

Der Weg führt durch ein lichtes Kiefernwäldchen, Sonne und Schattenflecken wechseln sich ab, der Weg ist sandig und mühselig. Links und rechts des Pfades verliert der Waldboden an Substanz. Überall da, wo rücksichtslose Touristen nicht auf den Wegen bleiben, löst sich der Boden auf und fördert unfruchtbaren Sand zutage. Es ist traurig, das zu sehen. Ich keuche, jeder Schritt ist anstrengend, trotzdem versuche ich, das Schöne wahrzunehmen. Mooskissen in Senken, Sammlungen von Tannenzapfen, das Spiel von Licht und Schatten. Hinter dem Wäldchen führt der Weg durch einen kleinen Dünengürtel, ehe sich das Meer und Kilometer feinsten Sandstrandes vor mir ausbreiten. In der Ferne erkenne ich das Kap und auf der anderen Seite den Jasmund. Schön.

Endlich habe ich Helena eingeholt. Erwartungsvoll steht sie da und tippelt ungeduldig mit den Füßen im Sand.

Ich stelle mich vor sie und lege los: »Ich schimpfe nicht, beklage mich aber bitterlich, dass ich den ganzen Krempel alleine schleppen musste. Ich bin dreiundvierzig und kein Esel.«

»Okay, ich nehme es zur Kenntnis.«

Ich drücke ihr die Kühltasche in die Hand. »Wo sollen wir hin?«

»Ich suche jetzt nicht drei Stunden nach dem perfekten Platz. Das kannst du vergessen.«

»Stell dir vor, deswegen frage ich.«

Sie deutet auf ein Fleckchen am Fuße der Dünen, etwa zwanzig Meter weiter.

»Akzeptiert, ich habe schon mit einem Platz direkt am Strandaufgang gerechnet. Du siehst, ich bin kompromissbereit.«

»Ich bin stolz auf dich, Mum.«

Wir sind beide gereizt. Um die Stimmung aufzulockern, versuche ich es mit einem Witz. »Mist, ich hab das Sandspielzeug vergessen.«

»Sehr witzig. Hast du wenigstens Kroki dabei?«

»Nein.«

»Na super, Kroki hätte ich gerne gehabt.«

»Tut mir leid.«

Ich erwarte ein Kippen der Stimmung, doch anscheinend hat Helena ebenfalls keine Lust auf Streit. Wir bauen die blaue Strandmuschel auf und gönnen uns einen Trinkjoghurt. Ich creme Helenas Rücken ein und sie meinen, dann schnappen wir uns die Handys. Helena, um sich Social-Media-mäßig auf den neuesten Stand zu bringen, ich, um Mails abzuarbeiten. Wann habe ich das letzte Mal nach dem Rechten geschaut? Vorgestern? Ich kann es kaum glauben. Ich schicke Saskia ein paar Infos, betüddle einen meiner Großkunden (was sich spektakulärer anhört, als es ist) und bin schon wieder fertig. Läuft die Agentur vielleicht gar nicht? Nein, schelte ich mich, du bist ersetzbar wie jeder Mensch auf diesem Planeten. Selbst in der eigenen Firma.

Ich lege das Handy weg, lehne mich zurück und beobachte. So voll die Parkplätze waren – dadurch, dass hier keinerlei Bebauung erlaubt ist, ist der Strand leerer als vermutet. Die Menschen verlaufen sich. Und ich registriere eine Auffälligkeit: Nackedeis. Und zwar in reicher Zahl. Denn an der Schaabe gibt es keine ausgewiesenen Zonen für Textil, FKK oder Hunde. Jeder läuft rum, wie er möchte. Und die Nackedeis wirken dabei so locker und selbstbewusst, dass ich nicht umhinkann, sie dafür zu bewundern. Spazierengehen, Volleyball spielen, mit den Kindern im Sand buddeln. Jung, alt, dick, dünn, bunt – als wäre Nacktsein das Natürlichste auf der Welt. Im Grunde ist es das ja auch. Wie fühlt es sich eigentlich an, ohne Badeanzug zu baden?

»Ich will wissen, wie es ist, nackt zu schwimmen.«

Helena blickt von ihrem Handy auf und zieht eine Braue nach oben, langsam und sehr aussagekräftig.

»Bist du nicht auch neugierig? Es ist bestimmt schön.«

»Also, nee, ich laufe doch nicht nackt durch die Gegend.« Sie schüttelt verständnislos den Kopf.

»Es ist den Leuten völlig egal, wie man rumläuft, niemand muss sich für irgendwas schämen.«

»Willst du dich jetzt etwa ausziehen?« Leichtes Entsetzen huscht über ihr Gesicht.

»Warum nicht?« War es eben nur ein vager Gedanke, will ich es plötzlich wissen.

»Also, das ist ja wohl voll peinlich.«

»So schlimm sehe ich auch nicht aus.«

»Das mag ja sein, trotzdem wär's peinlich.«

»Dann schau einfach nicht hin. Ich will ja nur wissen, wie es sich anfühlt, ich hatte nicht vor, nackt bis nach Juliusruh zu bummeln.«

»Das wär ja auch noch schöner!«

»Ach, Helena, komm doch mit ins Wasser.«

Anstatt einer Antwort lässt meine Tochter ihre Sonnenbrille auf die Nase plumpsen und dreht sich auf den Bauch. Dann eben nicht. Ich jedenfalls werde über meinen Schatten springen. Darum geht es doch, oder? Ich soll über mich hinauswachsen und das Leben neu entdecken. Dies wäre wieder eine neue Erfahrung. Außerdem war ich bei einer Geisterbeschwörung, was könnte schlimmer sein? Nach kurzem Zögern öffne ich das Oberteil meines Bikinis. Ich blicke mich um. Nimmt jemand Kenntnis von mir? Nein. Ich verharre barbusig, dann lege ich mein Handtuch zurecht und ziehe das Bikinihöschen aus. Ich bin nackt. Es fühlt sich komisch an. Soll ich es wirklich tun?

Zier dich nicht so, Cherie, wir haben alle Titten und Ärsche.

»Also, ich geh jetzt nackt ins Wasser, dann ziehe ich mich wieder an.«

Ein unwirsches Knurren ist die Antwort.

Ich stehe auf und versuche, um nicht aufzufallen, mich weder zu schnell noch zu langsam zu bewegen. Unauffällig luge ich nach Menschen, die mich anstarren, entdecke jedoch niemanden. Ich bin eben nur eine von vielen. Mutig wate ich ins Wasser, kühl umspült es meine Beine. Als ich hüfthoch im Meer stehe, lasse ich mich hineinplumpsen und schwimme los. Wow! Es fühlt sich angenehm an. Ganz anders als mit Badeanzug oder Bikini. Freier. Ich spüre die Strömung, die Temperatur direkt auf meiner Haut und genieße jeden einzelnen Schwimmzug. Es ist ein Erlebnis, das Wasser schützt meine Nacktheit, und ich fühle mich pudelwohl.

Experiment gelungen!

Mit wohligem Gefühl wate ich nach bestimmt zwanzig Minuten aus dem Wasser – und sofort bin ich wieder nackt. Was soll's, was auf dem Hinweg geklappt hat, klappt auch auf dem Rückweg. Ich schaue nicht nach rechts und links, niemand interessiert sich für mich, ich bin entspannt, ich bin cool, ich bin ... Vor lauter Coolness rumse ich gegen ein Hindernis.

»Oh, sorry«, murmle ich automatisch, dann passiert alles gleichzeitig.

»Evi?«

»Scheiße, Scheiße, Scheiße.« Ich halte mir die Hände vor die Brust, vor den Schritt, wieder vor die Brust – wie in einer schlechten Komödie.

»Nee, noch heiße ich Mattis.«

»Mattis, oh, hi.« Ich entscheide, dass die Hände vor den Brüsten am besten aufgehoben sind. »Was für eine Überraschung.«

Mattis verkneift sich ein Grinsen. »Ich hätte nicht gedacht, dass du nackt schwimmst, das ist ja eher so ein Ostding.«

»Tue ich auch gar nicht.«

»Nicht?« Er will noch etwas sagen, aber ich komme ihm zuvor. »Ähm, ich muss los.«

Ich flitze, nein, ich schleiche flitzend, sofern das möglich ist, zu meinem Handtuch und wickle mich hektisch hinein. Anschließend lasse ich mich auf die Strandmatte plumpsen, winkle die Knie an und verstecke den Kopf zwischen den Beinen. Ich zähle bis zwanzig, ehe ich mich traue, nach Mattis Ausschau zu halten, aber er ist zum Glück nicht mehr zu sehen. Was für ein Auftritt!

Helena schiebt ihre Sonnenbrille auf den Kopf und zieht süffisant die Mundwinkel nach unten. »War wohl doch keine so gute Idee.«

»Das weiß ich jetzt auch.«

Helena braucht zum Abendessen unbedingt ein Glas saure Gurken, also marschiere ich zu Jacky. Nicht uneigennützig, denn ich möchte wissen, ob Mattis unsere Begegnung erwähnt hat.

»Hallo, mutiges Westmädchen.« Jacky fegt wenig ambitioniert die kleine Terrasse vor der Rezeption und stützt sich auf den Besen, als sie mich sieht.

»Dann brauche ich ja nicht mehr fragen, ob dein Bruder was erzählt hat. Außerdem bist du doch auch ein Westmädchen.«

»Aber keines, das nackt am Strand rumläuft. Mattis hat sich köstlich amüsiert, als er hier ankam. Er meinte, du wärst so rot angelaufen, dass er Angst hatte, du würdest platzen, und dann bist du weggerannt, als hätte dich jemand in den Hintern gebissen.« Sie lacht sich scheckig.

»Seeehr witzig.«

»Was war denn dein Problem? Wenn man nackt an der Ostsee rumflitzt, muss man damit rechnen, gesehen zu werden.«

»Das ist mir auch klar. Theoretisch. Praktisch habe ich so was noch nie gemacht. Ich wollte unbedingt wissen, wie sich das Nacktschwimmen anfühlt. Außerdem dachte ich, ich sei inkognito unterwegs. Und dann renne ich ausgerechnet gegen jemanden, der mich kennt. Das hat mich ein wenig überfordert.«

Jacky klopft sich vor Freude auf die Schenkel. »Was für ein Spaß. Mit deiner Flucht hast du sicher mehr Aufmerksamkeit auf dich gezogen als mit deinen Titten.«

»Deswegen habe ich mich auch zwischen meinen Beinen versteckt.«

»Wie geht das denn?«

Ich setze mich auf die Terrasse und mache es vor. »So«, nuschle ich in meine Knie.

»Na, versteckst du dich wieder vor mir?«

Mattis! Ich hebe meinen Kopf und fixiere ihn böse.

Er deutet die Signale richtig und verschwindet gackernd.

»Mein Bruder kann sich ranhalten, wenn er was gefunden hat, womit er sticheln kann. Aber nimm ihn nicht ernst. Er ist ein Idiot, ein Zehnjähriger im Körper eines Mannes, so wie fast alle Männer.«

»Da hast du recht. Warum brauchen wir sie eigentlich? Sie sind nutzlos wie Eismaschinen.«

Jacky lacht erneut schallend los und schlägt vor Freude mit der flachen Hand auf den kleinen Tisch. Bevor ich mich verabschiede, fragt sie, ob ich nicht Lust hätte, zum Sommerfest zu kommen. Als ich ihr sage, dass Mattis mich bereits eingeladen hat, grinst sie eigentümlich. Offenbar ist sie nicht gewohnt, dass ihr Bruder freiwillig soziale Kontakte schließt.

»Verehrteste Mama.«

Ich blicke verdutzt von meinem Buch auf, mit dem ich mich nach dem Abendessen in die Hängematte verzogen habe. »Ja, mein Kind?«

»Würdest du mir die Erlaubnis erteilen, den Abend mit ein paar Freunden am Strand zu verbringen?«

Ich wundere mich, dann spiele ich mit. »Aber ja, mein Kind. Sehr gerne erlaube ich dir dies. Wann gedenkst du denn, in unser großzügiges Anwesen zurückzukehren?«

»Ich denke, ich werde vor Mitternacht wieder hier sein, liebste Mama.« Sie knickst formvollendet. Die Ballettstunden, zu denen ich sie zweimal in der Woche gekarrt habe, tragen Früchte.

»Aber ich erlaube es nur, weil du so überaus höflich bist. Und pass auf, mein Kind, dass du gehst, ehe die Kirchturmuhr zwölfmal geschlagen hat, sonst verwandelt sich unser Anwesen in ein Zelt, und die Pferde werden zu Ameisen.«

»Ich werde es beherzigen.« Sie drückt mir einen Kuss auf die Wange und verschwindet.

Ich reibe über die Stelle, die sie geküsst hat, und blicke ihr verwundert hinterher. Mein Mädchen hat es faustdick hinter den Ohren. Denn wie könnte man nach so einem Auftritt Nein sagen? Ich seufze schwermütig. Als Helena klein war, haben wir sämtliche Märchen, ob von den Gebrüdern Grimm, Hans Christian Andersen oder die Erzählungen aus *Tausendundeiner Nacht*, immer wieder gelesen. Es war unser abendliches Mutter-Tochter-Ritual, und wir haben es geliebt. Niemand sonst durfte ihr vorlesen. Und nun geht sie zum Chillen an den Strand. Ohne mich. Sie wird groß, und alles, was wir hatten, wird zur Erinnerung. Ich nehme an ihrem Leben immer weniger teil und werde jeden Tag ein bisschen mehr zur Zuschauerin. Ich kann nur noch darauf hoffen, dass die Wege, die sie alleine beschreitet, sichere und hell erleuchtete Wege sind. Keine dunklen, engen Gassen, in denen die Gefahr lauert. Ich schüttle den Kopf. Hoffentlich hat Jacky mit ihrer Ansprache etwas bewirkt. Ich will einfach nicht, dass meine Tochter für den ersten Jungen, in den sie sich verliebt, nur eine von vielen ist.

Ich räume den Tisch ab, versuche, die Melancholie zu verdrängen, packe eine Weinflasche und zwei Gläser in einen Stoffbeutel und hole Miriam ab. Ich freue mich auf einen gemütlichen Abend am Strand – wenn nur die Kinder nicht so schnell groß würden.

»Auf einen fantastischen Mädelsabend.« Wir prosten einander zu. Miriam ist geradezu enthusiastisch gestimmt, seitdem ich sie abgeholt habe.

»Wusstest du eigentlich, dass wir uns quasi emanzipatorisch zurückentwickeln, wenn wir uns gegenseitig als *Mädels* bezeichnen?«

Sie mustert mich interessiert. »Jetzt bin ich aber gespannt.«

»Nun ja, wir sprechen uns damit die Selbstständigkeit ab. Wir wollen uns jung fühlen und implizieren, dass wir keine vollwertigen und ernst zu nehmenden Erwachsenen sind.«

»Da ist was dran. Hach, das ist eins von diesen Dingen, über die man erst nachdenkt, wenn einen jemand mit der Nase darauf stößt. Also gut. Ich korrigiere. Auf einen fantastischen Frauenabend.«

»Stößchen«, gurre ich mädchenhaft, und wir fangen an zu gackern.

»Wie war dein Tag? Was hast du gemacht?«, fragt Miriam nach einem weiteren großen Schluck.

»Ereignisreich, so wie jeder Tag, seitdem ich hier bin. Zelten ist ganz schön anstrengend. Ich habe viel zu viele soziale Kontakte.« Ich berichte von meinem Tag. Die Nackedeigeschichte gefällt ihr erwartungsgemäß am besten.

»Dabei willst du doch gar nichts von diesem Kauz, oder?«

»Natürlich nicht. Er ist einfach ein netter Kerl. Außerdem ist er schwul.«

»Echt? Hätte ich nicht gedacht. Wobei, das ist ja Quatsch, man sieht es den Leuten schließlich nicht an. Und er ist wirklich nett? Na ja, auch das sieht man ihnen nicht an.«

Ich kichere. »Ehrlich gesagt, mich hat auch beides überrascht. Aber er ist es tatsächlich. Und er meinte, er hält sich mit seiner Aufmachung die Leute vom Hals.«

»Das stellt er geschickt an, das kann ich dir versichern.«

»Finde ich auch.«

»Warum war es dir dann peinlich, nackt vor ihm zu stehen? Das verstehe ich nicht ganz.«

»Weil ich in der Öffentlichkeit noch nie nackt rumgelaufen bin. Es war quasi eine Mutprobe. Und wenn dann jemand vor dir steht, den du kennst, ist es eben peinlich. Also bin ich geflüchtet.« Ich zucke mit den Achseln.

»Ich hätte es gern gesehen, das war bestimmt zu drollig.« Miriam hat eindeutig ihren Spaß.

»Hm, ich brauche nicht noch jemanden, der sich über mich lustig macht, das haben diese Geschwister schon ganz gut drauf, wenn auch auf eine nette Art.«

»Weicher Kern, harte Schale? So in die Richtung?«

»Genau so. Vielleicht sollte Trudi mal einen Blick auf deren Auren werfen, das wäre sicher interessant.«

Miriam prustet vergnügt in ihr Weinglas. »Ich setze sie mal drauf an. Bisher hat sie sich nicht mit so was Irdischem wie der Besorgung von Lebensmitteln oder Waschmarken beschäftigt, für eine Aurenlesung betritt sie den Kiosk bestimmt gerne.«

»Apropos. Wie ist es nach der Geisterbeschwörung weitergegangen? Ich wollte die ganze Zeit schon fragen.«

»Trudi hat zwei Tage nicht mit Brigitte gesprochen. Stur wie zwei Eselinnen waren sie und haben beide drunter gelitten. Na ja,

Brigitte hatte letztendlich ein Einsehen und hat sich entschuldigt. Dann konnte Trudi auch zugeben, dass sie ein bisschen übermotiviert ist, seit wir hier sind. Ehrlich gesagt, wirkt sie schon ein wenig besessen. Sonst ist sie gar nicht so schlimm.«

»Ihr kennt euch also von zu Hause?«

»Sie gehört entfernt zur Verwandtschaft. Nach meiner Trennung hat sie mich unter ihre Fittiche genommen, und ich war froh, jemanden zu haben, der sich kümmert. Dieser Urlaub war für sie die perfekte Gelegenheit, mich umzukrempeln.« Sie lacht verschmitzt. »Auch wenn der Erfolg noch auf sich warten lässt.«

»*Deine* Geschichte bist du mir noch schuldig. Ich finde, jetzt wäre der perfekte Zeitpunkt.«

Miriam seufzt. »Willst du die lange oder die kurze Version?«

Ich nehme die Flasche Wein, die ich halb im Sand verbuddelt habe, damit sie stehen bleibt, und schenke nach. »Nimm die kurze Version, danach stelle ich Fragen.«

»Erzählst du mir dann auch, warum du alleine mit Tochter hier bist?«

»Klar, Elend gegen Elend …«

Wir prosten uns zu.

»Also die kurze Version, alles andere macht eh schlechte Laune. Ich war verheiratet, hatte einen Sohn, alles war gut. Dann kam die Midlife-Krise, ich habe mich auf ein völlig schwachsinniges Sexabenteuer eingelassen, mir von einem Mann, den ich nicht liebe, ein zweites Kind andrehen lassen, und wir haben uns getrennt. Mittlerweile bereue ich das alles sehr, und ich hangle mich von Tag zu Tag.«

»Das hört sich so an, als wäre auch die lange Version ziemlich interessant.«

»Was willst du wissen?«

Nachdem sie mir ihre Geschichte in aller Ausführlichkeit erzählt hat, muss ich ihr ebenfalls Rede und Antwort stehen. Ich erzähle von Claas, dem langweilig klassischen Ende und dem Leben, das ich mir aufgebaut habe. Schlussendlich stellen wir fest, dass wir beide an einem Punkt in unserem Leben stehen, an dem nur gewiss ist, dass nichts gewiss ist.

Die Stunden vergehen im Fluge, und als wir uns zum Abschied fest in den Arm nehmen, habe ich das Gefühl, eine Freundin gewonnen zu haben.

»Es war echt ein schöner Abend. Danke dafür.«

»Ach, Quatsch. Ich habe zu danken. Ich würde sagen, wir sind quitt, keine bedankt sich, und wir fallen einfach nur todmüde und angetrunken ins Bett.«

Ich schüttle lachend den Kopf, während ich die Hälfte meines letzten Weinglases in den Sand schütte. Es reicht für heute. »Du bist schon ein Original.«

»Ja, ich weiß«, seufzt sie, »wenn auch ein eher anstrengendes. Ich finde mich mitunter sogar selbst anstrengend, wie sollen es da andere Menschen mit mir aushalten?«

»Weißt du, in unserem Alter darf man ruhig ein bisschen anstrengend sein. Das würde zumindest meine Großtante Lisbeth sagen. Nett und gefällig waren wir lange genug, das Alter ruft nach Exzentrik.«

»Deine Großtante scheint eine weise Frau gewesen zu sein.«

»Das war sie.«

Wir umarmen uns ein zweites Mal, schlendern zurück und am Strandaufgang trennen sich unsere Wege.

Helena ist noch unterwegs, aber vor unserem Zelt sitzt Hendrik im Schein des Mondes. Ich platziere langsam die leere Weinflasche und die Gläser auf den Campingtisch.

»Was machst du denn hier?«, frage ich.

Er grinst schief. »Wenn der Prophet nicht zum Berg kommt …«

»Aha.« Ich versuche herauszufinden, wie ich auf diesen Überfall reagieren soll, bin aber zu beschwipst, um strategisch vorzugehen. Wegschicken ist keine Option, Moral ist mir gerade zu anstrengend. Also schiebe ich ihm eines der Weingläser über den Tisch. »Wenn du es dir sauber machst, spendiere ich noch eine Flasche.«

Seine Augen blitzen. »Sehr gern.«

Er steht auf, nimmt das Glas und verschwindet. Ich hole die versprochene Flasche, und als Hendrik wiederkommt, schenke ich uns ein. »Was ist mit Katja?«

»Die hatte Kopfschmerzen und ist mit den Kindern schlafen gegangen.«

»Aha.«

Die Situation ist merkwürdig, aber ich will nicht weiterbohren und hebe mein Glas in seine Richtung. »Zum Wohl.« Ich bin nicht mehr nüchtern, aber ein Glas geht noch. »Hast du den ganzen Abend hier gesessen?«

»Quatsch, ich bin ja kein Stalker.«

»Bist du nicht?«, frage ich provokant.

»Nein, bin ich nicht, trotzdem sitze ich seit Stunden vor meinem Zelt und verrenke mir im Minutentakt den Hals, um zu sehen, ob du endlich kommst. Eben war ich kurz davor wegzunicken, und na ja, da dachte ich, ich wechsle mal den Platz, damit du quasi über mich fällst.«

Seine Ehrlichkeit ist entwaffnend. »Und warum?«

»Warum ich mal wieder mit dir sprechen will?«

»Ähm, ja.«

»Ich weiß es nicht, aber ich habe ein paar nette Gespräche am Strand in Erinnerung, und mir war langweilig.«

»Hm.«

»Können wir nicht noch ein bisschen plaudern?«

»Ja«, murmle ich, wohl wissend, dass dies keine so gute Idee ist …

Was uns verbindet

Mittwoch, Sonne-Wolken-Mix,
lauer Wind aus Nordost, 21 Grad Celsius

Ich möchte Hendrik nicht über den Weg laufen. So einfach ist das. Nicht nach dem gestrigen Abend und nicht nach dem, was ich mir ausgemalt habe, als ich in meinem Schlafsack lag, ins Dunkle starrte und nicht einschlafen konnte. Es ist nichts passiert, rede ich mir ein, und davon träumen wird man ja wohl noch dürfen. Außerdem habe ich Sehnsucht nach meinem Kind. Nach Helena, wie sie früher war. Sie schien mir beim Frühstück nachdenklich, und auch, als sie gestern nach Hause kam, kurz nachdem Hendrik weg war, wirkte sie abwesend. Es gibt also gute Gründe, sie mit der Aussicht auf eine Überraschung ins Auto zu scheuchen.

Wir überqueren die Halbinsel Wittow, setzen mit der Wittower Fähre über, durchqueren Westrügen und erreichen unser Ziel: den Rügenpark, einen kleinen Freizeitpark in Gingst. Der Parkplatz ist voll, Hauptsaison, aber ich lasse mich nicht beirren.

Helena reckt neugierig den Hals. »Rügenpark? Was ist das?« Anscheinend hat sie noch kein einziges Mal in unseren Reiseführer geschaut, denn sonst hätte sie sich einen Besuch im Rügenpark längst erbettelt. So kann ich sie überraschen.

»Wart's ab«, antworte ich, betont geheimnisvoll.

Von außen sieht der Park wenig spektakulär aus. Ein endloser Bretterzaun, ein Parkplatz, ein bescheidenes Kassenhäuschen. Ein paar Attraktionen lugen über den Zaun, sie muten an wie rudimentäre Fahrgeschäfte aus früheren Jahrzehnten.

»Na, weißt du, was es ist?« Ich grinse Helena breit an.

Helena runzelt die Stirn, beäugt, was man sehen kann, dann hellt sich ihr Gesicht auf. »Ist das ...?«

»Ja, genau. Ein Freizeitpark. Hättest du mal in den Reiseführer geschaut, wüsstest du das.« Diese Spitze kann ich mir nicht verkneifen.

»Wieso, das machst du doch jeden Tag für uns. Aber cool. Echt cool.« Sie strahlt jetzt wie ein kleines Mädchen. Genau das, was ich mir erhofft habe.

»Die Fahrgeschäfte sehen ganz schön oll aus. Na ja, egal, Hauptsache Karussells.«

»Ja, erwarte nicht zu viel. Der Rügenpark ist überschaubar.«

»Ist echt okay, Mum, ich freue mich.«

Wir passieren das Kassenhäuschen, zahlen einen moderaten Eintrittspreis und studieren hinter dem Eingang zunächst den Plan.

»Ein Miniaturenland gibt es, und schau, man kann mit einem Zug fahren. Die Fahrgeschäfte sind im hinteren Teil. Was machen wir zuerst?«

»Eisenbahn«, antwortet Helena und strahlt mehr, als es ihrem Alter angemessen wäre. Also stellen wir uns für eine Fahrt mit der Schmalspurbahn an, tuckern eine Runde durchs Gelände und bewundern erstaunliche Bauwerke aus aller Welt in Miniatur und maßstabsgetreu. Die Tower Bridge, den Dom zu Bamberg oder den Reichstag, all das eingebettet in eine liebevoll angelegte Landschaft im Kleinformat, mit Seen und Kanälen. Der Höhepunkt ist ein Abbild der Insel Rügen mit Leuchttürmen, Kreidefelsen und Seebrücken. Wir genießen die Fahrt vorbei an Bauwerken aus aller Welt, mümmeln Salzbrezeln und trinken Cola aus Plastikflaschen. Nach der Bahnfahrt spazieren wir durch die Landschaft, entdecken Kleinigkeiten, die uns im Vorüberfahren nicht aufgefallen waren, und kosten unsere Vorfreude auf die Fahrgeschäfte aus. Wir sind beide Karusselljunkies. Etwas, das Claas nie verstand, und er hat sich stets geweigert mitzukommen. Zu voll, zu laut, verlorene Zeit, vergeudetes Geld. Nicht einmal jetzt, wo er alles daran setzt, Helena zu zeigen, dass er der bessere Elternteil ist, gönnt er ihr einen Ausflug in den Freizeitpark. Dabei kann er es sich im Gegensatz zu mir locker leisten. Aber das hat zum Glück bald ein Ende. Mir wird bewusst, wie lange ich nicht mehr über den eigentlichen Grund unseres Zelturlaubs nachgedacht habe. Weil ich diesen Urlaub genieße!

»Die sehen witzig aus, irgendwie so, als würde da was fehlen.« Helena deutet auf eines der Fahrgeschäfte, eine Art überdimensionale Schaukel namens *Komet*.

»Das ist eben reine Technik ohne Schnickschnack.«

Richtig witzig ist jedoch etwas anderes. Man bedient die Geschäfte nämlich selbst. Einsteigen, Knöpfchen drücken, los geht's. Riesenschaukel, Wildwasserrondell, Doppelrutsche. Nichts ist spektakulär, aber wir haben riesigen Spaß. Die Krönung ist die Pferdereitbahn. Auf Schienen, die einen halben Meter über der Erde verlaufen, galoppieren im Minutentakt wiehernd die Pferdchen herbei (mit einer Geschwindigkeit von höchstens drei Stundenkilometern), man steigt auf und prescht einen zweiminütigen Rundkurs entlang. Es ist albern, absolut kleinkindmäßig, doch wir wollen nicht mehr aufhören. Wir müssen jedes Pferd reiten und küren am Ende unsere Lieblinge. Wir veranstalten Rennen (was natürlich überhaupt nicht geht, weil die Pferdchen immer brav im selben Abstand galoppieren), und wir lassen sie wiehern, bis sie heiser sind. Kurzum: Wir genießen unseren Ausflug in vollen Zügen, lachen, unken und streiten uns spielerisch. Wir unternehmen etwas, das uns verbindet, und sind eher Freundinnen als Mutter und Tochter.

Als wir eine Pause einlegen und, mit Pommes und Currywurst

versorgt, an einem der letzten freien Tische im Restaurant sitzen, traue ich mich, nach ihren neuen Freunden zu fragen.

»Magst du mir von deinen Freunden erzählen? Du musst nicht, aber ich bin schrecklich neugierig.«

Helena, die sich gerade drei Pommes gleichzeitig in den Mund schieben will, hält inne. »Hm.« Dann isst sie die Pommes genüsslich auf und schaut mich an, ohne die Miene zu verziehen. »Da sind die Zwillinge, genauso alt wie ich. Sie kommen aus Wuppertal und sind total nett. Wir wollen uns nach den Ferien weiter treffen. Außerdem gibt es einen Jungen aus Hagen und ein Mädchen aus Berlin, beide ein bisschen älter. Die machen alle einen Surfkurs und kennen sich daher. Ich habe sie nur zufällig getroffen, bin am Strand über einen Eimer von 'nem Angler gestolpert, und sie haben mir geholfen, die Fische wieder einzusammeln.« Sie grinst etwas schief, ich fange an zu lachen.

»Du bist eben doch meine Tochter. Da kannste nix machen.«

»Ja, leider. Hab ich mir auch nicht ausgesucht.«

»He, Frechdachs!« Ich boxe ihr sachte gegen die Schulter. Jetzt oder nie. »Und was ist mit dem Surflehrer? Ich sage nix Mütterliches. Versprochen.«

Kurz denke ich, die Auster klappt zu, weil ein dunkler Schatten über das Gesicht meiner Tochter huscht, doch ich unterschätze sie.

»Der ist echt süß, Mum.« Sie wird rot. »Aber Jacky meinte, der hat alle drei Wochen eine andere, und das ist ja irgendwie nicht so schön. Trotzdem mag ich ihn.«

»Ach, Süße, so ist das mit den Jungs. Sie haben uns manchmal mehr im Griff, als uns lieb ist.«

»Was mache ich denn jetzt?«

»Tja, eigentlich müsste ich dir dringend raten, das Weite zu suchen, aber vielleicht hörst du lieber auf Jacky. Sie kennt den Burschen besser, und ich muss uns den schönen Tag nicht mit mütterlichen Ermahnungen verderben.«

»Gute Idee«, meint Helena.

Wir strahlen uns an und sind bereit für die nächsten Runden im Freizeitpark.

Sorgfältig schrubbe ich jede Gabel. Nicht weil ich akribisch bin, sondern neugierig. Ich habe mir einen strategisch günstigen Platz gesucht, um das Pärchen im Megacampingbus zu beobachten. Sie sind nämlich immer noch da. Es scheint schwer zu sein, mitten in der Hochsaison einen Platz zu finden, der ihrem Ungetüm gerecht wird. Dieter liegt auf einer Liege und liest ein Boulevardblättchen. Neben ihm steht auf einem stylischen Tischchen ein Glas Bier – mit Papierkrempe und Bierdeckel. Es wurde ihm soeben von Uschi kredenzt. Er drehte es postwendend in die richtige Position und bemängelte die Füllhöhe. Das alles in einer Selbstverständlichkeit, die mich staunen lässt. Uschi ihrerseits sitzt in einem luxuriösen Campingstuhl, hat sich eine Sektflöte bereitgestellt und macht sich die Nägel. Währenddessen zitiert Dieter Schlauheiten aus der Zeitung und sie antwortet gebührend.

»Oooh, wie furchtbar«, flötet sie, oder: »Nein, das wusste ich wirklich nicht, Diiieter.«

Ich bin entzückt. Die beiden sind besser als jede Reality Soap, und ich könnte Stunden hier stehen. Aber leider, leider werde ich mal wieder von einem meiner vielen Campingplatzbekannten gestört.

»Spülst du oder guckst du fern?«

Stefan. Ich zucke zusammen. »Hast du eigentlich kein Zuhause?«, herrsche ich ihn brüsk an, nehme mich jedoch gleich wieder zurück. »Sorry, habe mich ertappt gefühlt.«

»Kein Problem«, sagt er lachend, »das war pure Absicht. Es ist einfach zu offensichtlich, dass du ein Fan dieses putzigen Pärchens bist.« Er raunt es mir verschwörerisch ins Ohr, dann wird er wieder lauter. »Und ja, ich habe kein Zuhause. Bettina sitzt mit einer

Freundin vor dem Wohnwagen, trinkt Käffchen und hat für mich keine Verwendung.«

»Sie hat dich weggeschickt?«

»›Geh spielen‹, hat sie gesagt, und deshalb stehe ich jetzt hier und hoffe, dass das netteste Mädchen vom Platz Zeit für mich hat. Das letzte Mal war so schön.« Er setzt einen bettelnden Hundeblick auf. Nein, jetzt schürzt er sogar die Lippen. Das alles so sympathisch und harmlos, dass mein Herz aufgeht. Leider nur auf eine freundschaftliche Art und Weise. Hallo, Schmetterlinge? Wo seid ihr, wenn man euch braucht?

»Also, du bist ja einer.« Ich schüttle meinen Kopf. »Ich kann gar nicht glauben, dass du der Besoffene bist, der uns die halbe Nacht auf Trab gehalten hat. Für so eine Aktion bist du gar nicht der Typ.«

»Nein, bin ich nicht. Es war das erste und hoffentlich letzte Mal. Was meinst du, warum ich mit diesem monströsen Blumenstrauß aufgetaucht bin? Ich hätte einen noch größeren gekauft, wenn die Floristin mich nicht schon so für verrückt gehalten hätte.«

»Tja, Liebeskummer kann gefährlich werden.«

»Genau. Man braucht Warnhinweise.« Er deutet mit den Händen einen Schriftzug an. »Liebeskummer ist gefährlich. Zu Risiken und Nebenwirkungen fragen Sie Ihren Arzt, Apotheker oder eine Frau, die sich damit auskennt.«

Ich kichere. »Deine Theorie hat einen Haken.«

»Der da wäre?«

»Liebeskummer verabreichst du dir nicht selbst, er wird dir unter Zwang eingeflößt. Also hast du keine andere Wahl, als die Nebenwirkungen in Kauf zu nehmen.«

»Wohl wahr, demnach muss es draufstehen, bevor man sich verliebt.« Er seufzt.

»Oder du versuchst, die Nebenwirkungen einzudämmen.«

»Erzähl, was kann ich tun?« Er schaut mich gespannt an, und ich kann nicht umhin festzustellen, dass er sehr, sehr niedlich ist.

»Ich denke drüber nach«, ich lache, »und dann erzähl ich es dir bei einem Bier am Strand. Was meinst du?«

»Geht klar«, antwortet er und strahlt mich an.

Vor meiner Spülaktion war ich Trudi begegnet, und die machte mir unmissverständlich klar, dass sie nicht länger mit der Analyse meiner Aura warten will.

»Deine Farben sind sichtbarer als letzte Woche. Ich muss wissen, was sie zum Strahlen bringt.«

Also bin ich nun auf dem Weg zum Aurenscan. Alleine das ist schon wieder so schräg, dass ich nicht weiter darüber nachdenken möchte. Deshalb nutze ich den Weg dorthin, um Isa anzurufen.

»Was macht dein Männertrio?«, grölt sie mir ins Ohr, kaum dass sie abgehoben hat.

»Es ist ein Duo«, protestiere ich.

»Mann ist Mann. Und wenn einer schwul ist, dann ist das völlig egal, denn das Testosteron und die Pheromone machen was mit dir, ob du willst oder nicht. Es scheint dir auf jeden Fall zu gefallen, sonst würdest du mich nicht ständig vernachlässigen. Den ganzen Tag starre ich auf das blöde Handy, weil ich nach Neuigkeiten dürste, und du lässt mich am langen Arm verhungern.«

»Du übertreibst wieder, Isabell, ich kann schlecht dreimal am Tag anrufen.«

»Natürlich könntest du, Schwesterchen.«

»Ach komm, du bist nur froh, dass du diesmal Zuschauerin bist und nicht selbst mittendrin steckst.«

»Stimmt. Jetzt bist du mal dran, und auch wenn du nicht fremdgehst, hast du wenigstens einen verheirateten Mann im Programm. Das macht es zumindest ein bisschen verrucht und spannend.«

»Sehr witzig.«

»Gern geschehen. Also erzähl. Einen nach dem anderen. Ich will nicht den Überblick verlieren.«

Ich überhöre die Spitze und berichte. Isa ist von meiner Traktorfahrt schwer beeindruckt, findet, Hendriks Warterei vor dem Zelt sei ein eindeutiges Zeichen, und zu Stefan lautet ihr Kommentar: »Das klingt, als sei er ein gutmütiger Bär, einer, der Frauen auf Händen trägt.«

»Das ist auch mein Eindruck. Nur dumm, dass gar keine Schmetterlinge unterwegs sind.«

»Man kann ja auch aus Vernunft etwas anfangen, den Sex genießen und sich hinterher verlieben.«

»Das wäre mir zu nüchtern und ist überhaupt nicht romantisch.«

»Es wäre pragmatisch und würde wunderbar zu dir passen, Evilein.«

»Ich wusste, dass du das sagst. Aber vergiss nicht, er wurde gerade verlassen und steckt in der schlimmsten Liebeskummerphase.«

»Damit hättest du Zeit, es langsam angehen zu lassen. Du mimst die gute, verständnisvolle Freundin, und das Plus ergibt sich automatisch.«

Ich stöhne. Warum hat meine Schwester auf alles eine Antwort? »Deine Argumentation klingt schlüssiger, als mir lieb ist.«

»Tja, am Ende habe ich meistens recht. Aber jetzt glaub nicht, mir wäre was nicht aufgefallen.« Isa feixt.

»Was?«

»Wenn bei dem Bärchen keine Schmetterlinge unterwegs sind, dann wohl bei dem Ehemann?«

Ich ächze. »Ehrlich, Isa, ich weiß, der Kerl ist nicht gut für mich. Ich mag ihn nicht mal sonderlich. Aber irgendwas reizt mich, und das will ich nicht, weil er, verdammt noch mal, verheiratet ist.«

»Tja, dann würde ich sagen, entspann dich, und schau, wen das Schicksal bestimmt …«

»Niemanden. Ich werde nach Hause fahren, mich über diesen Urlaub wundern und alles ist wie vorher.«

»Wenn du dich da mal nicht täuschst.«

Trudi verliert keine Zeit. Sie hat hinter einem der Zirkuswagen eine Decke mit Ethnomuster ausgebreitet, zahllose bunte Kissen liegen darauf verstreut, in der Mitte brennt das obligatorische Räucherstäbchen. Wir setzen uns. Ich bin skeptisch. Nach der außerkörperlichen Reise und der Geisterbeschwörung ist dies mein drittes esoterisches Gastspiel. Wozu diese ganzen Techniken und Rituale? Warum glauben so viele Menschen daran? Warum sitze ich hier? Weil ich Antworten brauche, die mir das Leben nicht gibt?

Kokolores, unkt Lisbeth auf ihrer Wolke, *du machst nur jeden Quatsch mit.*

Da hat sie auch wieder recht. Und was sagst du dazu, Mama?

Versuche, die Antworten selbst zu finden. Sie sind in dir, du musst nur lernen, sie zu deuten. Dafür brauchst du bestimmt keine Esoterik.

Ich seufze still.

Trudi beobachtet mich. Wie lange schon? Während meiner mentalen Zwiegespräche bin ich oft nicht ansprechbar.

»Wohin bist du unterwegs, du kleine Tagträumerin?«, fragte meine Mutter mich oft.

»Lass dir Zeit, Kind«, sagt Trudi.

»Brauchst du denn Zeit zum Lesen meiner Aura?«, frage ich.

»Nun, die Zeit hilft mir, meinen Geist für eine andere Sicht auf die Dinge zu öffnen.«

»Du erkennst die Auren also nicht immer? Ich dachte, du siehst überall bunte Menschen.«

»Es ist im Grunde ein aktives Sehen. Die meiste Zeit sieht man passiv. Und jetzt schweigen wir, und ich lasse dich auf mich wirken.«

Es dauert wohl eine Weile, bis ich wirke, deswegen fange ich an nachzudenken, und das lässt mein Gehirn implodieren. Ich denke nichts und gleichzeitig alles. Es ist, als würden sich die Gedanken zu einem grauen Knäuel verflechten und sich gegenseitig neutralisieren. Er ist ein höchst merkwürdiges Gefühl.

»Kommen die Probleme, die du hast, von außen, oder sind es deine Probleme? Kommen sie aus dir heraus?« Trudi bedient sich ihrer sonoren Meditationsstimme.

Ich löse mich aus meinem Knäuel und schaue sie verwundert an. »Ähm. Ich weiß nicht. Beides, denke ich.«

»Sicher?«

Ich denke angestrengt nach. Sind meine Probleme meine eigenen? Ich nicke sachte, leicht verwundert.

»Du musst dir verzeihen. Alle Fehler, die du gemacht hast, und alle, die du noch machen wirst. Wenn andere dir verzeihen, kannst du es auch. Und dann leuchtest du wieder.«

Ich sortiere mich, das geht mir grad zu nahe. Abbrechen möchte ich nicht, aber ein anderes Thema. Also lenke ich das weitere Gespräch.

»Und zwar in Lila?«

»Nicht nur, im Grunde sind alle Farben in uns Menschen angelegt, und bei jedem sind einige der Farben eben dominanter.«

»So wie bei mir das Grau.«

»Genau. Und unter deinem Grau schimmert es gelb und grün, viel stärker als am Anfang, und eben lila.«

Ich stelle mir meine Aura vor. Wie sie aussähe, wenn es sie wirklich gäbe. Die Farbkombination gefällt mir. Sie wirkt warm und trotzdem fröhlich.

»Was bedeuten die Farben?«

Trudi erklärt mir die Farben und die Charakterzüge, die dazu gehören. Wenn ich meine Farben zusammenfasse, fallen Schlagworte wie Harmonie, Sicherheit, Sensibilität, Wahrheit und Kraft. Aber laut Trudi verdrängt das Grau einen großen Teil davon.

»Und was fange ich mit dem Wissen an?«, frage ich sie skeptisch.

»Keine Ahnung. Lass es auf deinen Geist wirken, es wird sich entfalten.«

»Ich soll also nichts machen?«

»Ja, genau.«

Und dann erklärt sie mir endlich das Lila – die Farbe, mit der alles seinen Anfang nahm.

»Menschen mit einer lila Aura stehen ein bisschen über den Dingen. Es wirkt, als sei ihr Geist wacher. Sie sind sensibel und manchmal zu emotional.«

»Das würde ich so nicht von mir behaupten.«

»Das tun die meisten nicht.«

Ich denke über das seltsame Gespräch nach, während ich nach Hause schlendere. Im Grunde gebe ich Lisbeth recht. Alles Kokolores. Vielleicht ist es am Ende wie mit den Sternzeichen. Man glaubt nicht daran und erwischt sich doch manchmal dabei, dass man sein Horoskop liest. Für heute reicht es mir jedenfalls. Ein Buch, eine Hängematte, eine Flasche Bier. Mehr brauche ich nicht mehr.

Geht es zu leicht, ist es definitiv falsch

Freitag, Sonnenschein, leichter Wind aus Südost, 22 Grad Celsius

Was ziehe ich an? Der Satz aller Sätze. Klischeemäßig, aber ein Spiegel der Realität. Ich kämpfe unter erschwerten Bedingungen. Schließlich habe ich für einen Urlaub im Einklang mit der Natur gepackt. Ich hocke vor meiner Klamottenkiste, wühle und finde nichts anderes als praktische Unterwäsche, wärmende Leibchen, dicke Socken und Schlafzeug. Ich habe Hosen zum Wandern und Radfahren eingepackt, T-Shirts, die durch Anpusten trocknen, und zwei Kleider, die jedoch aussehen wie das, was sie sind: Strandkleider.

Ich durchwühle meinen Fundus bereits zum dritten Mal. Vielleicht taucht in dem unordentlichen Haufen ja noch ein Schatz auf? Oder wenigstens drei Haselnüsse? Wobei: Wofür sollte ich die denn brauchen? Ein Prinz ist schließlich nicht in Sicht. Es sei denn, es gibt Märchen, in denen sich die Prinzessin in den werten Gemahl der Nachbarprinzessin verliebt oder in einen freundlichen Trunkenbold oder in einen schrulligen Schwulen. Ich stopfe alles zurück in die Kiste und schürze frustriert die Lippen. Warum denke ich so? Anscheinend haben die letzten Tage eine Sehnsucht geweckt. Nach Liebe, Körperkontakt, Lust und Leidenschaft, nach alldem, was ich seit Langem nur noch aus Büchern und Filmen kenne.

Allmählich dämmert mir, was ich nicht will: Ich will nicht mehr nur Mutter, Arbeitende, Tochter sein. Ich will mir nicht mehr selbst genug sein.

Ich möchte gesehen werden.

Lisbeth hat recht.

Isa hat recht.

Ich muss – und möchte – mich dem Leben wieder stellen. Und auch wenn keiner der drei männlichen Wesen vom Campingplatz infrage kommt, zeigen mir die Begegnungen eines: Ich bin wieder bereit. Und wer weiß, vielleicht suche ich mir nach dem Urlaub wirklich jemanden, dem ich nahe sein darf und der mir nah sein will. Einen Mann mit den richtigen Attributen: humorvoll, nett, ungebunden. So hoch sind meine Ansprüche doch gar nicht. MOMENT. Er darf natürlich auch ansehnlich sein. Wenn ich diesen kleinen Wunsch dem Universum noch mitgeben dürfte.

Zurück zu den Klamotten in der Kiste. Da ist nach wie vor nichts Angemessenes aufgetaucht. Also ziehe ich eine Jeans und ein schlichtes schwarzes Shirt heraus. Dazu meine Sneakers. Fertig. Und sonst? Ich habe nicht einmal Schminksachen dabei. Wimperntusche würde helfen, damit ich mir nicht vorkomme wie ein Mensch, der im Freien lebt, sondern wie eine Frau, die auf ein Fest geht.

»Wo fährst du hin?« Helena kommt mir entgegen, als ich mein Rad bei Herrn Lustig vorbeischiebe. Der steht wie seine Figuren zuverlässig im Vorgarten und gießt Geranien. Er nickt uns zu und hat heute wohl keine Wettervorhersage auf Lager.

»Ich wollte ins Kaufhaus. Wimperntusche und Lidschatten wären nett, wenn ich schon nichts anzuziehen habe. Willst du mitfahren?« Ich habe ihr heute Morgen beim Frühstück vom Fest erzählt. Begeistert war sie nicht, mitkommen möchte sie trotzdem.

»Nee. Ich leg mich lieber in die Hängematte und schlafe ein wenig.« Sie huscht an mir vorbei und ich starre ihr verwundert hinterher. Gleich zwei Dinge sind seltsam. Sie schlägt eine Shoppingtour aus und will schlafen. Mal sehen, wie sie nachher drauf ist, erst mal sind die Wimpern dran.

Es macht Spaß, wieder mit dem Rad zu fahren, und als habe Lisbeth einen guten Tag, weht nicht das laueste Lüftchen. Wenn man den Bewohnern Wittows Glauben schenkt, ist dies einer der wenigen Tage, an denen Windstille herrscht. Ich höre die Vögel, von ferne die Landstraße, das Klackern des Rades, das Geräusch der Reifen auf dem alten, für den Osten so typischen Plattenweg. *Flopp, flopp, flopp.* Der Rhythmus treibt mich vorwärts wie ein Lied im Dreivierteltakt.

Im Kaufhaus lege ich Lidschatten, Wimperntusche und einen dezenten Lippenstift in den Korb und stromere weiter durch den Laden. Mir ist mal wieder nach Geldausgeben. Egal, nach dem Urlaub bin ich eine Frau ohne Geldsorgen. Ich grinse in mich hinein. Das ist schon ein geiles Gefühl. Genau, das denke ich. Geil! Aber nicht nur das. Ich bin gewachsen. Männer sind wieder eine Option, und mein Herz ist bereit für etwas Neues. Außerdem lerne ich loszulassen. Helena, die Agentur, den Alltag. Das Loch, in das ich nach der Trennung von Claas gestürzt bin, ist passé. Ich bin über ihn hinweg, und zum allerersten Mal freue ich mich auf die Scheidung und darauf, ein neues Kapitel in meinem Leben aufzuschlagen.

Danke, Lisbeth.

Da nicht für, Cherie, ich freue mich!

He, das ist Jackys Floskel.

Die find ich cool. Habe ich mir abgeguckt.

Jaja, Hauptsache du hast Spässken da oben.

Zum Wohl!, ruft sie, prostet mir zu und lacht ihr unverkennbares, immer ein wenig zu lautes Lachen.

Ich finde ein Paar schicke Sandalen mit Keilabsatz und Blasenpflaster dazu. Ich packe einen Lipgloss für Helena ein und ein süßes

Sommerkleid. Wenn es ihr nicht gefällt, tauschen wir es um. Als ich schon an der Kasse stehe, entscheide ich mich spontan um und kaufe doch noch die Flatterbluse, die mir eben zu bunt erschien. Das Leben ist bunt. Ich will es endlich leben.

Ich fühle mich fantastisch, als ich zurückkehre. Summend schiebe ich mein Rad zum Platz und halte jetzt doch ein kurzes Schwätzchen mit Herrn Lustig. Ich möchte schließlich wissen, wie das Wetter am Abend wird.

»Kein Wind, Sonne, warm, is' auch Meer, was?«

Helena ist mal wieder unterwegs. Ich räume auf, maile Saskia und frage schon fast unwillig nach dem Stand der Agentur, und als alles erledigt ist, schnappe ich mir das Waschzeug und spaziere zum Waschhaus. Dort begegne ich Helena.

»Du musst dich fertig machen. Ich will pünktlich los, sonst gibt es keine Würstchen mehr. Ich habe dir was mitgebracht. Es liegt auf deiner Kiste. Sollte es dir nicht gefallen, können wir es umtauschen.«

»Okay.«

Auf dem Rückweg schwebt sie mir strahlend entgegen, das Kleid unterm Arm.

»Es gefällt dir?«

»Ja, es ist echt schön. Danke, Mum.«

»Da nicht für«, antworte ich und grinse. Irgendwie mag ich die neue Floskel genauso wie Lisbeth.

»Können wir?« Ich schließe mein Fahrradschloss auf.

»Fahren wir nicht mit dem Mini?«

»Nein. Ich möchte was trinken.«

Helena verdreht die Augen und schnappt sich dann ihr Rad. Geht doch.

»Steht dir irgendwie gut, die neue Bluse«, bemerkt sie, als wir die Landstraße entlangradeln. »Das sind mal andere Farben, nicht immer dieses öde Schwarz, Weiß oder Blau.«

»Danke sehr«, antworte ich, freue mich, etwas gewagt zu haben, und lobe ihr Kleid, das ihr hervorragend steht. Neue Farben. Sie sind wie ein Sinnbild für das, was ich empfinde.

Lampions, Bierbuden und Essensstände. Verschiedene Stationen mit Spielen und Stände der ortsansässigen Läden und Kunsthandwerker – der kleine Park am Rande des Dorfes hat sich herausgeputzt. Das Fest ist gut besucht und das Wetter perfekt. Wir schließen die Räder an und kaufen, wie es sich für ein Sommerfest gehört, Bons. Ich stecke Helena die Hälfte der Bons zu.

»Kommt jemand, den du kennst?«

»Hm. Weiß nicht. Vielleicht.«

»Du musst nicht die ganze Zeit mit mir rumhängen.«

»Willst du mich loswerden?«, foppt mich Helena.

»An den Kindertisch darf ich dich ja nicht mehr setzen«, entgegne ich augenzwinkernd.

Wir schlendern eine Runde über den Platz, schauen uns das Essensangebot an, haben aber noch keinen richtigen Hunger, also widmen wir uns den Verkaufsständen. Helena überrede ich zu einem filigran gestalteten Silberarmreif, und ich kaufe mir silberne Creolen. Zu meiner Freude stellt der Kunsthandwerker, bei dem ich die Skulptur für den Garten gekauft habe, auch hier aus. Ich entdecke gleich zwei kleinere Schweißarbeiten, die mir gefallen, aber ich maßregle mich. Auch mit einer Erbschaft im Rücken sollte ich das Geld beisammenhalten. Schwer fällt es mir dennoch.

»Die sind sooo schön.«

»Sind sie, Mum, aber wir sind auch zum Wurstessen hier und nicht nur zum Shoppen.«

»Weise Worte, Tochter.«

»Ich werde eben erwachsen.«

»Leider«, seufze ich. »Aber lass dich nicht täuschen von meiner Sentimentalität, in Wirklichkeit bin ich froh, wenn du ausziehst und ich endlich meine Ruhe habe.«

»Klar, und China ist eine Demokratie.«

Ich lache schallend. Schlagfertig war Helena schon immer, aber nun kriegt es einen erwachsenen Anstrich.

Der Hunger klopft an, wir essen eine Wurst mit Brötchen und viel Senf und holen uns Getränke. Cola für Helena, ein Alster für mich. Dann gelüstet es uns nach Kuchen, also ist das obligatorische Kuchenspendenbuffet die nächste Station.

»Ich kann nicht mehr«, ächze ich nach der Völlerei. »Ich muss mich bewegen, sonst schlafe ich auf der Stelle ein.«

Wir entern die Spielstationen, spielen Dosenwerfen, ich lasse mich zum Sackhüpfen überreden, und wir schießen auf eine Torwand, die keine von uns trifft. Wir lachen, klatschen uns ab und es könnte schöner nicht sein. Helena platziert gerade den Ball für ihren dritten Schuss, als plötzlich ein Junge bei uns steht. Sie lässt den Ball fallen, als wäre er pure Lava, und wird rot. Es ist ihr sichtlich unangenehm, bei Kindereien mit ihrer Mutter erwischt zu werden.

»Hallo, Helena«, sagt der Junge, der schüchtern vor uns steht. »Cool, dass du auch hier bist.«

Er ist in Helenas Alter und sieht niedlich aus. Wobei ich vermutlich alles niedlich finde, was nicht achtzehn ist und nach Surflehrer aussieht. Ich überlege, wo ich ihn schon gesehen habe. Es dauert eine Weile, dann fällt es mir ein. Es ist das Kerlchen, das mit der Angel am Strand stand, als ich Helena mit dieser Clique beobachtet habe.

»Hallo, Gregor«, grüßt Helena.

»Bist du alleine da?« Er fragt mit einem hoffnungsvollen Ausdruck im Gesicht.

»Nur mit meiner Mum. Warum?«

In diesem Augenblick stürmt eine Horde Affen auf uns zu. So jedenfalls hört es sich an. Im Schlepptau haben sie kichernde Gänse. Drei Jungs grölen, als wäre es ein Jahr lang verboten gewesen, und die Mädels zeichnen sich dadurch aus, dass sie als Trägerinnen für Schminke und knappe Klamotten hervorragend geeignet sind.

»Helena, so nice, dass du auch da bist. Hast du gar nicht erzählt.« Ein blondes Mädchen tänzelt an meine Tochter heran und verteilt gehauchte Luftküsse. Ernsthaft? »Und nices Kleid, steht dir hammergut.«

»Yo, Mann, Bro, die Helena macht was her.«

Einer der Brüllaffen klopft dem zweiten, der sich als Surflehrer Niklas entpuppt, auf den Rücken. Ich könnte ins Gras kotzen, so nervig finde ich die Posse.

»Was geht ab, Hel, chillst du mit uns?«

Helena wirft mir einen Blick zu, und natürlich nicke ich, obwohl ich sie lieber in einen Käfig sperren würde. Gregor steht stumm neben meiner Tochter, seine Enttäuschung ist unübersehbar. Das zweite Mädchen hakt sich bei Helena ein, und die Horde verschwindet so schnell, wie sie herangerauscht ist. Zurück bleiben ich und der Angler. Ich zucke hilflos mit den Achseln und er trottet trübselig davon. Am liebsten würde ich ihn adoptieren und meiner Tochter auf den Bauch schnallen. Aber leider, leider gibt es ja den freien Willen.

Nunmehr alleine drehe ich eine weitere Runde über den Platz und suche nach bekannten Gesichtern. Am Bierrondell packt mich jemand an der Schulter.

»Schöne Nachbarin. Siehst du mich nicht, oder ignorierst du mich? Ich will doch so gerne mit dir reden.« Hendrik drückt mir einen Kuss auf die Wange, und ich rieche seinen Bieratem. Es ist mir unangenehm, trotzdem klopft mein Herz.

»Ich ignoriere dich, weil du ein verheirateter Mann mit zwei Kindern bist.« Ich habe mit einem Mal keine Lust mehr, um das herumzulavieren, was seit Tagen zwischen uns steht. Er sieht mich verwundert an, dann knallt er sein Bier auf die Theke, nimmt meine Hand und zieht mich mit sich.

»Was soll das denn?«, frage ich befremdet.

Er gibt mir erst eine Antwort, als wir einige Meter weiter ein stilles Plätzchen erreicht haben. Er lässt meine Hand nicht los und schaut mich bittend an. »Ja, das bin ich. Verheiratet und Vater zweier Kinder. Aber du hast selbst mitgekriegt, dass es bei uns nicht gut läuft. Wenn die Zwillinge nicht wären, hätte Katja mich schon längst in die Wüste geschickt – und ich sie. Du hast recht, ich hätte nicht mit dir flirten dürfen, ohne dir von Katja zu erzählen. Aber ich war hin und weg und habe die Zeit mit dir genossen. Schick mich nicht weg.«

Sprachlos lausche ich seinem Monolog. Ehrlich ist er. Das ist gut. Ändert es was? Mein Herz klopft bis zum Hals, doch es fühlt sich falsch an. Isa zischelt mir aufgeregt ins Ohr, aber das ist mir egal, ich habe Grundsätze. Ich entziehe ihm meine Hand. »Danke für deine Ehrlichkeit, aber ich habe dir schon einmal gesagt, dass ich nicht in eure Eheprobleme reingezogen werden möchte.«

Damit drehe ich mich um, gehe, atme tief durch und bin stolz. Widersprüchliche Gefühle schüttle ich ab und genehmige mir ein Bier. Manchmal ist Alkohol ein wahres Medikament. In Maßen und wohldosiert.

Herz. Hör auf!

Zwei Runden und eine weitere Wurst später finde ich bekannte Gesichter, die keine Probleme verheißen: Stefan und seine Schwester Bettina. Sie schüttelt herzhaft meine Hand, nachdem uns Stefan einander offiziell vorgestellt hat.

»Schön, dich wiederzusehen. Mein Bruder schwärmt in den höchsten Tönen von seiner Retterin.«

»Echt?«

»Na klar«, antwortet Stefan an ihrer Stelle. »Oder mache ich einen Hehl daraus, dass ich dein größter Fan bin?«

Ich lache. »Nein, das machst du in der Tat nicht.«

»Komm, trinkst du was mit uns?«

»Klar. Gerne.«

Bettina ist ausgesprochen witzig, offen und strahlt dabei, wie ihr Bruder, eine gewisse Ruhe aus. Sie erzählt, dass ihr Mann den Urlaub aus beruflichen Gründen absagen musste und sie stattdessen ihren Bruder mitgenommen hat. »Einen dummen großen Jungen statt eines liebevollen Ehemanns, und dann hat der Junge auch noch Liebeskummer. Aber es tut gut, Zeit miteinander zu verbringen. Wir streiten uns schon fast wieder wie früher.«

»Ja, Geschwister sind was Feines. Ich habe eine Schwester. Je nach Tageszeit liebe oder hasse ich sie.«

»Wie erfrischend, diese Einigkeit«, unkt Stefan. »Ich hole noch mal 'ne Runde. Aber zieh mich nicht zu sehr durch den Kakao, Bettina. Ich will Evi behalten.«

Sagt's und verschwindet – und ich wundere mich.

»Warum bist du mit deiner Tochter alleine da?«, platzt Bettina in meine Gedanken.

»Ganz einfach, ich stehe kurz vor der Scheidung.«

Sie nickt verständnisvoll. »Das ist das Alter, glaube ich, da sind Scheidungen angesagt.«

»Ich für meinen Teil bin mittlerweile glücklich über die Trennung, die Karten werden neu gemischt.«

»Und wir Verheiratete fragen uns, ob wir nicht was verpassen, weil wir die lustige zweite Runde auslassen.« Sie zwinkert mir zu.

»Ganz bestimmt nicht«, schnaube ich. »Außerdem kommt vor der zweiten Runde mitunter eine lange Durststrecke. Ich hatte die letzten Jahre zumindest die Nase voll von Männern.«

»Und jetzt kannst du dir wieder was vorstellen?«

Ob sie an ihren Bruder denkt? Und an mich? Ein warmes Gefühl durchströmt mich. Vielleicht klappt es ja doch mit dem Umleiten der Schmetterlinge? Stefan ist nett, seine Schwester ebenfalls, er mag mich …

»Warum hat seine Frau oder seine Freundin ihn eigentlich verlassen?«, frage ich, um dem Gespräch einen Schubser in die richtige Richtung zu geben.

Bettina sieht mich verdutzt an, dann kräuselt sie ihre Stirn. »Hast du dich in meinen Bruder verguckt?«

Jetzt bin ich es, die verdutzt schaut. »Ähm, nee, eigentlich nicht. Aber er ist so nett, und na ja ... ich hätte nix dagegen, mich zu verknallen.«

Sie lacht schallend. »Puh, das beruhigt mich, ich hatte schon Sorge.«

»Bin ich so schrecklich?«

»Nein, nein, im Gegenteil. Aber Stefan ist ziemlich schwul, und er wurde von seinem Freund verlassen, nicht von einer Freundin oder Ehefrau.«

Mein Blick muss aufsehenerregend sein, denn jetzt trommelt sie vor Vergnügen auf den Tisch.

»Ich bin ja sooo doof.« Ich halte mir verschämt die Hände vors Gesicht.

Sie grinst. »Quatsch. Es hängt ja kein Schild an ihm dran. Und eines versichere ich dir: Wenn er nicht schwul wäre, hätte ich ihm quasi befohlen, dich anzumachen. Er hätte dich schon rumgekriegt.«

Ich atme erleichtert auf und wische mir gespielt den Schweiß von der Stirn. Just in diesem Augenblick taucht Stefan wieder auf und stellt die nächste Runde vor uns ab.

»Hab ich was verpasst?«

»Oh ja«, skandieren wir im Chor.

Er lupft eine Augenbraue.

»Hm, eigentlich hatte ich vor, mich in dich zu verknallen, zum Glück hat deine Schwester mich rechtzeitig darüber aufgeklärt, dass es wohl zwecklos ist.« Ich halte verlegen die Hände vors Gesicht und luge durch die Finger.

Nun schaut Stefan verdutzt, womit wir alle einmal durch sind, dann lacht er, setzt sich neben mich und drückt mich. »Es wäre mir eine Ehre gewesen, wenn du dich in mich verknallt hättest.«

Wir trinken das Bier, das nächste direkt hinterher, dann verabschiede ich mich. Ich möchte Ausschau nach Helena halten (blöde Kontrollfreak-Mutter) und endlich Jacky und Mattis finden. Ob ihnen etwas dazwischengekommen ist?

Während ich zum x-ten Mal über den Platz schlendere, denke ich nach. Da fasse ich endlich den Entschluss, mich neu zu verlieben, und dann habe ich so eine miese Quote. Zwei Schwule und ein Hallodri. Entweder mache ich was falsch, oder meine Zeit ist einfach noch nicht gekommen. Ich sollte der Realität ins Auge blicken, meinen völlig beknackten Plan ad acta legen und aufhören, in jedem Mann einen potenziellen Partner zu vermuten. Vielleicht sollte ich das Ganze zu Hause wirklich geplanter angehen. Es hat schließlich einen Grund, dass Online-Partnerbörsen sich eines regen Zuspruchs erfreuen. Ich höre sie alle drei ächzen. Mama, Lisbeth, Isa.

Pläne, Evi. Pläne und Gefühle passen nicht gut zusammen.

Ich ächze zurück. Ihr wollt, dass ich mich verliebe, dann lebt damit, wie ich es angehe.

Ich komme ein weiteres Mal an dem Stand mit den Skulpturen vorbei. Shoppen gegen die miese Männerquote? Eine gute Idee, befinde ich. »Entschuldigen Sie, was möchten Sie dafür haben?« Ich deute auf eine kniehohe Kugel aus verschweißten Hufeisen. »Ich glaube, ich habe schon eines der Werke gekauft, aber das hier finde ich auch großartig.«

Der Mann hinter dem Stand dreht sich gemächlich um, dann grinst er. »Eben läufst du an mir vorbei, ganze drei Mal, wenn ich richtig gezählt habe, und nun siezt du mich? Ich nehme es langsam persönlich. Auch wenn mich das Kompliment für meine Skulpturen natürlich ehrt.«

Meine Kinnlade klappt runter. »Mattis???«

Der Mattis hinter dem Stand hat nichts mit dem verschrobenen Traktornerd zu tun, den ich in den letzten beiden Wochen schätzen gelernt habe. Er trägt Jeans, ein schlichtes schwarzes Shirt, darüber ein offenes Hemd. Er ist rasiert und hat seine Haare gebändigt. Er sieht gut aus. Richtig gut sogar.

Wortlos, aber mit erkennbarer Süffisanz auf den Lippen lässt er die Musterung über sich ergehen. »Du kannst den Mund wieder zuklappen, siehst ja aus wie ein Goldfisch.«

»Es tut mir total leid, aber ich habe dich überhaupt nicht erkannt.«

»Ach nee, ist mir nicht aufgefallen.«

»Kann ja keiner ahnen, dass in dem dreckigen Blaumann was Schmuckes steckt.«

»Was Schmuckes. Soso.« Seine Augen blitzen.

»Außerdem hättest du dich ruhig bemerkbar machen können, ich suche euch schon den ganzen Abend, ihr habt mich schließlich eingeladen.« Trotzig verschränke ich die Arme vor der Brust.

»Tut mir leid, aber es war zu lustig, dass du mich nicht erkannt hast. Vergibst du mir?«

»Na gut«, grummle ich. »Aber nur weil mich meine Tochter schändlich im Stich gelassen hat und ich Gesellschaft brauche.«

»Du schwindelst, meine Liebe, ich habe genau gesehen, dass du mit Stefan und Bettina deinen Spaß hattest.«

»Stalkst du mich etwa, du Schuft?«

»Hab ja nix zu tun hier.«

Ich sehe den Stand plötzlich mit anderen Augen. Es sind Mattis' Werke. Sie gefallen mir mit diesem Wissen noch besser. »Das erklärt auch die Schilder auf dem Campingplatz. Das sind alles deine Sachen. Sie sind wirklich schön. Ich bin drauf und dran, meinen Garten damit vollzustellen.«

»Ich habe das monströse Paket gesehen, das Emma für dich

gepackt hat. Sie meinte, eine Irre wollte das Trümmerteil geschickt haben.«

Ich grinse verlegen. »Das tut mir leid. Ich wollte es unbedingt haben und hätte es mit dem Auto nie nach Hause gekriegt.« Ich deute auf die Hufeisenkugel. »Die nehme ich auch. Wo ich doch den Künstler persönlich kenne.«

»Das freut mich, aber das regeln wir später. Jetzt gehen wir erst mal zu Jacky und ihrem Polizisten und trinken ein Bier. Du wirst dich wundern. Dass die beiden zusammen sind, ist ein Phänomen.«

»Oha, da bin ich aber gespannt. Was ist mit deinem Stand?«

»Ich liefere dich bei Jacky ab, dann baue ich ihn ab. Gib mir 'ne halbe Stunde.«

»Nur weil du es bist.«

»Und stell nicht wieder irgendeinen Unfug an, heute habe ich ausnahmsweise keine Lust, dich zu retten.«

»Sehr witzig, du Traktornerd.«

»Werd nicht frech, Goldfisch.« Er hakt sich unter und bringt mich zu seiner Schwester.

Ich werde mit großem Hallo begrüßt.

»Hey, Evi. Überraschung, Überraschung! Du hast alle Männer abgefertigt und jetzt endlich Zeit für deine Gönner und Retter?«

Ich begrüße sie mit dem Faustkick, den sie mir anbietet. »Ja, ich habe sie alle abblitzen lassen, nur für dich. Aber jetzt mal ernsthaft, ich suche euch, denke schon, ihr habt mich vergessen, und dabei beobachtet ihr mich die ganze Zeit?«

Jacky wechselt einen Blick mit Mattis. »Jo, das liegt an unserer guten Tarnung. Ich musste dich mal ein bisschen abchecken.«

»Deinen Bruder habe ich in der Tat nicht erkannt, er sieht jetzt aus wie ein menschliches Wesen, aber was ist deine Verkleidung?«

Sie wedelt unter dem Tisch mit ihren Füßen. »Ich habe neue Schuhe.«

Doc Martens. Nigelnagelneu. Ich schüttle lachend den Kopf.

»Nun setz dich endlich. Mattis, vier Bier? Ach nee, nur drei, du musst ja erst noch deinen Krempel abbauen. Lutz-Schatz, holst du Bier? Das ist übrigens Evi. Die Frau, die mein Bruder ständig retten muss, und Evi, das ist Lutz, mein Schatz.« Sie sagt es so liebevoll, ich muss aufpassen, nicht wieder nach Luft zu schnappen. Jacky hat einen Mann, den sie Schatz nennt? Es ist kaum zu glauben. Lutz begrüßt mich mit festem Händedruck, und ich weiß sofort, was Mattis meinte, als er sagte, die beiden passen nicht zusammen. Lutz ist kleiner und schmächtiger, vor allem kleidet er sich völlig seriös, trägt einen akkuraten Scheitel, eine Hornbrille und wirkt mehr wie Jurist denn Polizist.

Sie rückt zur Seite, klopft auf die Bierbank und ich setze mich neben sie. »Und jetzt erklär mal, warum du hier von einem Mann nach dem anderen abgeklatscht wirst.«

Ich zucke ratlos mit den Achseln.

Jacky findet selbst eine Erklärung. »Es liegt am Zelten. Man kommt als Fremde und fährt mit tausend neuen Bekanntschaften wieder nach Hause.«

»Das stimmt, ich habe ja auch Frauen kennengelernt. Die sind nur im Moment nicht hier.«

Sie prostet mir zu. »Ich bin zwar nicht die klassische Frau, aber ich werde die Rolle heute sehr ernst nehmen, wo ich doch die einzige bin. Ausnahmsweise.«

»Wie willst du das denn hinkriegen?«, fragt Lutz seine Liebste.

»Ich bin lieb, süß und verständnisvoll, ich kichere verschwörerisch und verkneife mir das Rülpsen, wenn ich zu viel Bier intus habe.«

»Meine Großtante hätte ihre helle Freude an dir gehabt«, stelle ich fest.

Wir kalauern und quatschen, als würden wir uns ewig kennen. Mattis kommt wieder, bringt Bier mit und setzt sich neben mich.

»Ich kann nicht jede Runde mitmachen«, beschwere ich mich, »sonst komme ich nicht mehr mit dem Rad nach Hause.«

»Ach, ich werfe dich einfach in meinen Anhänger. Im Transport von Betrunkenen habe ich Erfahrung.«

Ich boxe ihn spontan und entrüstet in die Seite. »He, du willst mich ja wohl nicht mit Stefan vergleichen. Außerdem hast du auch getrunken, du kannst gar nicht mehr Traktor fahren.«

»Auf dem Feldweg schon, der Polizist ist im Übrigen ebenfalls betrunken, und Cordula kennt den Weg.«

Lutz schüttelt den Kopf. »Das habe ich nicht gehört.«

»Wenn man hilflose Frauen retten muss, heiligt der Zweck die Mittel.«

»Noch geht es mir verdammt gut«, murre ich, »und außerdem muss ich nicht gerettet werden. Das ist bei euch Männern echt so drin. Frauen müssen gerettet werden, und der Held ist nur ein Held, wenn er das tut. Das unterstützt ganz schön das patriarchaische … praitarschische … ähm … pa-tri-ar-cha-li-sche System. Jawoll.«

»Ich gebe dir vollkommen recht, Goldfisch, aber ich habe dich schon diverse Male gerettet, Patriarchat hin oder her. Aber jetzt, wo ich das weiß, lasse ich dich das nächste Mal stehen, und du kannst dir feministisch-emanzipiert selbst helfen. Wäre dir das lieber?«

»Nein«, murre ich noch einmal, »und ich hasse es, wenn gute Argumente an der Realität scheitern. Ich hoffe, du hast kuschelige Decken im Anhänger.«

»Finde ich richtig gut, wie ihr euch zankt«, bemerkt Jacky spöttelnd.

»Wir zanken uns nicht«, erwidern wir im Duett.

»Ach nee.« Sie grinst. »Und nun erklär mir den Goldfisch.«

Mattis feixt. »Als sie mich an meinem Stand endlich erkannt

hat, klappte ihr Mund vor Verblüffung auf und zu wie bei einem Fisch. Und da sie recht niedlich ist …«

»Alles klar, hab's verstanden. Passt.«

»Werde ich vielleicht auch gefragt?«

»Nein«, antworten sie im Chor.

Und so geht es munter weiter. Die Sonne verabschiedet sich in die Nacht, die lau und warm daherkommt, als habe sie das Sommerfest im Kalender stehen. Ich entspanne, versinke, bin im Augenblick verhaftet. Mit Freunden auf einem Fest. Verdammt, das Leben kann so schön sein.

Irgendwann zupft mir jemand an der Bluse. Ich drehe mich um. »Hey, Helena, was gibt es?«

»Mum, ich brauche neue Bons.«

Ich schaue sie verwundert an. »Wo sind denn alle hin?«

Die Frage ist ihr sichtlich unangenehm. »Ach, ich hab den anderen was ausgegeben.«

»Alkohol?«

»Nee, ein paar Spiele und so.«

Ich mustere sie kritisch. Ich glaube ihr nicht so recht, will aber keine Spielverderberin sein. Ich zücke meinen Geldbeutel und drücke ihr fünfzig Euro in die Hand, weil ich es nicht kleiner habe. »Du musst nicht alles ausgeben.«

»Nee, mach ich nicht. Danke, Mum.« Sie drückt mir einen Kuss auf die Wange. Schon wieder. Als sie sich umdreht, halte ich sie kurz zurück. »Geh bitte ans Handy, wenn ich anrufe, ich habe keine Lust, dich zu suchen, wenn ich nach Hause will.«

»Na gut. Ist das denn schon bald?«

»Wir werden deine Mutter noch eine Weile auf Trab halten«, antwortet Jacky an meiner Stelle. »Aber nur, wenn du Kurti morgen besuchst.«

»Okay, geht klar.« Meine Tochter strahlt und gesellt sich wieder zu Affenhorde und Gänsetruppe. Sie hält den Fünfziger triumphierend in die Höhe und erntet ein vielstimmiges Johlen. Der Surflehrer ist auch dabei.

»Hätte ich ihr das Geld vielleicht nicht geben sollen?«, frage ich in die Runde.

»Das ist eine gute Frage, auf die ich spontan keine Antwort habe«, entgegnet Jacky achselzuckend. »Aber meine Ansprache scheint nicht viel genutzt zu haben, wenn ich mir die Truppe so angucke.«

»Leider erreicht man mit solchen Appellen oft genau das Gegenteil«, stellt Mattis fest. »Wenn Teenager rebellieren, tun sie es mit Leib und Seele.«

»Und kriegen dann auch wieder die Kurve. So ging es mit Ruben.« Jacky schaut mich aufmunternd an. »Ruben ist Mattis' Sohn. Er ist jetzt erwachsen, ein patentes Kerlchen, aber er hatte seine Phasen.«

Über meinem Kopf erscheinen Fragezeichen. Mattis hat einen Sohn? Das passt doch nicht zusammen, oder? Natürlich können auch Schwule Kinder haben, liebe Evi, schelte ich mich im selben Moment.

»Jepp«, bestätigt Mattis Jackys Aussage. »Es ist schön, wenn es hinterher gut ausgeht, aber das weiß man eben nicht, solange man mittendrin steckt.«

Ich nicke. »Ich würde gerne einen klitzekleinen Blick in die Zukunft werfen, nur um zu wissen, ob alles gut wird.«

»Welche Eltern wünschen sich das nicht?«, fragt Jacky.

Ich werfe noch einen letzten Blick auf Helena und ihre Truppe. »Wenn nur dieser Niklas nicht wäre. Vorhin gesellte sich ein niedlicher Angler zu uns, der hat sich eindeutig in Helena verguckt. Und was macht sie? Lässt den Jungen einfach stehen …«

»… *ein niedlicher Angler*?«, unterbricht mich Jacky. »Das kann nur Gregor sein. Der wohnt bei uns im Dorf. Bisschen verschroben, aber lieb.«

»Genau, der ist es.«

»Er hilft mir manchmal in der Werkstatt. Ist anders als die anderen Kids. Ich mag ihn«, fügt Mattis hinzu.

»Leider sieht das meine Tochter anders.«

»Schade, aber wir Frauen sind eben manchmal genauso oberflächlich wie die Männer.« Jacky nimmt mich kurz in den Arm.

»He!«, rufen beide Männer gleichzeitig, doch Jacky winkt nur ab.

»Lutz-Schatz, spendierst du uns noch 'ne Runde?«

Der nickt brav und macht sich auf den Weg. Und zu mir sagt sie hilfreich: »Hör auf, deinem Teenie hinterherzugrübeln, es nützt eh nix.«

Etwas später muss ich dringend aufs Klo.

»Soll ich dich begleiten?«, fragt Mattis. »Falls du in Not gerätst oder Schlangenlinien läufst.«

»Nee, das schaffe ich gerade noch.« Wie um mich zu ärgern, schwanke ich leicht beim Aufstehen.

»Ist klar«, unkt Mattis.

»Genau! Ich bin selbstbewusst, emanzipiert und vernünftig. Ich schaff das gut allein.«

Einigermaßen solide erreiche ich die Dixiklos im hinteren Teil des Parks. Nicht umsonst habe ich gewartet, bis es nicht mehr geht, ich hasse diese Klos. Selbst wenn sie sauber sind, hat man das Gefühl, in einem Eldorado für Keime gelandet zu sein. Es riecht abscheulich, ist ungemütlich, man kann sich die Hände nicht waschen und hat ständig Angst, aus Versehen irgendwohin zu fassen. Ich spiele mit dem Gedanken, mich in die Büsche zu schlagen, aber wer weiß schon, wer da zu später Stunde rumliegt.

Als ich fertig bin, krame ich in meiner Tasche nach dem Fläschchen Desinfektionsmittel, das ich immer dabeihabe, und reibe mir die Hände ein. Gleichzeitig drücke ich mit dem Ellenbogen die Tür auf und trete nach draußen.

»Evi …«

Vor mir steht Hendrik. Ich fühle mich sofort unbehaglich. »Hast du mich verfolgt?« Ich schaue mich um, suche nach Katja.

»Ich muss mit dir sprechen. Unbedingt.«

Ich kneife argwöhnisch meine Brauen zusammen. »Warum?«

»Weil … ach … Evi.«

Ich unterbreche ihn. »Solltest du nicht bei deiner Frau und deinen Kindern sein?«

»Ich will das alles nicht mehr. Bei uns ist schon so lange der Wurm drin. Und du gehst mir nicht aus dem Kopf, Evi. Da war doch was zwischen uns. Bitte, sag mir, dass ich mich nicht getäuscht habe.«

Ich reagiere völlig cool, denn was nimmt sich dieser Mann eigentlich raus? Es ist nichts passiert, was sein Verhalten rechtfertigt. »Selbst wenn du recht hast, war es in dem Augenblick vorbei, als deine Ehefrau vor dem Zelt saß.«

Er tritt einen Schritt zurück und sieht mich mit dem Blick eines kleinen Jungen an, der hofft, dass das Christkind die völlig überdimensionierte Eisenbahn doch noch bringt, obwohl Mama, Papa, Oma und Opa gesagt haben, dass er sie auf keinen Fall bekommt. Sein Blick ist mir nicht geheuer, deshalb versuche ich nachzujustieren.

»Hendrik, du hast da etwas missverstanden …«

Ich kann den Satz nicht beenden, denn er schlingt seine Arme um mich und küsst mich fest auf den Mund. Es raubt mir den Atem. Einen flüchtigen Augenblick lang fühlt sich der Kuss gut an, dann wird es unbehaglich. Ich versuche, ihn wegzudrücken, doch er ist stark. Verzweiflung kriecht aus meiner Magenmitte. Dann explodiert die Situation.

»DU MIESE SCHLAMPE. Ich wusste, dass du mir den Mann

ausspannen willst.« Katja steht plötzlich hinter uns, die Zwillinge im Kinderwagen. Sie baut sich vor uns auf und zerrt mich aus Hendriks Umarmung.

»Katja, beruhige dich.« Hendrik will sie aufhalten und kassiert eine saftige Backpfeife.

»DU MIESER BETRÜGER. Sie macht dir schöne Augen, und du läufst ihr hinterher wie ein unterwürfiger Dackel.«

»So war das nicht, es ist einfach passiert. Wir wollten das nicht. Ich schwöre es.«

Noch ehe ich kapiere, wie kackendreist er ihr ins Gesicht lügt, geht sie auf mich los, zieht mich an den Haaren und schubst mich ins Gebüsch. Ich quieke vor Schmerz und Schreck und verschanze mich hinter einem Busch, kriege aber mit, was sich weiter vor mir abspielt.

Hendrik versucht, Katja wegzuzerren, doch sie pöbelt weiter.

»Was ist denn hier los?« Mattis' Stimme, dann Lutz' Stimme.

Katja, der in diesem Augenblick klar wird, welche Szene sie gerade veranstaltet, wirkt plötzlich, als hätte man die Batterien entfernt. Widerstandslos lässt sie sich von Lutz wegführen. Er schiebt den Kinderwagen und redet beruhigend auf Katja ein. Mattis gibt Hendrik einen sachten Schubs.

»Geh nach Hause, werd nüchtern, und sieh zu, dass du den Schaden wiedergutmachst, den du angerichtet hast.« Hendrik hält kurz inne, als wolle er etwas sagen, zieht dann aber ab, ohne mich noch eines Blickes zu würdigen.

Erst jetzt verlasse ich meinen Beobachtungsposten.

Mattis mustert mich von oben bis unten. »Ich wüsste natürlich zu gern, was hier genau passiert ist«, stellt er trocken fest.

Da mir die ganze Sache mehr als unangenehm ist, hole ich tief Luft. »Tja, die Sache ist die: Anfangs, ja, da haben wir ein bisschen geflirtet. Aber da wusste ich nicht, dass er verheiratet ist. Seitdem gehe ich ihm aus dem Weg, obwohl Katja ständig den Kontakt mit mir sucht. Ich habe ihm gesagt, dass zwischen uns nichts ist. Und eben … Er hat sich einfach auf mich gestürzt. Und dann war Katja da … Das ging alles so schnell. Und … nun ja, den Rest hast du gesehen.«

Mattis tätschelt sachte mein Haar. Ich genieße die Ruhe, die auf dieses große Tohuwabohu folgt.

»Du hast alles richtig gemacht«, sagt er schließlich und streichelt weiter.

»Danke«, antworte ich und lehne den Kopf an seine Schulter.

»Da nicht für.« Er macht eine Pause und sucht meinen Blick. »Es tut mir leid, dir das sagen zu müssen, aber Hendrik ist dummerweise nicht dein einziges Problem.«

Helena sitzt bedröppelt bei Jacky. Ihre Augen sind rot unterlaufen, sie schnieft und starrt mit leerem Blick vor sich hin. Jacky tätschelt ihr den Rücken. Als sie mich sieht, rückt sie ein Stück zur Seite. Ich quetsche mich auf die Bank und nehme meine Tochter in den Arm. Ich streichle ihr übers Haar und suche Mattis' Blick.

»Wollt ihr nach Hause?«

Ich nicke.

»Ich rufe einen Freund an, der euch nach Hause fährt, ist das okay?«

»Danke«, sage ich wortlos.

»Ihr könnt auch bei uns schlafen«, bietet Jacky an, doch ich verneine. Wir brauchen die kuschelige Geborgenheit unseres Zeltes, und so lieb diese Menschen sind, ich möchte mit meiner Tochter alleine sein.

Was war passiert?

Gregor hatte rechtzeitig und umsichtig reagiert. Das hatte Mattis mir erzählt, als wir zu den anderen gegangen sind. Gregor war zu Jacky, Mattis und Lutz gerannt, nachdem er beobachtet hatte, wie

Niklas mit Helena in einen entlegenen Winkel des Parks verschwinden wollte. Helena hat wohl protestiert, doch der Surferboy wollte nichts davon wissen. Deshalb hatte Gregor die drei alarmiert, sie schickten Niklas in die Wüste und nahmen Helena mit.

Der Freund von Mattis begleitet uns bis zu unserem Zelt. Ich bedanke mich leise, frage Helena, ob ich ihr einen Tee oder Kakao kochen soll und ob sie darüber reden möchte. Aber sie schüttelt den Kopf, schlüpft in ihren Schlafsack und ich drücke ihr Fuffi in den Arm. Als ich schließlich in meinen eigenen Schlafsack krieche, öffnet Helena die Zwischenwand, rutscht zu mir. Ich nehme sie behutsam in den Arm, und sie schläft ein, wie sie es als Kind oft getan hat: ihr Rücken an meinem Bauch, ihr Bein unter die meinen geschoben.

Sorgsame Pflichterfüllung

Samstag, geschlossene Wolkendecke,
Luftfeuchtigkeit 90 %, 22 Grad Celsius

Wir wachen auf, wie wir eingeschlafen sind. Ein lauer Wind zupft an den Zeltplanen, Campingplatzgeräusche malen einen wohligen Hintergrund.

»Möchtest du darüber reden?«, frage ich nach einer langen Weile.

»Es ist doch nichts passiert.«

»Aber wäre etwas passiert, wenn Gregor nicht reagiert hätte?«

»Ich glaube, ja. Mum, ich bin so dumm.«

»Nein, bist du nicht. Naiv vielleicht, aber du bist erst vierzehn. Rede dir nichts ein.«

Sie nickt und schenkt mir ein klitzekleines Lächeln. »Ich erzähle es dir, aber nicht jetzt. Okay?«

Um durchzuatmen, laufen wir am Strand entlang. Ich fühle mich verkatert. Mein Körper ist schlapp, der Schädel brummt.

Das Wetter hat sich unserer Stimmung angepasst. Es ist grau, warm und drückend, als wolle es uns eine zusätzliche Last auf die Schultern legen.

»Möchtest du nach Hause fahren?«

Helena überlegt. »Nein, eigentlich nicht. Und das geht doch auch gar nicht. Wegen Lisbeth.«

Ich sehe sie verwundert an. »Glaub mir, wenn du nach Hause willst, fahren wir.«

»Danke, Mum, aber ich möchte wirklich hierbleiben.«

»Aber du sagst mir, wenn sich das ändert?«

»Ja. Mum, bist du sauer auf mich?«

»Nein. Warum sollte ich?«

»Der Abend war echt lustig, weißt du? Niklas war total nett. Wir hatten Spaß. Aber ich glaube, er hat zu viel getrunken, und als er mit mir in den Park wollte, da …«

Sie macht eine Pause, grinst verschämt und ich drücke ihre Hand. »Es ging mir zu schnell, Mum. Auf einmal wollte ich nicht mehr. Da ist er doof geworden. Meinte, ich solle ihn nicht so anmachen, wenn ich nicht will. Ich bin so dumm.«

»Nein, bist du nicht. Du bist jung und verknallt.«

»Aber ich hatte von Anfang an ein komisches Gefühl. Ich hätte darauf hören sollen.«

»Ja, das hättest du, nur manchmal führt eins zum anderen. Leider haben wir nicht immer alles unter Kontrolle. Vor allem dann nicht, wenn Gefühle im Spiel sind. Weißt du, was wichtig ist?«

»Was?«

»Dass du daraus lernst.«

Helena hebt den Kopf, schaut mich an und schluckt. »Danke, Mum.« Sie schmiegt sich an mich, und wir laufen weiter. Reden. Schweigen. Sortieren.

Natürlich denke ich unwillkürlich über mein eigenes Desaster nach. Am liebsten würde ich unser Zelt endgültig woanders aufbauen. Ohne es zu wollen, habe ich mich in eine Beziehung eingemischt, die mich nichts angeht. Ich hatte das richtige Gefühl – und konnte den Eklat doch nicht vermeiden.

»Oha«, sagt Jacky, als ich nach dem Spaziergang mit Helena vor der Rezeption aufkreuze. Helena wollte sich ein bisschen in die

Hängematte legen und Musik hören. »Du siehst aus, als hättest du drei Tage durchgemacht.«

»Besten Dank, so fühle ich mich auch.«

»Warte kurz, ich bringe dir gleich einen Kaffee, vorher muss ich leider noch ein paar Deppen abfertigen.« Sie raunt es eher, als dass sie es sagt. Ich setze mich, sie geht an die Rezeption, und ich bekomme den letzten Akt meiner kleinen Reality Soap geboten: Dieter und Uschi reisen ab. Leider erst jetzt und das führt zu Unmut.

»Wir sind nur hiergeblieben, weil die Insel völlig überfüllt ist. Es gibt da einige Punkte, die absolut nicht in Ordnung sind.« Dieter is not amused.

»Schießen Sie los«, entgegnet Jacky nonchalant, »ich bin ganz Ohr.«

»Fangen wir bei dem Laden hier an. Sie haben nicht einmal das Nötigste. Es ist eine Zumutung, für jedes Stück Butter auf den anderen Campingplatz laufen zu müssen. Und dann gibt es nicht mal einen richtigen Weg, sondern nur diesen zugewucherten Pfad. Auch die Zugänge zum Strand sind eine Frechheit, von den Sanitäranlagen will ich gar nicht erst anfangen …«

»Hören Sie«, unterbricht Jacky seine Tirade. »Wir sind ein naturnaher Campingplatz. Unsere Gäste kommen in der Regel genau deshalb. Es steht Ihnen also völlig frei, sich das nächste Mal einen Platz zu suchen, der besser auf Ihre Bedürfnisse zugeschnitten ist.«

»Das werden wir ganz sicher tun. Außerdem werde ich Ihnen eine schlechte Bewertung geben, denn auch der Service lässt zu wünschen übrig.«

»Für den Service empfehle ich Ihnen ein Fünf-Sterne-Hotel, am Geld sollte es ja nicht scheitern, wenn ich mir Ihr Ungetüm so anschaue.«

»Das ist eine Unverschämtheit!«

»Nein, das war eine angemessene Antwort auf *Ihre* Unverschämtheiten.«

»Sie werden von mir hören.«

»Ich freue mich schon darauf.«

Aus der Rezeption tritt ein sichtlich entrüsteter Dieter mit Uschi im Schlepptau, die keinen Mucks von sich gegeben hat. Er stapft über den Kiesplatz, sie klettern in ihr Ungetüm, und nach etlichen Wendemanövern fahren sie los.

»Endlich!« Die sonst so toughe Jacky atmet tief durch. »Die sind wir los. Wurde echt Zeit. Ich muss mal mit Mattis darüber sprechen, ob wir nicht eine Höchstgrenze für Wohnmobile einführen. Ich mag diese Riesendinger nicht.«

»Ich danke auf jeden Fall für die Aufmunterung. Die konnte ich jetzt gut gebrauchen.«

»Da nicht für. Hab ich extra organisiert.«

Sie reibt sich die Hände. »So. Ich mach Kaffee, dann reden wir. Wie geht es Helena?«

»So weit ganz gut. Sie hat mir heute Morgen ein bisschen erzählt, jetzt liegt sie in der Hängematte. Ich bin froh, dass Mattis und Lutz rechtzeitig da waren.«

»Ich auch. Dieser Niklas kann echt unangenehm sein.«

Ich nicke, dann schüttle ich den Kopf über mich selbst. »Jetzt habt ihr mir, das heißt uns, schon wieder geholfen.«

Jacky mustert mich amüsiert. »Da nicht für. So ein bisschen Action kommt uns immer gelegen.«

»Jaja, amüsiert euch nur.«

»Aber jetzt erzähl mal. Warum hat diese Katja dich vermöbelt?«

Ich nehme einen Schluss Kaffee, richte mich gerade auf und schildere ihr meine Version der Geschichte. Wie ich hier ankam und Hendrik da war, der im Grunde offene Türen eingerannt hat. Ich erzähle von meiner Trennung und dass ich mich nur auf Helena und die Arbeit konzentriert habe. Vom Zusammenleben mit Paps, von Lisbeth und dem Erbe. Und ich erzähle, wie ich Hendrik aus dem

Weg gegangen bin, so gut es ging, und von meinem Versuch, die Schmetterlinge auf den netten, leider schwulen Stefan umzuleiten.

Jacky hört aufmerksam zu, nickt dann und wann, nippt an ihrem Kaffee und lehnt sich mit verschränkten Armen auf ihrem Stuhl zurück. »Also für mich hört sich das alles schlüssig an. Du hast versucht, dein Leben neu zu ordnen und nicht die Kontrolle zu verlieren. Dann kommt aus heiterem Himmel dieser Campingurlaub – und du lässt plötzlich los. Spürst das Leben, fängst an es zu genießen. Pech nur, dass dein Nachbar so ein nichtsnutziger Heiopei ist.«

»Stimmt.«

»Dabei passt dieser Typ überhaupt nicht zu dir, du brauchst eher einen, der dich erdet.«

Ich runzle die Stirn. »Nun ja, Hendrik ist charmant und als vermeintlich alleinerziehender Vater hat er mich durchaus angesprochen ... Und ist der Entschluss erst einmal gefasst, sich wieder auf jemanden einzulassen, guckt man sich die Männer an, und bei jedem netten Exemplar denkt man: Vielleicht wäre der was.« Jacky schmunzelt. »Das kann ich mir vorstellen. Aber die Liebe kommt, wenn *sie* will, nicht wenn *wir* wollen. Und manchmal ist man sogar blind.«

»Du hast vollkommen recht. Genau das habe ich mir auch gesagt. Im Übrigen kriege ich das ganz gut alleine hin. Es passiert, wenn's passieren muss, und in diesem Urlaub nutze ich die Zeit, wieder ein bisschen zu mir selbst zu finden.«

»Und dann fällt diese Irre über dich her.« Jacky gackert.

»Hm, so irre ist sie gar nicht. Sie hat zwei Kinder im Trotzalter und eine Ehe, die nicht rundläuft. Irgendwie habe ich sogar Verständnis für Katja. Ist doch Scheiße, wenn dich der Ehemann so an der Nase rumführt.«

»Du bist ja ganz schön großzügig, meine Liebe. Hast du dir eigentlich schon überlegt, was du machen wirst, wenn du den beiden begegnest?«

Ich zucke mit den Achseln. »Das werde ich aus dem Bauch heraus entscheiden.«

»Wir sind da, wenn du uns brauchst.« Sie sagt es nett, und es ist lieb gemeint, doch sie schickt ein kleines fieses Grinsen hinterher.

Leider muss ich schneller aus dem Bauch heraus entscheiden, als mir lieb ist, denn vor unserem Zelt steht Niklas. Helena sitzt in der Hängematte. Anscheinend ist er gerade erst gekommen. Wie schön. Dann kann ich einschreiten.

Breitbeinig stelle ich mich zwischen die beiden, die Hände tief in die Taille gestützt. »Ich glaube es nicht. Du besitzt die Dreistigkeit, hier aufzutauchen? Ich möchte, dass du gehst. Sofort! Und ich will dich nie mehr in der Nähe meiner Tochter sehen!«

»Mum, er möchte sich entschuldigen.«

Ich schaue Helena an und wundere mich über ihre Ruhe. War der Schreck nicht groß genug? »Okay, okay, das darf er. Aber dann geht er.«

»MUM!«

»HELENA!«

Sie funkelt mich böse an, ich ignoriere sie und warte.

Niklas wartet.

Helena wartet.

Die Situation könnte fast lustig sein. Leider eben nur fast.

»Also«, stammelt Niklas schließlich unbeholfen. Von seiner Coolness ist nichts mehr übrig. »Hel, es tut mir total leid. Ich war betrunken, es war echt nicht böse gemeint. Ich wollte dir nichts tun. Ehrlich. Tut mir wirklich leid, wenn es falsch rübergekommen ist.« Er dreht sich zu mir. »Und bei Ihnen entschuldige ich mich auch. Mein Verhalten war echt nicht in Ordnung.«

»Gut«, sagte ich, »und jetzt geh.«

Der Knabe dackelt ab wie ein geprügelter Hund. Gut so.

»Musste das sein?«, fragt Helena. Ihr Blick ist nicht freundlich. Muss ich das verstehen?

»Ja, das musste sein.«

Sie kriecht zurück in die Hängematte und dreht mir den Rücken zu.

Ich räume den Frühstückstisch ab. Nebenan ist Kindergeplapper zu hören. Ich riskiere einen Blick, dann schnappe ich mir unser schmutziges Geschirr und marschiere Richtung Waschhaus.

Leider steht Katja am Spülbecken, als ich dort aufschlage. Liebend gern würde ich mich auf dem Absatz umdrehen, stattdessen atme ich tief durch und suche mir ein Becken am anderen Ende der Reihe.

»An deiner Stelle würde ich das auch tun«, ruft sie prompt und wirft mir bitterböse Blicke zu.

Sie sieht ziemlich fertig aus. Aber was soll ich tun? Ihr erzählen, was sie nicht hören will? Weil es einfacher ist, mich zu beschuldigen, statt ihren Mann zur Rechenschaft zu ziehen? Oder selbst intensiv über eine Ehe nachzudenken, die auf fragwürdigen Füßen steht? Ich erspare ihr eine Erwiderung.

»Klar, dass du nichts sagst, aber so einfach mache ich es Schlampen wie dir nicht. Nur weil du keinen abkriegst, musst du dich nicht an verheiratete Männer ranmachen.« Zorn blitzt in ihren Augen.

Noch einmal atme ich tief durch. Sie ist verzweifelt. Sie braucht jemanden, an dem sie sich abarbeiten kann.

»Hendrik hat mir alles erzählt. Du hast die Zeit ja gut genutzt, als ich im Krankenhaus war. Machst ihm schöne Augen, und danach freundest du dich mit mir an, damit ich keinen Verdacht schöpfe.«

Ich lasse warmes Wasser einlaufen, lenke meine Gedanken auf den Abwasch und sage mir immer wieder: Lass dich nicht provozieren, Evi. Es ist nichts Persönliches. Sie braucht einen Blitzableiter. Leider gibt Katja noch immer keine Ruhe.

»Weißt du was? Hendrik findet dich nicht mal attraktiv. Du hast ihm leidgetan, mehr nicht. Mitleid, verstehst du? Mehr haben Frauen wie du auch nicht verdient.«

Jetzt reicht's. Ich drehe mich zu ihr und betone jedes einzelne Wort. »Dein Hendrik, liebe Katja, hat dich mit keinem Wort erwähnt. Ich wusste erst, dass es dich gibt, als ich dich vor eurem Zelt entdeckt habe. Du darfst dich also gerne fragen, wie viel von dem stimmt, was dir dein Mann so erzählt. Im Übrigen sind *Frauen wie ich* lieber alleine, als mit so einem Arschloch zusammen zu sein.« Ich pfeffere mein Geschirr in den Korb und gehe, ohne sie anzuschauen oder eine Antwort abzuwarten.

Und laufe vor dem Waschhaus prompt in Miriam hinein.

»Oha, das klingt nach einer spannenden Geschichte ... Sorry, aber ums Lauschen kommt man ja hier nicht drumrum.«

Ich verdrehe die Augen. »Langsam komme ich mir vor wie die Hauptdarstellerin in einer richtig schlechten Soap. Und du bist die Zuschauerin, die unbedingt wissen will, wie es weitergeht.«

»Ich bestehe darauf, wenigstens eine Nebendarstellerin zu sein. Ich bin die Freundin, die die Hauptdarstellerin mit lustigen Sprüchen aufmuntert und von der man nichts weiß, außer dass sie die Freundin mit den lustigen Sprüchen ist.«

Ich lache. »Dann hast du deinen Auftrag soeben erfüllt.«

»Siehste.«

Sie hakt sich bei mir unter und begleitet mich ein Stück zu unserem Zeltplatz. Und ich erzähle ihr, was passiert ist.

Mehrmals schüttelt sie ihren Kopf, vor allem über Katja. »Man kann sich das Leben echt zurechtlegen, wie es einem passt. Ich bin ja gespannt, was sie mit deiner Aussage anfängt. Vielleicht dauert es ein bisschen, aber irgendwann wird sie alles richtig einordnen. Um danach festzustellen, dass am Scheitern einer Ehe immer nur die Eheleute selbst schuld sind.«

Helena schweigt, als ich wieder eintrudle. So vertraut, wie wir am Morgen noch waren, so abweisend ist sie jetzt. Ich frage mich ernsthaft, was ich hätte anders machen sollen. *Richtig* machen sollen. Ich versuche, mich in ihre Lage zu versetzen, mir vorzustellen, wie ich in ihrem Alter reagiert hätte, aber es gelingt mir nicht. Zu viel Erfahrung steht im Weg. Und doch hilft gerade sie mir, ruhig zu bleiben und auf Helena zuzugehen.

»Redest du noch mit mir, oder soll ich dich alleine lassen?«

»Alleine lassen«, nuschelt sie aus den Tiefen der Hängematte.

»Okay, dann fahre ich jetzt zum Einkaufen, und vielleicht gehe ich noch eine Runde spazieren.«

»Hm.«

»Soll ich dir was mitbringen?«

»Hm. Weiß nicht. Schaumküsse.«

Oje. Schaumküsse sind ihre liebste Süßigkeit. Früher habe ich sie immer dann mitgebracht, wenn der kindliche Kummer unendlich war. Ist es ein Friedensangebot?

»Ich rede aber nicht mit dir, nur weil du mir Schaumküsse mitbringst.«

Ansage verstanden. Ich zucke mit den Achseln, hole meine Handtasche und laufe zum Mini. Das Verdeck lasse ich heute zu, mir ist nicht nach freiem Himmel, Freiheit und guter Laune. Gegen meine Stimmung hilft nicht einmal ein offenes Verdeck.

Meine Gedanken finden keinen Anfang und kein Ende. Helena. Meine Probleme. Wie kann es sein, dass nach so vielen entspannten Tagen die Stimmung kippt? Ja, ich weiß, meine Tochter wird groß – und ich will sie ja loslassen. Sie soll eine unabhängige junge Frau werden, aber sie soll auch Gefahren erkennen. Ich bin für sie verantwortlich. Noch.

Und ich? Wann fange ich wieder an zu leben? Wann finde ich die Balance zwischen all dem, wofür ich mich verantwortlich fühle, und dem Wunsch, endlich wieder zu leben? Ohne Mann oder auch mit?

Eine wie du. Katjas Worte hallen nach, ob ich das will oder nicht. Und doch weiß ich ganz tief in mir drin: Ich bin keinen Cent weniger wert, nur weil ich keinen Mann an meiner Seite habe.

Kind, du bist auf dem richtigen Weg.

Vertrau auf dich selbst. Erwarte nicht alles auf einmal.

Ja, Mama, du hast ja recht. Lisbeth, was sagst du eigentlich zu diesem Chaos?

Doch Lisbeth bleibt stumm.

Ich fahre Richtung Supermarkt, doch kurz vorher überlege ich es mir anders. Ich möchte alleine sein. Ganz allein. Ich verlasse die Landstraße, holpere über Plattenwege, bis ich inmitten zweier riesiger LPG-Felder einen Platz finde, an dem ich nichts sehe außer Feldern und Himmel. Ich halte an, drehe den Schlüssel, der Motor verstummt. Ich lehne mich zurück, schließe die Augen. Und dann laufen endlich die Tränen, als habe jemand ein Ventil aufgedreht.

Als ich mit Einkäufen bepackt nach zwei Stunden zurückkehre, geht es mir wieder besser. Ich wuchte die prall gefüllten Taschen auf den Campingtisch und spitze die Ohren. Helena ist im Zelt, ich höre es rascheln.

»Hallo, Helena, die Schaumküsse sind da.«

»Danke, kannst du sie bitte vors Innenzelt legen?«

Ich komme der Bitte nach, weil ich gerade in versöhnlicher Stimmung bin, Helena öffnet den Reißverschluss, gerade so weit, dass sie die Packung greifen kann, zieht sie ins Innere und macht wieder zu. Ich lasse sie mit ihren Seelentröstern alleine und packe die Taschen aus. Ich will gerade Butter und Käse in die Kühlbox legen, als mir eine gut bekannte Stimme ins Ohr dröhnt.

»Ich habe Hendrik gefragt.«

Katja!

Ich drehe mich zu ihr um und schaffe es, ganz ruhig zu sprechen: »Ich nehme an, dein Mann hat alles abgestritten?«

»Natürlich. Mir war sowieso klar, dass du versuchst, alles auf ihn abzuwälzen.«

Genug ist genug, so geht es nicht weiter. Irgendwann nehme auch ich keine Rücksicht mehr auf gequälte Seelen. Und Lügen habe ich schon immer gehasst. Also probiere ich es erst gar nicht in einem versöhnlichen Ton, sondern rede Klartext. »Da ist nichts, was ich auf diesen Feigling abgewälzt habe. Dein Mann hat DICH verschwiegen. Und zwar ganz bewusst, aus Frust über eure Ehe. Hendrik ist ein Lügner. Wann kapierst du das endlich?«

Sie stutzt, fängt an zu stottern. »Ja … Aber …«

»Katja, warum können wir beide nicht wie zwei vernünftige Menschen über das reden, was vorgefallen ist? Ehrlich und ohne Scheuklappen.«

»Mit dir rede ich nicht.«

»Tust du aber gerade.«

»Pfff.«

Sie starrt mich wütend an, doch ihre Wut scheint nicht mehr ganz so alternativlos. Ich versuche es erneut.

»Katja, ich möchte wirklich gerne mit dir reden. Vernünftig reden. Von Frau zu Frau. Wenn du mich beschimpfen willst, tu es. Wenn du dich hinterher besser fühlst, meinetwegen. Dann lass den Dampf ab. Denk drüber nach und lass es mich wissen, wenn du dazu bereit bist. Doch jetzt entschuldige mich bitte. Ich habe zu tun.« Damit erkläre ich das Gespräch für beendet, verziehe mich ins Zelt und ziehe den Reißverschluss zu. Punktum.

Helena steckt ihren Kopf aus dem Innenzelt. »Was geht denn bei dir ab?«

»Liebes Kind, du bist nicht die Einzige, die Drama kann.«

Sie verdreht die Augen, zieht den Kopf ein und verschwindet wieder.

Immerhin hat sie mit mir geredet.

Mit dem Rücken lehne ich mich an meinen Findling, ich ziehe die Beine heran, umschlinge sie mit den Armen und starre aufs Meer.

»Ich habe gehofft, dich hier zu finden.«

Hendrik steht vor mir.

Was für ein Waschlappen. Genau das ist mein Gedanke. Waschlappen. Es zaubert mir ein Lächeln auf die Lippen – was Hendrik offensichtlich falsch deutet.

»Dann hast du gehofft, dass ich komme?«

Ich beschließe spontan, den Kerl leiden sehen zu wollen. »Ja, ich habe gehofft, dass du herkommst. Es gibt schließlich einiges zu klären.«

Er bläst vor Erleichterung die Backen auf und lässt sich neben mich plumpsen. Seine Nähe ist mir unangenehm, doch ich rühre mich nicht von der Stelle. Ich will wissen, was er zu sagen hat.

Er räuspert sich einige Male. »Es tut mir total leid, dass ich Katja angelogen habe, aber sie war so wütend. Ich dachte, es ist besser, sie nicht weiter zu beunruhigen. Außerdem wollte ich zuerst mit dir reden.«

»Worüber?«

»Darüber, wie es weitergeht. Mit uns. Ich weiß, es ist alles nicht einfach, und wir haben uns gerade erst kennengelernt. Ich kann Katja nicht verlassen, auch wenn ich es echt kaum noch mit ihr aushalte, aber die Kinder, ich kann sie nicht alleine lassen. Vielleicht …« Er stockt, nimmt meine Hand und sieht mir tief in die Augen. Ich schreie gleich, aber ich will es hören. »Ich will nicht, dass das hier das Ende ist. Ich will dich wiedersehen.«

Ich zähle innerlich bis zehn. Am liebsten würde ich ihm eine scheuern. »Bietest du mir gerade eine Affäre an?«, frage ich sehr, sehr ruhig.

»Das hört sich so schrecklich profan an.«

Ich nehme meine Hand aus seiner, wische sie an meiner Hose ab und fange an zu lachen.

»Was ist bitte daran so lustig?«

Ich versuche, mich zu beruhigen, dann lege ich los. »Was bist du eigentlich für ein Arschloch? Du erzählst Katja eine Lügengeschichte nach der anderen, du willst sie außerdem betrügen und mich zu deiner Affäre machen?«

»Evi, es ist nur der Versuch, eine Lösung ...«

»Nein!« Ich falle ihm rüde ins Wort. »Es ist der Versuch, den Kopf unbeschadet aus der Schlinge und gleichzeitig eine Geliebte an Land zu ziehen.«

Er schnappt nach Luft.

»Selbst wenn ich etwas von dir gewollt hätte, würde ich dich spätestens jetzt mit einem kräftigen Tritt entsorgen. Du kannst froh sein, dass Katja so naiv ist, die Lügen zu glauben, die du ihr auftischst. Und nun verschwinde und sorg dafür, dass deine Frau mich mit ihren Anschuldigungen in Ruhe lässt. Sonst muss ich ihr nämlich klarmachen, mit was für einem egoistischen Arschloch sie verheiratet ist.«

Hendrik starrt mich an, verarbeitet meine Sätze, kneift die Brauen zusammen, erspart mir und sich eine Antwort, steht auf – und geht.

Das wäre geschafft. Die Anspannung entweicht, ich zittere vor Wut und Genugtuung gleichermaßen und bin unfassbar stolz.

Das sind wir auch.

Dieser Tag will nicht enden. Helena steht geschminkt und in ihrem schönsten Kleid im Vorzelt und kramt in ihrer Handtasche.

»Wo willst du hin?«

»Ich treffe mich mit den anderen.«

Ich mustere sie verständnislos. »Meinst du, das ist eine gute Idee?«

»Ja.«

»Ist Niklas auch dabei?«

»Keine Ahnung. Kann sein.«

»Dann will ich nicht, dass du dorthin gehst.«

»Mum, ich lasse mir das nicht verbieten. Niklas hat sich entschuldigt, und es ist nichts passiert. Wenn du es doch versuchst, fahre ich zu Papa und bleibe einfach bei ihm. Für immer.«

Zack, die Ohrfeige sitzt. Mal wieder. Ein Joker der miesesten Sorte, den nur Kinder getrennter Eltern ziehen können. Einer, dem man als liebender Elternteil kaum etwas entgegenzusetzen hat. Ich jedenfalls weiß nicht, was ich erwidern soll, und registriere paralysiert, wie Helena in ihre Sandalen schlüpft und mich stehen lässt.

So einfach ist das.

LISBETH!!

Ja?

Ich will nach Hause.

Ein bisschen musst du noch durchhalten, mein Kind.

Drei Gründe für das Mönchgut

Sonntag, Sonne-Wolken-Mix, 19 Grad Celsius

»Ihr fahrt auf keinen Fall nach Hause.«

Mit diesen Worten schickt Jacky mich zurück zu meinem Zelt, nachdem ich mich bei ihr ausgeheult habe. Und als Helena und ich schweigend beim Abendessen sitzen, rauscht sie heran, setzt einen strengen Blick auf, stützt die Hände in die Seiten und formuliert nur einen Satz. Mit einer klaren Botschaft. »Ihr packt ein paar Sachen für eine Nacht, und morgen um zehn erwarte ich euch an der Rezeption.« Dann dreht sie sich um und marschiert davon.

Helena schaut mich fragend an, ich zucke mit den Achseln. Mehr Kommunikation ist nicht drin an diesem Abend. Meine Tochter und ich sind gerade so weit voneinander entfernt wie Sonne und Mond.

Nach einer Nacht, in der die Sorgen beschlossen haben, einzeln und brav hintereinander ihr Stelldichein in meinem Kopf zu geben, erscheinen wir pünktlich und mit kleinem Gepäck an der Rezeption. Jacky erscheint fünf Minuten später, begrüßt uns, grinst, schließt die Tür auf, verschwindet und kehrt mit einem Blaumann wieder, den sie Helena in die Hand drückt.

»Anziehen«, befiehlt sie meiner verdatterten Tochter.

»Warum?«

»Weil du heute meine Hilfskraft bist. Du musst die Waschhäuser kontrollieren, Kurti bespaßen und alles tun, was ich dir sage. Als Belohnung nehme ich dich nachher mit auf den Hof, und du lernst die Enten kennen.«

»Die Enten?«

»Antje und Gustav. Zwei Enten, die denken, ich wäre ihre Mutter.«

Helenas Augen beginnen zu leuchten. Ein Tag mit Jacky wird ihr mit Sicherheit guttun. Aber … »Und was ist mit mir?« Ich will nicht drängeln, aber diese kleine Nachfrage wird wohl erlaubt sein.

»Du wartest hier.«

Ich will protestieren.

»Ksch«, macht sie nur. »Gib die Zügel aus der Hand. Könnte sich lohnen.« Sie grinst geheimnisvoll, nickt Helena zu und die beiden verschwinden Richtung Waschhaus. Oookay. Dann stehe ich eben mit meinem Rucksack da und wundere mich.

Eine Viertelstunde später biegt ein unscheinbarer schwarzer Mittelklassewagen auf den Parkplatz. Ein Typ steigt aus. Nein, ich korrigiere, Mattis steigt aus. Der Mattis vom Sommerfest, der wie ein ganz normaler Mann aussieht. Mit Jeans, T-Shirt und Turnschuhen.

»Hi, Evi. Was machst du denn hier? Fährst du weg?«

»Wenn ich das nur wüsste. Deine Schwester hat mich hier abgestellt, und ich warte auf was auch immer. Ich komme mir gerade ziemlich dumm vor.«

»Hm. Komisch. Sie hat mir gar nichts erzählt. Soll ich sie anrufen?«

»Nee, ich geh gleich zurück zum Zelt. Das ist mir langsam zu blöd.«

Er grinst. Ich runzle die Stirn. Er grinst breiter. Ich taxiere ihn irritiert. Als sich seine Mundwinkel fast am Hinterkopf berühren, verliere ich die Geduld. »Langsam bin ich genervt. Kannst du vielleicht aufhören, so blöd zu grinsen? Das macht es nicht besser.«

»Du hast recht«, sagt er lachend. »Es ist gemein. Also komm, steig ein.«

»Hä?«

»Jacky ist der Meinung, dass ihr beide eine Pause braucht. Voneinander und von dem hier.« Er deutet einmal rundum. »Ich finde, sie hat recht. Und, nun ja, deine Pause bin ich.« Er mustert mich abwartend. »Falls du möchtest.«

»Du hast mich verarscht!«, rufe ich entrüstet. »Du lässt mich hier dumm rumstehen, guckst dir das genüsslich an und verarschst mich.«

Er antwortet mit einem schiefen Grinsen.

Ich pruste gepresste Luft durch die Lippen. »Boah, bist du gemein.« Ich fasse es nicht, diese beiden Geschwister sind wirklich unglaublich.

Mattis streicht mir kurz über den Oberarm. »Sorry fürs Ärgern, aber es ist mir etwas peinlich. Aus irgendeinem Grund hat Jacky beschlossen, euch zu adoptieren, und ich ... na ja ... mir fällst du eben immer wieder vor die Füße. Und da kann ich dich ja schlecht liegen lassen.«

»War das eine versteckte Beleidigung?«

»Nein, eher eine Ausrede.« Er nimmt mir den Rucksack aus der Hand und öffnet die Beifahrertür. »Darf ich dich einladen, heute mit mir wandern zu gehen?«

»Wandern? Warum eigentlich nicht? Aber nur, wenn ich vorher noch meine Schuhe wechseln darf.«

»Ich komme mit deinem Anblick in so einem stinklangweiligen Auto nicht klar.« Ich sitze seit geschlagenen zehn Minuten neben Mattis und rätsle, was mich stört. Jetzt habe ich es herausgefunden.

»Du meinst, ich gehöre auf einen Traktor?«

»Genau. Aber nicht auf irgendeinen, sondern auf DEN Traktor.«

»Aber Cordula ist eine alte Dame und fährt keine dreißig Stundenkilometer. Deshalb brauche sogar ich ein schnödes Auto, das mich von der Halbinsel bringt.«

»Ich dachte ja am Anfang, die hättest du noch nie verlassen.«

Er lacht schallend. »Es ehrt mich, dass du mich genau in die Schublade gesteckt hast, die ich gerne bediene.«

»Vorurteile sind doch was Feines«, merke ich an. »Hat dein Auto denn auch einen Namen?«

»Auto.«

»Genial.«

Es ist eine wohltuende Autofahrt. Wir reden über Belangloses und schweigen angenehm. Das Ziel unserer Reise will Mattis mir nicht verraten, und ich genieße es, mich kutschieren zu lassen, nicht nachzudenken und nichts entscheiden zu müssen.

Wir fahren die Küste entlang an Binz, Sellin und Baabe vorbei. Schließlich erreichen wir das Mönchgut, eine zerklüftete Halbinsel im Südosten der Insel, der man nachsagt, Rügen im Kleinen zu repräsentieren. Ich hatte sie auf meiner Liste stehen und freue mich sehr, als mir klar wird, dass sie unser Ziel ist.

Mattis parkt den Wagen am Hafen in Groß Zicker, wir steigen aus, und mir ist, als nähme die Insel in genau diesem Augenblick einen Teil meiner Sorgen mit sich. Die Insel und dieser liebenswerte Mensch, dessen bloße Anwesenheit mich beruhigt. Das ist schon länger so, nur wird es mir hier zum ersten Mal bewusst.

Ich sage, was ich denke. »Du und Jacky, ihr habt so eine Art, mich zu beruhigen. Einfach, weil ihr da seid. Ihr seid so schön schnörkellos.«

Mattis holt die Rucksäcke aus dem Kofferraum, reicht mir meinen und schnallt sich seinen auf den Rücken. »Schnörkellos?«

»Ja. Ihr seid da, wenn man euch braucht, und man muss nichts hinterfragen, weil alles, was ihr sagt, klar und direkt ist. Ihr seid nicht kompliziert und ihr seid herzlich. Na ja, bei Jacky muss man sich die schroffe Art wegdenken und bei dir die Verkleidung. Aber wer sich diese Mühe macht, lernt zwei tolle Menschen kennen.«

Mattis schmunzelt. »Danke sehr. Doch es gibt eine Einschränkung, denn die klaren Formulierungen gelingen mir nicht immer. Aber lustig, wie du über uns denkst.«

»War's zu viel? Ich sollte nicht ständig ausplaudern, was mir gerade in den Sinn kommt.«

»Nein, nein, völlig in Ordnung. Und du hast recht. Wir wollen beide nicht, dass man uns sofort durchschaut. Die Menschen dürfen sich ruhig ein wenig anstrengen.«

»Dafür werden sie belohnt. Ich bin froh, dass es euch gibt.«

»Dann sieh zu, dass du heute Kraft tankst, damit du die letzten Tage noch genießen kannst.«

»Versprochen.«

Das Wetter ist zum Wandern geradezu perfekt. Sonne und Wolken wechseln sich ab, ein lauer Wind weht über die Wiesen, und die Temperatur liegt um die zwanzig Grad. Der Wanderweg beginnt direkt am Parkplatz, und wir laufen zunächst die Küste entlang. Sie ist dem Festland zugewandt und wirkt eher wie ein See, denn wie ein Meer. Die Grundstücke der Häuser, an denen wir vorbeilaufen, reichen fast bis zur Wasserkante, viele Hausbesitzer sind zugleich Bootsbesitzer.

»Wenn ich solche Häuser sehe, frage ich mich, ob die Besitzer wissen, was für ein Glück sie haben. Ich stelle mir dann immer vor, wie es wäre, selbst Eigentümerin zu sein. Von dem dort drüben zum Beispiel.« Ich deute auf ein kleines reetgedecktes Seemannshaus. »Es ist ein Traum. Einer, bei dem ich kein schlechtes Gewissen hätte, weil es zwar wunderschön ist, aber nicht so übertrieben.«

Mattis nickt. »Ich denke, die meisten wissen, welche Schätze sie besitzen. Die Häuser sind so schön hergerichtet und gepflegt, ich kann es mir kaum anders vorstellen.«

»Wo wohnt ihr eigentlich? Das fragt man sich ja irgendwie gar nicht, weil ihr immer auf dem Platz seid. Habt ihr im Sommer überhaupt frei, oder arbeitet ihr komplett durch? Und was macht ihr im Winter, wenn ihr zuhabt?« Wir verlassen den Weg am Ufer und stapfen einen kleinen Pfad eine Anhöhe hinauf.

Mattis lacht. »Das sind aber viele Fragen auf einmal. Wo fange ich denn da an?«

»Ich präferiere keine bestimmte Reihenfolge, Hauptsache, du antwortest.«

»Das ist sehr umsichtig von dir. Also. Nein, wir arbeiten nicht jeden Tag, aber fast jeden. Dafür haben wir eine lange Winterpause. Im Dorf haben wir einen kleinen alten Hof gekauft. Helena wird dir sicher morgen davon berichten. Wir haben ihn umgebaut, damit jeder seinen Bereich hat. Jacky und Lutz bewohnen das Haupthaus, ich habe eine kleine Wohnung im Anbau, dafür eine große Werkstatt.«

»Für deine Kunstwerke. Die wirklich toll sind.«

»Es war ursprünglich ein Hobby, aber als alles zugepflastert war, hat Jacky mich auf Knien angefleht zu verkaufen. Erst habe ich übers Netz verkauft, dann auf Märkten und seit zwei Jahren habe ich den Stand im Rügenhof.«

»Würdest du es noch größer aufziehen wollen?«

»Nein, eigentlich nicht. Es soll nicht in Arbeit ausarten.«

Wir haben die Anhöhe erreicht. Ich bin froh, dass er redet, denn ich bin ganz schön außer Atem. Vor uns erstrecken sich Wiesen, kleine Wälder und ein Ausblick über das gesamte Mönchgut.

»Wow, ist das schön hier. Die ganze Insel ist toll, aber das hier ist was Besonderes.«

»Es freut mich, dass es dir gefällt. Vor allem ist es nicht so überlaufen. Es liegt einfach zu abgelegen. Außerhalb der Saison ist man hier fast alleine.«

Ich atme tief ein, inhaliere die Atmosphäre, rieche den Sommer und genieße den sagenhaften Ausblick. »Es fühlt sich so viel besser an als Italien. Ich war sicher nicht das letzte Mal hier.«

»Italien?«

Ich erzähle ihm von zwanzig Jahren Italien, der bevorstehenden Scheidung, meiner Agentur und allem, was mir in den Sinn kommt. Mattis hört aufmerksam zu. Danach reden wir über Essen, Urlaub, unsere Einstellung zum Leben. Mit jedem Kilometer, den wir über diese wunderbare Halbinsel wandern, erfahren wir ein wenig mehr voneinander. Es ist angenehm leicht und lässt mich die Vorkommnisse der letzten Tage fast vergessen.

Hoch oben, auf einer endlos wirkenden Wiese, legen wir eine Pause ein und breiten eine Decke aus. Man kann unfassbar weit schauen. Hier fühle ich mich klein und stehe gleichzeitig über den Dingen. Derweil entpackt Mattis seinen Rucksack, und ich staune.

»Das hat alles in deinen Rucksack gepasst? Wahnsinn! Ich sterbe für Oliven. Und Rotwein? Du hast Rotwein? Und Gläser? Wow, ich bin beeindruckt, echt beeindruckt.«

»Da sind sie wieder, die tausend Fragen der Evi.« Mattis amüsiert sich köstlich. »Welcher Mann soll die eigentlich alle beantworten?«

»Nur du, oder siehst du hier andere Männer?«, antworte ich mit unschuldigem Augenklimpern.

Er lacht, öffnet die Flasche Wein, schenkt uns ein und prostet mir zu. Liebend gerne halte ich ihm mein Glas entgegen.

»Auf einen gelungenen Tag. Die Wanderung war eine tolle Idee. Danke.«

Er zwinkert mir zu. »Den Dank gebe ich zurück, Goldfisch.«

Mittlerweile ist unser Picknick komplett. Mir läuft das Wasser im Mund zusammen und beim Anblick der Gürkchen melden sich sogar die Geschmacksdrüsen ganz hinten in den Wangentaschen.

»Können wir bitte essen? Ich sterbe vor Hunger.«

»Greif zu. Vor Hunger sterben steht heute nicht auf dem Programm.«

Ich nehme mir ein Stück Brot und beiße herzhaft hinein. Es ist der Auftakt zu einer köstlichen Schmauserei. Wie es wohl Helena ergeht? Ganz kurz schleichen sich sorgenvolle Gedanken in meinen Kopf, doch dann denke ich an Jacky, Enten und Eichhörnchen und weiß, dass meine Tochter in guten Händen ist. Da fällt mir etwas ein. »Wo übernachten wir eigentlich?«

»Ich habe mich schon gewundert, dass bei deinen tausend Fragen ausgerechnet diese nicht dabei war.«

Ich kichere, der Rotwein zeigt erste Wirkung. »Das frage ich mich jetzt auch.«

»Du hast doch eben die Häuser an der Küste bewundert, oder?« Er grinst schelmisch. Das sieht niedlich aus.

»Ja«, antworte ich vorsichtig, weil mich eine Ahnung beschleicht, die zu schön wäre, um wahr zu sein. »Ist nicht wahr, eins von denen? Echt? Welches? So ein schnuckeliges, komm jetzt sag! Und wieso überhaupt? Und von wem …?«

Mattis klopft sich vor Freude über die gelungene Überraschung auf die Schenkel. Und weil ich wieder so viele Fragen gestellt habe. Ich sehe es an seinem Blick.

»Du wirst es nicht glauben, aber es ist das Haus, das dir so gut gefallen hat. Es gehört einem Freund, der nur selten da ist, es gerne verleiht und zu hundert Prozent zu schätzen weiß, es sein Eigen nennen zu dürfen.«

»Ist nicht wahr?« Ich strahle, seufze und lehne vor lauter Glückseligkeit meinen Kopf an seine Schulter. »Mattis, du bist mein Held. Und mein Retter. Also gewissermaßen ein Heiliger.«

Er schmunzelt. »Da nicht für.« Und dann legt er wie selbstverständlich den Arm um mich und wir schauen aufs Meer hinaus. Es tut gut, mal wieder im Arm gehalten zu werden. Am liebsten würde ich für immer hier sitzen bleiben.

»Drei Jahre habe ich gebraucht, um das Ende meiner Ehe zu verarbeiten. Jahre, in denen ich mir nicht vorstellen konnte, wieder einen Mann in mein Leben zu lassen. Dann komme ich hierhin und merke, ich bin endlich bereit für Veränderungen. Ich kann es mir wieder vorstellen. Doch das Leben schickt mir Arschlöcher und schwule Männer.« Ich seufze. »Findest du das nicht auch gemein?«

Mattis zieht seinen Arm weg und beäugt mich ratlos. Das macht mich stutzig. »Und in welche Kategorie sortierst du mich ein?«, fragt er wachsam.

»Na, schwul natürlich.« Das Innere meines Kopfes besteht plötzlich aus vielen, vielen Fragezeichen. Sie sind alle miteinander verknotet.

»Ähm. Wie kommst du darauf?«

»Wie? Bist du nicht?«

»Nein, bin ich nicht.«

Fragezeichen. »Warum nicht?«

Er presst ein vergnügtes Grunzen aus seiner Kehle. »Möchtest du denn, dass ich schwul bin?«

»Ich dachte bis eben, du bist es. Außerdem ist das doch keine Entscheidung, die man trifft.«

Er schüttelt ratlos seinen Kopf.

»Na ja, Jacky hat öfter mal Anspielungen gemacht, die Frauenwelt könne froh sein, nix mit dir zu tun zu haben. Dass du schwul bist, war meine Schlussfolgerung. Ich habe das eben nicht hinterfragt.« Ich bekomme einen roten Kopf, denn es ist mir unendlich peinlich.

Mattis prustet los. Das erleichtert mich so sehr, dass ich einstimme, und die nächsten Minuten kugeln wir uns vor Vergnügen, halten uns die Bäuche und bringen kein Wort mehr über die Lippen. Immer, wenn wir kurz davor sind, uns einzukriegen, fängt einer wieder an, und es geht in die nächste Runde.

»Sie meinte doch nur meine wüste Erscheinung. Aber klar, du hast recht. Man kann es auch anders interpretieren.«

»Als ich erfahren habe, dass du einen erwachsenen Sohn hast, hätte ich fast nachgehakt, wie du das lebensmodelltechnisch organisiert hast, mich dann aber umentschieden, weil ich dachte, es wäre diskriminierend. Heteros werden schließlich auch nicht auf ihr Lebensmodell hin interviewt.«

»Und so wächst das Missverständnis weiter.«

»Genau, wobei es ja egal ist, ob du Männlein, Weiblein oder Kleiderschränke liebst, ich schätze dich als Mensch.«

Er zögert. »Hm«, macht er schließlich, »da hast du recht. Auf jeden Fall musst du jetzt eine Rubrik hinzufügen. In die Kategorie Arschloch möchte ich nur ungern einsortiert werden.«

Ich grunze vergnügt. »Das kann ich verstehen. Ich denk mir was aus. Extra für dich.«

»Das ist sehr, sehr freundlich von dir.«

»Ich bin eben ein freundlicher Mensch.«

Er springt auf. »Ich muss leider mal kurz in die Büsche. Lachen drückt auf die Blase.«

Ich schaue ihm nachdenklich hinterher. Da habe ich wirklich einen Bock geschossen. Ob er es mir übel nimmt? Hätte ich nachfragen sollen? Sag mal, du bist schwul, stimmt das? Das ist doch keine Frage, die man jemandem stellt. Ändert sich eigentlich etwas, da ich es weiß? Ich kann meinen Gedankengang nicht weiter verfolgen, denn aus dem kleinen Wäldchen, in das Mattis sich verzogen hat, ertönt lautes Rascheln. Was macht er da?

»Scheiße, verdammt«, brüllt er plötzlich, aus dem Rascheln wird Getöse und aus dem Wald hetzt Mattis mit halb heruntergelassener Hose. Ich traue meinen Augen nicht, denn gleich hinter ihm stürmt ein monströses Wildschwein aus dem Gebüsch und rast hinter ihm her. Mattis versucht die Flucht, doch der arme Kerl stolpert und landet bäuchlings auf dem Boden. Das sieht gar nicht gut aus. Ich springe auf, renne in seine Richtung, brülle und wedle mit den Armen. Das monströse Tier lässt sich davon leider nicht beeindrucken.

Panik steigt in mir auf, und ich sehe bereits das Blut spritzen. Kurzentschlossen schnappe ich mir einen Stein, schleudere ihn mit aller Kraft Richtung Wildschwein und treffe es im letzten Augenblick. Das Tier erschrickt, macht eine Hundertachtzig-Grad-Wendung und verschwindet im Unterholz. Oje, das war knapp. Keuchend bleibe ich vor Mattis stehen und beobachte gleichzeitig das Gebüsch. Plant das Schwein einen zweiten Angriff? Sekunden vergehen, ohne dass sich etwas tut, und ich traue mich aufzuatmen. Erst jetzt schaue ich runter auf Mattis, der mit blankem Po zu meinen Füßen liegt.

»Alles klar bei dir?«

»Scheiße, war das knapp, ich dachte echt, das Vieh erwischt mich«, keucht er in den Boden, »das ist mir auch noch nie passiert, dass ich beim Pinkeln ein Wildschwein aufstöbere.«

»Das war heftig, aber ich glaube, es ist weg. Du kannst wieder aufstehen.«

»Würde ich gerne, aber dann siehst du mehr als nur meinen nackten Hintern.«

Ich gluckse, denn erst jetzt erfasse ich das Bild, das wir abgeben. »Dann pack mal deinen Hintern in Ruhe wieder ein.« Ich drehe mich lachend um und gehe zurück zur Picknickdecke.

»Bist du denn wenigstens fertig geworden?«, frage ich ihn, als er den Gürtel schnallend zurückkehrt, und pruste vor Vergnügen in mein Weinglas.

»Nein, aber ich gehe bestimmt nicht noch mal da rein, da verkneife ich's mir lieber.«

»Kann ich verstehen. Ich wollte nach dir ins Gebüsch, meine Blase ist allerdings wie von Zauberhand leer.«

Er grinst. »Geht mir genauso. Auf jeden Fall gibt es für einen Mann kaum eine doofere Situation, als so vor einer Frau zu liegen.«

»Endlich durfte ich dich mal retten, und diese wirklich peinliche Situation ersetzt alle peinlichen Situationen, aus denen du mich gerettet hast.«

»Das hättest du wohl gerne«, foppt er mich.

»Aber so was von.«

»Auf jeden Fall hast du sehr cool reagiert. Ich weiß nicht, ob es die richtige Reaktion war, denn das Wildschwein hätte auf dich losgehen können, aber es hat zum Glück geklappt.«

Da wir dem Schwein beide nicht über den Weg trauen, packen wir einvernehmlich zusammen. Der Rückweg ist ebenso schön wie der Hinweg. Wiesen, Felder, Heide, Meer, ein Ausblick wie im Märchen. Dann und wann begegnen uns andere Wanderer, die meiste Zeit sind wir alleine. Mattis erzählt mir von seinem Sohn. »Ruben ist zweiundzwanzig und studiert in Karlsruhe. Er macht das gut, und ich bin stolz auf ihn, zumal er in der Pubertät sehr grenzwertig unterwegs war. Computerspiele, Bier und sein Bett. Das war sein Lebensinhalt. Jahre, in denen ich dachte, aus ihm wird nie was. Doch man sollte die Pubertät nicht unterschätzen. Irgendwann wachen sie daraus auf, und man hat vollwertige Menschen vor sich stehen.«

»Du glaubst gar nicht, wie mich das beruhigt.«

»Es ist 'ne lange Zeit, in der sie schräg ticken. Die schönen Jahre davor geraten in Vergessenheit, und die danach kann man sich nicht vorstellen. Meine Frau nannte sie Lehr- und Stinkejahre.«

»Das ist witzig, ich kann es bei Helena ja mal testen.«

»Ich habe eine Ahnung, *wie* sie dich dann anguckt, ein paar Kostproben habe ich schon mitbekommen.«

»Wie wahr. Oft schiebe ich unsere Probleme auf die Trennung, aber es wäre zu einfach, so zu denken.«

»Wie so oft liegt die Wahrheit sicher irgendwo in der Mitte.«

»Was ist mit der Mutter von Ruben?«

»Der Mutter wohlbemerkt, kein zweiter Vater«, zieht er mich auf.

»Jahaaa«, antworte ich gespielt genervt und rolle mit den Augen.

»Unser Ende war, ehrlich gesagt, unspektakulär. Wir streiten nicht gerne, also haben wir es auch bei der Trennung nicht getan. Wir waren mitten im Studium, als Ruben kam. Im Laufe der Jahre haben wir uns auseinandergelebt, wie man so schön sagt. Nach Rubens Auszug saßen wir da, schauten uns dumm an und stellten fest, dass wir auf dieses Leben keine Lust mehr hatten. Sie wollte etwas erleben, ich mehr Ruhe haben. Wir haben ein freundschaftliches Verhältnis und verbringen sogar Weihnachten gemeinsam mit unserem Sohn.«

»Das hört sich nach einer Trennungswunschvorstellung an, von der ich nie gedacht hätte, dass es sie im wahren Leben gibt.«

»Dafür musstest du wohl erst mich kennenlernen. Also ist es bei dir nicht so rund gelaufen?«, schlussfolgert er.

»Nein, ist es nicht, aber jetzt bin ich drüber hinweg. Ich hatte einen ziemlichen Bammel vor der Scheidung. Im Herbst ist es so weit, aber mittlerweile freue ich mich darauf, weil sie endlich einen Schlussstrich setzt. Wir hatten auch unsere guten Jahre, aber das Ende hat es ein wenig vermasselt.«

»Dann haken wir das Thema ab, es soll schließlich ein entspannter Tag für dich sein.«

Wir laufen schweigend weiter, und schon bald erreichen wir das reetgedeckte Haus. Mattis kramt die Schlüssel aus seinem Rucksack und öffnet die Tür. Wir betreten ein Gebäude, das der Zeitschrift *Schöner Wohnen* zur Ehre gereicht. Maritimes Blau und Weiß, Deko, die unaufdringlich ist und genau an den richtigen Stellen verteilt. Das Haus riecht frisch und ein bisschen nach Geld. Alles ist hochwertig und durch und durch geschmackvoll.

»Am Ende des Flurs liegen die Schlafzimmer, such dir eines aus, und wenn du duschen möchtest …«

»Nix da, ich will mir erst den Rest anschauen.«

Der Wohnbereich zeigt sich im ähnlichen Stil, das Blau wird durch ein dezentes Beige abgelöst. Die weiße Küche wartet mit einer Kochinsel auf, von der jeder träumt, der gerne kocht. Doch das alles wird getoppt von einem sprossenverzierten Panoramafenster mit Blick aufs Meer und auf das gegenüberliegende Festland. Die abendliche Sonne zaubert eine magische Stimmung.

»Wow, ist das schön hier. Wer, sagtest du noch mal, ist dieser Freund?«

Mattis steht hinter mir und folgt meinem Blick.

»Ich sagte gar nichts, aber ich kenne Michael von einem Schweißkurs. Wir trinken regelmäßig ein Bier oder treffen uns zum Wandern.«

»Ich mache auch einen Schweißkurs«, beschließe ich umgehend, »da muss es tolle Männer geben.«

Nach einer erfrischenden Dusche und nachdem ich unfassbarerweise ein Schlafzimmer mit modernem Himmelbett mit Blick aufs Meer vorgefunden habe, kehre ich in die Küche zurück. Mattis werkelt emsig am Herd.

»Jetzt bin ich endgültig beeindruckt. Wieso kannst du kochen? Wo kommen die Lebensmittel her?«

»Gute Geister allüberall, man kann sich kaum vor ihnen retten.«

Ich lache, er holt zwei Weingläser aus einem Schrank und stellt sie vor mir auf die Theke. »Weißwein?«

»Sehr gerne. Kann ich helfen?«

Er deutet auf eine Schublade. »Messer sind hier drin, du kannst Kartoffeln schälen.«

»Was gibt es?«

»Kartoffeln, Hering, Salat.«

»Perfekt.«

Wir kochen, wir trinken Wein, wir reden. Ich fühle mich wohl. Fahre ich wirklich in ein paar Tagen nach Hause und sehe Mattis und Jacky nie wieder? Ich kann es mir kaum vorstellen.

Ha, brüllt Isa mir ins Ohr, und ich zucke förmlich zusammen. *Er ist nicht schwul, er kann kochen, du magst ihn.*

Ich grummle unwirsch in mich hinein. Ich leite keine Schmetterlinge mehr um, ehrlich, Isa, denn ich will das hier ohne dein permanentes Gelaber genießen. Ich brauche keinen Mann. Ich muss mich nicht verlieben. Es passiert, oder es passiert eben nicht.

Plötzlich mischt sich Lisbeth ein. *So ein patenter Mann, Cherie. Hat was im Kopf, kann was mit den Händen und langweilig ist er kein bisschen. Den hätte ich auch mit neunzig noch genommen.*

Lisbeth!!!

Sei nicht so prüde, Kind.

Und als wenn das nicht reichen würde, kommt jetzt auch noch Mama aus ihrer Ecke.

Vernünftig sein, ja, Evi, gute Idee, aber übertreibe es nicht!

»Wo bist du denn?«

Ich zucke zusammen.

»Häh, wo soll ich sein?«

»Du stehst vor dieser Zwiebel, bewegst dich nicht und gibst keinen Mucks von dir. Dabei schaust du völlig ins Leere.«

»Ach das.« Ich nehme das Messer und zerhacke die Zwiebel. »Ich habe die Angewohnheit, mich im Kopf zu unterhalten. Andere würden es wohl nachdenken oder träumen nennen, ich habe Gesprächspartner.«

»Wie darf ich mir das vorstellen? Sind es Menschen, die du kennst, oder unbekannte Fantasiegestalten?«

»Meine tote Mutter, meine tote Großtante und meine quicklebendige Schwester Isa.«

»Oookay.«

Er weiß nicht mehr, was er sagen soll. So ist das. Tote Mütter sind tendenziell schwierig für andere Menschen. Ich baue ihm eine Brücke, ich hätte es schließlich nicht erzählen müssen. »Meine Mutter gibt die guten Ratschläge, sie tröstet mich oder ist einfach für mich da. Manchmal will sie mich auf den richtigen Weg locken, aber das macht sie sehr lieb und mütterlich. Großtante Lisbeth ist neu, sie ist noch nicht lange tot. Sie amüsiert sich oder bringt ihre berühmten Weisheiten zum Besten. Sie war zweiundneunzig, als sie starb, etwas verrückt und niemals langweilig. Das ist recht aufmunternd. Und Isa, meine Schwester, macht das, was große Schwestern eben so tun – sich einmischen und alles besser wissen.«

»Faszinierend. Danke für die Erklärung. Da ist ja mächtig was los in deinem Kopf.«

Ich lache. »Definitiv.«

»Und wer war gerade anwesend?«

»Alle drei.«

»Dann war's ja 'ne richtige Party. Worum ging's?«

»Um gar nix.« Meine Antwort kommt prompt und etwas patzig, was Mattis stutzig werden lässt. Er mustert mich fragend, wechselt dann nonchalant das Thema und widmet sich dem Hering, den er auf zwei Tellern verteilt und mit frisch geschnittenen Zwiebeln dekoriert.

Wir essen draußen, schließlich bin ich es nicht mehr anders gewohnt. Gemeinsam sitzen wir in einem Strandkorb, genießen den Hering, trinken Wein und verabschieden die Sonne in die Nacht. Isa, die erneut anhoppelt, verscheuche ich mit einer einzigen energischen Handbewegung. Als der Mond weit oben am Himmel steht und weiß und rund auf uns hinabscheint, wird es kühl. Eine feine Gänsehaut überzieht meine Arme.

»Mir ist leider total kalt. Entweder ich hole meine Fleecejacke, oder wir gehen ins Haus. Ich fände es, ehrlich gesagt, sogar lustig, mal wieder irgendwo reinzugehen. Manchmal kann ich gar nicht glauben, dass ich seit zwei Wochen unter freiem Himmel lebe.«

»Dann gehen wir rein. Die Flasche ist eh leer. Soll ich noch eine holen?«

Ich überprüfe meinen Alkoholpegel. »Klar, ich habe Urlaub.«

Wir setzen uns ins Wohnzimmer, und Mattis öffnet den dritten Wein an diesem Tag. Ich studiere derweil die Titel im Bücherregal.

»Dein Freund hat eine Schwäche für Terry Pratchett, dabei passt er gar nicht zur Einrichtung. Ich hätte hier eher Thomas Mann oder John Irving vermutet.«

»Stimmt, ist mir aber noch nie aufgefallen. Ich werde ihn mal fragen, wie er damit stilmäßig klarkommt.«

»Blödmann, du machst dich über mich lustig.« Ich bin neugierig und durchforste weiter das wuchtige Regal. Bücher. DVDs, Spiele. Dieser Michael hat Unmengen davon. Früher gehörte der wöchentliche Spieletag zu unserer Familie wie zu anderen der *Tatort* oder *Wetten dass?*. Claas dagegen fand Gesellschaftsspiele sinnlos, es sei denn, er konnte mich in einem Wissensspiel besiegen. Das wiederum fand ich doof. Also spielten wir mit Helena, als sie klein war, pädagogisch wertvolle Lernspiele aus hochwertigen Materialien – und sonst gar nicht. Mit meinem Vater spielt sie manchmal Schach, etwas, was Isa und ich immer verweigert hatten zu lernen. Ich suche, einer inneren Eingebung folgend, nach einem Schachspiel und finde eines. Vorsichtig ziehe ich es aus dem Stapel und trage es zu Mattis, der auf einem der cremefarbenen Sofas sitzt.

»Kannst du Schach spielen?«

Verschmitzt verzieht er die Mundwinkel. »Ein bisschen.«

»Wie viel ist *ein bisschen*?«

»Ich war als Kind im Schachklub.«

»Prima. Dann bringst du mir das jetzt bei. Ich habe Lust, etwas Neues zu lernen.«

Er lacht herzlich. »Kein Problem, in zwei Stunden bist du fit für deine erste Meisterschaft.«

»Ich erwarte nichts Geringeres als das.«

Eine halbe Stunde später hat er mir die Regeln so weit erklärt, dass ich alle Figuren richtig setze. Eine weitere halbe Stunde später setzt er mich zum fünften Mal schachmatt. Ich quieke jedes Mal vor

Entrüstung, denn ich sehe es nie kommen. Kurz darauf schaffe ich es, ganze zehn Minuten zu überleben. Ich hätte nie gedacht, dass verlieren stolz machen kann.

»Wie lange brauche ich, bis ich gewinne?«

»Das kommt drauf an, gegen wen du spielst«, antwortet Mattis erheitert.

»Na, gegen dich natürlich. Ehrlich, ich wusste gar nicht, wie lustig Schach ist.«

»Ich wusste bisher auch nicht, dass es lustig sein kann. Ich kenne es eher als eine sehr ernste Angelegenheit.«

»Das nehme ich jetzt als Kompliment und dafür verliere ich gerne. Also, wie lange?«

»In zwei bis drei Monaten solltest du so weit sein.«

Ich verschlucke mich fast an meinem Wein. »Dein Ernst? Wie soll das gehen? Ich reise in ein paar Tagen ab. Jetzt bin ich unglücklich.« Ich präsentiere meinen schönsten Schmollmund.

Er lehnt sich zurück, sieht mich an und schürzt die Lippen. »Tja, dann musst du hier bei deinem neuen und einzig wahren Schachguru bleiben.«

»Genau, in den Ashram kann jeder. Ich finde meine Erfüllung und den Sinn des Lebens bei meinem Schachmeister.«

»Oh ja, und ich werde hingehen und ein paar, ach, was sag ich, Dutzende willige Schachweibchen um mich scharen und sie den Sinn des Lebens lehren.«

»Und die ersten sind schon da, sie wissen nur noch nichts von ihrem Glück.«

»Du meinst den verrückten Haufen aus den Zirkuswagen?«

»Ja, ich werde sie morgen gleich für diese neue Lehre gewinnen, sie werden allem Esoterischen absagen und zu Dienerinnen der Logik.«

»Und als Meister brauche ich natürlich einen Namen, damit ihr mir auch anständig huldigen könnt.«

»Meister Eder?«, antworte ich und fege sämtliche Figuren von Brett, weil ich nicht mehr kann vor Lachen. Wir spielen weiter, aber nach der gefühlt hundertsten verlorenen Partie streike ich, wir essen Oliven, reden, trinken Wein. Wir hören Musik, die wir beide gut finden, foppen uns und streiten sogar ein wenig, weil wir uns nicht über die Musikauswahl einigen können.

Irgendwann wache ich auf dem Sofa auf. Wann bin ich eingeschlafen? Mattis hat eine Wolldecke über mich ausgebreitet, die ich zur Seite schiebe. Schlaftrunken wandle ich in das duftige Himmelbett. Und habe einen letzten Gedanken: drei Gründe für das Mönchgut – es geht mir gut, das Leben ist schön, Mattis.

Versöhnung ist (k)eine Kunst

Montag, Sonne-Wolken-Mix, leichter Wind aus Nordost, 20 Grad Celsius

»Ich will auch Enten haben.«

Ein kleines Mädchen empfängt mich, kein Teenager. »Die sind sooo süß, Mum, wir brauchen unbedingt Enten. Also, Küken, damit sie mir immer hinterherlaufen, weil sie denken, ich bin ihre Mutter. Und praktisch sind sie auch, sie fressen Schnecken. Dann kannst du endlich Salat pflanzen und musst die Sonnenblumen nicht wochenlang im Topf vorziehen.«

Helena saß vor der Rezeption in der Sonne mit einer Cola in der Hand und einem Strahlen im Gesicht.

»Du müsstest allerdings darüber hinwegsehen, dass sie dir den Garten vollkacken«, fügt Jacky, die gerade die Terrasse fegt, freundlich hinzu. »Hat sich gut gemacht, deine Tochter, ist eingestellt, kannste leider jetzt nicht mehr mit nach Hause nehmen.«

»Ich hole sie im nächsten Sommer wieder ab, geht doch klar, oder?«

»Und Gregor hat gesagt, Enten sind so lustig, er fragt sich, warum ihm das nicht schon früher aufgefallen ist. Er will seine Mutter überreden, auch welche zu kaufen, die regt sich nämlich auch über die Schnecken auf.«

»Gregor?« Ich sehe Helena an, doch die gibt mir keine Antwort, sondern plappert munter weiter. Jacky wirft mir einen vielsagenden Blick zu.

»Du kannst ruhig zum Zelt gehen, Mum, ich habe Jacky versprochen, den Stand mit den Postkarten aufzuräumen. Meine Sachen habe ich schon hingebracht. Ist alles noch da. Ich habe lieber nachgeschaut. Hätte ja einer alles mitnehmen können. Und der Wettermann hat gefragt, wo wir waren.«

Sie trinkt ihre Cola in einem Zug aus, steht auf und macht sich emsig am Postkartenstand zu schaffen. Wie es scheint, ist das Gespräch beendet. Jacky grinst mich an, ich schüttle verwundert meinen Kopf und überlasse beide ihren freudigen Pflichten.

»Wetter wird schlecht. Sieht man nicht, aber geht schnell. Ich fühl das in meinen Knochen. Is' Meer, was? Könnte schlimm kommen, passen Sie mal auf mit dem Zelt.«

Ich verspreche, das Wetter im Auge zu behalten. »Es ist eben das Meer, das habe ich mittlerweile gelernt.«

Am Platz erwartet mich eine Überraschung. Katja und Hendrik packen. Warum? Sie wollten doch erst nächste Woche abreisen. Wegen mir? Gefühle, die ich seit vierundzwanzig Stunden nicht hatte, bohren sich in meine Eingeweide. Davon vor allem eins: Ärger. Es ärgert mich, was diese beiden Menschen in mir auslösen. Ich habe nichts falsch gemacht. Mattis hat es mir bestätigt, nachdem ich ihm die ganze Geschichte erzählt habe.

»Du hast alles richtig gemacht. Du warst höflich, aber hast ihn zurückgewiesen, wenn er sich dir genähert hat. Du kannst nichts dafür, dass er seine Frau verheimlicht hat. Du kannst nichts für ihre Eheprobleme und schon gar nichts dafür, dass er seine Frau belügt.«

Und dennoch frage ich mich, ob ich nicht zumindest eine Mitschuld an dem Dilemma trage. Ich räume die Sachen aus dem Rucksack, als Hendrik mit den Kindern an unserem Zelt vorbeiläuft. Er wirft mir einen bitterbösen Blick zu, sagt aber kein Wort. »Arschloch«, murmle ich in mich hinein. Eine Minute später steht

Katja vor mir. Sie sieht traurig aus. Ihrem Blick fehlt das Gift, an das ich mich schon fast gewöhnt habe.

»Katja. Gibt's was?«

»Hm. Ja.«

Mit Beschimpfungen kann ich umgehen, verlegenes Rumgedruckse irritiert mich.

»Evi, ich würde gerne mit dir reden.«

Ich kann es mir nicht verkneifen. »Aber nur, wenn du mich nicht an den Haaren ziehst.«

Sie verdreht die Augen und grinst zerknirscht. »Nein, tu ich nicht. Hast du Lust, an den Strand zu gehen?«

Ich seufze. Das hört sich nach einem Gespräch an, das nicht in zwei Minuten ausgestanden ist. »Okay. Jetzt?«

Sie nickt, ich werfe meinen Rucksack ins Vorzelt, und wir laufen den kleinen Pfad zu Strand.

»Ihr reist ab?«

»Ja.« Stille. »Es tut mir leid«, sagt sie schließlich. »Ich weiß nicht, was in mich gefahren ist. Ich hatte mich überhaupt nicht mehr unter Kontrolle.«

»Kann man so sagen.« Ich bin weiter in Habachtstellung. Ich traue dem Sinneswandel nicht.

»Die Zwillinge sind anstrengend. Ich habe seit zwei Jahren nicht richtig geschlafen. Zwischen Hendrik und mir läuft es seit der Geburt nicht gut. Er lässt mich oft allein, beschwert sich, dass ich nur noch Mutter bin. Aber was soll ich machen? Jeden Abend bin ich froh, dass der Tag vorüber ist. Ich habe so eine Angst, dass er fremdgeht und mich und die Kinder alleine lässt. Ich wüsste nicht, wie ich das ohne ihn schaffen soll. Dann freue ich mich auf diesen Urlaub, auf ein bisschen Erholung und Hilfe und verknackse mir den Fuß. Als ich sah, wie Hendrik versuchte, dich zu küssen, ist eine Sicherung durchgebrannt. Es tut mir ehrlich leid.«

Ich lasse ihre Worte sacken. »Und danach? Als du mich so übel beschimpft hast? War das auch eine durchgebrannte Sicherung? Es war verletzend, weißt du?«

»Ich weiß«, sagt sie zerknirscht, »aber es war einfacher, dir die Schuld zu geben.«

»Okay. Akzeptiert. Irgendwann habe ich sicher etwas getan, womit ich das verdient habe.« Ich sage es mit einem humorvollen Unterton, und sie lächelt mich dankbar an. »Warum hast du deine Meinung geändert? Hat Hendrik dir erzählt, was wirklich passiert ist?«

»So halb, halb. Er hat sich verzettelt. Hat mir erst das eine erzählt und Stunden später etwas anderes. Also habe ich nachgedacht und die Puzzlestücke zusammengesetzt. Dabei ist mir aufgefallen, dass es dir eher unangenehm schien, in unserer Nähe zu sein.«

»Es hätte auch mein schlechtes Gewissen sein können.«

»Nee, Hendrik hat gelogen, da bin ich mir sicher. Er hat behauptet, du hättest dich eiskalt an ihn rangemacht, die ganze Zeit. Das war echt übertrieben und passt auch nicht zu deiner Art. Und als du mir gesagt hast, dass er mich zu Anfang nicht erwähnt hat … na ja … da dachte ich, es könnte vielleicht eine andere Geschichte geben als die, die er mir aufgetischt hat.«

»Ja, die gibt es in der Tat. Es ist nicht so, dass mich gar keine Schuld trifft, deswegen … Möchtest du sie hören?«

Würde ich die Geschichte hören wollen? Die Antwort lautet Ja. Denn egal, wie schmerzhaft es ist, führt letztendlich nur die Wahrheit zu richtigen Entscheidungen.

»Ja, das möchte ich.«

Also erzähle ich ihr meine Version. Ungeschönt. Mit meinen Zweifeln, meinen Sehnsüchten und den Versuchen, vor mir davon zu laufen. Sie unterbricht mich kein einziges Mal. Nicht einmal, als ich schildere, wie ich die Nähe zu Hendrik auf dem Schiff empfunden habe oder als wir nebeneinander am Felsen saßen.

»Du sagst die Wahrheit?«, vergewissert sie sich am Schluss.

»Ja. Meine Wahrheit. Wie Hendrik das alles empfunden hat, weiß ich nicht. Aber so habe ich es erlebt.«

»Er hätte kaum versucht, dich zu küssen, wenn es anders gewesen wäre.«

Wir schweigen. Katja fängt an zu weinen. Es scheint, als habe die Erkenntnis, dass Hendrik sie belogen hat, ihr alle Kraft geraubt. Sie hat schwere Entscheidungen zu treffen. Ich lotse sie vom Wasser weg, und wir setzen uns an den Rand der Dünen.

»Hättest du es lieber nicht gewusst?«

»Doch, aber es tut so verdammt weh. Ich ... Ich muss sehen, was ich damit anfange.«

»Das braucht Zeit.«

»Ja, das tut es.«

Wie von Herrn Lustig prophezeit, ziehen dunkle Wolken auf. Helena kehrt zurück, wir kochen gemeinsam und plaudern. Die Pause hat uns gutgetan. Mit keinem Wort reden wir über unseren Streit oder über das, was vorher passiert ist. Es ist nicht der richtige Zeitpunkt. Stattdessen genießen wir eine Unbeschwertheit, die uns zwei liebe Menschen geschenkt haben. Einfach so.

Nach dem Mittagessen schnappen wir uns den Mini und fahren nach Stralsund. Eigentlich ist es zu spät für einen langen Ausflug, aber wer macht uns Vorschriften? Also bummeln wir gemeinsam durch diese wunderschöne Stadt, kaufen uns Schuhe, die wir nicht brauchen, essen in einem kleinen Restaurant zu Abend und kehren auf den Campingplatz zurück, als es längst dunkel ist. Zum Glück hält das Wetter.

Am nächsten Morgen bauen Katja und Hendrik ihr Zelt endgültig ab. Unermüdlich tragen sie ihre Sachen ins Auto, die Kinder schlafen im Kinderwagen. Wenn Katja an mir vorbeigeht, nicken wir uns wissend zu, Hendrik tötet mich mit Blicken. Irgendwann bleibt er stehen und baut sich vor mir auf.

»Du bist eine miese Schlampe, weißt du das? Baggerst mich an und erzählst Katja dann diesen Scheiß. Ich kann verstehen, dass dich keiner haben will.«

Mir klappt vor Fassungslosigkeit die Kinnlade runter, doch dann finde ich meine innere Stärke. »Wie schön. Das Schlampen-Vokabular scheint von deiner Frau auf dich übergegangen zu sein. Und weißt du, was? Zu einem Arschloch wie dir passt es sowieso viel besser.«

Ich klettere aus der Hängematte und lasse den Kerl einfach stehen. Ich gehe an den Strand, bis Hendrik & Co. endlich abgereist sind, und kehre an unseren Platz zurück. Und spüre nur eins: große Erleichterung. Entspannt setze ich mich in meinen Campingstuhl und benutze den zweiten als Ablage für meine Füße. Der Krimi liegt bereit. Einvernehmlich haben wir beschlossen, heute nichts zu unternehmen. Helena fläzt ebenfalls unmotiviert auf unserem Platz herum. Das Wetter drückt, und es ist unglaublich schwül. Die zwanzig Grad fühlen sich an wie dreißig. Immer wieder schaue ich in den Himmel, es sieht nach Regen aus, aber bisher hat das Wetter gehalten. Ich klappe mein Buch zu und überlege, ob ich mich für ein Schläfchen ins Zelt lege. Seit Ewigkeiten habe ich keinen Mittagsschlaf mehr gemacht. Es gibt Menschen, die das regelrecht zelebrieren, ich komme mir dabei vor, als würde ich etwas Verbotenes tun. Aber ich habe Urlaub. Ich kann schlafen, wann ich will und wo ich will. Ich muss mir das nur immer wieder sagen.

Doch daraus wird nichts. Wir kriegen Besuch. Oder vielmehr haben wir Besuch. Da es keine Klingel gibt, wie im echten Leben, macht es den Eindruck, als stünden die Leute plötzlich mitten im Wohnzimmer und sprechen, bevor man sie überhaupt registriert hat. Es ist Gregor.

»Hallo, Helena, hallo, Frau … äh …«

»Schneider, ich bin Frau Schneider, aber du kannst Evi sagen.«

Gregor lächelt mich dankbar an. Seit dem Ausflug möchte ich nach ihm fragen, ständig verkneife ich es mir, und Helena hat bisher kein Sterbenswörtchen verloren. Ebenso wenig weiß ich, ob sie sich noch mit Niklas trifft. Ich möchte ihr Zeit geben, und da sie seit unserer Rückkehr immer in meiner Nähe ist, habe ich die Hoffnung, die Sache hat sich erledigt. Ich könnte Jacky fragen, aber bisher hat sich keine Gelegenheit ergeben. Außerdem möchte ich die Geschwister im Moment in Ruhe lassen, sie müssen sich um alle Gäste kümmern und nicht nur um uns. Das rede ich mir zumindest ein. In Wahrheit halte ich mich von Mattis fern, weil der gestrige Tag in mir nachhallt.

»Helena, ich wollte dich fragen ...«

Der Junge tippelt von einem Fuß auf den anderen. Er ist schrecklich nervös und, so nehme ich an, bis über beide Ohren in Helena verknallt. Hoffentlich schickt sie ihn nicht wieder weg. Helena, die sich erst jetzt die Stöpsel aus den Ohren zieht, was ich ziemlich unhöflich finde, schaut verlegen zu Boden und traut sich kaum, den Jungen anzusehen. Das ist gut. Ich beobachte das Schauspiel interessiert. Es ist fast wie in einem dieser Teeniefilme. Kriegt der Nerd die Schönheit, oder kriegt er sie nicht?

»Oh, hallo, Gregor. Wolltest du was fragen?«

»Ähm, ja, ich, also, vielleicht hast du ja Lust ... und wenn nicht, ist es auch nicht schlimm ... heute Abend mit an den Strand zu kommen? Es ist super Wetter, um Dorsch zu angeln ... und man kann ja dabei sitzen und reden, oder so.«

Helena zieht die Stirn kraus. Der arme Gregor versteht das sofort falsch. »Wir können auch was anderes machen«, sagt er hastig, »ich muss nicht angeln, echt nicht, wir können auch ... ähm ...«

Mit einem Seitenblick auf mich antwortet Helena. »Nein, nein, angeln ist schon okay. Ist mal was anderes. Du tötest die Fische da ja nicht, oder?«

Böse Frage. Gregor hibbelt noch nervöser auf der Stelle. Wüsste ich es nicht besser, würde ich ihm den Weg zur Toilette erklären. »Nee, also die kleinen nicht.«

»Und die großen?« Helena ist alarmiert.

»Die schon. Weil. Die wollen wir ja essen, und das geht lebendig nicht so gut.«

Er sagt es so trocken und emotionslos, als wäre es etwas völlig Neues, Tiere zu töten, ehe man sie aufisst. Ich gackere los, fange mich aber sofort wieder, weil Helena mir einen unmissverständlichen Blick zuwirft.

Sie ringt mit sich. »Das ist ja nicht so schön.«

»Bist du Vegetarierin?«, fragt Gregor.

»Nee, bin ich nicht.«

»Dann ist es ja okay, wenn ich die töte, oder?«

»Kannst du mir vielleicht vorher Bescheid sagen, dann gehe ich spazieren, oder so?«

»Klar, kann ich machen. Ist ja wirklich nicht so toll, ich fand das am Anfang auch blöd. Aber sie schmecken nun mal.« Er zuckt mit den Achseln, und es scheint, als hätten sie die erste Hürde in ihrer wie immer gearteten Beziehung genommen.

»Mum, kann ich heute Abend an den Strand?«

»Aber natürlich, mein Kind«, flöte ich zuckersüß, womit ich mir den nächsten bitterbösen Blick einfange. Ich beschließe, die beiden alleine zu lassen, und verabschiede mich.

»Was hast du mit meinem Kind gemacht?«

Meine Neugier hat mich schließlich doch hergetrieben. Jacky zuckt zusammen. Sie steht am offenen Fenster und säuselt der niedlichen Kurti etwas in die Öhrchen. Die wiederum erschrickt, weil Jacky zuckt, und sucht das Weite.

»Herrje, musst du uns so erschrecken?«, trompetet sie, betrachtet die Nuss, die sie nun umsonst zwischen Daumen und Zeigefinger hält, legt sie auf die Fensterbank und schließt das Fenster. »Aber gut, dass du da bist, hab auch 'ne Frage.«

»Die da wäre?«

»Was hast du mit meinem Bruder angestellt?«

»Was meinst du?«

»Du denkst die ganze Zeit, der Heini ist schwul? Ich dachte, ich höre nicht richtig. Aber es erklärt einiges. Ist auf jeden Fall 'ne grandiose Geschichte. Lutz und ich haben Tränen gelacht.«

»Jaja«, sage ich gespielt geschmollt, »amüsiert euch nur auf meine Kosten, aber ehrlich, du hast erklärt, die Frauenwelt könne froh sein, dass er nicht zur Verfügung stünde. Ich dachte, du meintest, er sei schwul, und da habe ich nicht nachgehakt. Warum auch?«

»Stimmt. Spricht für dich. Gefällt mir.«

»Danke. Aber was erklärt es?«

»Das findest du schon noch raus. Und was war mit der Wildschweingeschichte? Hat dir der nackte Arsch meines Bruders gefallen?«

Ich lache. »Es hatte etwas von Slapstick, in dem Augenblick waren wir nur froh, dass das Schwein abgehauen ist. Er ist ganz schön weiß, der Hintern deines Bruders, das ist mir aufgefallen.«

»Wo soll er auch braun werden, er sitzt ja mit dem Arsch die ganze Zeit auf seinem Traktor.«

Wir gackern über Mattis' nackten Hintern, und er tut mir schon fast leid.

»Aber weißt du, was? Ich bin froh, dass er diesmal der mit dem Missgeschick war, deswegen habe ich dieses furchterregende Wildschwein sehr gern verjagt.«

Jacky grinst. »Das kann ich mir gut vorstellen, obwohl, wir sind als Retter schon der Knaller, so schnell sind wir nicht quitt.«

»Das unterschreib ich sofort.« Am liebsten würde ich diese brummige und eckige Frau in den Arm nehmen und fest drücken, da ich aber nicht weiß, wie sie auf derartige Dinge reagiert, strahle ich sie bloß an.

»Willst du denn jetzt wissen, *wie* ich deine Tochter umgekrempelt habe?«

»Allerdings. Klein-Gregor hat Helena zum Angeln eingeladen. Inklusive Totschlags von Fischen in essbarer Größe.«

Jacky reißt die Augen auf. »Der Kleine ist echt schräg. Auf die Idee muss man erst mal kommen, sein Date mit zum Angeln zu nehmen.«

»Das dachte ich auch, aber Helena fand es sogar spannend.«

»Und er ist ein wirklich nettes Kerlchen. Bisschen verschroben, aber er hat ein gutes Herz, und darauf kommt es an.«

»Ja, das finde ich auch. Schönlinge und Mitläufer braucht keine Frau.«

»Dafür musste ich deine Tochter allerdings auf die richtige Fährte locken, die ist nämlich vor lauter Surflehrergesülze wie paralysiert durch die Gegend gelaufen. Also habe ich die Mutter von Gregor angerufen und ihr gesagt, sie soll das Bürschlein zum Rasenmähen vorbeischicken. Helena musste Entenkacke aufsammeln, und das war die geilste Verkupplungsidee ever. Klopf mir ruhig auf die Schulter und nenne mich Göttin.«

Ich verneige mich vor ihr, gleich mehrfach, dann werde ich noch einmal ernst. »Ehrlich, Jacky, danke. So viel hätte ich als Mutter gar nicht reden können, wie du an einem Tag erreicht hast.«

»Da nicht für!«

»Wie soll ich das je wiedergutmachen?«

Jacky tut, als würde sie überlegen. »Also, ich finde, du könntest einfach wiederkommen. Wenn du willst. Würde mich freuen.«

»Geht klar.«

Was mache ich jetzt? Doch lesen? Einen Strandspaziergang? Arbeiten? Oh, Himmel. Arbeiten! Ich habe Saskia schon länger nicht mehr angeklingelt. Geschweige denn, dass ich Isa oder meinen Vater angerufen hätte. Ich entscheide mich für den Spaziergang. Das seltsame Wetter, eine Mischung aus tropischer Schwüle und grauem Novemberwetter, zaubert eine mystische Stimmung. Das Meer wabert träge, und nur eine Handvoll Leute sind unterwegs. Es ist gespenstisch still. So stelle ich mir den November vor oder den Februar, unbedingt möchte ich wiederkommen und das Meer für mich haben.

Der Spaziergang tut mir gut. Seit Tagen folgt ein Ereignis auf das nächste und ich habe kaum Zeit nachzudenken. Das hole ich nun nach. Die Dinge dröseln sich auf. Helenas Weg führt in die richtige Richtung, Katja und Hendrik gehören der Vergangenheit an. Wie wird es ihr ergehen? Mein Bauchgefühl sagt mir, dass Hendrik kein über Jahrzehnte verlässlicher Mann ist. So wie man es sich wünscht, wenn man heiratet. Ich habe selbst schmerzlich erfahren müssen, dass alle Hoffnungen und Pläne, die mit dem Jawort einhergehen, im Grunde das Papier nicht wert sind, auf dem sie geschrieben stehen. Warum heiratet man, wenn man doch weiß, dass die Wahrscheinlichkeit, dass es für immer und ewig hält, nicht sonderlich groß ist? Es ist wohl das Prinzip Hoffnung, das darauf baut, dass es nur die anderen trifft. Sie ist so viel stärker als der Blick auf die Realität.

Ich wandere weiter, hake meine inneren Baustellen ab, und doch weigere ich mich, über den Ausflug zum Mönchgut nachzudenken. Als ich nichts mehr habe, was meine Gedanken beschäftigt, rufe ich Saskia an, doch auch sie schenkt mir nur wenige Minuten Aufschub. Es wird ein langer Rückweg, wenn ich versuche, mir selbst aus dem Weg zu gehen. Also packe ich es an: das Nachdenken über Mattis.

Er ist nicht schwul. Er ist ein guter Mensch. Witzig, intelligent, facettenreich, fürsorglich, warmherzig. Single. Er mag mich. Aber wie sehr mag er mich? Ich seufze. Denn ich traue diesen Gefühlen nicht, die in mir flackern, ganz zart, seitdem ich weiß, dass er eine Option ist. Sein vermeintliches Schwulsein hat mir die Möglichkeit geschenkt, ihn unvoreingenommen kennenzulernen. Ohne Isa auf der Schulter und ohne die Sehnsüchte, die in mir lodern, seitdem Hendrik diese kleine Flamme in mir entzündet hat. Denn ich weiß jetzt eines: Ich möchte wieder Frau sein. Das verdanke ich Hendrik, er hat es mir gezeigt, und das ist vielleicht das einzig Richtige, was er getan hat. Stefan hat es mich sehen lassen, und Isa brüllt es mir sowieso seit Monaten zu jeder sich bietenden Gelegenheit ins Ohr.

Und Mattis? Ganz zart flattert es in meiner Magenmitte, doch kann ich diesem Gefühl nach all den Ereignissen Glauben schenken?

Ich schicke einen Blick in den Himmel, auch wenn von dort keine Antwort kommen wird.

Ich kehre zurück auf den Platz und schaue beim Wettermann vorbei. Leider ist er nicht da. Und jetzt? Helena ist unterwegs, denken will ich nicht mehr. Was also fange ich mit dem Abend an?

»Hallo, fremde Frau. Ich habe dich vermisst, und Trudi fragt ständig, ob alles in Ordnung ist.«

»Lange Geschichte. Hast du Lust, mich abzulenken?«

»Ablenken heißt, du willst mir die Geschichte nicht erzählen, oder erzählst du sie mir in allen Einzelheiten?«

»Fangen wir mit Ersterem an, dann komme ich sowieso zum Zweiten, weil wir Frauen eben so sind.«

»Hört sich nach einem Plan an.«

»Strand oder Strand?«

Miriam überlegt. »Ich habe eine Idee. Du kommst mit zur Yogastunde, die findest du garantiert lustig, weil die meisten Damen gelenkig sind wie neunzig Jahre alte Greisinnen – und anschließend gehen wir auf den anderen Campingplatz in die Bar. Die soll nett sein, habe ich mir sagen lassen.«

Das hier ist definitiv kein Yoga. Ich habe nach Helenas Geburt brav an der Rückbildungsgymnastik teilgenommen, und weil die nette Trainerin auch Yogakurse anbot, habe ich anschließend einen Kurs bei ihr gebucht. Yoga ist eine tolle Sache. Zumindest, wenn man Spaß daran hat, sich in sämtliche Himmelsrichtungen zu verbiegen. Ich hatte keinen und habe immer neue Ausreden gesucht, um die Stunde sausen zu lassen. Dennoch war es um ein Dutzendfaches besser als das, was die Damen hier fabrizieren. Einschließlich Trudi. Die hat nämlich von allen die wenigste Körperbeherrschung.

Ich versuche also, aus den komischen Verrenkungen, die Brigitte vorturnt, Yogastellungen zu erraten. Miriam sitzt tatenlos neben mir. Sie hat nach der zweiten Übung aufgegeben.

»Ich habe beschlossen, erwachsen genug zu sein, um nicht mehr jeden Scheiß mitzumachen«, raunt sie mir ins Ohr.

»Warum hast du mich dann hierhinzitiert?«, beschwere ich mich. »Ich kann mich schlecht nur hinsetzen und zugucken.«

»Für den Spaß«, gibt sie unumwunden zu, »für den reinen Spaß.«

»Du bist eine Mistkuh.«

»Ich weiß.« Sie grinst gemein.

»Miri, wenn du schon nicht mitmachst, würdest du wenigstens aufhören, Evi zu stören? Das ist äußerst unhöflich.«

»Ja, Trudi«, antwortet Miriam brav, lehnt sich genüsslich zurück und hat ihren Spaß auf unsere Kosten.

Am Ende dieser denkwürdigen Stunde spricht mich Trudi direkt an: »Schön, dass du noch mal da warst, und wie ich sehe, leuchtet dein Gelb ganz wunderbar.«

»Danke, deine Denkanstöße haben auf jeden Fall ihren Teil beigetragen.«

Miriam beißt sich auf die Lippen, um nicht loszuplatzen.

Trudi ist entzückt. »Wenn du willst, tauschen wir Nummern. Wir wohnen ja nicht weit voneinander entfernt, und ich biete diverse Kurse und Einzelsitzungen an. Es wäre schade, die Grundlagen nicht zu nutzen, um dich weiterzuentwickeln. Überleg es dir, ich würde mich freuen. Wann reist du ab?«

»In drei Tagen. Mein Vater holt uns ab.« Im selben Augenblick wird es mir klar. Unsere Zeit neigt sich dem Ende entgegen. Spontan macht mich das traurig.

»Mannomann, hast du Trudi um den Finger gewickelt, die ist richtig vernarrt in dich.« Miriam und ich sind auf dem Weg zum Waschhaus – denn trotz des Dilettantismus habe ich geschwitzt, und wir wollen uns für die Kneipe aufhübschen.

»Du wirst lachen, aber das war nicht einmal geschwindelt. Auf ihre schräge Art hat Trudi mir tatsächlich geholfen.«

»Du weißt also jetzt, was du willst?«

»Nö«, antworte ich, »aber ich weiß zumindest, was ich nicht will.«

»Das ist doch was.«

Die Zeit im Waschhaus und den Weg auf den anderen Platz nutze ich, um Miriam auf den aktuellen Stand zu bringen. Wie vermutet reagiert sie in einer Mischung aus Entrüstung und Sensationsgeilheit. Es macht Spaß, die Neuigkeiten zu schildern, denn meine Geschichte bekommt dadurch etwas Spannendes. Meinen Ausflug mit Mattis spare ich allerdings aus. Ich habe das Gefühl, dafür nicht die richtigen Worte finden zu können.

Die Bar entpuppt sich als kitschig eingerichtete Blockhütte im Karibikstyle.

»Ich habe zwar etwas Nordisch-Maritimes erwartet«, unkt Miriam, »aber das hier hat auch was. Es ist so geschmacklos, dass es schon wieder gut ist.«

»Zumal man unter dem ganzen Plastik noch immer die DDR erkennen kann.«

»Stimmt.« Sie kichert.

Wir suchen uns einen Platz im hinteren Teil des Lokals. »Ich habe die Dinge gerne im Blick«, begründet Miriam die Platzwahl. »So können wir sehen, wer reinkommt, und in Ruhe lästern.«

Ich bin einverstanden. Lästern hört sich gut an, es ist so schön sinnlos. Der Laden ist mäßig gefüllt, doch es ist noch ziemlich früh, und Miriam versichert mir, dass später mehr los sein wird. »Es gibt ja nix anderes hier.«

»Von wem hast du die Info?«

»Drei Damen waren hier und kamen zu Trudis Unmut betrunken und völlig aufgedreht wieder zurück.«

»Na, das nenne ich eine zuverlässige Expertise.«

Wir bestellen zwei Cocktails und stoßen wenige Minuten später beschwingt an.

»Auf das gute Ende eines seltsamen Urlaubs«, sagt Miriam.

»Ob das Ende gut ist, muss ich mir noch überlegen, seltsam ist es definitiv.«

»Na hör mal«, protestiert sie, »du hast schließlich eine neue Freundin gefunden: mich. Das Ende MUSS gut sein.«

Ich lache. »Dein Selbstbewusstsein möchte ich haben.«

»Ach, nach ein paar Jahren Übung hast du das drauf.«

Der Laden füllt sich. Menschen jeglicher Altersstufe kommen zur Tür herein, alleine, zu zweit oder in kleinen Grüppchen. Wir fangen an, uns Geschichten zu ihnen auszudenken.

»Die da drüben«, Miriam deutet unauffällig in Richtung eines mittelalten Pärchens im typischen Camperlook (Trekkinghosen, Funktionsshirt, Trekkingsandalen), »die haben sich nichts mehr zu sagen. Die fahren hier seit zwanzig Jahren hin und reden sich ein, es sei Tradition, in Wirklichkeit fällt ihnen nichts Besseres ein.«

»Genau. Sie kann ihn eigentlich nicht mehr sehen. Es nervt sie sogar, wie er atmet. Schau mal, wie sie das Gesicht verzieht, weil er die Tischdecke glattstreicht.«

»Aber die daneben sind frisch verliebt.« Miriam zeigt auf ein

Pärchen in den Zwanzigern im modernen Gammellook. Sie hängt an seinen Lippen, und egal, was er sagt, sie starrt ihn verschossen dabei an. Unter dem Tisch verschränken sich ihre Hände ineinander, und ihre Daumen streicheln sich unentwegt.

»Und gleich gehen sie vögeln, und sie erzählt ihm, dass sie noch nie so guten Sex hatte.«

»Da kann man ja neidisch werden«, ächze ich. »Ich weiß gar nicht mehr, wie das geht.«

»Vögeln? Ach Mensch. Aber ja, mir geht es genauso. Sex? Was war das noch mal?«

»Nacktyoga für Pärchen mit Kick am Ende.« Wir giggeln, dann werde ich ernst. »Wie lange ist es bei dir her?«

Miriam muss nicht überlegen. »Drei Jahre. Mit dem Vater meines Sohnes. Das war eine heiße Zeit, aber ich bin bitter bestraft worden. Mein letzter Sex kommt also nicht so gut weg. Seitdem ... keine Ahnung, ich würde gerne mal wieder, habe aber Angst, wieder alles kaputtzumachen. Und bei dir?«

»Auch drei Jahre. Mit meinem Mann. Langweiliger Pflichtsex, gefolgt von der Erkenntnis, dass er am Ende nur noch mit mir geschlafen hat, damit ich nicht merke, dass er eine Geliebte hat.«

»Autsch.«

»Das Schlimmste war nicht das Fremdgehen, sondern dieses Gefühl von Beschmutzung, weil er manchmal nur Stunden vorher seinen Schwanz in eine andere gesteckt hatte.«

»Das kann ich verstehen. Wir Frauen können das vielleicht doch nicht trennen.«

»Liebe und Sex?«

»Genau. So erging es mir. Meinen Mann habe ich geliebt, gevögelt habe ich den anderen, weil ich dachte, es fehlt etwas in meinem Leben. Das Ende vom Lied ist, ich habe nun weder jemanden zum Lieben noch zum Vögeln, ich kann davon also nur dringend abraten.«

Ich nehme den letzten Schluck meines Cocktails und winke der Barfrau. »Wir hätten gerne noch einen ...«

»Also«, Miriam stützt ihr Gesicht auf ihre Arme und betrachtet mich forschend, »jetzt sind wir so tief im Thema, gehen wir mal ans Eingemachte. Der letzte Sex ist drei Jahre her – und der letzte gute?«

»Was ist guter Sex? Verdammt, ich kann mich nicht daran erinnern.«

»Wir beide sind die klassische Version von mittelalt und ungebumst.«

»So sieht es aus. Ich finde, dafür sind wir doch ganz gechillt, oder?«

»Na ja«, sie gackert, »selbst ist die Frau.«

In diesem Augenblick geht die Tür auf, und ich staune. Herein kommen mein Töchterchen und ihr Angler. Hand in Hand. Ich rutsche spontan ein Stück nach unten, damit sie mich nicht sieht.

»Guck mal, Helena«, flüstere ich.

Miriam dreht sich um und scannt den Raum.

»Nicht so auffällig, ich will das beobachten.«

»Wo hat sie den denn aufgegabelt, der ist ja niedlich?«

»Das ist der Junge, der ihr geholfen hat und den sie hatte abblitzen lassen. Ich bin so froh, dass sie erkannt hat, dass er tausendmal besser ist als dieser Niklas.«

Helena und Gregor suchen sich einen Platz in einer lauschigen Ecke. Sie sitzen mit dem Rücken zu uns, sodass ich wieder auftauchen kann und die Gelegenheit nutze, ihnen hemmungslos dabei zuzuschauen, wie sie sich anhimmeln und Händchen halten. Gregor ist unübersehbar völlig vernarrt in sie, und Helena genießt die Aufmerksamkeit in vollen Zügen. Mir wird warm ums Herz, und gleichzeitig macht es mich wehmütig.

»In zwei Tagen muss sie abreisen, ist das nicht traurig?«

»Natürlich ist das traurig, aber sieh es so: Sie weiß nun, wie es geht, kann sich zu Hause wieder auf die Schule konzentrieren, und du musst keine Angst haben, dass sie mit vierzehn ihre Jungfräulichkeit verliert.«

»Also Win-win aus Müttersicht?«

»Ganz genau.«

»Dann lehne ich mich entspannt zurück und genieße es, meiner Tochter bei ihrer ersten Liebe zuzuschauen?«

»Nein, ich will nämlich endlich wissen, wo du warst, die Antwort bist du mir noch schuldig, glaub nicht, dass ich das nicht gemerkt hätte.«

Ich verdrehe die Augen, lache aber dabei. »Also gut, du lässt ja doch nicht locker.« Ich versuche, den Ausflug auf dem Mönchgut so in Worte zu fassen, dass er nur wenig interpretierbar ist.

»Ich werd verrückt. Du hattest ein Tête-à-Tête mit dem Waldschrat, und schwul ist er auch nicht? Das nenn ich mal eine Wendung in der Geschichte.«

»Das war schon schräg. Hast du ihn mal in normalen Klamotten gesehen?«

»Nein, lohnt es sich?«

»Auf jeden Fall.«

»Dann ist er jetzt dein Must-have für diesen Sommer?«

Ich zucke unmerklich zusammen. Mit ihrer flapsigen Ausdrucksweise trifft sie im Grunde den Kern. »Ich mag ihn. Er ist ein toller Mensch. Rundum. Und ich habe ihn unvoreingenommen kennengelernt. Und das ist mein Problem. Ich habe Angst, dass ich nur Gefühle entwickle, weil er nun greifbar ist, und mein Herz aus irgendeinem Grund beschlossen hat, dass es Zeit ist, mal wieder …«

Sie unterbricht mich. »… gevögelt zu werden?«

»Ja«, gestehe ich, »ich würde es zwar nicht so profan formulieren, aber im Grunde, ja.«

»Nee, du bist ja auch eine feine Dame, nicht so eine Proletin wie ich. Aber warum machst du dir so viele Gedanken? Im Zweifel siehst du den Typen nie wieder, also lass es einfach laufen. Wenn er überhaupt auf dich steht. Tut er das?«

Ich seufze. »Ich habe keine Ahnung.«

»Na, dann werde ich das mal herausfinden.«

»Wie willst du das denn anstellen?«

»Er ist gerade zur Tür hereingekommen.« Sie sagt es lapidar, mir rutscht das Herz in die Hose. Warum tut es das?

Verdammt, deine Miriam hat recht, du denkst zu viel, du zweifelst zu viel. Wenn dein Herz in die Hose rutscht, wird es einen Grund dafür haben.

Danke, Isa, du hast mir gerade noch gefehlt.

Miriam winkt Mattis zu, der lustigerweise mit Stefan gekommen ist und nach einem Tisch Ausschau hält. Die beiden entdecken uns und kommen zu uns.

»Was macht ihr denn hier?«, frage ich, nachdem wir uns mit einer kurzen Umarmung begrüßt haben.

»Ich war meinem Retter noch ein Bier schuldig«, informiert uns Stefan, »und da wir morgen abreisen, habe ich ihn heute zwangsverpflichtet.«

»Und für mich hattest du keine großangelegte Verabschiedung geplant?« Ich mache einen Schmollmund, und Stefan lacht. »Süße, nimm nicht alles vorweg, ich habe die Rosen schon bestellt.«

Ich werde rot, dann fällt mir ein, dass Stefan schwul ist und einfach nur ein lieber Kerl. Ich komme langsam durcheinander. Wenigstens ist das Arschloch jetzt weg.

»Sorry«, murmle ich verlegen, was Stefan ein breites Grinsen entlockt.

»Wollt ihr euch zu uns setzen, oder habt ihr einen Männerabend geplant? Falls ja, bedenkt, dass Evi furchtbar öde ist, ich würde mich über Gesellschaft freuen.«

»Ey«, maule ich und bewundere gleichzeitig Miriams Fähigkeit, die Dinge zielgerichtet zu erledigen.

Stefan und Mattis, der heute wieder ohne Ronny-Verkleidung unterwegs ist, schauen sich an, nicken einvernehmlich und setzen sich. Miriam bringt das Gespräch in Schwung, und so brauchen wir keine Anlaufzeit, um zusammenzuhocken, als wären wir vier alte Freunde und kein zusammengewürfeltes Grüppchen, das zufällig auf demselben Campingplatz wohnt. In aller Ausführlichkeit nehmen wir Stefans Fauxpas in meinem Zelt auseinander, anschließend sind meine Missgeschicke das Thema, das dauert natürlich länger.

»Ich weiß auch nicht, wieso ich ständig gerettet werden musste. Es widerspricht komplett meiner Einstellung zur Gleichberechtigung.«

»Ja«, gibt mir Miriam recht, »das ist doch das, was immer vermittelt wird. Die Frau ist schwach, sie muss gerettet werden. Im Zweifel vom Prinzen, der ihr dadurch beweist, dass sie unfähig ist, ihr Leben alleine zu wuppen. Ohne Prinz sind wir immer kurz vor tot. Das ist versteckter Sexismus erster Güte. Leider sind wir selbst schuld. Schaut euch die ganzen romantischen Filme und Bücher an. Am Ende stehen wir drauf.«

Mattis' Aufmerksamkeit ist geweckt. »Dann werdet ihr uns das nächste Mal mit anderen Augen betrachten, wenn wir uns weigern, romantische Filme zu schauen, weil das ein feministischer Akt ist? Stattdessen schaut ihr mit uns *Lara Croft*?«

»Damit das politisch korrekt ist, müsste Lara mindestens hundertzwanzig Kilo wiegen«, insistiert Stefan.

»Immer wieder diese Fallen«, ächzt Mattis. »Was kann man als Mann eigentlich richtig machen?«

»Nichts«, antworten Miriam und ich im Chor.

»Doch«, widerspreche ich mir im nächsten Moment, »man muss sich zum Beispiel vor einem Wildschwein retten lassen und anschließend der Frau seinen nackten Hintern präsentieren, um ihr zu beweisen, dass man harmlos ist.«

»Dann habe ich meine Schuldigkeit ganz im Sinne der Geschlechtergerechtigkeit getan.« Mattis feixt.

Miriam stupst mich unter dem Tisch an, mein Herz poltert vor Freude. Ich lächle Mattis an, und wenn ich nicht falschliege, ist es ein sehr offensichtliches Lächeln, das in dem Augenblick erstirbt, als Helena und Gregor vor uns stehen.

»Mum. Was machst du denn hier? Wie lange bist du schon da?«

»Ach, Helena. Hallo.« Mir liegt eine entlarvende Antwort auf der Zunge, doch ich besinne mich eines Besseren. »Eine Weile. Seit wann bist du denn hier? Ich habe euch gar nicht gesehen.«

Sie atmet sichtbar erleichtert aus.

»Und, war euer Abend erfolgreich?«

Helena guckt verdattert, und ich kriege die Kurve ein zweites Mal. »Ich meine, ob ihr Fische gefangen habt.«

»Nee, leider hat keiner angebissen. Gregor meinte, ich wäre zu laut, aber wenn ich nicht reden kann, ist Angeln öde.«

Miriam wendet sich an Gregor. »Na, dafür hast du ja wenigstens ein Mädchen an der Angel.«

Helena ignoriert die Anspielung, Gregor wird rot.

»Bleibst du noch lange?«, fragt sie mich.

Ich ziehe mein Handy aus der Hosentasche und schaue auf die Uhr. Es ist erst kurz vor neun. »Ich denke, ein bisschen bleiben wir noch.«

»Gut«, sagt sie, verabschiedet sich wohlerzogen, nimmt Gregor an die Hand und geht.

»Na, wenn die nicht zum Fummeln ins Zelt gehen, weiß ich es auch nicht«, stellt Miriam fest.

»Ist das nicht furchtbar?«, frage ich in die Runde. »Mein kleines Mädchen wird groß. Manchmal möchte ich es gerne aufhalten, obwohl das ja Quatsch ist.«

»Und du könntest es auch nicht. Dann würde sie es heimlich machen«, stellt Mattis fest.

»Deswegen schaue ich lieber zu, trauere in Würde und habe es wenigstens unter Kontrolle?«

»Genau so«, konstatieren Mattis und Miriam.

Ich schalte den Mütterradar ab und widme mich wieder dem Hier und Jetzt: der Gesellschaft einer munteren Truppe, die sich wie durch Zufall gefunden hat und gut ineinanderfügt. Der Abend wird lang, und erst als die Bar schließt, suchen wir das Weite.

»Evilein, bringst du mich nach Hause?« Miriam ist betrunken. Sie schielt und hat in der letzten halben Stunde keinen Piep mehr von sich gegeben. Mein Alkoholpegel hingegen ist moderat, weil ich zum Schluss Wasser getrunken habe. Ich hake sie unter, doch sie ist so unsicher auf den Beinen, dass Mattis spontan die andere Seite übernimmt.

Stefan betrachtet unser Trio belustigt. »Man könnte meinen, ihr seid so eine Art Bringservice.« Er deutet mit den Händen ein Plakat an. *»SIE trinken. WIR bringen Sie heim.* Das könnte euer Werbeslogan sein.«

»Wir denken drüber nach, wenn alle anderen Einnahmequellen wegbrechen, im Moment bieten wir den Service nur für Freunde an«, antwortet Mattis.

»Mir habt ihr den schon angeboten, da kanntet ihr mich noch gar nicht«, wendet Stefan ein.

»Du lagst schnarchend in meinem Vorzelt, das war ein Notfall.«

»Das war dann ein klassisches Eigentor«, stellt er fest.

Wir verabschieden uns, Stefan umarmt mich herzlich. Dabei raunt er mir ins Ohr. »Ich wäre echt ein prima Mann für dich gewesen, aber Mattis ist auch nicht zu verachten. Und schau mal, was am Zelt für dich steht.«

Mein Gesicht glüht wie auf Knopfdruck. Musste das jetzt sein? Laut sagt er dann: »Deine Nummer brauche ich unbedingt. Natürlich nur, falls ich wieder besoffen im falschen Zelt liege.«

»Geht klar«, antworte ich grinsend.

Wir tauschen Nummern und beschließen, in Kontakt zu bleiben, auch wenn ich keine große Hoffnung habe, dass es klappen wird. So ist es doch gemeinhin mit Urlaubsbekanntschaften: Eine kurze Zeit lang kann man sich diese Menschen aus seinem Leben nicht mehr wegdenken, und zu Hause geraten sie in Vergessenheit. Es ist schade, aber dem Umstand geschuldet, dass man im Alltag schon die alten Freunde kaum im Kalender unterbringt. Doch der Wille ist da, und das zählt.

Wir bringen Miriam nach Hause, wo sie sich undeutlich, aber wortreich von uns verabschiedet und so oft bedankt, dass ich sie schließlich nachdrücklich Richtung Wohnwagen schiebe. Maulend erklimmt sie die kleine Treppe. »Manno, is' so schön grad. Aber gut, geh ich ins Bettchen. Und ihr auch. Wenn es nach mir geht, ins selbe, hab ich ja von Anfang an gewusst.« Kichernd knallt sie die Wohnwagentür zu und weckt den halben Campingplatz.

Wir schütteln gemeinsam den Kopf und laufen weiter bis zur Weggabelung, wo sich unsere Wege trennen.

Eigentlich.

Ratlos stehen wir einander gegenüber. Schweigen und sprechen dann gleichzeitig.

»Es war schön auf dem Mönchgut.«

»Was hat Stefan dir ins Ohr geflüstert?«

Verlegen schweigen wir wieder, warten darauf, dass der andere etwas sagt. Ich zähle innerlich bis zehn, und wir sprechen abermals gleichzeitig.

»Ich fand es auch schön. Ich würde gerne wieder mit dir Schach spielen.«

»Ich … keine Ahnung …«

Schweigen.

»Ich …«

»Aber …«

Ich verschließe ihm aus einer spontanen Eingebung heraus den Mund, er zuckt zusammen, hebt seine Hand und hält meine fest.

»Sorry, aber ich musste den blöden Kreislauf unterbrechen, sonst reden wir bis morgen früh gleichzeitig und wir sind gerade erst Miriam losgeworden. Also, ich nehme die Hand jetzt weg, dann darfst du anfangen.«

Er nickt, seine Augen blitzen. Ich lasse die Hand sinken, er hält sie weiter fest.

Aber er sagt nichts. Ich schaue zu Boden und denke. Stelle das Denken ein. Trete einen Schritt näher. Suche seinen Blick. Gehe auf die Zehenspitzen. Nehme sein Gesicht in beide Hände. Küsse ihn. Einfach so. Schnell und fest auf seinen weichen und warmen Mund. Ich will es dabei belassen, doch seine Hand wandert in meinen Nacken und hält mich fest. Er küsst mich zurück. Eine Ewigkeit lang.

»Ich weiß nicht, ob ich das will ...«

Ich drehe mich auf dem Absatz um.

Und flüchte.

Sturm ist erst, wenn Kühe fliegen

Dienstag, bedeckt, Luftfeuchtigkeit 90 %, 22 Grad Celsius

Ich hege immer noch Fluchtgedanken.

Der Kuss war toll. Mein Körper sirrt. Millionen Schmetterlinge dürfen endlich fliegen nach einem Winter, der drei Jahre und viel länger dauerte. Doch es macht mir Angst, denn nach wie vor traue ich mir nicht.

Als ich aufwache, lausche ich den Zeltplatzgeräuschen, dem Atmen Helenas, und die einzige Antwort, die mir auf viele Fragen einfällt, ist ein letzter Ausflug, bevor wir nach Hause fahren. Ich fische den Reiseführer aus der Ritze neben der Luftmatratze und blättere durch die Seiten. Ich werde schnell fündig, denn es gibt etwas, das wir noch nicht gesehen haben, und es wäre eine Schande, nicht dort gewesen zu sein.

Ich stehe leise auf und begutachte den Himmel. Die Wolken sind dicht und hängen tief. Egal. Ich gehe zum Waschhaus, dusche, mache mich fertig, besorge Brötchen. Bei alldem halte ich Ausschau nach Mattis. Ich möchte ihm nicht über den Weg laufen. Ich hole Wasser am Gemeinschaftshahn, setze den Teekessel auf den Herd, decke den Tisch und warte auf Helena. Ich lese Stefans Zeilen zum zweiten Mal. Als ich gestern nach Hause kam, stand vor dem Zelt ein Blumenstrauß in angemessener Größe mit einer Karte, die so unfassbar lieb ist, dass ich Tränen in den Augen stehen hatte.

Liebe Evi,
mein Fauxpas bleibt unverzeihlich und der Blumenstrauß, der eine Entschuldigung sein sollte, eine Frechheit an sich.

Ich will es unbedingt wiedergutmachen. Außerdem, dass Du mich nicht vergisst. Es wäre jammerschade, wenn dieser legendäre Auftakt nicht der Anfang einer lebenslangen Freundschaft wäre.

Um Dir die Entscheidung leichter zu machen, würde ich mich freuen, Dich nach unserem Urlaub in den Botanischen Garten und zum Essen einladen zu dürfen. Eine Absage werde ich nicht tolerieren. ☺

Dein Stefan

Helena krabbelt eine halbe Stunde später verschlafen aus dem Zelt.

»Guten Morgen, bereit für einen letzten Ausflug, bevor Opa uns nach Hause kutschiert?«

Sie zieht einen Flunsch. »Ich wollte was mit Gregor unternehmen.«

Nun ziehe ich den Flunsch, doch dann habe ich eine Idee. »Er kann ja mitkommen.«

»Mum, echt jetzt? Das ist ja wohl voll blöd.«

»Warum?«

»Weil.«

Wir denken beide nach. Ich verstehe sie.

»Wie lange dauert es denn?«

»Ich weiß nicht, ein paar Stunden?«

»Können wir nicht einen schnellen Ausflug machen? Dann komme ich gerne mit, Gregor kann eh erst ab zwei.«

Ich staune. Über ihre Kompromissbereitschaft und darüber, dass Gregor wie selbstverständlich einen Platz in unserem Leben zu haben scheint.

»Einverstanden. Wir frühstücken schnell, du beeilst dich unter der Dusche, und dann fahren wir?«

»Geht klar, Mum.«

Da fällt mir noch was ein. »Ich muss heute das Auto abgeben, das wollte ich nach dem Ausflug machen. Wie organisieren wir das?«

»Ich fahre mit dem Bus, und du bringst es alleine weg. Der Typ war eh so peinlich, da muss ich nicht noch mal hin.«

Ich lache. »Kann ich verstehen. Also lass ich mich alleine von dem Bübchen anflirten, das schaffe ich.«

Eine gute Stunde später erreichen wir unser Ziel: die Kreidefelsen, das Sinnbild Rügens. Der Weg an der Steilküste entlang, der Laubwald, der bis zur Abbruchkante reicht, die Kreidefelsen. Es ist wunderschön, aber sehr voll, und das zerstört leider, wie so oft, die Stimmung. Dennoch sind wir froh, den Weg hierher gefunden zu haben. Der dunkle, fast lilafarbene Himmel zaubert ein düsteres, fast mystisches Bild, Helena schießt Dutzende Selfies und ein paar sogar mit mir. Ich mag die Bilder, sie zeigen die Verbundenheit, die wir trotz aller Widrigkeiten wiedergefunden haben, und deshalb bin ich übermütig und poste sie für alle sichtbar in meinem Status bei WhatsApp.

»Boah, Mum, wirst du auf deine alten Tage noch Social-Media-tauglich?«

»Frechdachs.«

Nach unserem kurz gehaltenen Ausflug setze ich sie in Glowe an der Bushaltestelle ab. Ein paar Minuten muss sie auf den Bus warten, und ich nutze spontan die Zeit.

»Ist es ein Problem für dich, nach Hause zu fahren? Wegen Gregor, meine ich.«

»Ein bisschen traurig bin ich schon, aber es gibt Skype, WhatsApp, Züge und Telefon. Lass mich einfach machen, okay?«

»Bedingt, du bist erst vierzehn, aber ich gebe mir Mühe, versprochen.«

Helena nickt zufrieden, dann kommt der Bus.

Die Rückgabe des Autos verläuft unspektakulär. Der Mann hinter der Theke ist weit über fünfzig und trägt einen Bierbauch vor sich her, der Tausende Euro wert sein muss. Die Übergabe ist geschäftsmäßig, der Abschied von dem kleinen roten Flitzer, der mir das Autofahren zurückgegeben hat, nur wenig sentimental. Als der Mann von der Autovermietung wieder weg ist, streichle ich den Mini. »Du und ich, wir hatten eine gute Zeit, aber ich brauche was Solides. Schlicht und funktional. Wir zwei passen auf Dauer nicht zusammen.«

Ich schultere die Tasche und wandere zur Bushaltestelle. Wieder rückt mein altes Leben ein Stückchen näher.

Ich rufe meinen Vater an, um mit ihm die Rückreise zu besprechen, und er beschwert sich bitterlich. »Hättest dich ruhig mal früher melden können.«

»Paps?«

»Ja?«

»In zwei Tagen bin ich wieder zu Hause und eine pflichtbewusste Mutter, Tochter und Schwester. Aber ich habe den Abstand gebraucht.«

»Schon gut. Du musst dich nicht vor mir rechtfertigen.«

»Danke, Paps.«

Wir vereinbaren die Abholzeit, dann lege ich auf. Ich freue mich auf zu Hause, und gleichzeitig macht es mir Angst.

Helena ist, wie angekündigt, mit Gregor unterwegs, und ich beginne zu packen. Auch wenn wir erst übermorgen abreisen, ist es eine Menge Kram, den wir nach Hause transportieren müssen. Wie wir das bewerkstelligen sollen, ist mir ein Rätsel. Ich wollte mich darum kümmern, doch ich habe es schlicht vergessen. Packe ich Pakete? Bitte ich meinen Vater, noch eine Dachbox zu kaufen? Lasse ich den Krempel einfach hier? Kurzerhand schreibe ich ihm eine Nachricht und bitte ihn um den Erwerb der Dachbox. Dabei nehme ich wohlwollend zur Kenntnis, dass die Lösung keine Frage des Geldes ist. Schon in Kürze bin ich eine wohlhabende Frau, und wenn ich es geschickt anstelle, brauche ich mir nie wieder Sorgen zu machen. Ich hänge die Hängematte ab, in der Helena so viele Stunden verbracht hat, und lasse den Urlaub Revue passieren. Kann es wirklich sein, dass diese drei Wochen meinem Leben eine neue Richtung geben? Ich hoffe es sehr, denn ich möchte eine andere Evi werden.

Auf dem Weg zur Toilette winkt mich Herr Lustig zu sich.

»Da kommt ein Unwetter. Schlimm. Da müssen Sie aufpassen. Is' Meer, was? Und Sie sind sehr nah am Strand.«

Ich bedanke mich für die Information und wische sie beiseite. Der Kauz kündigt seit drei Tagen ein Unwetter an, das Meer ist wohl nicht so berechenbar, wie er es gerne für sich beansprucht.

Zurück am Platz räume ich weiter, und jedes Teil, das ich abbaue, macht mich sentimental.

»Evi?«

Mattis steht vor mir, im Blaumann mit Sturmfrisur und den Händen in den Taschen. Mein Herz klopft augenblicklich bis zum Hals. Natürlich wusste ich, dass mir diese Begegnung bevorsteht, aber ich hätte sie gerne hinausgezögert.

»Ja?«

»Ich würde gerne mit dir reden, aber ich habe leider keine Zeit. Ein Unwetter ist angekündigt, ich informiere gerade unsere Gäste.«

Ich starre ihn an. Also doch ein Unwetter. »Danke für die Info. Was sollen wir tun? Alles einräumen, was draußen steht?«

»Ihr solltet alles befestigen und reinräumen. Wenn es arg wird, ist das Waschhaus ein guter Ort.«

»Okay, danke, dann weiß ich Bescheid.«

»Evi …«

»Ja?«

»Nach dem Sturm reden wir.«

Ich nicke, er zögert und verabschiedet sich.

»Es ist wirklich dunkel.« Helena mustert kritisch den Himmel.

»So ganz kann ich es nicht glauben, dass da ein Sturm kommt. Es ist komplett windstill. Ich gehe jetzt noch mal zum Waschhaus, danach sichern wir alles, und dann machen wir es uns im Zelt gemütlich.«

Helena ist skeptisch. »Meinst du wirklich, das wird gemütlich?«

»Klar.« Ich verströme positive Energie, schnappe mein Waschzeug und trete einen letzten präventiven Gang aufs Klo an, bevor der Weltuntergang über uns hereinbricht.

Schon während ich auf der Toilette sitze, fängt es wie aus dem Nichts an zu winden. Bäume rauschen, Türen klappern und selbst in meiner kleinen Kabine spüre ich den Luftzug an den Beinen.

»Gertrud, pack zusammen, es geht los. Wir müssen in den Wohnwagen.«

Die Ansage weht von den Spülplätzen herüber, und weil es direkt danach scheppert und klirrt, gehe ich davon aus, dass Gertrud tut, wie ihr geheißen, auch wenn es ihrer Begleitung nicht schnell genug geht.

»Los jetzt, du kannst den Topf das nächste Mal spülen.«

Ein Topf wird in eine Schüssel oder Klappbox gepfeffert, und Schritte entfernen sich. Ich frage mich, was sich in den letzten zwei Minuten geändert hat. So schnell wird die Welt nicht untergehen.

Ich verlasse das Waschhaus und werde von einer Böe erwischt, die es in sich hat. Die Kiefern über meinen Köpfen rauschen, und wie Herr Lustig es angekündigt hat, weht es von Norden her. Die nächste Böe fegt über mich hinweg, ich nehme die Beine in die Hand und flitze nach Hause.

Auf halber Strecke begegnet mir Miriam. »Du bist auch noch unterwegs? Habt ihr alles gesichert? Ich hätte an eurer Stelle ein bisschen Schiss, im Zelt zu sein. Wenn es arg wird, könnt ihr zu uns kommen.«

»Danke fürs Angebot, jetzt schauen wir einfach mal und hoffen das Beste.«

Wir wünschen uns gegenseitig Glück, dann eile ich weiter. Auf der kurzen Strecke legt der Wind an Stärke zu. Das Dünengras peitscht mir um die Knöchel. Helena hat glücklicherweise alles eingeräumt, aber der Wind drückt unser Zelt so nieder, dass sich bereits zwei Leinen von den Heringen gelöst haben. Wenn das so weitergeht, schwant mir Böses. Ich hole die Ersatzheringe und den neuen Gummihammer. Zum Glück habe ich bei meiner Shoppingtour daran gedacht, mir einen eigenen zu kaufen. Die ersten Tropfen fallen. Solche, die uns auf unserer Fahrradtour zum Kap Arkona durchnässt haben. Tropfen, durch die ich Mattis kennengelernt habe. Ich gönne mir diesen kleinen Schmachter, dann arbeite ich mich mit Heringen und Hammer einmal rund ums Zelt, befestige lose Leinen, spanne die anderen, verpasse jeder zweiten Leine einen zweiten Hering. Die Arbeit ist anstrengend, es regnet, es stürmt, der Wind drückt das Zelt fast bis auf den Boden. Helena ist im Zelt und hat Angst.

»Mum, was machen wir, wenn das Zelt wegfliegt?«

Ich hoffe, dass genau das nicht geschehen wird, habe aber auch keine Lust, den Sturm hier zu überstehen. Ich beschließe, Miriams Angebot anzunehmen, und will es gerade Helena sagen, da steht Mattis vor mir.

»Jacky hat mich geschickt, um euch zu retten. Ich hoffe, das geht klar.«

Das, was ich von dem Hof im Vorbeihasten erkenne, ist schön. Mattis' Kunstwerke, Blumen in Kübeln und Beeten, ein alter Dreikanthof. Ich möchte ihn bei schönem Wetter anschauen.

»Wo sind Gustav und Antje?«, brüllt Helena gegen den Wind.

»Im Stall, sie haben den ganzen Nachmittag gemeckert. Jacky hat schon gefragt, ob sie sich in Ziegen verwandeln möchten«, brüllt Mattis zurück, während er unsere Taschen aus dem Kofferraum holt.

Jacky öffnet die Tür und schiebt uns forsch ins Haus. »Tür zu, hier kommt keiner mehr ohne meine Erlaubnis raus. Zu viele Bäume, die einem auf den Kopf fallen können.«

Als die schwere Haustür zufällt, ist die plötzliche Stille ohrenbetäubend. Durch einen engen Flur betreten wir den Wohnraum mit offener Küche, und ich staune. Es passt so gar nicht zu Jacky, und es ist wunderschön eingerichtet. Antike Möbel, kombiniert mit modernen Stücken, abstrakte Kunst an den Wänden, im Wohnzimmer ein großer moderner Kamin.

Jacky sieht meinen Blick. »Das hättest du nicht erwartet, was?«, stellt sie feixend fest.

»Nicht im Mindesten.«

»Tja, so ist das mit den Schubladen. Für manche Menschen gibt es keine.«

»Doch. Die, in die man alles schmeißt, von dem man nicht weiß, wohin damit.«

»Jetzt wird sie aber frech. Lutz, hast du das gehört, die Stadtmamsell wird frech.«

Lutz steht am Herd und kocht. Es riecht köstlich.

Ich gehe zu ihm und versuche zu erschnuppern, was in einem riesigen Topf vor sich hin köchelt.

»Ihr habt Glück. Es gibt Bolognese. Ich koche immer die doppelte Portion, also kriegen wir euch satt«, informiert er mich. »Fix und fertig, seit vier Stunden auf dem Herd, sonst wär es keine richtige Bolognese.«

Ich seufze. »So hat meine Mutter sie auch immer gemacht. Morgens angesetzt, abends ein Traum, am nächsten Tag eine Offenbarung.«

»Genau so«, stellt Lutz fest. Er wischt sich die Hände an seiner Schürze ab, die eindeutig ein Geschenk von Jacky ist. *Bester Macker* steht drauf. »Wein? Cola? Wasser? Saft?«, fragt er.

»Sehr gerne einen Wein«, antworte ich und nicke Helena zu, die um ein Wasser bittet.

Nach einem hervorragenden Essen machen wir es uns in der grauen Sofalandschaft gemütlich.

»Wollen wir was spielen?«, fragt Jacky.

Wir sind Feuer und Flamme, und nach kurzer Diskussion werden Rommeekarten ausgepackt, ein Block für die Punktevergabe liegt bereit, und als sei das sein Kommando gewesen, klingelt in diesem Augenblick Gregor, den Jacky eingeladen hatte. Wir sind nun zu sechst und machen uns unter lautem Getöse gegenseitig fertig. Von draußen pfeift der Wind durch jede erdenkliche Ritze.

»Ich mache mir wirklich Sorgen um den Campingplatz.« Mattis' Ton ist ernst. »Ich werde mich noch mal umschauen. Vielleicht muss jemand gerettet werden.«

»Evi ist hier, dein heiligstes Schäfchen hast du also in Sicherheit gebracht«, unkt Jacky.

Ich fühle mich seltsam. Jacky sagt Dinge, die ich bisher nicht einmal zu denken wagte. Mattis scheint auch nicht begeistert, doch seine Schwester zuckt nur mit den Achseln. »Wenn's doch die Wahrheit ist?«

Mattis geht und lässt mich ratlos zurück. Die Wahrheit ist nämlich die: Wir haben bisher kein persönliches Wort gewechselt, ich vermeide den Blickkontakt, und diese Situation löst nichts weiter als Fragezeichen in mir aus.

Helena und Gregor sorgen sich um Antje und Gustav und wollen ihnen Gesellschaft im Stall leisten. Sogleich zweifelt Jacky an ihren Beweggründen. »Wollt ihr Enten betüddeln oder euch gegenseitig?«

Diesmal wird Helena rot, Gregor reagiert lässig. »Die Enten betüddeln wir aber auch«, verkündet er grinsend.

»Wir werden provisorische Kontrollbesuche machen, mein Stall ist kein Liebesnest für Minderjährige.« Mit einer lässigen Handbewegung scheucht Jacky das Pärchen aus der Küche.

»Danke, dass du den Schwarzen Peter übernimmst.«

»Da nicht für. Wir sind uns ja einig, dass schwanger mit vierzehn eine ganz schlechte Idee ist.«

»Da geb ich dir vollkommen recht.«

»Wobei ich sowieso glaube, dass die höchstens knutschen. Gregor ist harmlos wie ein Welpe.«

»Sind das nicht mitunter die Schlimmsten?«

Jacky lacht. »Stimmt auch wieder.« Sie wendet sich an Lutz, der die Zeit nutzt, um die Küche aufzuräumen. »Wolltest du nicht draußen mal nach dem Rechten sehen?«

»Eigentlich ...«

»Luhutz – Lutz-Schatz ...«

»Stimmt. Ich erinnere mich.«

Er wischt sich die Hände ab und verlässt uns ebenfalls.

Jacky verliert keine Zeit. »Evi, ich mag dich. Und irgendwas ist bei euch im Busch. Da mein Bruder die Zähne aber nicht auseinanderkriegt, erzählst du mir jetzt, was da läuft.«

»Ähm«, ich bin leicht überfordert, »ich weiß es nicht so recht. Ich mag ihn. Sehr sogar. Aber ich mochte ihn ja auch, als er schwul war.«

Sie grunzt. »Immer noch eine lustige Vorstellung. Es ist ein Anfang, aber da ist mehr!«

Ich zucke hilflos mit den Achseln. »Keine Ahnung.«

»Wie kann man denn da keine Ahnung haben? Man spürt doch, ob das Herzchen pumpert. Oder man spürt eben nix.«

»Wenn es so einfach wäre.«

Ich erkläre ihr, wie es in mir aussieht. »Ich komme mir vor wie mit fünfzehn. Ich hatte beschlossen, alt genug für den ersten Kuss zu sein, und plötzlich war jeder Junge ein potenzieller Kandidat. Das ist so gewollt. Ich möchte nichts erzwingen.«

»Das sind komplizierte Gedankengänge. Verständlich, vor allem, wenn man im Hinterkopf hat, dass es eh nicht klappt, solange man es WILL. Dieser Heiopei war sicher auch nicht hilfreich.«

»Vergiss den echten Schwulen nicht. Dabei wäre der wirklich nett gewesen.«

»Der falsche Schwule ist auch nett. Hätte ja nicht gedacht, dass ich mal Vermittlerin für meinen Bruder spiele.«

»Hat er wirklich nichts gesagt?«

»Nö, sind nur Schwingungen, die ich interpretiere. Hätte er denn was zu erzählen?«

Ich weiche aus. »Nein ... nein. Es gab eine Situation ... aber vor allem verstehen wir uns gut. Den Rest ... na ja, meine Bedenken stehen im Weg, und Mattis hat ja auch ein Wörtchen mitzureden.«

»Wenn du meinen Rat willst – vergiss erst mal das Denken. Lass es einfach laufen. Nötig hättet ihr es beide, und man muss ja nicht immer in die Zukunft planen.« Sie freut sich sichtlich über ihre Lebensweisheit.

»Ich gebe zu, ich hatte eher eine Ansprache im Sinne von ›Tu meinem Bruder nicht weh, sonst kriegst du es mit mir zu tun‹ erwartet.«

»Kann ich auch. Soll ich?«

»Nee, lass mal.«

»Dann ran an seinen Hintern. Meinen Segen hast du.«

Als hätten die Männer ein Gespür, dass die brisanten Themen abgehakt sind, gesellen sie sich wieder zu uns. Sie fragen nach Helena und Gregor.

»Die sind im Stall bei den Enten. Ich habe Kontrollen angedroht, das sollte als Verhütung für den Augenblick reichen«, klärt Jacky sie auf.

Wir spielen ohne die Kinder weiter. Die Stimmung ist gut, das Gespräch mit Jacky hat mich entspannt, und Mattis und ich gehen nun freundschaftlich miteinander um. Der Sturm, der vor den Fenstern tobt, hat etwas Heimeliges. Im Herbst oder Winter, wenn der Kamin eine wohlige Wärme verbreitet, die Insel Ruhe und Frieden ausstrahlt, muss es unfassbar gemütlich sein. Es ist ein Geschenk, hier zu Hause sein zu dürfen. Ich frage mich, ob ich so leben könnte, ohne Restaurants, Geschäfte, Museen, Theater. Ich bin es gewohnt, alles in der Nähe zu haben, doch wie oft nutze ich das Angebot? Könnte ich mein Leben hinter mir lassen und woanders glücklich werden? Würde Helena das mitmachen? Claas? Mein Vater? Und was passiert mit der Agentur? Hör auf, Evi, deine Fantasie geht mit dir durch. Ausnahmsweise schimpfe nur ich, niemand mischt sich ein.

»Warum nickst du?«, fragt Mattis prompt. »Gespräche im Kopf, die dich davon ablenken, die Karte, die du brauchst, vom Stapel zu nehmen?«

Dieser Schuft. Warum nur habe ich ihm von meinen halb verrückten Zwiegesprächen erzählt?

»Na klar«, antworte ich, da es keinen Sinn hat, es zu leugnen. »Meine Tante meint, ich soll die Karte auf keinen Fall nehmen, weil du genau darauf spekulierst.«

»Oho«, macht Mattis, »sie steht also hinter mir und schaut mir *in* die Karten?«

»Richtig.« Ich grinse ihn an.

»Kannst du etwas von mir ausrichten?«

»Och, du darfst gerne selbst mit ihr sprechen.«

»Okay, Lisbeth, die Evi besiege ich mit links.«

»Ich soll dir ausrichten, dass du ein arroganter Schnösel bist.« Ich sortiere meine Karten und lege genüsslich ein astreines Handrommee.

»Das war gruselig«, stellt Jacky fest und zählt stirnrunzelnd ihre Karten. »Wollt ihr uns aufklären? Ich komme nämlich nicht mehr mit. Oder kommst du noch mit, Lutz-Schatz?«

»Kein bisschen, ich weiß nur, dass Evi uns gerade den Garaus gemacht hat.« Er hält den Zettel hoch. Ich habe fast fünfhundert Punkte Vorsprung vor allen anderen.

Wir packen das Spiel weg, trinken noch ein Gläschen Wein und schließlich fängt Jacky an zu gähnen und hört überhaupt nicht mehr auf.

»Ich muss ins Bettchen, sonst sitzen wir noch in drei Tagen hier. Gibt morgen sicher viel zu tun. Du musst auch raus, Lutz-Schatz, du kommst dann mit?«

»Ja, Chefin, geht klar, Recht und Gesetz fordern einen wachen Kopf.«

»Mattis? Sieh zu, dass Evi den Weg ins Gästezimmer findet. Da kann man sich bei ihr ja nicht sicher sein.« Sie gackert, zieht ihren Polizisten vom Stuhl und lässt mich mit Mattis alleine.

Als habe jemand einen Schalter umgelegt, herrscht Schweigen. Warum? Ich nippe an meinem Glas und starre aus dem Fenster. Mattis knibbelt an seinen Nägeln. Die Stille ist bleiern.

»Du siehst nicht aus, als würdest du dich wohlfühlen«, sagt er schließlich.

»Ich glaube, ich gehe mal nach Helena schauen, sie sind schon ewig in diesem Stall.«

»Gute Idee. Das ist eine schöne Möglichkeit zu flüchten, aber ich muss dich enttäuschen. Ich bin immer noch da, wenn du wiederkommst.«

»Du bist blöd.«

»Bin ich. Und ich bin es grad gern.«

Meint er das ernst? Ich mustere ihn, ein feines Lächeln umspielt seine Lippen. Es erleichtert mich, dennoch flüchte ich in den Flur und schließe die Tür. Was ist mit mir los? Ich traue mir nicht, ich traue meinen Gefühlen nicht und ich kann Mattis' Verhalten nicht einordnen. Ein bisschen verloren stehe ich im Korridor. Und wo ist jetzt der Stall? Ich möchte nicht zurückgehen und fragen, entdecke die Hintertür und vermute ihn im Garten. Als ich die Tür öffnen will, wehrt sich der Wind. Ich muss mich dagegenstemmen, es fühlt sich so an, als würde jemand von außen dagegenhalten. Gerade als die Tür so weit offen ist, dass ich hindurchschlüpfen kann, reißt mir eine besonders heftige Böe die Klinke aus der Hand. Mit einem *Rumms* knallt sie zu, trifft mich am Kopf und ich verliere das Gleichgewicht. Unelegant lande ich auf dem Hosenboden, knalle mit dem Hinterkopf gegen die Wand und sehe Sternchen. Volle Punktzahl, Frau Schneider! Stöhnend reibe ich mir den Kopf.

»Ach, du meine Güte.« Mattis steht wie aus dem Nichts vor mir, geht auf die Knie und schaut mich mitleidig an.

»Der Wind«, ächze ich, »das blöde Arschloch hat mir die Tür vor den Kopf gedonnert.«

»Das war nicht zu überhören. Aber warum hat es so gepoltert?«

»Bin gestolpert und mit dem Hinterkopf gegen die Wand geknallt. Es tut weh.«

Mattis verkneift sich das Lachen, ein Grunzen entweicht ihm dennoch.

»Lach du nur.«

»Entschuldige, du hast recht. Komm.« Er reicht mir die Hand und zieht mich hoch. »Geht's?«

»Ich habe einen Dickschädel, der hält einiges aus.«

»Irgendwie glaube ich dir das aufs Wort.«

Ich wanke hinter ihm her ins Wohnzimmer, und er platziert mich auf dem Sofa.

»Brauchst du was zum Kühlen?«

Ich schüttle den Kopf, er geht trotzdem zum Kühlschrank und holt zwei Kühlpacks heraus. »Du bist schließlich doppelt k.o. gegangen.«

»Reite nur drauf rum«, murre ich, nehme sie und halte sie mir vorne und hinten an den Kopf. Es muss total bescheuert aussehen.

»Immer gerne. Ich schaue jetzt mal nach deiner Tochter. Zum Stall hättest du übrigens vorne rausgemusst.«

»Du meinst, ich habe mir den Schädel umsonst eingeschlagen?«

»Ganz genau.«

»Jetzt hör auf, dir das Grinsen zu verkneifen, deine Schadenfreude ist unübersehbar.«

Er lacht schallend los, streicht mir kurz über den Oberarm und lässt mich alleine. Ich bin selten blöde, es gibt keinen Fettnapf, den ich auslasse.

»Stell dir vor, die beiden schlafen selig und züchtig.« Mattis schlägt Minuten später munter wieder bei mir auf.

»Definiere züchtig.«

»Sie liegen auf Armlänge voneinander entfernt im Stroh und halten Händchen. Mehr wird da nicht gelaufen sein. Jacky hat wohl auch schon kontrolliert, sie schlafen nämlich unter dicken Wolldecken.«

»Das ist ja süß. Und so erfreulich harmlos.«

»Genau das dachte ich auch.« Mattis geht erneut zum Kühlschrank und holt zwei weitere Kühlpacks hinaus. Die anderen beiden nimmt er mir aus der Hand und legt sie zurück.

»Wie viele von den Dingern besitzt deine Schwester?«

»Ich wundere mich auch, aber irgendeine Erklärung wird es geben.« Er setzt sich zu mir. »Zeig mal her.«

Ich stöhne, als ich das Kühlpack von der Stirn nehme, er dreht meinen Kopf vorsichtig ins Licht und streicht sachte darüber. Ich zucke zusammen.

»Hui, das ist 'ne feine Beule. Hoffentlich hast du keine Gehirnerschütterung.«

»Quatsch. Eine Beule vorne, eine hinten. Das habe ich mit Absicht gemacht. Das gleicht sich dann aus.«

»Ja klar. Das gleicht sich aus.«

Ich lege beide Kühlpacks zur Seite. »Ist schon viel besser.«

»Sicher?«

»Ja, ganz sicher.«

Er beäugt mich kritisch. »Ich finde, eine kleine Nachbehandlung wäre trotzdem gut.«

»Aha. Und an was denkst du da?«

Er legt die Hand an sein Kinn, setzt eine Denkermiene auf und betrachtet meine Stirn. »Es gibt verschiedene Möglichkeiten.«

»Jetzt bin ich aber gespannt.«

Er lässt sein Kinn los, lehnt sich zurück und beginnt zu dozieren. »Zum einen könnte ich Arnikaöl auftragen, das hilft gegen Schwellungen. Dazu müsste ich allerdings in meine Wohnung, und ich habe keine Lust, ebenfalls von einer Tür erschlagen zu werden.«

»Das ist nicht sehr heldenhaft.«

»Ja, ich weiß.« Er seufzt. »Aber ich bin gerade als Retter nicht im Dienst, ich habe mir ein paar freie Tage genommen. Außerdem wolltest du sowieso nicht mehr gerettet werden.«

»Okay. Sehe ich ein. Was ist die zweite Möglichkeit?«

»Ich könnte ein bisschen bei Jacky rumkramen und dir eine Kopfschmerztablette besorgen.«

»Ja, könntest du, aber ich kann eine Tablette nehmen, wenn es nicht mehr anders geht. Im Moment scheint es mir übertrieben.«

»Also fällt das auch weg.«

»Hast du eine dritte Idee?«

Er überlegt. Seine Augen blitzen. »Ja. Aber die ist kompliziert.«

»Warum?«

»Nun ja, du müsstest dich auf den Kopf stellen und dabei laut gackern. Ich habe gehört, das soll sehr gut gegen doppelte Kopfnüsse helfen.«

Ich lache schallend los, höre aber sofort wieder auf, weil mir ein dumpfer Schmerz durch den Schädel jagt. »Ich würde es ja tun«, stöhne ich, »aber ich bin schon dreiundvierzig, vergiss das nicht.«

»Ich bin fünfundvierzig. Ich mache das jedes Mal nach einer doppelten Kopfnuss.«

»Nun, dann bin ich nur unsportlich?«

»Nein, das macht das Leben auf dem Land. Wir altern langsamer. Das ist die Seeluft, weißt du?«

Ich grunze amüsiert. »Jetzt gehen aber die Pferde mit dir durch. Leider wissen wir immer noch nicht, was meinen Beulen hilft. Das ist enttäuschend.«

»Ja, mir fällt leider nichts mehr ein.«

»Wirklich gar nichts?«

»Nein. Aber vielleicht hätte ich etwas, das dich von den Schmerzen ablenkt.«

»Das wäre schön«, jammere ich und meine es ernst.

Er sucht meinen Blick.

Ich antworte stumm.

Vorsichtig küsst er mich auf die Stirn, liebkost meinen Nacken, küsst meine Lippen. Sanft, rücksichtsvoll, fürsorglich. Als wären seine Küsse Medizin.

Und das sind sie auch.

Es hätte eine wilde Nacht werden können. Leidenschaftlich und verstörend schön. Genauso hätte es werden können. Werden sollen. Doch mein Kopf macht mir einen Strich durch die Rechnung. Es ist sanft und vorsichtig, was wir tun. Nach einem langen, ewigen Kuss lehne ich mich an seine Schulter. Es tut so gut. Mein Schädel pocht, und ich werde unendlich müde.

»Alles okay?«

»Es tut weh. Deine Therapie hat leider nicht geholfen«, murmle ich schläfrig.

»Komm mit.«

Er zieht mich sanft vom Sofa und bringt mich ins Gästezimmer. Ich lege mich aufs Bett und rolle mich zusammen, Mattis steht unschlüssig vor mir.

»Vielleicht hilft es, wenn ich mich noch ein wenig anlehne?«, schlage ich vor.

Ohne ein Wort, aber mit einem Lächeln auf den Lippen legt er sich neben mich. Ich rücke an ihn heran und lege den Kopf auf seine Brust.

»Danke.«

»Bitte.« Sanft küsst er mein Haar.

»Ich bin wirklich froh, dass du nicht schwul bist«, murmle ich in seine Brust.

Zärtlich streichelt er über meine Arme. »Ich auch, Evi, ich auch.«

Dann schlafe ich ein.

Nur ein Narr versucht es nicht

Freitag, böiger Wind aus Nordost, bedeckt, 19 Grad Celsius

Ich bin allein. Und verwirrt. Ein dumpfes Pochen unter der Schädeldecke schürt die Erinnerung. Ist es passiert, oder habe ich geträumt? In die Schmerzen hinein rekonstruiere ich den Abend. Typisch Evi. Zumindest in diesem Urlaub, in dem sich eine schräge Geschichte an die nächste reiht.

Was willst du? Cherie, es hat geschnackelt. Mehr zählt nicht.

Aber ich wollte auch mal wieder Sex haben.

Ach, rumturnen könnt ihr noch oft und lang genug.

Ich will nicht in die Zukunft denken. Das macht nur Probleme.

Ksch. Hör einfach auf.

Ich bin unschlüssig. Warum ist Mattis weg? Ist er mitten in der Nacht gegangen? Frühmorgens? Wie soll ich ihm entgegentreten? Wieder habe ich nichts als Fragen.

Wie wäre es, wenn du aufstehst und der Sache auf den Grund gehst?

Du hast ja recht, Tantchen.

Ts. Langsam könntest du wirklich selbstbewusster und mutiger werden. Dafür habe ich dich schließlich hierhingeschickt.

Ich gebe keine Antwort, sondern stehe auf, klaube frische Klamotten aus meiner Tasche, suche und finde ein Bad. Der Blick in den Spiegel frustriert. Das Haar ist wirr, die Augen sind verquollen, und ich habe eine stattliche Beule auf der Stirn, die sich blau verfärbt hat und an den Rändern bereits grün und gelb wird. Ich betaste den Hinterkopf, die Schwellung dort ist ebenfalls beachtlich. Der pochende Schmerz hat über Nacht glücklicherweise nachgelassen. Eine Gehirnerschütterung ist es nicht. Dafür sehe ich zehn Jahre älter aus.

Nach einer kalten Dusche, ausgiebigem Zähneputzen und reichlich Creme für die Augenringe bin ich bereit, mich wieder unter Menschen zu wagen. Schauen Männer eigentlich morgens in den Spiegel und denken: Himmel, so will dich niemand sehen und schon gar nicht die Frau, mit der du gestern rumgeknutscht hast.

Ich befürchte, die Antwort ist eindeutig.

»Guten Morgen, Evi. Wie geht's dem Kopf?« Jacky begrüßt mich gut gelaunt. Sie sitzt zusammen mit Helena am Küchentisch.

»Besser. Aber er tut immer noch weh.«

»Da hat dir der Sturm ja einen feinen Strich durch die Rechnung gemacht, was?« Jacky zwinkert mir zu.

»Eine Rechnung durch was?«, fragt Helena und beißt herzhaft in eine dick mit Nutella bestrichene Brötchenhälfte.

»Ähm. Ich wollte nach dir schauen, aber der Sturm war wohl auf deiner Seite.«

»Echt jetzt? Du sollst eben aufhören, mich zu kontrollieren. So klein bin ich nicht mehr.«

Aber zu klein für Sex, schreie ich stumm. »Du hast ja recht. Und wie sagt Opa immer?«

»Kleine Sünden bestraft der liebe Gott sofort.« Helena hat sichtlich ihren Spaß.

Jacky deutet auf den Stuhl neben Helena. »Setz dich. Möchtest du Orangensaft? Mattis ist früh los, um auf dem Platz nach dem Rechten zu sehen. Es ist zum Glück alles gut gegangen. Zwei Zelte hat es zerlegt, die Bewohner wollten allerdings eh abreisen.«

»Schön, dass es glimpflich ausgegangen ist. Und danke für die

Info.« Ich setze mich zu Helena an den Tisch und greife nach einem Sesambrötchen. Ich liebe Sesambrötchen.

»Iss in Ruhe, dann fahrt ihr mit mir zurück. Euer Zelt hat alles unbeschadet überstanden. Mattis hat nachgeschaut. Und dann …«, sie zwinkert mir zu, »schaust du mal, was der letzte Tag noch so bringt.«

Es klingt, als käme der Nikolaus.

Wie angekündigt, ist unser Zelt kaum in Mitleidenschaft gezogen. Zum Glück haben wir alles hineingeräumt, denn auf dem ganzen Campingplatz sieht es aus, als habe jemand einen großen Müllsack ausgeschüttet. Tassen, Tüten, Müll, Lampions, Handtücher, all das und noch viel mehr liegt bunt verstreut und wartet darauf, wiedergefunden zu werden. Dramatischer stellt sich die Lage im Garten unseres Wetterfrosches dar. Einiges ist zu Bruch gegangen, vieles durcheinandergewirbelt. Stoisch beseitigt Herr Lustig die Schäden. »Is' Meer, was. Nimmt sich, was es will, wann es will.«

Helena und ich sind vor allem damit beschäftigt, die Außenseite des Zeltes von Sand und Dreck zu befreien. Ich schaue in die Wetter-App. Es soll nicht mehr regnen, wir können es also trocken einpacken. Als alles sauber ist, packen wir, was wir nicht mehr brauchen. Wehmut schleicht sich ein. Ich habe mich so sehr an das Leben im Freien gewöhnt, wieder hinter Steinmauern zu wohnen, erscheint mir seltsam. Als ich es Helena erzähle, zuckt sie mit den Achseln.

»Ein Klo in der Nähe, Strom, ein weiches Bett … ich kann mir Schlimmeres vorstellen.«

»Da hast du auch wieder recht.«

»Aber weißt du, was das Beste ist?« Sie grinst mich breit an. Selbstgefällig breit. Ich rätsle, doch dann weiß ich, worauf sie hinaus will.

»Das Beste ist, dass wir bald zwei wohlhabende Frauen sind?«

»Genau! Das ist schon echt megacool. Langsam darf ich mich freuen, oder?«

»Na klar. Das wäre ganz in Lisbeths Sinne. Sie vererbt ihr Geld ja nicht, damit wir wie Trauerklöße und mit schlechtem Gewissen durch die Gegend laufen.«

»Wie viel ist es eigentlich? Sind wir dann reich?«

Es ist das erste Mal, dass sie fragt, und ich finde, das spricht für meine Tochter.

»Das kommt drauf an, wie du reich definierst. Ist man es, wenn man keine finanziellen Sorgen mehr hat, oder erst dann, wenn man Dinge nur kauft, weil sie teuer sind?«

Sie zuckt mit den Achseln. »Ich weiß nicht. Ich fände natürlich auch das Zweite schön, aber das Erste reicht schon.«

Ich lache. »Dann spinn doch mal rum. Sag mir, was du dir wünschst, und ich sage dir, ob wir es uns leisten können.«

Helena strahlt. »Nur, wenn du mitmachst.«

»Aber dann richtig.« Ich krame die Proseccofläschchen aus der Kühlbox, die ich vor einigen Tagen mit Hintergedanken besorgt habe. Helena wird im Herbst fünfzehn, und es ist nur eine Frage der Zeit, bis sie anfängt, Alkohol zu trinken. Ich habe mein erstes Glas Wein bei meiner Konfirmation getrunken, weil Helena aber nicht konfirmiert wurde, fehlte die Gelegenheit. Und nun könnte es kaum besser passen.

»Sekt? Für mich?«

»Kontrolle, Kind. Reine Kontrolle«, unke ich und drücke ihr das Fläschchen in die Hand. Wir wandern gemeinsam zum Felsen, öffnen die Flaschen und stoßen an. Höchst amüsiert beobachte ich Helenas ersten Schluck.

Angewidert verzieht sie das Gesicht. »Boah, so was findest du lecker?«

»Man gewöhnt sich dran. Am Anfang habe ich immer was Süßes dazugekippt, damit ich den Alkohol nicht schmecke.«

»Warum fängt man an, wenn man sich erst dran gewöhnen muss?«

»Das wirst du noch herausfinden«, prophezeie ich altersweise, »das ist so wie mit dem Küssen und dem Sex und …«

»Ist gut, Mum, nicht alles auf einmal.«

»Verstanden«, sage ich lachend. »Dann los. Ran an die unbegrenzte Wunschliste. Immer abwechselnd.«

»Ein neues Zimmer«, beginnt sie, »mit schönen weißen Möbeln und einem Schminktisch.«

»Eine supermoderne Küche mit Kochinsel.«

»Cool. Bin ich dabei. Ein Pferd und Reitstunden.«

»Ein Auto.«

»So viele Klamotten, dass ich jeden Tag was anderes anziehen kann.«

»Ein eigener Schrank nur für Schuhe und genug Schuhe, um sie reinzustellen.«

So geht es weiter. Immer neue Dinge fallen uns ein, und wir werden größenwahnsinnig.

»Eine Yacht mit Personal, du kannst ja kein Boot fahren.«

»Ein Sofa, so ein richtig teures.«

»Ein Ferienhaus auf den Malediven.«

»Eine Haushälterin, die alles für uns erledigt.«

Als uns partout nichts mehr einfällt, verschränkt Helena die Arme und blickt mich auffordernd an. »Und? Was davon bekommen wir?«

»Ich habe mit Opa schon darüber gesprochen, wir bauen ein bisschen um. Ich kriege die Küche und ein Auto. Du darfst dir ein tolles Zimmer einrichten. Ein Pferd fände ich übertrieben, aber eine Reitbeteiligung und Reitstunden, die würde ich bezahlen.«

Sie fällt mir in die Arme. »Juhu, Mum, du bist die Beste. Und den anderen Kram brauche ich eh nicht.«

»Das freut mich, und ganz ehrlich? Nicht ich bin die Beste, sondern Lisbeth, und ich finde, wir sollten uns hier und jetzt hochoffiziell dafür bedanken.«

Wir stoßen also an, blicken hinaus aufs Meer und danken einer guten, etwas verrückten und sehr alten Fee. Wir lachen, wir albern und dann genießen wir nur noch den Augenblick und diese ganz besondere Stimmung an unserem Strand. Helena lehnt ihren Kopf an meine Schulter, und ich lege den Arm um sie.

Danke, dass du mir meine Tochter zurückgebracht hast, Lisbeth.

Cherie, das war ein Klacks. Sie liebt dich, du liebst sie. Ihr habt es nur vergessen.

Es ist alles getan. Helena trifft sich ein letztes Mal mit Gregor, und ich habe Angst vor dem Nichtstun. Den ganzen Tag habe ich nach Mattis Ausschau gehalten, habe gehofft, er würde vorbeikommen und wir könnten reden. Aber er kam nicht, und das verursacht ein komisches Gefühl im Bauch. Warum schläft er mit mir in einem Bett? Warum küsst er mich? Natürlich stelle ich mir den ganzen Tag über unzählige Fragen. Mag Mattis mich? Mag ich ihn? Sind die Gefühle echt? Und falls ja, will ich, dass sich zwischen uns etwas entwickelt? Und wie soll das alles funktionieren? Ein kleiner Teil von mir will nichts, dann muss ich mir nämlich keine Gedanken machen. Ich kann nach Hause fahren und den Urlaub als das nehmen, was er war. Eine Zeit, in der ich mich wiedergefunden habe. Ganz so, wie Lisbeth es sich ausgedacht hat. Leider ist es nur ein winzig kleiner Teil. Der andere, weitaus größere, wartet, hofft, bangt und vermisst diesen eigenartigen, witzigen, liebenswerten und warmherzigen Menschen schon jetzt.

»Warum gehst du nicht einfach zu ihm?« Miriam versteht die Welt nicht mehr.

»Ich weiß es nicht. Es fühlt sich an, als müsse es von ihm ausgehen.« Miriam lotst mich Richtung Strand, und ich folge ihr gerne. Die Zeit, die ich diesen Ausblick noch genießen darf, schrumpft.

»So eine gequirlte Scheiße. Ich denke, du bist emanzipiert. Du hast dazu bereits ein paar Vorträge gehalten, erinnerst du dich? Und nun willst du die Prinzen-Nummer? Versteh echt einer uns Frauen.«

»Du hast recht. Beim Thema Romantik setzt es praktisch aus.«

»Es war also romantisch?«

Ich streife meine Flipflops von den Füßen und pfeffere sie an den Rand der Dünen. »Ja. War es. Aber es ist komisch. Ich habe ihn freundschaftlich kennengelernt. Er ist ein toller Mensch, und ich fühle mich bei ihm irgendwie zu Hause. Obwohl das albern ist. Ich kenne ihn ja gar nicht richtig. Macht das Sinn?«

Miriam schmunzelt. »Du stehst dir ganz schön selbst im Weg.«

Ich zucke mit den Achseln und lasse mich in den Sand plumpsen. »Du bist nicht die Erste, die das sagt.«

»Dann tu was dagegen.«

»Will ich ja, aber so einfach ist es leider nicht.«

Sie setzt sich neben mich und legt den Arm um mich. »Es ist furchtbar leicht, anderen gute Tipps zu geben. Man muss sie schließlich nicht selbst umsetzen. Weißt du, was mir manchmal hilft?«

»Was?«

»Ich habe einen kleinen Regelkatalog aufgestellt. So eine Art *Miris Gebote exklusiv*. Den habe ich auswendig gelernt, und damit versuche ich, durchs Leben zu kommen.«

»Und? Helfen dir diese Regeln?«

»Manchmal ja, manchmal nein. Wenn man sie als Weg sieht, von dem man auch mal abkommen darf, läuft es gar nicht so schlecht.«

»Verrätst du sie mir?«

Sie lächelt. »Das ist eigentlich mein Geheimnis.«

»Du kannst mir doch nicht den Mund wässrig machen und mich dann auflaufen lassen. Raus damit.«

»Okay, eine Regel lautet: Pass auf! Du redest zu viel. Hör lieber zu.«

»Das ist auf jeden Fall eine gute Regel.«

»Leider fällt es mir meistens erst hinterher auf. Eine andere: Schiebe nichts auf, sonst tust du es nie.«

»Wie gut klappt die?«

Miriam seufzt und gibt keine Antwort.

»Okay, verstanden. Welche Regeln hast du noch?«

»Denk an andere, nicht nur an dich. Bleib freundlich. Reg dich nicht über jede Kleinigkeit auf. Und so weiter. Als ich mich damit beschäftigt habe, sind ganz schön viele Dinge zusammengekommen, die mich an mir stören. Am liebsten hätte ich mich anschließend in den Keller gesperrt, weil ich dachte, ich bin der unsensibelste und schlechteste Mensch auf der ganzen Welt.«

»Entweder es stimmt nicht, oder es stimmt *nicht mehr*, weil du dich bereits geändert hast.«

»Danke, das ist lieb. Aber jetzt beherzige ich Regel Nummer eins und rede nicht mehr von mir, sondern wir kümmern uns um dich. Welche Gebote wären deine?«

Wir überlegen gemeinsam, diskutieren hin und her und am Ende steht folgende Liste:

Du kannst nicht alles kontrollieren.
Denke an dich.
Lass den Menschen um dich herum ihren Freiraum.
Lache, tanze, feiere!
Du musst nicht anderen gefallen, sondern dir.
Nimm dein Leben selbst in die Hand.
Lass es einfach mal laufen.

»Schließt sich das nicht gegenseitig aus?«, zweifle ich die letzten beiden Punkte an.

»Nein, man muss nur wissen, wann man welche Regel anwendet.«

»Puh, das ist eine Herausforderung. Aber ich werde diese Regeln ab jetzt sicher im Hinterkopf haben. Dank dir.«

»Das ist ein Anfang. Und ich konnte damit sogar eines meiner Gebote abhaken.«

»Win-win, würde ich sagen.«

»Absolut. Magst du heute noch mal vorbeikommen?«

»Ehrlich gesagt, wollte ich jetzt Mattis suchen und mein Leben selbst in die Hand nehmen. Was denkst du? Bleiben wir in Kontakt? Ich meine, richtig in Kontakt, keine leere Urlaubsversprechung, die den Abschied erleichtert. Ich habe seit der Trennung nicht mehr allzu viele Freunde, ich hätte noch ein Plätzchen frei.«

Miriam lacht schallend. »An Ehrlichkeit mangelt es dir nicht, das ist mal klar. Sehr gerne würde ich weiter mit dir in Kontakt bleiben.«

Wir tauschen unsere Nummern, umarmen uns, und dann tue ich das, was längst überfällig ist. Ich suche Mattis. Das Herz klopft mir bis zum Hals, als ich losziehe.

Ich finde jedoch weder ihn noch Jacky. An der Rezeption hängt ein Zettel, mit dem sie auf eine Nummer verweisen.

Seltsam. Hoffentlich ist nichts passiert. Und weil ich diese wunderbaren Regeln von Miriam mit auf den Weg bekommen habe, rufe ich einfach an.

»Campingplatz Arkonablick, Reemer, was kann ich für Sie tun?«

»Ähm.« Ich räuspere mich. »Ähm.«

»Evi?«

»Ähm, ja.«

»Hast du das Sprechen verlernt, ich höre immer nur Ähm.«

Ich sehe ihn förmlich grinsen.

Ich reiße mich zusammen, versuche, das Wummern meines Herzens zu ignorieren und selbstbewusst zu sein. Meine Stimme interessiert das leider nicht, sie ist quäkig. »Da hing ein Zettel an der Rezeption. Ich finde dich schon den ganzen Tag nicht und da mache ich mir natürlich Gedanken. Ob ich vielleicht nur geträumt habe, oder ob ich es nicht geträumt habe, dass du mich nie wiedersehen willst. Was weiß denn ich? Aber ich finde, du könntest mir ruhig sagen, ob …«

»Evi?«, unterbricht mich Mattis sanft.

»Ja?«

»Wir haben auf einem anderen Campingplatz geholfen, den es weitaus schlimmer erwischt hat. Ich hätte dich längst angerufen, aber ich habe deine verdammte Nummer nicht. Also. Luft anhalten, durchatmen, und nun sagst du mir, wann du für einen Spaziergang Zeit hast. Ich bin noch ziemlich eingespannt, es könnte also spät werden. Wäre das okay?«

Ich atme erleichtert aus. »Okay. Okay. Danke, ähm, ja. Komm vorbei. Helena ist eh nicht da. Ich bin da. Alles ist erledigt, ich kann erst morgen weitermachen, also wir fahren morgen, weißt du?«

»Ich weiß. Und darüber zerbreche ich mir schon den ganzen Tag den Kopf. Ich komme, sobald ich kann.«

Wie geht es mir? Tanzen Schmetterlinge? Oh ja. Das tun sie, und deshalb mache ich einen beschwingten Abschiedsspaziergang über diesen wunderbaren Campingplatz. Ich inhaliere all das, was drei Wochen lang mein Lebensmittelpunkt war. Die Gerüche, die Geräusche, das Leben. Genau das macht das Besondere aus: Was sonst hinter verschlossenen Türen stattfindet, kann man hier unter freiem Himmel beobachten. Alle sind zusammen, und doch ist jeder für sich. Man sieht sich morgens auf dem Weg zum Waschhaus, und man trifft sich nachts, wenn die Blase einen hinaustreibt. Nie hätte ich gedacht, so etwas genießen zu können. Hat man sich aufgerafft, mitten in der Nacht zur Toilette zu wandern, wird man oft mit einem Sternenhimmel belohnt, den man nie sehen würde, wäre man in einer Ferienwohnung oder in einem Hotel. Was werde ich vermissen? Die Ruhe, mit der ich alles erledige – etwas, das ich mir vorher nicht vorstellen konnte. Kochen, spülen, waschen, aufräumen – es hört sich nicht attraktiv an, aber es ist schon fast meditativ, wenn man es in Ruhe und draußen erledigt. Ohne Druck und Eile, den Sommer im Ohr und in der Nase. Das werde ich vermissen, und trotz aller Widrigkeiten waren es drei der schönsten Wochen meines Lebens. Auch wegen der Menschen, die ich kennenlernen durfte. Mattis, Jacky, Miriam, Stefan, Herr Lustig, Trudi. Sie alle haben auf ihre Weise den Urlaub bereichert. Selbst Katja und Hendrik. In der Rückschau werden sie zu einer Anekdote, die ich später Freunden erzähle. Sie werden den Kopf schütteln, lachen und hören wollen, wie ich zum ersten Mal an den Haaren gezogen wurde.

Was wird sonst bleiben von diesem Urlaub? Mattis? Hier setzt mein Verstand aus. Ich soll auf mein Herz hören, aber wie kann das Herz bestimmen, wenn es selbst nicht weiß, was es will? Der Verstand braucht sein Veto. Möchte ich Mattis wiedersehen, oder bleibt er ein Urlaubsflirt? Was will Mattis? Mattis. Der Name erzeugt warme Blubberblasen im Bauch, ein Wohlgefühl und ein Stück Geborgenheit. Mattis. Mit dem ich zu gerne schlafen würde. Ja, Isa, ein schnöder Wunsch, aber du hattest am Ende recht. Auch das ist wichtig.

Den ganzen Abend halte ich Ausschau. Natürlich gehen mir meine imaginären Beraterinnen auf den Keks. Könnt ihr mich nicht in Ruhe lassen? Wie kriege ich euch aus dem Kopf? Meine Mutter und Tante Lisbeth lachen herzhaft.

DU hast uns in deinen Kopf geholt, WIR haben Besseres zu tun, als dir ständig gute Ratschläge zu erteilen.

Ich verscheuche sie.

»Hey, du.«

Ich zucke zusammen. Mattis hat sich von hinten angeschlichen, ohne dass ich ihn bemerkt habe.

»Oh, hab ich dich erschreckt?«

»Nur ein bisschen.«

»Entschuldige, dass es so spät geworden ist, aber es war eine Menge Arbeit. Darf ich mich setzen?«

»Schon okay, ja klar, setz dich.«

»Wann fahrt ihr morgen?«

»Mein Vater ist schon in Stralsund, er kommt direkt nach dem Frühstück, dann packen wir ein und fahren los.«

Er zieht sich den zweiten Campingstuhl heran und setzt sich mir gegenüber. Wir schauen uns an, die Stimmung ist seltsam. Im Grunde ist es zu früh für dieses Gespräch, das Band zwischen uns zu zart.

»Evi, ich denke den ganzen Tag darüber nach, was ich sagen möchte, aber ich komme zu keinem Ergebnis.«

»Ja, so geht es mir auch.« Ich schaue ihn an.

Nimm dein Leben selbst in die Hand.

Wie?

»Jacky hat Helen und Gregor mitgenommen. Sie bringt sie nachher zurück.«

Nimm dein Leben selbst in die Hand.

Ich rutsche auf dem Stuhl nach vorne. Nehme seine Hände in meine und umschließe sie fest. Er erwidert den Druck und sucht meinen Blick. Welche Augenfarbe hat er? Grau? Es dämmert, aber ja, ich denke, es ist Grau. Warum habe ich mir seine Augen noch nicht genauer angeschaut? Warum habe ich seine Hände noch nicht gehalten? Es fühlt sich an, als müsste ich sie festhalten und sie mich.

Nimm dein Leben selbst in die Hand.

Ich beuge mich vor und küsse ihn fest auf die Lippen. Er erwidert den Druck, gleichzeitig streicht er mit seinen Daumen über meinen Handrücken. Wir küssen uns. Lange. Dann stehe ich auf, lasse seine Hand nicht los, ziehe ihn ins Zelt. Vielleicht ist es das, was wir zuerst herausfinden müssen.

Als wir hinterher zusammengekuschelt unter dem Schlafsack liegen, verschwitzt und zufrieden, lege ich meinen Kopf auf seine Brust.

»Ich weiß, in welche Kategorie ich dich einordne.«

Mattis stützt seinen Kopf auf den Unterarm und mustert mich. Seine Miene hellt sich auf, als er versteht. »Ich bin gespannt.«

»Es ist die Kategorie: Männer, die ich gerne wiedersehen möchte.«

Er lächelt und drückt mir einen dicken Schmatzer auf die Stirn. »Das trifft sich gut, Goldfisch, ich möchte dich nämlich auch gerne wiedersehen.«

Findet Wege!

Samstag, Sonne-Wolken-Mix, 22 Grad Celsius

Mein Vater ist der klassische Frühaufsteher. Und wenn ihm die Hummeln im Hintern sitzen, dann mutiert er zum Frühstaufsteher. Er klopft tatsächlich an unser Zelt. Ich werde wach von diesem komischen Geräusch und kniepe die Augen zusammen, weil sonst zu viel Licht auf die Netzhaut fällt.

»Paps?«

»Jetzt sagt bloß, ihr schlaft noch? Ich fasse es nicht, ich dachte, ihr habt das Zelt schon abgebaut.«

Ich gähne herzhaft. »Paps, auf dem Campingplatz schläft man länger. Das ist normal.« Ich sehe förmlich, wie er seinen Kopf schüttelt. Helena und ich krabbeln aus dem Zelt und fallen meinem Vater in die Arme. Dann schiebe ich ihn auf Armeslänge von mir. »Wow, du hast abgenommen. Das Training scheint dir gutzutun.«

»Ja, das stimmt. Mittlerweile habe ich mich dran gewöhnt, zumindest verfluche ich Lisbeth nicht mehr tagtäglich. Nur wenn es regnet.«

Ich lache. »Ja, das haben wir wohl alle hinter uns. Wir haben uns hier allerdings sogar an den Regen gewöhnt.«

»Stimmt, im Zelt ist es dann sehr gemütlich«, pflichtet mir Helena bei.

»Zumindest, wenn wir unsere desaströse Fahrradtour vergessen«, unke ich. »Da fandest du den Regen alles andere als wunderbar.«

»Ach, das war am Anfang, da mussten wir uns eben an alles gewöhnen. Aber ich würde wieder zelten gehen, Opa.«

Ihr Satz überrascht mich, doch ich denke genauso. Ich würde wieder zelten. Sofort.

Weil mein Vater also zu früh da ist oder wir zu spät aufgestanden sind, daran scheiden sich die Geister, teilen wir unser letztes Frühstück mit ihm. Im Anschluss drängt er zur Eile.

»Ich will spätestens um zwei los, sonst muss ich zu lange im Dunkeln fahren. So jung bin ich nicht mehr.«

»Ich habe auch einen Führerschein, Paps.«

Staunend mustert er mich.

»Ich denke, ich habe das Trauma endlich überwunden.«

»Das freut mich für dich.« Anerkennend tätschelt er meinen Oberarm.

Wir packen ein, und ich nehme Abschied von jedem Gegenstand. Vom Campingkocher, der uns nach den Unfällen mit dem Billigkocher gute Dienste geleistet hat. Der Hängematte, sie war Rückzugsort und Schmollecke gleichermaßen. Jeder Gegenstand wurde gebraucht und erzählt eine Geschichte, wie die Luftmatratzen, durch sie habe ich Hendrik kennengelernt. Hätte ich darauf verzichten wollen? Die Antwort lautet Nein, denn nur dadurch ist alles ins Rollen geraten. Wir bauen das Zelt ab, und danach ist der Platz nicht mehr unser Platz. Es ist ein seltsames Gefühl. Abschied.

Ich trage die letzte Kiste zum Auto und finde meinen Vater beim Plausch mit Herrn Lustig.

»Da ist ja die Tochter. Dann mal schöne Heimfahrt. Is' schade, war nett mit Ihnen. Aber das is' eben auch Meer. Es gibt, es nimmt, Leute kommen, Leute gehen. Wünsche mal das Beste.«

Ich bedanke mich und wünsche ihm dasselbe. »Man sieht sich immer zweimal im Leben.«

»Jo, einmal Ostsee, immer Ostsee, und Rügen liebt man, dann bleibt man.«

Wenn es so einfach wäre.

Bevor wir endgültig fahren, verpflichte ich Helena, ihrem Opa die Campingplätze zu zeigen. Kaum sind sie um die Ecke gebogen, zücke ich mein Handy.

»In zehn Minuten am Felsen?«

»Ja.«

Mit einem Lächeln im Gesicht schlendere ich los und horche ein letztes Mal in mich hinein. Ist das, was ich fühle, das Richtige? Es ist ein Gefühl von Wärme, wie an Weihnachten oder wenn meine Mutter mein Lieblingsessen gekocht hat. Rouladen mit Rotkohl und Klößen. Es kann nicht falsch sein, dieses Gefühl zu haben. Ich muss lernen, mir zu vertrauen. Unruhig auf der Stelle hibbelnd, halte ich Ausschau. Ich bin nervös bis in die Haarspitzen, zähle Sekunden, Steine, Schritte, Augenblicke …

Da ist er. Endlich! Mattis läuft den Aufgang hinunter. In wenigen Momenten ist er bei mir, und dann besprechen wir, wie es weitergeht. Mir wird etwas klar! Ich möchte ihn nicht nur wiedersehen. Ich will herausfinden, ob wir eine Zukunft haben! Eine Welle von Enthusiasmus überrollt mich, ich will in seine Arme fliegen. Ich eile ihm entgegen, ich grinse so, als hätte ich nie gegrinst, mein Herz stolpert und hopst. Mattis läuft zum Wellensaum und dreht in meine Richtung. Noch kann ich seinen Gesichtsausdruck nicht erkennen, aber sein Schritt ist zielstrebig. Er will zu mir, und er will mich. So muss es einfach sein.

Plötzlich nähert sich ihm von hinten eine Frau im Bikini und mit langem blondem Haar. Sie erreicht ihn, tippt ihm auf die Schulter und er dreht sich um. Sie strahlt, ihr mädchenhaftes Gekicher höre ich bis hierher. Sie schlingt ihre Arme um Mattis, er fasst sie an der Hüfte … ich habe genug gesehen.

Als wäre ich ferngesteuert, stehe ich auf und gehe. Fort von

Mattis, den Strand entlang. Wenige Meter hinter dem Felsen führt eine Treppe nach oben. Ich hetze hinauf und habe es hinter mir.

Kein letzter Blick aufs Meer.

Kein Blick zurück.

Hat der Weg ein Ziel?

Wolkenloser Himmel, leichter Wind aus Nordost, 16 Grad Celsius

»Paps, du bist unmöglich.«

Isa steht vor meinem Vater und pinnt mit Sicherheitsnadeln die Startnummer an sein Trikot. Er zappelt, als wäre er zwölf. Isa ist genervt. »Jetzt halt still, sonst wird es wieder schief. Meine Güte, du bist vorbereitet, was soll denn die Aufregung?«

»Ihr habt gut reden, ihr habt alles schon hinter euch.«

»Genau. Und heute erfüllst du die Bedingung. Du musst nur teilnehmen, nicht gewinnen.« Isa befestigt die letzte Sicherheitsnadel. »Geschafft. Und jetzt krieg dich ein, Paps, sonst besorg ich Valium. Ich war ja schon nervös, aber du toppst alles.« Sie klopft ihm auf den merklich kleiner gewordenen Bauch. »Zeig ihnen, was ein alter Sack draufhat.«

Mein Vater will protestieren, doch sie drückt ihn noch einmal, woraufhin er es sich anders überlegt. Danach umarmen Helena und ich ihn und wünschen ihm Glück.

»Wenn Isa und ich es geschafft haben, schaffst du es auch. Außerdem habe ich schon einen Architekten beauftragt und die Küche ausgesucht. Ich werde böse, wenn du jetzt einen Rückzieher machst.«

»Jaja, setz mich nur unter Druck.«

»Druck ist Treibstoff, er sorgt dafür, dass dein Motor läuft. Überrasch uns.«

»Überraschen«, murrt er, »das könnte fast das Motto des Tages sein.«

Isa schiebt ihn weg. »Ab mit dir, alter Mann, wir ertragen dich keine Minute länger.«

Mein Vater nuschelt vor sich hin und zieht ab. Endlich.

»Puh, den sind wir los«, ächzt Isa.

»Das kannst du laut sagen. Wo stellen wir uns hin?«, frage ich.

»Ich brauche erst was zu trinken, danach suchen wir die Ziellinie.«

Isa hatte ihre Show vor zwei Wochen. Es war großartig. Wir wissen alle, dass sie singen kann, doch was wir dann erlebten, war wirklich bemerkenswert. Ihr Gesangslehrer hatte ihr einen Auftritt vor Hunderten Menschen zusammen mit einer Bigband in Köln organisiert, und trotz der wenigen Zeit, die sie für die Vorbereitung hatte, war sie der Star des Abends. Ihr Mann hatte Tränen in den Augen, ihre Söhne platzten vor Stolz, und nach dem Konzert bekam sie das Angebot, in einer Band zu singen. Besser hätte es nicht laufen können. Lisbeth hat voll ins Schwarze getroffen.

Mich hat der Alltag schneller eingeholt, als mir lieb war. Saskia hat tolle Arbeit geleistet. Als Dank habe ich ihr eine Gehaltserhöhung verpasst, für die sie mir fast die Füße geküsst hätte. Dennoch ist vieles liegen geblieben, was mir nur recht war, so konnte ich mich in Arbeit stürzen. Denn egal, wie oft ich mir einrede, das Ende des Urlaubs hätte mich nicht verletzt – so ist genau das Gegenteil der Fall. Natürlich hat es mich verletzt. So sehr, dass ich postwendend die Nummern der Geschwister blockiert und die Zeltausrüstung tief im Keller verstaut habe, damit sie dort bis in alle Ewigkeit verrottet.

Ich habe mein Herz geöffnet, und das Leben hat mit einem Messer darin herumgebohrt. Drei Männer, drei Nieten. Wenn es nicht so bitter wäre, könnte es fast lustig sein. Nach dem ersten Schock habe ich den Liebeskummer in ein spinnenverseuchtes Kabuff gestopft und widme mich nun dem, was mir am gesündesten erscheint. Dem Alleinsein, ohne einsam zu sein, der Organisation meiner finanziellen Freiheit und Helena. Unser Verhältnis ist so viel besser als vor dem Urlaub, dass er sich allein dafür gelohnt hat. Allen pubertären Verirrungen und Verwirrungen zum Trotz.

Denke ich an Mattis?

Viel zu oft.

Miriam und Stefan haben einen Platz in meinem Leben. Beide wohnen nicht weit entfernt, und in den letzten Monaten sind sie mir ans Herz gewachsen. Im Grunde sind sie außer meiner Familie die einzigen Menschen, die ich an mich heranlasse. Ist es ein Schneckenhaus, in das ich mich zurückziehe, oder ist es die neue Evi, die sich ihren Platz im Leben sucht? Ich habe beschlossen, mir diese Fragen nicht zu stellen.

Wir stehen an der erstbesten Getränkebude. Helena hat sich zu ein paar Freunden verabschiedet. Isa bestellt Prosecco und stellt mir einen Becher vor die Nase.

»Am helllichten Tag? Wir müssen noch Auto fahren.«

»Ja, in hundert Stunden. Außerdem ist es nur Prosecco. Der gilt erst ab dem zweiten Glas als Alkohol.«

Ich zucke mit den Achseln und nippe an meinem Becher.

»Bist du eigentlich immer noch so schlecht auf deinen Urlaub zu sprechen? Man muss dir ja jeden Wurm aus der Nase ziehen, und außerdem machst du dich seitdem rar.«

»Es tut mir leid, Isa, aber ich habe die Zeit gebraucht. Ich habe viel über mich gelernt, unter anderem, dass ich mehr auf mich als auf andere hören sollte.«

»Ich hab's verstanden und mische mich nicht mehr ein. Wobei ich nach wie vor nicht verstehe, warum du mich plötzlich ernst genommen hast. Meine Weisheiten haben dich vorher auch nicht interessiert.«

»Es war der richtige Zeitpunkt. Ich war bereit, mich wieder zu verlieben. Wo das hingeführt hat, weißt du ja.«

Isa kichert. »Drei Männer, drei Nieten? Man könnte es sich nicht besser ausdenken.«

»Amüsier dich nur auf meine Kosten.«

»Sorry. Aber da ist noch etwas, was ich bis jetzt nicht verstehe. Du hast nie wissen wollen, was am Strand passiert ist. Es könnte harmlos gewesen sein.«

»Isa«, ermahne ich sie streng. Sie reitet seit Wochen darauf rum.

Sie hält sich die Hände vor den Mund. »Ich mische mich nicht mehr ein, ich habe verstanden. Trotzdem juckt es mich ab und zu in den Fingern.«

»Es würde mich wundern, wenn es anders wäre.«

Mein Vater keucht, als würde er im nächsten Augenblick umkippen, doch er sieht verdammt glücklich aus. »Zwanzig Kilometer. Ich bin zwanzig Kilometer gelaufen.« Er japst. »Könnt ihr euch das vorstellen?« Atempause. »Ich dachte zwischendurch, ich schaffe keinen Meter mehr, aber es ging, irgendwie ging es.«

»Paps, du kannst aufhören zu reden, sonst kippst du wegen Gelaber um.«

Wie immer ist Isabell eine Frau der klaren Worte.

»Was machen wir jetzt?«, fragt Helena, die auch wieder zu uns gestoßen ist.

»Na, wir feiern.« Mein Vater ist immer noch außer Atem. »Zumindest, wenn ich aus dem Sauerstoffzelt raus bin.«

»Wo?«, frage ich, denn dass wir feiern, ist mir neu.

»Bei uns natürlich, wir haben da eine kleine Überraschung vorbereitet, nicht wahr, Isa?« Er zwinkert meiner Schwester verschwörerisch zu.

Ich starre ihn fassungslos an. »Bei uns? Wieso weiß ich davon nichts? Hätte nicht ich die Überraschung vorbereiten müssen? Du hast gesagt, du willst nichts machen!« Mein Vater hat tausendmal bekräftigt, er wolle sich hinterher aufs Sofa legen und sonst gar nichts. Ich verstehe die Welt nicht mehr. Isa, mein Vater und Helena wechseln einen Blick.

»Du hattest genug Stress, wir wollten dich damit nicht behelligen«, verteidigt sich Isa, aber ich zucke nur mürrisch mit den Achseln.

Wir schieben uns durch die Menschenmenge Richtung Auto und fahren nach Hause. Als wir eine knappe Stunde später das Ortsschild passieren, atme ich erleichtert auf. Der Tag war anstrengend, denn Menschenmassen stressen mich. Ich meide sie nicht, doch ich fühle mich hinterher wie gerädert. Lieber würde ich mich auf die Couch flegeln, doch wenn mein Vater feiern möchte, feiern wir.

Allerdings stehen wir im Stau. »Warum geht es nicht weiter?« Ich luge nach vorne, kann aber nicht erkennen, warum es nur im Schneckentempo vorwärtsgeht.

»Keine Ahnung, da ist wohl irgendeine lahme Ente unterwegs«, sagt mein Vater achselzuckend.

»Hast du schon mal so einen Stau bei uns erlebt? Nicht dass was passiert ist.«

Ich werde unruhig, während Isa, mein Vater und Helena nur die Köpfe schütteln.

»Mum, du denkst gleich wieder an das Schlimmste, nur weil ein paar Traktoren im Weg stehen.«

Mein Vater wirft Helena einen strafenden Blick zu, den ich nicht einordnen kann, aber dann fällt mir auf, was an ihrem Satz nicht stimmt. »Traktoren? Wie kommst du auf Traktoren? Ich sehe hier keine Traktoren.«

»Keine Ahnung, hab ich mir wohl nur so gedacht.« Sie grinst gequält.

»Helena!«, sage ich streng.

In meinem Gehirn brennt eine Sicherung durch.

»HALT AN, Paps!«

»Evi, wieso das denn, ich bin doch schon im Schneckentempo …«

Weiter kommt mein Vater nicht. Ich schnalle mich ab, springe aus dem Wagen und laufe los. Ich eile die Straße entlang, mein Herz klopft bis zum Hals. Mir fliegen so viele Gedanken durch den Kopf, dass keiner einen Sinn ergibt. Ich kann nicht benennen, was mich antreibt. Ich biege um die Kurve – und tatsächlich, da fahren Traktoren, mehrere, sie sind geschmückt mit bunten Bändern und Luftballons, und sie sind auf dem Weg zu unserer Straße, zu dieser kleinen Seitenstraße, bei der ich mich nicht erinnern kann, dass jemals Traktoren durch sie hindurchgetuckert sind. Ich erreiche den ersten, ein grünes Modell, sehr modern, über und über mit Luftschlangen geschmückt. Ich schaue hinein, doch auf dem Sitz thront nur ein alter Mann. Evi, was tust du da? Woher auf einmal diese Hoffnung, woher dieser Wille? Der zweite Traktor ist rot und hat gelbe Reifen, bunte Kreppbänder wehen im lauen Spätsommerwind. Eine Frau sitzt darin. Es folgt ein grüner Traktor mit gelben Luftballons, darin sitzt ein junger Kerl. Ich laufe langsamer. Bilde ich mir das alles nur ein? Es gibt nur noch einen Traktor.

Es ist nicht Cordula.

Er ist blau, und die Luftballons sind rot.

Mit klopfendem Herzen nähere ich mich, die Kolonne hat sich wieder in Bewegung gesetzt, und es ist nicht einfach, Schritt zu halten, aber ich muss da jetzt hineinschauen. Ich muss wissen …

Ich erkenne ihn. Nicht im Blaumann, die Haare ordentlich am Kopf. Er ist es, er muss es sein. Ich eile an dem Traktor vorbei und stelle mich so hin, dass er *mich* sehen muss. Mein Herz klopft, als wenn es in einer Minute die Herzschläge eines ganzen Tages aufholen müsste. Er sieht mich nicht. Er erhöht die Geschwindigkeit und die Traktoren ziehen an mir vorbei. Das gibt es doch nicht.

Mein Vater steht plötzlich neben mir. »Komm. Steig ein, versau dem Kerl nicht seine Überraschung.«

»Waaas? Ihr wusstet es? Die ganze Zeit?«

Isa feixt, und Helena grinst von einem Ohr zum anderen. »Das war Gregors und meine Idee. Wenn du glaubst, ich habe nix mitgekriegt, irrst du dich gewaltig. Aber jetzt frag nicht so viel, wir wollen weiter. Und tu gleich gefälligst überrascht.«

»Sehr witzig.« Mein Herz klopft bis zum Hals, und es wundert mich, dass ich überhaupt Luft zum Sprechen habe.

Eine kurze Strecke, tausend Gedanken, noch mehr Gefühle.

Wir biegen in unsere Straße, und da sind sie. Ich springe wieder aus dem Wagen, eile zu dem blauen Traktor, bleibe atemlos stehen und stütze die Hände in die Seiten. Mattis stellt den Motor aus.

»Komm da raus, Mattis Reemer. SOFORT!«, sage ich so vehement, als wäre ich eine eifersüchtige Ehefrau, die ihrem Mann eins über die Rübe ziehen will.

»Oha«, sagt er und steigt von seinem Bock. Steht vor mir. Mattis.

»Was soll das?«, frage ich und deute auf die vier Traktoren, die unsere Straße blockieren und neugierige Nachbarn aus den Häusern treiben. Mein Ton ist immer noch streng. Ich habe keine Ahnung, wo der herkommt.

»Na ja«, er kratzt sich am Kopf, »ich brauchte einen blauen Traktor. Also habe ich ein bisschen durch die Gegend telefoniert, über mehrere Ecken jemanden gesucht, der mir einen blauen Traktor leiht, und dabei kam eins zum anderen. Plötzlich hatte ich einen Fanklub, der unbedingt mitfahren wollte, um live mitzuerleben, wie, na ja, wie ...«

»Wie was?«

Wieder kratzt er sich am Kopf, vermutlich hatte er sich das alles ein bisschen anders ausgemalt.

»Wie ich dir eine Liebeserklärung mache?« Er grinst schief.

»Du spinnst.«

»Natürlich.«

»Du bist den ganzen Weg hierhergetuckert, um mir eine Liebeserklärung zu machen?«

Zur Abwechslung kratzt er sich nicht am Kopf, sondern am Kinn. »Ja, kann man irgendwie so sagen.«

Ich trete einen Schritt zurück und weide mich an seinem Anblick. Die Nummer mit dem Prinzen hat er sich sicher heroischer vorgestellt, aber so ist das reale Leben eben nicht.

Oder doch?

Ich nehme meine Hände aus den Seiten. »Warum bist du hier?«, frage ich leise. »Sag es.«

»Weil du mir nicht aus dem Kopf gehst, verdammt noch mal! Weil du so stur bist, dass ich dir die Sache am Strand nicht mal erklären durfte. Ich war sauer. Ehrlich. Sauer, weil du einfach abgehauen bist, nur weil eine Ex mich am Strand in den Arm genommen hat, die ich nicht einfach wegschicken konnte, weil ich ihr nämlich ziemlich wehgetan habe. Sauer, weil es dir so unwichtig schien. Verdammt, Evi, du und ich – das hätte was werden können. Könnte etwas werden, wenn du uns eine Chance gibst. Na ja, und die Nummer mit dem Traktor, die hat sich dann zwischen mir, Gregor, Helena, deinem Vater und deiner Schwester …«

»Die haben alle mitgemischt?«

»Na klar«, dröhnt es von hinten.

Und dann ist Jacky da, packt mich an der Schulter, dreht mich zu sich um und nimmt mich fest in den Arm. Es passiert so schnell, dass ich es wie eine Puppe über mich ergehen lasse. »Kommt ihr noch in die Pötte? Ich habe Hunger und habe gehört, hier gibt's was zu feiern.« Spricht's und trollt sich zum Rest meiner Familie, die grinsend und erwartungsvoll in der Einfahrt steht. So wie gefühlt der halbe Ort.

»Ach, was soll's«, sage ich, falle meinem etwas ratlos dreinschauenden Prinzen in die Arme und küsse ihn, während sich die lieben Menschen um uns herum mit uns freuen.

Liebe ist schön. Von einfach war nie die Rede …

Epilog

Ich sitze am Strand und nehme den Anblick der Ostsee tief in mich auf. Ich kann mich nicht sattsehen, und ich werde mich nie sattsehen. Dabei regnet es, es sind fünf Grad, und es ist so windig, dass mir der Wind sogar IN die Nase bläst. Ich habe schon ein paarmal nachgeprüft, ob meine Nasenflügel nicht zu zwei kleinen Ballons mutieren, mit denen ich dann davonfliege. Sähe bestimmt lustig aus.

»Goldfisch, hast du dich endlich sattgesehen? Ich hätte Lust auf ein Bierchen vorm Kamin.«

»Mein Waldschrat, du weißt doch, ich werde mich nie sattsehen.«

»Na ja, du kannst morgen weiterschauen, läuft ja nicht weg, das Meer.«

»Aber es sieht dann wieder anders aus. Schau, heute macht es diese großen Nordseewellen, und dahinten sind es sogar schon fast Atlantikwellen. Morgen haben wir vielleicht Bodensee. Und übermorgen …«

»Goldfisch, so wie du über die Ostsee redest, könnte man eifersüchtig werden. Ich bin echt froh, dass es DIE Ostsee ist.«

»Spinner«, sage ich, lasse mich von meinem Fels ziehen und dann fahren wir mit Cordula nach Hause.

Seit einem halben Jahr ist es MEINE Insel. Egal, wie oft ich an den Strand gehe, egal, wie oft ich mit dem Fahrrad gegen den Wind kämpfe, und egal, wie oft ich die Möwen morgens rufen höre – ich kann es nach wie vor kaum glauben. Und deshalb ist es immer wieder wunderbar.

Ich habe dafür gekämpft, und ich habe darauf gewartet. Der Preis waren lange Zeiten ohne Mattis und ganz, ganz viel Sehnsucht. Doch das alles hat sich gelohnt, denn seit einem halben Jahr bin ich stolze Rügenerin. Meine Agentur ist nach Bergen umgezogen. Ich habe zwei Büroräume gemietet, einige Stammkunden mitgenommen und Saskia, die seit einem halben Jahr enthusiastische Vollzeitmama ist, durch Doreen ersetzt. Doreen aus Bergen, die mit ihrer spröden, aber dennoch liebenswerten Art eine echte Bereicherung ist.

Helena hat ihr Abitur in der Tasche und ist mit Gregor nach Greifswald gezogen. Dort studiert sie Landschaftsökologie und Gregor Biomathematik.

Isas und Paps' neue Lieblingsinsel ist Rügen. Sie nutzen jede Gelegenheit, uns zu besuchen.

Mama und Lisbeth haben es sich auf ihrer Wolke sichtlich gemütlich gemacht, genießen das Dasein und behelligen mich nur noch selten.

Du kommst jetzt alleine klar, Cherie.

Und Mama gibt ihr recht.

Und Mattis und ich?

Wir sind schlicht und einfach glücklich. Man könnte also sagen, es hat sich alles ganz wunderbar gefügt.

Danke, Lisbeth.

Da nicht für, Cherie.

Packliste Zelturlaub

Hygiene
Bürste/Kamm
Deo
Duschgel, Shampoo, Spülung etc.
Haargummis
Kulturtasche
Lippenpflege
Nagelpflegeset, inkl. Pinzette
Ohrenstäbchen
Rasierer
Schminkutensilien/Abschmink-
tücher
Sonnencreme
Taschentücher
Waschmittel
Zahnbürste + Zahnpasta

Kleidung
Bademantel
Badesachen
Fleecepullover/-jacke
Gürtel
Hosen/Shorts, kurz
Hosen/Jeans, lang
Regenjacke
Schlafanzug
Schuhe
Shirts
Socken
Sonnenbrille
Sonnenhut
Strandkleider
Unterwäsche

Medikamente
Blasenpflaster
Erste-Hilfe-Set
Fiebertabletten
Insektenstichheiler
Mückenschutz
Persönliche Medikamente
Pflaster
Schmerzmittel (Kopfschmerzen)
Zeckenkarte oder -pinzette

Papiere + Unterlagen
ADAC-Unterlagen
Adressliste für Postkarten
Auslandskrankenversicherung
(Nachweis)
Campingführer
Führerschein (inter-/national)/
ggf. Kfz-Schein

Impfausweis/ggf. Allergiepass
Krankenversichertenkarte
Landkarten
Personalausweis/Reisepass

Baden/Strand
Aufblasbare Liege/Sofa
Aufblasbares Spielzeug/Boot
Flossen
Schwimmbrille/Schnorchel/Maske
Sonnenschirm oder Strandmuschel
Strandtücher
Windschutz

Kochen/Grillen
Campingbesteck
Campinggeschirr
Campingkocher
Dosen-/Flaschenöffner/Korkenzieher
Kaffeebereiter
Kochlöffel/Pfannenwender
Küchenmesser/Sparschäler
Küchenrolle/Servietten/Alufolie
Kühlbox/-tasche
Müllsäcke
Schneidebrett
Schüssel für Salat o. Ä.
Spülmittel/Schwamm/Lappen/Trockentuch
Spülschüssel
Thermoskanne
Töpfe/Pfannen

Technische Ausrüstung
Bluetooth-Lautsprecher
CEE-Stecker
Digicam-Hülle/-Case (wasserdicht)
Digitalkamera, inkl. Akku/Stativ
E-Book-Reader
Handy, inkl. Ladekabel
Kopfhörer
Ladegeräte für die Elektronik
Steckdosenleiste/Verlängerungskabel/Kabeltrommel

Zeltausrüstung
Bettwäsche
Campinglaterne
Campingstuhl
Campingtisch
Decken (Fleece)
Gummihammer
Heringe
Imprägnierspray
Isomatte
Lampions/Fackeln
Leinen/Gurte zum Abspannen
Luftmatratze
Panzertape
Pavillon
Plane(n)
Schlafsack
Sonnensegel oder -schirm, inkl. Stangen
Teelichter/Kerzen
Toilettenpapier
Zelt
Zeltunterlage

Sonstiges

Brille/Kontaktlinsen
Buch/Zeitschrift
Feuerzeug/Streichhölzer
Handfeger
Kabelbinder
Luftpumpe/Blasebalg
Nähzeug (für Zelt + Kleidung)
Ohropax/Ohrstöpsel gegen Schnarcher
Regenschirm
Reisehandtücher (ein bis zwei, schnelltrocknend)
Schere
Schreibzeug
Sicherheitsnadeln
Spiele für draußen (Wikingerschach, Frisbee)
Spiele für drinnen (Kartenspiel)
Stirnlampe/Taschenlampe, inkl. Batterien
Taschenmesser/Werkzeug
Vorhängeschloss fürs Zelt
Wäscheleine + Klammern
Wasserflasche (faltbar)

Ein Roman wie ein leckeres Schokotörtchen: macht einfach glücklich!

Sandra Poppe
LIEBE BEGINNT,
WO PLÄNE ENDEN
Roman

416 Seiten
ISBN 978-3-404-18516-0

Kristin entdeckt beim Brötchenholen, dass ihr Mann eine Geliebte hat. Um sich zu sortieren, nimmt sie kurz entschlossen an dem Projekt „Gelebte Geschichte“ teil und zieht mit ihren zwei Töchtern für die Sommerferien ins Freilichtmuseum. Sechs Wochen leben wie im 18. Jahrhundert – Einschränkungen und harte Arbeit inklusive. Dafür kein Termindruck, kein Stress, kein Handy. Kristin gewinnt eine ganz neue Perspektive auf ihr Leben. Zudem sorgen ihre Mitbewohner:innen im Museum für emotionalen Tapetenwechsel und machen den historischen Alltag viel bunter als erwartet, vor allem ein Mann, der ihr Herz höher schlagen lässt. Obwohl die Liebe nun wirklich nicht in Kristins Pläne passt …

Lübbe